UN DOUX PARDON

du même auteur
au **cherche midi**

Demain est un autre jour, traduit de l'anglais (États-Unis) par Laura Derajinski, 2013

Lori Nelson SPIELMAN

UN DOUX PARDON

Traduit de l'anglais (États-Unis)
par Laura Derajinski

cherche
midi

Vous aimez la littérature étrangère ? Inscrivez-vous à notre newsletter pour suivre en avant-première toutes nos actualités : **www.cherche-midi.com**

Direction éditoriale : Arnaud Hofmarcher et Marie Misandeau

Pour Bill

Pardonner, c'est rendre sa liberté à un prisonnier
Et se rendre compte que le prisonnier, c'était vous.

Lewis B. Smedes

J'ai subi cela pendant cent soixante-trois jours. J'ai relu mon journal intime des années plus tard pour compter. Et voilà qu'elle a écrit un livre. Impensable. Cette femme est une étoile montante. Une experte en pardon, quelle ironie. Je contemple sa photo. Elle est encore mignonne avec sa coupe garçonne et son nez retroussé. Mais son sourire est désormais sincère, ses yeux ne sont plus moqueurs. À la simple vue de son visage, pourtant, mon cœur bat la chamade.

Je jette le journal sur ma table basse et le reprends aussitôt.

REVENDIQUEZ VOTRE HONTE
Par Brian Moss pour le *Times-Picayune*

LA NOUVELLE-ORLÉANS – Présenter ses excuses peut-il guérir de vieilles blessures, ou vaut-il mieux taire certains secrets?

D'après Fiona Knowles, une avocate de trente-quatre ans à Royal Oak, dans l'État du Michigan, faire amende honorable pour se racheter de ses fautes est une étape cruciale dans la quête de la paix intérieure.

«Il faut du courage pour revendiquer sa honte, affirme Knowles. Chez la plupart d'entre nous, faire preuve de vulnérabilité est source de malaise. Nous préférons dissimuler notre sentiment de culpabilité dans l'espoir que personne ne voie ce qui se terre au plus profond de nous. Exposer sa honte peut s'avérer libérateur.»

Et Mme Knowles est bien placée pour le savoir. Elle a mis sa théorie à l'épreuve au printemps 2013 en rédigeant trente-cinq lettres d'excuses. Dans chaque courrier, elle a inclus une pochette contenant deux pierres qu'elle a baptisées «pierres du Pardon». Le destinataire reçoit ainsi deux requêtes simples : pardonner et demander pardon.

«Je me suis rendu compte que les gens cherchaient désespérément un prétexte – une obligation, même – afin de se racheter, explique Knowles. Comme les graines d'un pissenlit, les pierres du Pardon ont été emportées par le vent et se sont disséminées.»

Que ce soit grâce au vent, ou grâce à l'utilisation intelligente des réseaux sociaux dont a su faire preuve Mme Knowles, les pierres du Pardon ont rencontré un succès incroyable. À ce jour, on estime le nombre de pierres en circulation à environ 400000.

Mme Knowles sera présente à la librairie Octavia Books jeudi 24 avril pour parler de son nouveau livre, justement intitulé *Les Pierres du Pardon*.

Je sursaute quand mon portable vibre et m'annonce qu'il est 4 h 45 – l'heure d'aller au travail. Je fourre le journal dans mon sac. Mes mains tremblent. J'attrape mes clés, mon thermos de café et me dirige vers la porte.

Trois heures plus tard, après avoir parcouru le bilan épouvantable de l'audimat de la semaine passée et avoir été briefée sur le sujet captivant du jour – comment appliquer correctement son autobronzant –, je suis assise dans ma loge avec des bigoudis en Velcro dans les cheveux et une cape en plastique qui protège ma robe. C'est le moment de la journée que j'aime le moins. Après dix ans devant la caméra, on pourrait croire que je suis rodée. Mais passer au maquillage implique d'arriver le matin sans m'être apprêtée, ce qui pour moi revient à essayer un maillot de bain en public à la lumière d'un néon. Je m'excuse toujours auprès de Jade, qui doit voir de véritables cratères, qu'on appelle couramment des pores, sur mon nez, ou les demi-lunes noires sous mes yeux, comme si j'allais entrer sur un terrain de foot américain. Un jour, j'ai essayé d'arracher le fond de teint de la poigne de fer de Jade, dans l'espoir de lui épargner la tâche horrible et impossible de camoufler sur mon menton un bouton gros comme le volcan de Mauna Loa. Comme disait toujours mon père, si Dieu voulait que le visage de la femme soit nu, il n'aurait pas créé le maquillage.

Tandis que Jade fait ses tours de magie, je parcours ma pile de courrier et me fige dès que je l'aperçois. Mon estomac se noue. Elle est enfouie au milieu, seul le coin supérieur droit est visible. Il me torture, ce large tampon rond des postes de Chicago. *Allez, Jack, ça suffit!* Son dernier message remonte à plus d'un an. Combien de fois vais-je devoir lui dire que c'est bon, il est pardonné, que j'ai passé l'éponge? Je laisse tomber la pile sur la tablette devant moi, je dispose les lettres afin de dissimuler le tampon postal, puis je prends mon ordinateur portable.

« *Chère Hannah*, je lis mes mails à haute voix afin d'écarter les souvenirs de Jack Rousseau. *Mon mari et moi regardons votre émission tous les matins. Il vous trouve incroyable, il pense que vous êtes la prochaine Katie Couric*[1].

– Lève la tête, madame Couric, ordonne Jade qui me tartine les paupières de khôl.

– Ah ah. Katie Couric, mais sans les millions de dollars et les milliards de fans. »

Et sans les magnifiques enfants et le nouveau mari parfait…

« Tu vas finir par y arriver », dit Jade, tellement convaincue que j'y crois presque. Elle est particulièrement jolie, aujourd'hui, avec ses dreadlocks attachées en une queue-de-cheval qui fait ressortir ses yeux sombres et sa peau brune impeccable. Elle porte son legging habituel et un tablier noir dont les poches sont remplies de brosses et de pinceaux de tailles et de formes diverses.

Elle atténue l'eye-liner à l'aide d'un pinceau plat et je continue ma lecture.

« *Personnellement, je trouve que Katie est surfaite. Je préfère de loin Hoda Kotb. Qu'est-ce qu'elle est drôle, elle, au moins.*

– Ouille, dit Jade. Elle t'a bien cassée, là. »

Je ris et poursuis la lecture. « *Mon mari dit que vous êtes divorcée. Moi, je dis que vous n'avez jamais été mariée. Qui a raison ?* »

Je pose mes doigts sur le clavier.

« *Chère madame Nixon*, dis-je tout en pianotant. *Je vous remercie de regarder l'*Hannah Farr Show. *J'espère que vous et*

---

1. Journaliste américaine qui se fit connaître dans le monde entier pour avoir été la première femme américaine à présenter, en solo, un grand journal du soir, le *CBS Evening News*, de 2006 à 2011. *(N.d.T.)*

votre mari appréciez la nouvelle saison. (Au fait, je suis d'accord avec vous… Hoda est vraiment marrante.) Bien cordialement, Hannah.

— Hé, tu n'as pas répondu à sa question.»

Je lui jette un regard noir dans le miroir. Jade hoche la tête et attrape une palette de fards à paupières. «Non, évidemment que tu ne lui as pas répondu.

— J'ai été sympa.

— Tu l'es toujours. Trop sympa, si tu veux mon avis.

— Ouais, c'est ça… Est-ce que je suis sympa quand je me plains de ce snob de chef cuistot dans l'émission de la semaine dernière – Mason J'sais-Plus-Qui – qui répondait à mes questions par monosyllabes ? Je suis sympa quand je me laisse obnubiler par les taux d'audimat ? Et maintenant, oh mon Dieu, maintenant, voilà Claudia.» Je me tourne pour observer Jade. «Je t'ai dit que Stuart envisageait de la nommer coprésentatrice à mes côtés ? Ça y est, je suis de l'histoire ancienne !

— Ferme les yeux, me dit-elle en passant le fard sur mes paupières à l'aide du pinceau.

— Elle est arrivée en ville depuis moins de six semaines et elle est déjà plus populaire que moi.

— Ça m'étonnerait. La ville t'a adoptée, tu es une enfant de La Nouvelle-Orléans, à présent. Mais ça n'empêchera pas Claudia Campbell d'essayer de passer en force. Je n'ai pas un bon feeling avec elle.

— Je ne comprends pas. Elle est ambitieuse, d'accord, mais elle a l'air vraiment gentille. C'est Stuart qui m'inquiète. Avec lui, il n'y a que l'audimat qui compte, et ces derniers temps, mon taux d'audimat est…

— Merdique. Oui, je sais. Mais ça va remonter. Je te préviens juste, méfie-toi et protège tes arrières. Mamzelle

Claudia a l'habitude d'être la reine. Impossible qu'une étoile montante de WNBC New York se contente d'un poste naze de présentatrice d'une matinale. »

Au sein du journalisme télévisé, il existe un ordre hiérarchique. En règle générale, notre carrière débute par des directs aux infos de 5 heures, il faut donc se réveiller à 3 heures pour s'adresser à deux téléspectateurs. Au bout d'à peine neuf mois de ce rythme exténuant, j'ai eu la chance d'être nommée présentatrice au journal du week-end, et peu de temps après, à celui de midi, un poste que j'ai savouré pendant quatre ans. Bien entendu, présenter le journal du soir représente le saint Graal et il se trouve que je travaillais pour WNO juste au bon moment. Robert Jacobs a pris sa retraite ou, d'après la rumeur, a été poussé à prendre sa retraite, sur quoi Priscille m'a proposé le poste. L'audimat a grimpé en flèche. Bientôt, on m'a sollicitée jour et nuit, pour superviser des soirées caritatives dans toute la ville, pour jouer les maîtres de cérémonie à des événements de bienfaisance ou aux fêtes de Mardi gras. À ma grande surprise, je suis devenue une célébrité locale. J'ai encore du mal à m'y faire. Et mon ascension fulgurante ne s'est pas arrêtée là. Car la Ville-Croissant est « tombée amoureuse d'Hannah Farr », du moins c'est ce qu'on m'a dit il y a deux ans, quand on m'a proposé ma propre émission – une chance pour laquelle de nombreux journalistes seraient prêts à tuer.

« Euh, ça m'embête de t'apprendre la vérité, ma belle, dis-je à Jade, mais l'*Hannah Farr Show*, ce n'est pas franchement le top du top. »

Jade hausse les épaules.

« C'est la meilleure émission de Louisiane, si tu veux mon avis. Et Claudia s'en frotte les mains, crois-moi sur parole. Elle est venue jusqu'ici et il n'y a qu'un seul poste qui l'intéresse. Et ce poste, c'est le tien. »

Le téléphone de Jade sonne et elle jette un coup d'œil au numéro. « Ça t'embête si je réponds ?

– Vas-y », dis-je, contente de profiter de cette interruption.

Je n'ai pas envie de parler de Claudia, cette magnifique blonde qui, à vingt-quatre ans, affiche une décennie de moins que moi – une décennie entière et capitale. Pourquoi faut-il que son fiancé vive précisément à La Nouvelle-Orléans ? Elle a de l'allure, le talent, la jeunesse *et* un fiancé ! Elle me devance dans chaque catégorie.

Jade hausse le ton. « T'es sérieux ? lance-t-elle à son interlocuteur. Papa a rendez-vous au centre médical de West Jefferson. Je te l'ai rappelé hier. »

Mon estomac se noue. C'est son futur ex, Marcus – ou Agent Trouduc, comme elle le surnomme désormais –, le père de leur garçon de douze ans.

Je referme mon ordinateur et j'attrape la pile de courrier pour accorder à Jade un semblant d'intimité. Je feuillette les enveloppes à la recherche du tampon postal de Chicago. Je vais lire les excuses de Jack, puis je rédigerai une réponse où je lui rappellerai à quel point je suis heureuse aujourd'hui et qu'il doit reprendre les rênes de sa vie. Ça me fatigue rien que d'y penser.

Je trouve l'enveloppe en question. L'adresse d'expédition dans le coin supérieur gauche n'est pas celle de Jack Rousseau, c'est celle de WCHI News.

Le courrier n'est donc pas de Jack. Quel soulagement.

Chère Hannah,

J'ai été ravi de faire votre connaissance le mois dernier à Dallas. Votre discours à la conférence de l'ANP était captivant et source d'inspiration.

Comme je vous l'ai dit ce jour-là, WCHI envisage de créer une nouvelle émission matinale, Good Morning Chicago. À l'image de l'Hannah Farr Show, le public visé par GMC sera essentiellement féminin. En plus des sujets frivoles et occasionnellement amusants, GMC abordera des thématiques plus profondes, comme la politique, la littérature et l'art en général, et portera un regard sur le monde et les questions internationales.

Nous recherchons une présentatrice et nous aimerions beaucoup discuter de ce poste avec vous. Seriez-vous intéressée ? En plus de l'entretien de rigueur et d'une vidéo de casting, nous vous demanderons de nous fournir une proposition d'émission inédite.

Sincères salutations,

James Peters
Directeur général
WCHI Chicago

Ouah. Il était donc sérieux quand il m'avait attirée à l'écart pendant la conférence de l'Association nationale des présentateurs. Il avait regardé mon émission. Il savait que mon audimat était en baisse mais il m'avait dit que j'avais un excellent potentiel si l'on me donnait ma chance. Il faisait peut-être allusion à cette opportunité-là, justement. Comme c'est enthousiasmant que WCHI me sollicite pour imaginer un nouveau concept d'émission! Stuart prend rarement en compte mon avis. «Il y a quatre sujets dont les gens ont envie d'entendre parler le matin à la télé, affirme Stuart. Les célébrités, le sexe, les régimes et la beauté.» Je donnerais n'importe quoi pour présenter une émission élevant un peu le débat.

L'espace de deux secondes, mon esprit s'envole. Mais je reviens vite à la réalité. Je ne veux pas d'un boulot à Chicago, une ville à mille cinq cents kilomètres d'ici. Je me suis trop investie dans La Nouvelle-Orléans. J'aime cette ville de contrastes où le raffinement côtoie la crasse, avec son jazz, ses sandwichs po'boys et son gombo aux fruits de mer. Plus important encore, je suis amoureuse du maire de la ville. Même si je voulais postuler pour ce travail – ce dont je n'ai pas envie –, Michael refuserait d'en entendre parler. Sa famille vit à «La N'velle-O» depuis trois générations et lui y élève une quatrième – en la personne de sa fille, Abby. Mais il est tout de même agréable de sentir qu'on s'intéresse à moi.

Jade raccroche brutalement et une veine saille sur son front.

«Quel connard! Mon père ne peut pas louper son rendez-vous. Marcus m'a affirmé qu'il pourrait l'y emmener – il m'a fait à nouveau de la lèche. Pas de souci, il m'a dit. Je ferai un petit détour en allant à la gare. J'aurais dû m'en douter.» Dans le reflet du miroir, ses yeux noirs brillent de colère. Elle se détourne et enfonce les touches de son portable. «Peut-être que Natalie pourra se libérer.»

La sœur de Jade est proviseur d'un lycée. Impossible pour elle de se libérer. «À quelle heure est le rendez-vous?

— À 9 heures. Marcus me jure qu'il est pieds et poings liés. C'est ça, ouais, pieds et poings liés. Liés à la tête du lit de sa pute, à faire son exercice du matin. »

Je consulte ma montre : 8 h 20.

« Vas-y, dis-je. Les médecins ne sont jamais à l'heure. Si tu te dépêches, tu pourras arriver à temps. »

Elle me décoche un regard noir.

« Je ne peux pas partir. Je n'ai pas fini de te maquiller. »

Je bondis de mon fauteuil.

« Quoi ? Tu crois que j'ai oublié comment me maquiller seule ? » Je la chasse doucement. « Allez. Vas-y.

— Mais Stuart. S'il apprend que…

— Ne t'inquiète pas. Je couvre tes arrières. Mais reviens pour que Sheri soit prête aux JT de ce soir ou on risque de se faire engueuler toutes les deux. » Je dirige son corps fluet vers le couloir. « Allez, c'est parti. »

Elle jette un bref coup d'œil vers la pendule au-dessus de la porte, elle attend sans rien dire et se mord la lèvre. Je comprends soudain : Jade est venue au travail en tramway. Je saisis mon sac dans le casier et y pioche mes clés.

« Prends ma voiture, lui dis-je en lui tendant le trousseau.

— Quoi ? Non, je ne peux pas ! Et si jamais je…

— Ce n'est qu'une voiture, Jade. Elle est remplaçable. » *Contrairement à ton père*, mais je ne le dis pas à voix haute. Je lui colle les clés dans la paume de la main. « Allez, file avant que Stuart ne se pointe et découvre que tu m'as laissée en plan. »

Son visage est inondé de soulagement et elle me prend dans ses bras, dans une étreinte puissante.

« Oh, merci. Surtout, ne t'en fais pas, je prendrai soin de ta bagnole. » Elle se tourne vers la porte. « Et ne sois pas sage ! » lance-t-elle, sa ritournelle préférée en guise de salut. Elle est à mi-chemin vers l'ascenseur quand je l'entends crier : « Je te le revaudrai, Hannabelle.

– Oh, je ne l'oublierai pas, tu peux en être sûre. Fais un câlin à Pop de ma part. »

Je referme la porte, seule dans ma loge avec trente minutes à tuer avant le début de l'émission. Je trouve un flacon d'autobronzant que je m'étale sur le front et l'arête du nez.

Je détache les pinces de ma cape en plastique et je reprends la lettre de M. Peters pour aller la relire à mon bureau. Ce poste est sans aucun doute une opportunité fantastique, surtout si l'on considère ma dégringolade actuelle ici. Je passerais du cinquante-troisième plus gros marché télévisuel national au troisième. En quelques années, je pourrais prendre en charge des émissions sur des chaînes publiques nationales comme *GMA* ou *The Today Show*. Et mon salaire quadruplerait à coup sûr.

Je m'installe au bureau. M. Peters voit la même Hannah Farr que tout le monde : une professionnelle ambitieuse, heureuse et célibataire, sans racines, une opportuniste qui ferait ses valises et traverserait le pays avec joie pour un meilleur salaire et une mission plus gratifiante.

Mon regard se pose sur une photo de mon père et moi aux Critics' Choice Awards en 2012. Je me mords la joue au souvenir de cette cérémonie huppée. Les yeux vitreux de mon père et son nez rouge m'indiquent qu'il a déjà trop bu. J'arbore une robe de soirée argentée et un large sourire. Mais mon regard est vide et creux, exactement la sensation que j'éprouvais ce soir-là, assise seule avec lui. Non pas parce que j'étais passée à côté des récompenses.

Mais parce que je me sentais perdue. Des épouses, des enfants, des parents sobres entouraient les autres nominés. Ils riaient, applaudissaient et, plus tard, ils avaient fait une ronde et dansé ensemble. Je les enviais.

Je regarde une autre photo, Michael et moi sur un bateau au lac Pontchartrain, l'été dernier. On aperçoit une mèche de cheveux blonds d'Abby dans un coin du cliché. Elle est perchée à la proue sur ma droite et elle me tourne le dos.

Je repose la photo. D'ici quelques années, j'espère avoir un nouveau cadre sur mon bureau : Michael et moi devant une jolie maison, en compagnie d'une Abby souriante et peut-être d'un enfant à nous.

Je glisse la lettre de M. Peters dans un dossier privé intitulé SOLLICITATIONS où j'ai déjà classé la douzaine de lettres semblables reçues au fil des ans. Ce soir, j'enverrai la réponse habituelle, *merci mais non merci*. Michael n'en saura rien. Car cela peut paraître cliché et complètement ringard, mais un poste bien en vue à Chicago n'est rien en comparaison d'une famille à fonder.

Mais quand aurai-je cette famille ? Très vite, Michael et moi nous sommes sentis en parfaite osmose. Au bout de quelques semaines, nous parlions déjà au futur. Nous passions des heures entières à partager nos rêves. Nous citions les prénoms de nos futurs enfants – Zachary, Emma ou Liam –, nous spéculions pour savoir à qui ils ressembleraient, et si Abby préférerait avoir un frère ou une sœur. Nous passions des heures sur Internet en quête d'une maison, nous envoyant des liens vers des annonces accompagnés de commentaires comme *Mignon mais Zachary aura besoin d'un jardin plus grand*, ou *Imagine ce qu'on pourrait faire dans une chambre comme ça*. J'ai l'impression que tout cela s'est passé il y a une éternité. À présent, les rêves de Michael se concentrent sur sa carrière politique et toutes nos discussions sur l'avenir se concluent par «quand Abby aura son bac. »

Une pensée me traverse l'esprit. L'idée qu'il puisse me perdre pourrait-elle déclencher chez Michael le désir d'engagement que j'attends ?

Je ressors la lettre du dossier et mon idée gagne en puissance. C'est bien plus qu'une offre d'emploi. C'est l'occasion d'accélérer les choses. Abby finit le lycée dans à peine un an. Le moment est venu de faire des projets. J'attrape mon téléphone. Voilà des semaines que je ne me suis pas sentie aussi légère.

Je compose son numéro et je me demande si j'aurai la chance de tomber sur lui pendant un de ses rares moments de solitude. Il sera impressionné qu'on me sollicite ainsi pour un poste – surtout dans un grand marché télévisuel comme Chicago. Il me dira qu'il est fier de moi, puis il me rappellera toutes les raisons merveilleuses qui m'empêchent de partir, notamment la raison principale : lui. Plus tard, quand il aura l'occasion d'y réfléchir, il se rendra compte qu'il ferait mieux de franchir le pas avant qu'on ne m'arrache à son étreinte. Je souris, étourdie à l'idée qu'on puisse me courtiser ainsi, sur le plan professionnel et personnel.

« Ici monsieur Payne, maire de La Nouvelle-Orléans. » Sa voix est déjà rauque alors que la journée ne fait que commencer.

« Joyeux mercredi », dis-je avec l'espoir que la perspective de notre soirée en amoureux puisse le réjouir. En décembre dernier, Abby a commencé à faire du baby-sitting de façon régulière le mercredi soir, libérant Michael de ses obligations parentales et nous accordant un soir par semaine en couple.

« Salut, bébé. » Il soupire. « Quelle journée de fou. Il y a une réunion municipale au lycée Warren Easton. Une séance de réflexion sur la prévention de la violence à l'école. Je suis en route. J'espère être revenu à midi pour le rallye. Tu viens, pas vrai ? »

Il parle du rallye de l'association Vers la lumière, qui œuvre à la prévention des actes pédophiles. Je m'accoude au bureau.

« J'ai prévenu Marisa que je ne pourrai pas y assister. Midi, c'est trop juste pour moi. Je suis vraiment désolée.

– Ne t'en fais pas. Tu leur donnes déjà beaucoup. Je ne vais pas pouvoir rester longtemps non plus. J'ai des réunions tout l'après-midi pour discuter de l'augmentation de la pauvreté. Ça risque de se prolonger jusqu'au dîner, j'en ai bien peur. Ça t'embête si on annule pour ce soir ? »

Des débats sur la pauvreté ? Je ne peux pas protester, même si on est mercredi. Si je compte devenir la femme du maire, j'ai intérêt à accepter le fait qu'il soit un homme de devoir. Après tout, c'est un des côtés que j'aime tant chez lui.

« Non, ça ne me gêne pas. Mais tu as l'air épuisé. Essaie de dormir un peu cette nuit.

– Oui. » Il baisse la voix. « Même si je préférerais faire autre chose que dormir, cette nuit. »

Je souris en m'imaginant entre ses bras. « Moi aussi. »

Je me demande si je dois évoquer la lettre de James Peters. Il a suffisamment de sujets de préoccupation sans que j'en rajoute.

« Je te laisse, dit-il. Sauf si tu avais besoin de me dire quelque chose en particulier. »

Oui, ai-je envie de répondre. *J'ai besoin de quelque chose.
J'ai besoin de savoir que je vais te manquer cette nuit, que je suis
une priorité à tes yeux. J'ai besoin d'être certaine que toi et moi,
nous avançons vers un avenir ensemble, que tu veux m'épouser.*
Je prends une profonde inspiration.

« Je voulais juste te prévenir. Quelqu'un court après ta
copine. » Je prononce la phrase d'un ton chantonnant et
léger. « J'ai reçu une lettre d'amour, aujourd'hui.

– Qui veut entrer en compétition avec moi ? Je vais le
tuer, c'est juré. »

J'éclate de rire et je décris le courrier de James Peters,
l'offre professionnelle, et j'espère faire preuve d'assez
d'enthousiasme pour déclencher une petite alarme chez
Michael.

« Ce n'est pas franchement une proposition de poste
mais on dirait que je les intéresse. Ils veulent que je leur
présente une idée d'émission inédite. C'est plutôt cool,
hein ?

– Très cool, oui. Félicitations, ma super star. Encore
un truc pour me rappeler que je ne te mérite pas. »

Mon cœur fait une petite danse.

« Merci. C'est gentil. » Je ferme les yeux et je continue à
avancer avant de perdre courage. « L'émission commence
à l'automne. Ils ont besoin de prendre une décision
rapidement.

– C'est dans six mois à peine. Tu ferais mieux d'agir au
plus vite. Tu as déjà pris rendez-vous pour un entretien ? »

J'en ai le souffle coupé. Je porte la main à ma gorge,
je m'oblige à respirer. Dieu merci, Michael ne peut pas
me voir.

« Je… non, j'ai… Je n'ai pas encore répondu.

– Si on s'arrange bien, on pourrait t'accompagner avec Abby. Prendre des minivacances. Ça fait des années que je ne suis pas allé à Chicago. »

Dis quelque chose ! Dis-lui que tu es déçue, que tu espérais qu'il te supplie de rester. Rappelle-lui que ton ex-fiancé habite à Chicago, bon sang !

« Alors, ça ne te dérangerait pas que je parte ?

– Eh bien, ça ne me plairait pas. Les relations à distance, c'est naze. Mais on ferait en sorte que ça marche, tu ne crois pas ?

– Si, bien sûr. » Sauf qu'au fond de moi, je pense à nos emplois du temps actuels dans cette ville où nous vivons tous les deux et où nous n'arrivons même pas à trouver du temps à deux.

« Écoute, dit-il. Il faut que j'y aille. Je te rappelle. Et félicitations, bébé, je suis fier de toi. »

Je raccroche et m'affale dans le fauteuil. Michael se fiche bien que je parte. Je suis une idiote. Le mariage ne fait plus partie de ses projets. Et il ne m'a laissé aucune échappatoire. Je suis obligée d'envoyer mon CV et une proposition d'émission à M. Peters. Sinon, je vais passer pour une manipulatrice, ce qui est le cas, j'imagine.

Mes yeux se posent sur le *Times-Picayune* qui dépasse de mon sac. Je récupère le journal et lis le gros titre. REVENDIQUEZ VOTRE HONTE. Mais oui, c'est ça. Envoyez une Pierre du Pardon et tout sera oublié. Tu nages en plein délire, Fiona Knowles.

Je me masse le front. Je pourrais saboter cette proposition, rédiger un projet bidon et dire à Michael que je n'ai même pas obtenu d'entretien d'embauche. Non. Je suis trop fière pour ça. Si Michael veut que je tente de décrocher cet emploi, alors merde, je le tenterai ! Et je ferai mieux qu'une tentative : je l'obtiendrai. Je déménagerai, je prendrai un nouveau départ. L'émission sera très populaire et je deviendrai la prochaine Oprah Winfrey de Chicago ! Je rencontrerai un homme, un homme qui aimera les enfants et qui sera prêt à s'engager sur le long terme. Alors, ça te plaît comme projet, Michael Payne ?

Mais avant tout, je dois rédiger un concept d'émission.

Je fais les cent pas dans la loge, j'essaie de trouver une idée de dingue pour une émission, un truc qui donne à réfléchir, un concept nouveau et dans l'air du temps. Quelque chose qui me permette de décrocher le boulot, d'impressionner Michael… et peut-être de le pousser à réévaluer la situation.

Mes yeux se posent à nouveau sur le journal. Lentement, mon regard se radoucit. Oui. Ça pourrait fonctionner. Mais en serai-je capable ?

Je sors le journal de mon sac et je découpe avec soin l'article de Fiona. Je m'approche du tiroir de mon bureau et prends une profonde inspiration. *Mais qu'est-ce que je fous ?* Je scrute le tiroir fermé comme s'il s'agissait de la boîte de Pandore. Je l'ouvre enfin d'un geste brusque.

Je fouille entre les stylos, les pinces, les post-it, et je la retrouve. Elle est coincée tout au fond du tiroir, exactement là où je l'avais cachée deux ans plus tôt.

Une lettre d'excuses de Fiona Knowles. Et une bourse en velours contenant deux pierres du Pardon.

2

J'ouvre la bourse en tirant sur les ficelles. Deux petits graviers ordinaires et ronds roulent dans la paume de ma main. Je les caresse un instant, l'un est gris et strié de veinules noires, l'autre est blanc ivoire. Je sens quelque chose crisser sous le velours et je sors la petite lettre pliée en accordéon, comme le mot de bonne fortune d'un petit biscuit chinois.

L'une de ces pierres symbolise le poids de la colère.
L'autre symbolise le poids de la honte.
Ils peuvent être soulagés tous les deux, si tu choisis de te libérer de ce fardeau.

Attend-elle encore ma pierre ? Les trente-quatre autres qu'elle a envoyées lui sont-elles revenues ? La culpabilité m'étouffe.

Je déplie la feuille et je relis le courrier daté du 10 avril 2013.

Chère Hannah,

Je m'appelle Fiona Knowles. J'espère sincèrement que tu ignores qui je suis. Si tu t'en souviens, c'est que je t'ai laissé des cicatrices.

Toi et moi étions au collège ensemble à Bloomfield Hills Academy. Tu étais nouvelle et j'ai fait de toi ma cible de prédilection. Non seulement je t'ai harcelée, mais j'ai retourné les autres filles contre toi. Et une fois, tu as failli être renvoyée à cause de moi. J'ai dit à Mme Maples que je t'avais vue voler les réponses à l'interro d'histoire sur son bureau, alors qu'en réalité c'était moi la coupable.

Dire que j'ai honte ne peut même pas exprimer le sentiment de culpabilité que j'éprouve. À l'âge adulte, j'ai essayé de rationnaliser la cruauté dont j'ai pu faire preuve étant enfant, et la jalousie en était bien sûr la première motivation, suivie de près par un sentiment d'insécurité. Mais disons les choses comme elles sont, j'étais une tortionnaire. Je ne cherche pas d'excuse. Je suis vraiment, profondément désolée.

Je suis heureuse de voir que tu as si bien réussi, que tu as ta propre émission à La Nouvelle-Orléans. Peut-être as-tu oublié Bloomfield Hills Academy et l'horrible personne que j'y ai été. Mais mes actes me hantent chaque jour.

Je suis avocate le jour, et poète la nuit. De temps à autre, j'ai même la chance d'être publiée. Je ne suis pas mariée, je n'ai pas d'enfants. Parfois, je crois que la solitude est ma pénitence.

Je te demande de me renvoyer une pierre, si (et quand) tu acceptes mes excuses, ce qui nous soulagera toutes les deux d'un poids, celui de la colère pour toi, et celui de la honte pour moi. Envoie l'autre pierre ainsi qu'une deuxième à une personne que tu as blessée, s'il te plaît, et accompagne-les d'une lettre d'excuses sincères. Quand la pierre te reviendra, comme la mienne me sera revenue, je l'espère, tu auras refermé le Cercle du Pardon. Jette cette pierre dans un lac, dans une rivière, enfouis-la dans ton jardin ou dans un parterre de fleurs – n'importe où, afin de symboliser à tes yeux la libération du fardeau de la honte.

Cordialement,
Fiona Knowles

Je repose la lettre. Même aujourd'hui, deux ans après l'avoir reçue, j'en ai le souffle court. Les actes de cette fille ont provoqué tant de dommages collatéraux. À cause de Fiona Knowles, ma famille s'est désagrégée. Oui, sans Fiona, mes parents n'auraient peut-être jamais divorcé.

Je me masse les tempes. Je dois me montrer pragmatique, et non émotive. Fiona Knowles fait parler d'elle en ce moment, et je fais partie de ses premiers destinataires. J'ai un sacré sujet d'émission entre les mains. Exactement le genre d'idée qui pourrait impressionner M. Peters et son équipe à WCHI. Je pourrais proposer d'inviter Fiona sur le plateau et nous raconterions toutes les deux notre histoire de culpabilité, de honte et de pardon.

Le seul problème, c'est que je ne lui ai jamais pardonné. Que je n'ai aucune intention de le faire. Je me mords la lèvre. Y suis-je obligée, maintenant ? Ou bien puis-je trouver une solution pour la jouer en finesse ? Après tout, WCHI ne m'a demandé qu'une proposition. L'émission ne sera jamais filmée. Mais non, je ferais mieux de faire les choses à fond, au cas où.

Je prends une feuille de papier à lettre dans mon bureau quand on frappe à la porte.

« Dix minutes avant l'antenne, annonce Stuart.

— J'arrive tout de suite. »

J'attrape mon stylo-plume porte-bonheur, un cadeau de Michael quand mon émission a décroché la deuxième place aux Louisiana Broadcast Awards, et je griffonne une réponse.

Chère Fiona,

Tu trouveras ci-joint ta pierre, te voilà donc libérée du fardeau de la honte, et moi, de celui de la colère.

Cordialement,
Hannah Farr

Oui, c'est laconique. Mais je ne peux pas faire mieux. Je glisse la lettre et une des pierres dans une enveloppe que je cachète. Je la déposerai dans une boîte en rentrant chez moi. Je peux à présent dire en toute honnêteté que j'ai renvoyé la pierre.

3

Je retire ma robe et mes escarpins pour enfiler un legging et des chaussures plates. Avec mon sac rempli d'un pain encore chaud et d'un bouquet de larges fleurs de magnolia blanches, j'avance vers le Garden District pour rendre visite à mon amie Dorothy Rousseau. Elle vivait à côté de chez moi à l'Évangeline, un immeuble de cinq étages sur St Charles Avenue, avant de s'installer dans la maison de retraite de Garden District quatre mois plus tôt.

Je traverse Jefferson Street en courant, je longe des jardins regorgeant de digitales blanches, d'hibiscus orange, de fleurs de canna rubis. Malgré la beauté du printemps, mon esprit vole vers Michael et sa nonchalance totale, vers l'opportunité d'embauche qui semble désormais incontournable, vers Fiona Knowles et la Pierre du Pardon que je viens de poster.

Il est plus de 15 heures quand j'arrive à la vieille demeure en briques. Je gravis la rampe d'accès métallique, je salue Martha et Joan assises sur le porche.

« Bonjour, mesdames », dis-je en leur offrant à chacune une fleur de magnolia.

Dorothy est venue vivre ici quand la dégénérescence maculaire a fini par la priver de son indépendance. Son fils unique vivant à mille cinq cents kilomètres d'elle, je me suis chargée seule de l'aider à trouver son nouveau logement, un lieu où l'on servait un repas trois fois par jour et où l'on pouvait appeler à l'aide en appuyant sur un simple bouton. À soixante-seize ans, Dorothy a supporté le changement avec l'aisance d'une étudiante arrivant sur le campus pour sa première année de fac.

Je m'engouffre dans le vaste hall d'entrée et j'ignore le registre des visites. Je viens ici si souvent que tout le monde me connaît. Je me dirige à l'arrière de la maison et je trouve Dorothy seule dans la cour. Elle est affalée dans un fauteuil en rotin, les oreilles couvertes de vieux écouteurs. Le menton posé sur la poitrine, elle a les yeux fermés. Je lui tapote l'épaule et elle sursaute.

« Salut, Dorothy, c'est moi. »

Elle retire ses écouteurs, éteint le lecteur CD et se lève. Elle est grande et mince, et sa chevelure blanche soyeuse coupée au carré contraste avec le joli teint olive de sa peau. Elle a beau être aveugle, elle se maquille tous les jours – afin d'épargner ceux qui ont encore la vue, plaisante-t-elle toujours. Avec ou sans maquillage, Dorothy est l'une des plus belles femmes que je connaisse.

« Hannah, ma chérie ! » Son accent traînant du Sud est doux et rond, comme le goût du caramel. Elle cherche mon bras à tâtons et quand elle le trouve, elle m'attire à elle et m'enlace. Une chaleur familière se loge dans ma poitrine. Je respire ses effluves de Chanel, je sens sa main caresser mon dos. C'est l'étreinte d'une mère sans fille, l'étreinte d'une fille sans mère, une étreinte dont je ne me lasserai jamais.

Elle renifle. «Je sens un parfum de magnolia, non ?

– Quel flair ! dis-je en sortant le bouquet de mon sac. Je t'ai aussi apporté mon pain au sirop d'érable et à la cannelle. »

Elle applaudit. « Mon préféré ! Tu me gâtes trop, Hannah Marie. »

Je souris. Hannah Marie – un petit surnom qu'une mère pourrait inventer à sa fille, j'imagine.

Elle incline la tête. « Qu'est-ce qui t'amène ici un mercredi ? Tu n'es pas censée te faire belle pour ta soirée en amoureux ?

– Michael est occupé, ce soir.

– Ah bon ? Assieds-toi et raconte-moi tout. »

Je souris en entendant son invitation classique à rester discuter, et je m'installe dans l'ottomane en face d'elle. Elle tend la main et la pose sur mon bras.

« Dis-moi tout. »

Quelle chance d'avoir une amie qui sent quand j'ai besoin de déballer ce que j'ai sur le cœur. Je lui parle de la lettre de James Peters à WCHI, de la réaction enthousiaste de Michael.

« "Ne fais jamais de quelqu'un ta priorité quand tu n'es pour lui qu'une simple option", c'est Maya Angelou qui a dit ça un jour. » Dorothy hausse les épaules. « Enfin, bien sûr, tu as le droit de me dire de m'occuper de mes oignons.

– Non, je suis d'accord. Je me sens tellement idiote. J'ai gâché deux ans de ma vie en pensant que je l'épouserais. Mais je ne suis pas du tout convaincue qu'il envisage encore cette option.

– Tu sais, dit Dorothy, j'ai appris il y a longtemps à demander franchement ce dont j'avais envie. Ça n'a rien de très romantique, mais en toute honnêteté, les hommes peuvent être si crétins quand on se perd dans les sous-entendus. Tu lui as dit que sa réaction t'avait déçue ? »

Je hoche la tête. « Non. J'étais prise au piège, alors j'ai écrit en vitesse à M. Peters pour lui signaler mon intérêt. Est-ce que j'avais le choix ?

— Tu as toujours le choix, Hannah. Ne l'oublie jamais. Avoir le choix, c'est notre plus grand pouvoir.

— C'est ça, oui. Je pourrais dire à Michael que je laisse tomber l'opportunité professionnelle de toute une vie parce que je m'accroche à l'espoir qu'un jour on fonde une famille. Mais bien sûr. Cette solution me donnerait un sacré pouvoir, oui. Le pouvoir de faire fuir Michael le plus loin possible. »

Comme pour détendre l'atmosphère, Dorothy se penche vers moi.

« Tu es fière de moi ? Je n'ai pas encore fait allusion à mon cher fils. »

Je ris. « Jusqu'à maintenant, oui.

— C'est une autre raison qui pousse Michael à garder ses distances. Il doit être terriblement perturbé à l'idée que tu emménages dans la même ville que ton ex-fiancé. »

Je hausse les épaules. « Eh bien, si c'est le cas, je n'en saurai jamais rien. Il n'a jamais fait allusion à Jack.

— Tu iras le voir ?

— Jack ? Non. Non, bien sûr que non. » J'attrape la bourse qui renferme les deux pierres, soudain impatiente de changer de sujet. C'est trop bizarre de parler de mon ex-fiancé infidèle avec sa propre mère. « Je t'ai apporté autre chose. » Je dépose la bourse en velours dans sa main. « Ça s'appelle les pierres du Pardon. Tu en as déjà entendu parler ? »

Son visage s'illumine. « Bien sûr. C'est Fiona Knowles qui a lancé ce phénomène. Elle est passée sur NPR la semaine dernière. Tu sais qu'elle a écrit un livre ? Elle va venir à La Nouvelle-Orléans en avril prochain.

– Oui, il paraît. Eh bien, j'étais au collège avec Fiona Knowles.

– C'est pas vrai ! »

Je parle à Dorothy des pierres que j'ai reçues, des excuses de Fiona.

« Mon Dieu ! Tu fais partie des trente-cinq destinataires d'origine. Tu ne me l'avais jamais dit. »

Je contemple le jardin. M. Wiltshire est assis dans son fauteuil roulant à l'ombre d'un chêne vert tandis que Lizzy, l'aide-soignante préférée de Dorothy, lui lit des poèmes.

« Je ne comptais pas lui répondre. Enfin quoi, une Pierre du Pardon peut-elle vraiment réparer deux années entières de harcèlement ? »

Dorothy ne répond pas mais, à mon avis, elle doit penser que oui.

« Bref, il faut que je rédige une proposition d'émission pour WCHI. J'ai choisi l'histoire de Fiona. Elle est à la mode en ce moment, et le fait que je fasse partie des premiers destinataires, ça donne à l'histoire un côté personnel. C'est le sujet idéal pour intéresser les téléspectateurs. »

Dorothy acquiesce. « C'est pour ça que tu lui as renvoyé la pierre. »

Je baisse les yeux vers mes mains. « Oui. Je l'admets. Je ne l'ai pas fait sans arrière-pensée.

– Cette proposition d'émission… Ils vont vraiment la produire ?

– Non, je ne pense pas. C'est plutôt pour tester ma créativité. Mais bon, je veux les impressionner. Et si je n'obtiens pas le poste, je pourrai utiliser l'idée pour mon émission ici, si Stuart m'y autorise. Donc, d'après les règles de Fiona, je suis censée continuer le cercle en ajoutant une deuxième pierre dans la bourse et l'envoyer à une personne que j'ai blessée.» Je retire le caillou ivoire que j'ai reçu de Fiona et je laisse l'autre dans la bourse en velours. «C'est ce que je m'apprête à faire, je te donne donc cette pierre avec mes excuses les plus sincères.

– À moi ? Mais pourquoi ?

– Oui, à toi.» Je dépose la pierre dans sa main. «Je sais combien tu aimais vivre à l'Évangeline. Je suis désolée de ne pas avoir pu prendre davantage soin de toi, de ne pas t'avoir permis de rester là-bas. Peut-être qu'on aurait pu engager une aide à domicile…

– Ne sois pas ridicule, ma chérie. Cet appartement était bien trop petit pour s'y encombrer d'une autre personne. Ici, ça me va très bien. J'y suis heureuse. Tu le sais bien.

– Quoi qu'il en soit, je voudrais te donner cette Pierre du Pardon.»

Elle relève le menton, ses yeux aveugles se posent sur moi comme des projecteurs.

«Tu essaies de te défiler. Tu cherches un moyen facile de sortir de ce cercle afin de rédiger les grandes lignes de ton émission pour WCHI. Que comptes-tu proposer ? Que Fiona Knowles et moi venions sur le plateau pour incarner le Cercle parfait du Pardon ?»

Je suis piquée au vif. «C'est si mal que ça ?

– Ça l'est quand tu choisis la mauvaise personne pour le faire.» Elle m'empoigne la main et plaque le caillou dans ma paume. « Je ne peux pas accepter cette pierre. Il y a quelqu'un qui mérite tes excuses bien davantage. »

La confession de Jack me revient à grand fracas et éclate en mille morceaux acérés. « Je suis désolé, Hannah. J'ai couché avec Amy. Rien qu'une fois. Ça n'arrivera plus. Je te le promets. »

Je ferme les yeux. « Je t'en prie, Dorothy. Tu sais que j'ai gâché la vie de ton fils quand j'ai rompu nos fiançailles. Mais inutile de ressasser le passé.

– Je ne parle pas de Jackson, dit-elle en articulant chaque mot. Je parle de ta mère. »

4

J e jette la pierre sur ses genoux comme si elle était brûlante.

« Non. C'est trop tard pour pardonner. Il y a des sujets qu'il vaut mieux ne plus aborder. »

Et si mon père était encore vivant, il serait d'accord. « On ne peut pas faucher un champ quand il vient juste d'être labouré, répétait-il souvent. À moins d'avoir envie de rester embourbé. »

Elle prend une profonde inspiration. « Je te connais depuis que tu as emménagé ici, Hannah, une fille aux rêves immenses et au grand cœur. Je sais tout au sujet de ton incroyable père, la façon dont il t'a élevée seul depuis ton adolescence. Mais tu as partagé si peu de choses à propos de ta mère, à part le fait qu'elle t'a préféré son amant.

– Et je ne veux plus avoir le moindre contact avec elle. » Mon cœur s'emballe. Je suis furieuse que cette femme – que je n'ai pas vue et avec qui je n'ai pas parlé depuis plus d'une décennie – puisse encore avoir un tel effet sur moi. *Le poids de la colère*, j'imagine Fiona articuler. « Ma mère a clairement présenté son choix.

– Sans doute. Mais je pense que l'histoire ne s'arrête pas là. Excuse-moi. J'aurais dû te dire ce que j'en pensais il y a des années de ça. Ça m'a toujours travaillée. J'essayais peut-être de te garder pour moi toute seule. » Elle cherche mes mains à tâtons et repose la pierre dans ma paume. « Il faut que tu fasses la paix avec ta mère, Hannah. Il est grand temps.

– Tu n'as pas compris. J'ai déjà pardonné à Fiona Knowles. Cette deuxième pierre sert à demander le pardon, pas à l'accorder. »

Dorothy hausse les épaules. « Accorder son pardon ou le demander. Je ne crois pas que ces pierres du Pardon soient accompagnées d'une règle gravée dans le marbre. Le but est de restaurer l'harmonie entre deux personnes, non ?

– Écoute, je suis désolée, Dorothy, mais tu ne connais pas les détails de l'histoire.

– Je me demande si tu les connais toi-même. »

Je la dévisage. « Pourquoi tu dis ça ?

– Tu te rappelles la dernière fois que ton père est venu ? J'habitais encore à l'Évangeline, et vous êtes venus dîner chez moi. »

Ç'avait été la dernière visite de mon père, mais nous l'ignorions à l'époque. Il était bronzé et heureux, le centre de l'attention, comme d'habitude. Nous étions installés sur le balcon de Dorothy à partager des histoires et à boire un peu trop.

« Oui, je m'en souviens.

– Il se doutait qu'il allait quitter ce monde, je crois. »

Le ton de sa voix, son air presque mystique avec ses yeux embrumés me donnent la chair de poule.

«Ton père et moi avons échangé un moment en privé. Il m'a parlé pendant que Michael et toi étiez sortis chercher une autre bouteille de vin. Il avait un peu trop bu, je dois bien l'admettre. Mais je crois qu'il voulait se libérer d'un poids qui pesait sur sa poitrine.»

Mon cœur se met à battre la chamade. «Qu'a-t-il dit?

— Il m'a dit que ta mère t'envoyait encore des lettres.»

Je peine à respirer. Des lettres? De ma mère? «Non. C'était l'alcool qui parlait. Ça fait presque vingt ans qu'elle ne m'a pas écrit.

— En es-tu si certaine? J'ai eu la nette impression que, pendant toutes ces années, ta mère avait essayé d'entrer en contact avec toi.

— Il me l'aurait dit. Non. Ma mère ne veut plus rien avoir affaire avec moi.

— Mais tu me l'as dit toi-même, c'est toi qui as coupé les ponts.»

Un souvenir furtif de mon seizième anniversaire me revient. Mon père est assis en face de moi au restaurant Mary Mac's. Je revois son sourire, large et franc, ses coudes sur la nappe blanche quand il se penche pour me regarder déballer mon cadeau – un pendentif en diamant et saphir, bien trop somptueux pour une adolescente. «Ces pierres viennent de la bague de fiançailles de Suzanne, a-t-il dit. Je les ai fait monter sur un autre bijou pour toi.»

J'ai contemplé les pierres précieuses énormes, je me suis rappelé ses mains immenses qui fouillaient dans la boîte à bijoux de ma mère le jour où il est parti, affirmant que la bague lui revenait de droit – à lui, et à moi aussi.

«Merci, papa.

– Et j'ai encore un cadeau pour toi. » Il m'a pris la main et m'a adressé un clin d'œil. « Elle, tu n'es plus obligée d'aller la voir, ma puce. »

Il m'a fallu un moment pour comprendre qu'*elle*, c'était ma mère.

« Tu es assez grande maintenant pour décider par toi-même. Le juge l'a bien précisé dans l'accord de garde partagée. » Son visage débordait de joie, comme si ce deuxième « cadeau » était le gros lot. Je l'ai dévisagé, bouche bée.

« Genre, plus du tout de contact ? Plus jamais ?

– C'est toi qui décides. Ta mère a accepté les termes de cet accord. Bon sang, elle sera sûrement aussi contente que toi d'être débarrassée de cette obligation. »

J'ai affiché un faux sourire tremblant. « Euh, d'accord. Je crois. Si c'est ce que tu... ce qu'elle veut. »

Je me détourne de Dorothy, sentant la commissure de mes lèvres plonger vers le bas. « Je n'avais que seize ans. Elle aurait dû insister pour que je la revoie. Elle aurait dû se battre pour moi ! C'était son devoir de mère. » Ma voix se brise et j'attends un instant avant de pouvoir continuer. « Mon père l'a appelée pour lui annoncer la nouvelle. Comme si ma mère avait attendu que je suggère cette idée moi-même. Quand il est ressorti du bureau, il m'a simplement déclaré : "C'est terminé, ma puce. Tu es tranquille, maintenant." »

Je porte la main à ma bouche et j'essaie de déglutir, heureuse pour une fois que Dorothy ne puisse pas me voir. « Deux ans plus tard, elle est venue à la cérémonie de remise des diplômes à mon lycée, elle a affirmé qu'elle était fière de moi. J'avais dix-huit ans et j'étais si blessée que je lui ai à peine adressé la parole. Mais qu'est-ce qu'elle espérait, après deux ans de silence ? Je ne l'ai pas revue depuis.

— Hannah, je sais que ton père comptait plus que tout à tes yeux mais… » Elle fait une pause, comme pour chercher ses mots. « Est-il possible qu'il t'ait délibérément éloigné de ta mère ?

— C'est ce qu'il a fait, bien sûr. Il voulait me protéger. Elle n'a pas arrêté de me faire du mal.

— Ça, c'est ta version des faits – TA vérité. Et tu y crois, je peux le comprendre. Mais ça ne signifie pas non plus que ce soit LA vérité. »

Elle a beau être aveugle, je jure que Mme Rousseau parvient à voir jusque dans mon âme. Je m'essuie les yeux. « Je n'ai pas envie d'en parler. »

L'ottomane crisse sur le ciment tandis que je me lève pour partir.

« Assieds-toi », ordonne-t-elle. Sa voix est sévère et j'obéis. « Agatha Christie a dit un jour qu'en chacun de nous il existait une trappe. » Elle trouve mon bras et le serre, ses ongles cassants s'enfoncent dans ma peau. « Derrière cette trappe se cachent nos secrets les plus sombres. Nous gardons la trappe solidement verrouillée, nous essayons de nous mentir à nous-mêmes, de croire que ces secrets n'existent pas. Les plus chanceux d'entre nous y parviennent. Mais je crains que toi, ma chérie, tu ne fasses pas partie des chanceux. »

Elle cherche mes mains et y reprend la pierre. Elle la dépose dans la bourse en velours avec l'autre et tire les cordelettes. Elle tâtonne en quête de mon sac. Quand elle le trouve enfin, elle y glisse la bourse.

« Tu ne découvriras pas ton avenir tant que tu ne te seras pas réconciliée avec ton passé. Allez. Va faire la paix avec ta maman. »

Je suis pieds nus dans la cuisine. Des casseroles en cuivre pendent à des crochets au-dessus de mon îlot en granit. Il est presque 15 heures ce samedi, et Michael doit venir à 18 heures. J'aime calculer mes préparatifs culinaires afin qu'à l'arrivée de Michael, un parfum de pain frais emplisse mon appartement. Voilà ma tentative éhontée de séduction domestique. Et ce soir, j'ai besoin de tous les renforts possibles. J'ai décidé de suivre les conseils de Dorothy et d'avouer franchement à Michael que je n'ai pas envie de quitter La Nouvelle-Orléans – ou, plutôt, que je n'ai pas envie de le quitter, lui. Mon cœur s'emballe à cette simple idée.

Les mains pleines de pâte, je soulève la boule collante du saladier et la pose sur un plan de travail fariné. Je travaille la pâte avec la paume de mes mains, je la pousse et la regarde se replier d'elle-même. Dans le placard sous l'îlot, à moins de trente centimètres de moi, se trouve un pétrisseur de pain Bosch étincelant. C'est mon père qui me l'a offert à Noël, trois ans plus tôt. Je n'ai pas eu le courage de lui dire que je préférais pétrir la pâte à la main, un rituel qui remonte à plus de quatre mille ans, quand les Égyptiens ont découvert l'usage de la levure. Je me demande s'il s'agissait d'une tâche pénible parmi tant d'autres pour les femmes de l'Égypte antique, ou si elles la trouvaient relaxante, comme moi. Les mouvements monotones pour pousser et étirer la pâte, la lente transformation naturelle, à peine visible, à mesure que la farine, l'eau et la levure deviennent soyeuses et élastiques.

Ma mère m'a appris que le mot *lady* vient de l'anglais médiéval, *dough kneader*, pétrisseuse de pâte. Comme moi, faire du pain était sa passion. Mais où avait-elle entendu une telle information ? Je ne l'ai jamais vue lire, sa propre mère n'était même jamais allée au lycée.

J'écarte une mèche de mon front du dos de la main. Depuis que Dorothy m'a ordonné de faire la paix avec ma mère il y a trois jours, je ne cesse de penser à elle. Est-il possible qu'elle ait essayé de me contacter ?

Une seule personne peut le savoir. Sans attendre une minute, je me rince les mains et décroche le téléphone.

Il est 13 heures sur le fuseau horaire du Pacifique. J'écoute les sonneries et imagine Julia sur sa véranda, en train de lire un roman d'amour ou de se limer les ongles.

« Han-Banane ! Comment vas-tu ? » s'écrie-t-elle.

Son intonation joyeuse me fait culpabiliser. Pendant un mois, après la mort de mon père, j'appelais Julia tous les jours. Rapidement, les communications se sont réduites à une fois par semaine, puis une fois par mois. Je ne lui ai pas parlé depuis Noël.

Je passe en vitesse les détails sur Michael et mon travail. « Tout va très bien, dis-je. Et toi ?

-- Le salon de coiffure m'envoie suivre une formation à Las Vegas. Ces derniers temps, on ne jure plus que par les perruques et les extensions capillaires. Tu devrais essayer. Elles sont vraiment pratiques.

— Peut-être, oui, lui dis-je avant d'en venir au fait. Julia, il faut que je te demande quelque chose.

— L'appartement. Je sais. Il faut que je publie l'annonce sur le marché.

– Non. Je veux que tu le gardes, je te l'ai déjà dit. Je vais appeler Mme Seibold cette semaine et voir pourquoi le transfert de propriété est si long.»

Je l'entends soupirer. «Tu es adorable, Hannah.»

Mon père a commencé à sortir avec Julia l'année où je suis partie à l'université. Il a pris une retraite anticipée et comme j'étais inscrite à USC, il a décrété qu'il pouvait bien s'installer lui aussi à Los Angeles. Il a rencontré Julia à la salle de sport. Elle avait une trentaine d'années à l'époque, dix ans de moins que lui. Je l'ai aimée tout de suite, cette beauté au grand cœur, avec son penchant pour le rouge à lèvres et les souvenirs à l'effigie d'Elvis. Elle m'a confié un jour qu'elle rêvait d'avoir des enfants mais qu'elle avait choisi mon père à la place, qui était, je la cite, un grand enfant lui-même. Ça me peine de voir que, dix-sept ans plus tard, son rêve d'enfants a disparu, tout comme «son grand enfant.» Lui donner l'appartement de mon père semblait un maigre substitut pour compenser ses sacrifices.

«Julia, mon amie m'a appris quelque chose que je n'arrive pas à ignorer.

– C'est quoi?

– Elle…» Je tiraille une mèche de cheveux. «Elle pense que maman a essayé de me contacter, qu'elle m'a envoyé une lettre… Ou plutôt des lettres. Je ne sais pas quand, exactement.» Je fais une pause, inquiète de paraître accusatrice. «Elle pense que papa était au courant.

– Je ne sais pas. J'ai déjà emporté une douzaine de sacs-poubelles pleins aux bonnes œuvres. Cet homme, il conservait vraiment tout.» Elle émet un rire faible et mon cœur se brise à l'entendre. C'était à moi de vider ses placards. Mais, à l'image de mon père, je lui ai laissé le soin d'accomplir les tâches difficiles.

« Tu n'as jamais trouvé une lettre, ou des lettres, ou n'importe quoi venant de ma mère ?

– Je sais qu'elle avait notre adresse ici à L.A. De temps en temps, elle envoyait des documents fiscaux ou autres. Mais je suis désolée, Hannah, il n'y avait rien pour toi. »

J'acquiesce, incapable de parler. Je ne m'étais pas rendu compte jusqu'à présent à quel point je rêvais d'une réponse différente.

« Ton papa t'aimait, Hannah. Il avait beau avoir un tas de défauts, il t'aimait vraiment. »

Je sais que mon père m'aimait. Mais pourquoi n'est-ce pas suffisant à mes yeux ?

Je prends plus de temps que d'habitude pour me préparer ce soir. Après m'être plongée dans mon bain moussant préféré, je reste devant le miroir vêtue d'un soutien-gorge en dentelle pêche et d'une culotte assortie, et j'entreprends de lisser au fer une dernière mèche de cheveux. Mes boucles naturelles frôlent mes épaules, mais Michael préfère les cheveux lisses. Je recourbe mes cils et applique du mascara, puis je jette mon maquillage dans ma trousse. Prenant soin de ne pas la froisser, je me glisse dans une jupe fourreau courte et cuivrée que j'ai choisie juste pour lui. À la dernière minute, j'exhume le cadeau de mon seizième anniversaire, le pendentif en diamant et saphir. Ces pierres qui ont été arrachées à la bague de fiançailles de ma mère semblent cligner des yeux, comme si elles ne parvenaient pas à s'habituer à leur nouvelle configuration. Pendant toutes ces années, j'ai conservé le pendentif dans sa boîte, sans jamais éprouver le désir ni le courage de le porter. Une vague de tristesse déferle en moi alors que j'accroche la chaîne à mon cou. Dieu bénisse l'âme de mon père. Il ne se rendait pas compte. Il ne comprenait pas que son cadeau symbolisait la perte et la destruction, et non son intention première, celle de me souhaiter la bienvenue dans le monde des femmes.

À 18 h 37, Michael entre dans mon appartement. Voilà une semaine que je ne l'ai pas vu, il a vraiment besoin d'aller chez le coiffeur. Mais contrairement à mes cheveux quand ils sont mal coupés, ses boucles blondes tombent en des mèches parfaitement ébouriffées et lui confèrent une allure juvénile à la Beach Boys. Je le taquine toujours en lui disant qu'il ressemble davantage à un mannequin de Ralph Lauren qu'à un maire. Ses yeux bleus comme des centaurées et son teint clair font de lui l'image même du succès, de ces hommes qu'on peut voir naviguer au large de Cape Cod à la barre d'un yacht Hinckley.

«Salut, ma belle», dit-il.

Sans même prendre la peine d'enlever son manteau, il me soulève dans ses bras et remonte ma jupe tandis qu'il me porte jusqu'à la chambre. Au diable ma jupe froissée!

Nous sommes étendus l'un à côté de l'autre, les yeux rivés au plafond. «Bon sang, dit-il en brisant le silence. J'en avais besoin.»

Je roule sur le flanc et passe mon doigt sur la ligne de sa mâchoire.

«Tu m'as manqué.

– Toi aussi, tu m'as manqué.» Il tourne la tête et suce le bout de mon doigt. «Tu es incroyable, tu le sais?»

Je reste immobile au creux de son bras, j'attends qu'il reprenne son souffle et nous entamons le deuxième round.

J'adore ces moments d'entracte, blottie contre Michael, où le monde semble si lointain, où je n'entends que le son de nos respirations lentes et entremêlées.

«Je peux te proposer un verre?» je lui murmure.

Sans réponse de sa part, je lève la tête. Il a fermé les yeux, sa bouche est entrouverte. Doucement, il se met à ronfler.

Je jette un coup d'œil au réveil. Il est 18 h 55 – dix-huit minutes chrono de la porte d'entrée aux bras de Morphée.

Il se réveille en sursaut, les yeux écarquillés, les cheveux en bataille.

«Quelle heure est-il?

– 19 h 40, dis-je en caressant son torse lisse. Tu étais fatigué.»

Il se rue hors du lit et cherche son portable. «Mon Dieu, j'ai dit à Abby qu'on passerait la chercher à 20 heures. On ferait mieux de s'activer.

– Abby vient avec nous?» je lui demande, en espérant que mon ton ne trahisse pas ma déception.

«Ouaip.» Il attrape sa chemise par terre. «Elle a annulé un rendez-vous pour passer la soirée avec nous.»

Je descends du lit. Je sais que c'est égoïste mais j'ai envie de lui parler de Chicago, ce soir. Et cette fois-ci, je compte bien être franche.

J'agrafe mon soutien-gorge et je me répète que Michael est père célibataire – et un bon père, qui plus est. Il est sans cesse tiraillé, avec sa fonction exigeante de maire. Je ne devrais pas l'obliger à choisir entre du temps avec moi et du temps avec sa fille. Il essaye de nous faire plaisir à toutes les deux.

« J'ai une idée, dis-je en le regardant pianoter son texto à Abby. Sors donc avec Abby ce soir, rien qu'elle et toi. Et peut-être qu'on pourra se voir demain. »

Il semble blessé. « Non. S'il te plaît. Je veux que tu viennes.

— Mais Abby… Je parie qu'elle apprécierait un tête-à-tête avec toi. Et puis il y a ce boulot à Chicago dont je t'ai parlé. J'ai vraiment besoin de te voir seul pour en discuter. On pourrait faire ça demain.

— Je veux passer la soirée avec les deux femmes de ma vie. » Il s'approche de moi et ses lèvres effleurent mon cou. « Je t'aime, Hannah. Et plus Abby te fréquentera, plus elle t'aimera, elle aussi. Elle a besoin de nous voir tous les trois ensemble, en famille. Tu n'es pas d'accord ? »

Je m'adoucis. Il pense à notre avenir, exactement ce que j'espérais.

Nous partons vers l'est dans St Charles Avenue et arrivons chez lui dans le quartier de Carrollton avec dix minutes de retard. Michael trottine jusqu'à la porte pour appeler Abby et je reste assise dans la voiture à contempler l'imposante demeure en stuc blanc crème qu'habitait une famille de trois personnes, il y a encore peu de temps.

Le jour de notre rencontre lors d'une vente aux enchères silencieuses au profit de l'association Vers la lumière, j'ai découvert que Michael avait une fille. J'étais attirée par le fait qu'il était père célibataire, comme mon propre père. Quand notre relation a débuté, je n'ai jamais eu de pensées négatives envers Abby. J'adore les enfants. Elle allait être un bonus. Je jure que je raisonnais exactement en ces termes… *avant* de la rencontrer.

Le portail métallique s'ouvre, Abby et Michael ressortent. Elle est presque aussi grande que son père, ses longs cheveux blonds sont tirés et tenus par une barrette, mettant en valeur ses magnifiques yeux verts. Elle grimpe sur la banquette arrière.

« Salut, Abby ! dis-je. Tu es vraiment jolie.

– Salut. »

Elle fouille dans son sac rose Kate Spade et en sort son téléphone.

Michael roule vers Tchoupitoulas Street et j'essaie d'engager la conversation avec Abby. Mais comme d'habitude, elle ne m'accorde que des réponses monosyllabiques et ne croise jamais mon regard. Quand elle a quelque chose à dire, elle regarde directement son père et commence chaque phrase par « papa ». Comme si son attitude silencieuse ne suffisait pas à me faire comprendre que je suis invisible et inutile. *Papa, j'ai eu mes résultats d'examen aux SAT. Papa, j'ai vu un film que tu adorerais.*

Nous arrivons au restaurant Broussard dans le quartier français – un choix d'Abby – où une serveuse brune et élancée nous accompagne à notre table. Les flammes des lanternes vacillent quand nous traversons la cour vers la salle du restaurant éclairée par des chandelles. Je remarque un couple élégant entre deux âges qui me dévisage lorsque je passe à proximité, et je leur souris.

« Je suis une grande fan, Hannah, dit la femme qui m'attrape par le bras. Vous me faites sourire chaque matin.

– Oh, merci, dis-je en lui tapotant la main. Vous ne savez pas combien ça me fait plaisir. »

Nous prenons place à notre table et Abby se tourne vers Michael, assis à côté d'elle.

« Ça craint, non ? lui demande-t-elle. Tu luttes pour sauver la ville et c'est elle qui attire toute l'attention. Les gens sont tellement bêtes. »

J'ai l'impression d'être de retour à la Bloomfield Hills Academy et que Fiona Knowles me torture à nouveau. J'attends que Michael prenne ma défense mais il se contente de ricaner. « C'est le prix à payer quand on sort avec la chouchoute de La Nouvelle-Orléans. »

Il me pince le genou sous la table. *Laisse tomber*, je me dis. *Ce n'est qu'une gamine. Pas franchement différente de celle que tu as été un jour.*

Un souvenir envahit mon esprit. Je suis à Harbour Cove. Bob se gare sur le parking du Tastee Freeze, ma mère est assise sur le siège passager. Je suis affalée sur la banquette arrière et je me ronge l'ongle du pouce. Il me regarde par-dessus son épaule, ce sourire crétin aux lèvres. « Qu'est-ce que tu dirais d'une glace au coulis de chocolat, frangine ? Ou un banana split, peut-être ? » Je croise les bras sur mon ventre dans l'espoir d'étouffer les gargouillements de mon estomac. « J'ai pas faim. »

Je ferme les yeux et m'efforce de chasser ce souvenir. Dorothy et ses foutues pierres !

Je me concentre sur le menu, je parcours les entrées en quête d'un plat qui coûte moins cher que ma robe du soir. En bon gentleman du Sud, Michael insiste toujours pour payer l'addition. En bonne descendante de mineurs de Pennsylvanie, je fais attention à mon argent.

Quelques minutes plus tard, le serveur revient avec la bouteille de vin que Michael a commandée et verse à Abby un verre d'eau pétillante.

« Souhaitez-vous une entrée ? demande-t-il.

– Euh, voyons voir… » dit Michael en parcourant la carte du menu.

Abby prend le contrôle de la situation. « On va se laisser tenter par le foie gras de l'Hudson Valley, le carpaccio de black Angus et les coquilles Saint-Jacques de Georges

Bank. Apportez aussi une terrine de chanterelles, je vous prie.» Elle regarde son père. «Tu vas adorer leurs champignons, papa.»

Le serveur s'éclipse et je repose mon menu sur la table. «Alors, Abby, à présent que tu as reçu tes résultats d'examen aux SAT, tu as réfléchi un peu à quelle université tu voulais t'inscrire?»

Elle attrape son portable et regarde ses messages. «Pas vraiment.»

Michael sourit. «Elle a réduit son choix à Auburn, Tulane et USC.»

Enfin un point en commun! Je me tourne vers Abby. «USC? C'est là que j'ai fait mes études! Je pense que tu adorerais la Californie, Abby. Écoute, si tu as la moindre question, dis-le-moi. Je serais ravie de te rédiger une lettre de recommandation, ou de t'aider si tu as besoin de quoi que ce soit.»

Michael arque les sourcils. «Tu devrais sauter sur l'occasion, Abby. Hannah est une star parmi les anciens élèves de cette fac.

– Oh, Michael, ne sois pas ridicule.» Il est ridicule mais je suis flattée qu'il dise une chose pareille à mon sujet.

Abby hoche la tête, les yeux rivés au téléphone. «Non, j'ai rayé USC de ma liste. Je veux m'inscrire dans un établissement plus exigeant.

– Oh, dis-je. Oui, bien sûr.» Je me cache derrière le menu. J'aimerais être n'importe où ailleurs.

Michael et moi sortions ensemble depuis huit mois quand il m'a présenté Abby. J'avais tellement hâte de faire sa connaissance. Elle venait d'avoir seize ans, j'étais certaine que nous nous lierions d'amitié aussitôt. Nous aimions courir. Abby était membre du journal de l'école. Nous avions toutes les deux grandi sans notre mère.

Notre première rencontre a été simple – un café et des beignets au Café du Monde. Michael et moi riions du désordre créé par le sucre en poudre dans nos assiettes et nous avons mangé une corbeille entière de ces pâtisseries délicieuses. Mais Abby a décrété que les Américains étaient des goinfres, puis elle s'est adossée à sa chaise et a passé tout son temps à siroter son café noir en pianotant sur son téléphone.

« Accorde-lui un peu de temps, m'a dit Michael. Elle n'a pas l'habitude de me partager avec quelqu'un d'autre. »

Je lève les yeux, consciente du silence soudain dans le restaurant. Michael et Abby ont les yeux rivés à l'autre bout de la salle, je suis leur regard. Près d'une table d'angle à cinq mètres de nous, un homme met un genou à terre. La brune qui l'accompagne le contemple, la main sur la bouche. Il lui tend un petit écrin et je vois que ses mains tremblent. « Épouse-moi, Katherine Bennett. »

Sa voix est si rauque et émue que j'en ai le nez qui pique. *Ne sois pas idiote*, je me dis.

La femme lâche un cri et se jette à son cou. Le restaurant croule sous les applaudissements.

J'applaudis, moi aussi, je ris et j'essuie mes larmes. De l'autre côté de la table, je sens le regard pesant d'Abby sur moi. Je me tourne et nous nous observons dans le blanc des yeux. Ses lèvres s'étirent, mais ce n'est pas un sourire aimable ou joyeux. C'est un rictus méchant. Ça ne fait pas l'ombre d'un doute, cette gamine de dix-sept ans se moque de moi. Je détourne le regard, choquée à l'idée de ce qu'elle puisse penser. Elle me prend pour une abrutie parce que je crois en l'amour… et son père aussi, sûrement.

« Il faut qu'on parle, Michael. »

Michael nous a préparé un cocktail Sazerac et nous sommes assis chacun à un bout de mon canapé blanc. Les flammes qui vacillent dans la cheminée diffusent une lueur ambrée dans la pièce et je me demande si l'ambiance paisible lui paraît aussi factice qu'à moi.

Il fait tourner son verre et hoche la tête. « C'est encore une enfant, Hannah. Mets-toi à sa place. C'est difficile de partager son père avec une autre femme. Essaie de comprendre, s'il te plaît. »

Je grimace. Ce n'est pas moi qui lui avais proposé de voir Abby en tête à tête ce soir ? Je le lui ferais bien remarquer mais je n'ai pas envie de me détourner du sujet de conversation.

« Ça n'a rien à voir avec Abby. C'est à propos de nous deux. J'ai envoyé ma proposition d'émission à WCHI par mail. J'ai dit à James Peters que le poste m'intéressait. »

Je scrute son visage dans l'espoir d'y voir un frisson de frayeur, une pointe de déception. Au lieu de cela, il s'anime. « Hé, mais c'est super. » Il passe son bras sur le dossier du canapé et me serre l'épaule. « Tu as mon soutien total et entier. »

Mon ventre se noue, je tripote mon pendentif. « Eh bien, c'est justement ça, tu vois. Je ne veux pas de ton soutien. Je devrai déménager à mille cinq cents kilomètres, Michael. Je veux que tu… »

Je cherche les mots exacts de Dorothy. *J'ai appris il y a longtemps à demander franchement ce dont j'avais envie.*

Je me tourne vers lui. « Je veux que tu me demandes de rester. »

5

M ichael pose son verre sur la table basse et glisse jusqu'à mon extrémité du canapé. «Reste», dit-il. Il agrippe mon avant-bras et plonge son regard dans le mien. «S'il te plaît, ne pars pas.»

Il me prend dans ses bras et m'embrasse, un baiser long, profond et prometteur. Quand il s'écarte, il replace une mèche de cheveux derrière mon oreille. «Chérie, je pensais juste que tu méritais de passer cet entretien, quoi qu'il arrive. Ça te donnerait du poids pour négocier ton prochain contrat avec WNO.»

J'acquiesce. Bien sûr, il a raison. Surtout depuis que Claudia Campbell est entrée en scène.

Il prend mon visage entre ses deux mains. «Je t'aime tellement, Hannah.»

Je souris. «Je t'aime aussi.

– Et quitter La Nouvelle-Orléans ne signifie pas que tu vas me quitter, moi.» Il recule. «Tu sais, Abby est bien assez grande pour rester seule à la maison. Bon sang, elle est même occupée tous les week-ends. Je pourrais venir te voir, mettons deux fois par mois.

– C'est vrai ?» Difficile d'imaginer un week-end entier en amoureux avec Michael, on s'endormirait lovés l'un contre l'autre et on se réveillerait le lendemain matin avec une journée entière devant nous… puis encore une journée.

Michael a raison. Si j'emménage à Chicago, nous passerons sans doute plus de temps ensemble.

« Et moi, je pourrais rentrer te voir les autres week-ends, dis-je, gagnée par l'enthousiasme.

– Exactement. Admettons que tu prennes ce boulot pour un an. Tu y gagnerais une visibilité nationale. Et cela t'autoriserait à postuler pour un poste à Washington D.C.

– À Washington ? Mais tu ne comprends pas ? Je veux qu'on ait un avenir ensemble. »

Il sourit. « Je vais te confier un petit secret. J'envisage de me présenter au Sénat. C'est un peu prématuré d'en discuter puisque la sénatrice Hanses n'a pas encore annoncé si elle souhaitait se représenter… »

Je souris. Michael fait donc des projets d'avenir. D'ici quelques années, il vivra peut-être à Washington. Et il s'assure que mon chemin m'y mène aussi.

Dimanche soir, le week-end se termine et je suis allongée dans mon lit à scruter le plafond. Je me demande pourquoi je me sens encore si vide. Pour une fois, j'ai demandé à Michael ce que je voulais réellement lui demander. Et il m'a donné la bonne réponse. Alors pourquoi est-ce que je me sens plus seule que jamais ?

La réponse arrive à 1 h 57. J'ai posé la mauvaise question. Michael veut que je reste avec lui, ça, je le sais. Tant mieux. Mais la véritable question est la suivante : Est-ce qu'il prévoit un jour de me demander en mariage ?

Jade et moi faisons de la marche sportive dans Audubon Park ce lundi après-midi. «Alors Marcus me dit : "S'il te plaît, bébé, donne-moi une dernière chance. Ça n'arrivera plus jamais, je te le promets."»

Je desserre la mâchoire et j'essaie de garder un ton neutre. «Je croyais qu'il voyait une autre femme.

– Non, c'est plus le cas. Il affirme qu'elle n'était qu'un moyen minable de compenser mon absence.

– Qu'est-ce que tu lui as répondu ?

– J'ai répondu : "Oh, putain, non. Je suis presque certaine d'avoir le droit d'arrêter cette relation après une mâchoire cassée."

J'éclate de rire et lui tope la main. «Bien joué ! Reste forte.»

Elle ralentit l'allure. «Alors pourquoi est-ce que je me sens si coupable ? Marcus était… il est toujours un très bon père. Devon l'adore.

– Écoute, rien ne l'empêche d'avoir des bons contacts avec son fils. Il devrait être content que tu n'aies jamais rien dit à Devon, et que tu n'aies pas porté plainte non plus. Si tu l'avais fait, il aurait pu dire adieu à Devon et à sa carrière dans les forces de l'ordre.

– Je sais. Mais Devon ne comprend pas. Il croit que je suis méchante avec son papa. Je suis coincée entre le comportement grognon de Devon et les suppliques de Marcus. Il n'arrête pas de me rappeler les quinze bonnes années qu'on a passées ensemble. Que je l'avais saoulé à propos des freins de la voiture qu'il n'avait pas encore fait réparer. Qu'il était en plein dans une affaire difficile au boulot, qu'il bossait la nuit et les week-ends. Qu'il manquait de sommeil, et…»

Je me déconnecte de sa conversation. J'ai entendu les excuses bidons de Marcus une bonne trentaine de fois et je ne supporte pas de les entendre à nouveau. Avec le soutien indéfectible de ses parents, Jade a quitté Marcus en octobre, le jour même où il lui a asséné une violente claque du dos de la main, et elle a demandé le divorce la semaine suivante. Dieu merci, elle n'a pas flanché. Pas encore.

« Je l'aimais bien, moi aussi, vraiment. Mais ce qu'il a fait est inexcusable. Tu n'as rien à te reprocher, Jade. Aucun homme n'a le droit de frapper une femme. Jamais. Point final.

– Je sais. Je sais que tu as raison. C'est juste que... Ne me méprise pas pour ça, Hannabelle, je t'en prie, mais il me manque parfois.

– Si seulement on pouvait se contenter de copier-coller les bons moments. » Je glisse mon bras autour du sien. « Je t'avoue que les bons moments avec Jack me manquent aussi parfois. Mais je ne pourrai plus jamais lui faire confiance. C'est la même chose entre toi et Marcus. »

Elle se tourne vers moi. « Comment s'est passée ta soirée avec Michael ? Tu lui as dit de se bouger le cul et de t'acheter une alliance avec un gros diamant ? »

Je lui résume notre conversation de samedi soir. « Donc si j'emménage à Chicago, on passerait plus de temps ensemble qu'ici, pas moins. »

Elle semble sceptique. « Sérieux ? Il quitterait sa ville chérie chaque mois ? Et tu ne serais pas obligée de supporter Crabby ? »

Je ne peux m'empêcher de sourire en entendant le surnom dont elle a affublé Abby. « C'est ce qu'il a affirmé, oui. Alors bien sûr, maintenant j'ai vraiment envie d'obtenir le poste.

– Non! Tu ne peux pas partir, s'écrie-t-elle. Je t'en empêcherai.»

C'est exactement la réaction que j'avais espérée de la part de Michael.

«Ne t'inquiète pas. Je suis sûre qu'ils ont une flanquée de candidats plus qualifiés que moi. Mais j'ai envoyé une proposition super sympa, si je peux me permettre.» Je lui raconte la folie autour des pierres du Pardon et la suggestion d'inviter Fiona ainsi que ma mère absente.

«Attends... Ta mère? Mais tu m'as dit que tu l'avais perdue.»

Je ferme les yeux et je serre les dents. Je lui ai vraiment dit ça? «Je ne parlais pas littéralement. Au sens figuré, plutôt. On a eu une violente dispute, il y a des années de ça.

– Je ne savais pas.

– Je suis désolée. Je n'aime pas en parler. C'est compliqué.

– Eh bien, je suis impressionnée, Hannabelle. Tu as fait la paix avec ta mère et tu es prête à l'inviter sur un plateau télé.

– Oh, putain, non!

– J'aurais dû m'en douter. Les limites entre vie pro et perso.

– Exactement, je lui réponds en ignorant le sarcasme dans sa voix. Ce n'est qu'une proposition. J'ai tout inventé. Je n'ai pas fait la paix avec ma mère.

– OK. Alors, parle-moi de ces pierres du Pardon. C'est comme au Monopoly, c'est un genre de carte pour sortir de prison gratos, c'est ça? demande Jade. Tu avoues un secret gênant et profondément enfoui, tu donnes un caillou à quelqu'un et on est quittes ?

– Je sais, c'est un peu bidon, hein ? »

Elle hausse les épaules. « Je ne sais pas. En fait, c'est plutôt ingénieux. Je comprends que cette idée se répande aussi vite. Qui n'a pas besoin d'être pardonné ?

– C'est ça, Jade. Ta plus grosse faute à toi, c'est sans doute quand tu as accidentellement volé un échantillon de crème de luxe. »

Je me tourne vers elle, le sourire aux lèvres. « Hé, je plaisante. Je dis juste que tu es la personne la plus honnête et la plus franche que je connaisse. »

Elle se penche en avant et pose les mains sur ses genoux. « Hannabelle, tu n'images même pas. »

Je me déplace sur la pelouse pour laisser passer un joggeur. « Quoi ?

– Depuis plus de vingt-cinq ans, j'ai un énorme mensonge que je traîne derrière moi comme un fromage puant. Depuis le diagnostic de mon père, ça me ronge. »

Elle se redresse, le regard dans le vague comme si elle s'efforçait de chasser un souvenir. Quel pouvoir exercent donc ces pierres ? Au lieu d'apporter la paix intérieure, elles suscitent le chagrin.

« C'était le jour de mon seizième anniversaire. Mes parents m'avaient organisé une fête. Je crois que papa était le plus enthousiaste de tous. Il voulait que tout soit parfait. Il a décidé de retaper la salle de jeu à la cave avant la fête. Peinture, nouveaux meubles, la totale. Quand je lui ai dit que je voulais une moquette blanche, il n'a pas cillé. » Elle me regarde et sourit. « Tu imagines ? De la moquette blanche dans une cave.

«On était une quinzaine à dormir là, cette nuit-là. Oh, et on était obsédées par les garçons ! Alors quand une demi-douzaine de gars sont venus frapper à la porte de la véranda en bas avec de la vodka à la cerise et un vin rouge totalement immonde, on les a bien sûr laissés entrer.

«J'étais terrifiée. J'aurais été interdite de sortie pour le restant de ma vie si mes parents étaient descendus à ce moment-là. Ils m'auraient écorchée vive s'ils avaient appris qu'on buvait de l'alcool. Mais ils étaient déjà passés. Ils regardaient la série *48 heures* à l'étage. Ils me faisaient confiance.

«Vers minuit, ma copine Erica Williams était bourrée comme un coing. Elle a vomi. Partout. Adieu, moquette blanche.

– Oh, non, dis-je. Qu'est-ce que tu as fait ?

– J'ai fait au mieux pour nettoyer la moquette mais la tache refusait de partir. Le lendemain matin, papa est descendu et il l'a vue. Je lui ai dit la vérité, qu'Erica avait été malade. "Elle a bu ?" m'a-t-il demandé. Je l'ai regardé droit dans les yeux. "Non, papa."»

Sa voix se brise et je passe le bras autour de ses épaules.

«Jade, ce n'est rien. Oublie donc ça. Tu n'étais qu'une gamine.

– Des années durant, il est revenu à la charge, Hannah. Même à mon trentième anniversaire, il m'a demandé : "Jade, est-ce qu'Erica avait bu, le soir de ton seizième anniversaire ?" Et comme d'habitude, j'ai répondu : "Non, papa."

– Alors le moment est peut-être venu de le lui dire. Donne-lui une Pierre du Pardon. Parce que je suis sûre que ce mensonge te fait davantage de mal à toi que la vérité ne le blessera, lui.»

Elle hoche la tête. «C'est trop tard. Son cancer s'est étendu aux os. La vérité risquerait de le tuer.»

Jade et moi terminons notre dernier tour du parc quand Dorothy appelle, et cela fait des mois que je n'ai pas entendu sa voix aussi enjouée. «Pourrais-tu passer cet après-midi, ma chérie?» C'est inhabituel de sa part, de demander de la visite. La plupart du temps, elle me dit que je suis folle de venir la voir si souvent.

«Avec plaisir, je lui réponds. Tout va bien?

– Parfaitement bien. Et apporte donc une demi-douzaine de ces bourses en velours, veux-tu, s'il te plaît? Je crois qu'ils en vendent chez Michaels.»

Oh, super. Encore ces pierres du Pardon. «Dorothy, tu n'as même pas accepté ma pierre. Tu ne dois rien à personne. Tu n'es pas obligée de continuer cette idiotie de Cercle du Pardon.

– Une demi-douzaine, insiste-t-elle. Pour commencer.»

J'aurais dû m'en douter. Dorothy adore participer aux chaînes de correspondance, aux mails à faire suivre. Elle ne ratera sûrement pas l'occasion de se joindre à une mode aussi populaire que celle des pierres du Pardon. Elle vient d'être sollicitée et, qu'elle ait reçu une pierre de façon justifiée ou non à son goût, elle compte bien poursuivre le Cercle du Pardon, et en créer d'autres.

«Très bien, mais d'après les instructions, il faut envoyer une seule lettre d'excuses, pas une demi-douzaine.

– Tu crois que je n'ai blessé qu'une seule personne au cours de ces soixante-seize dernières années? Ne sais-tu pas qu'au fond de nous, nous ne sommes que des tourbillons de honte? Je crois que c'est justement là que réside la beauté de ces pierres idiotes. Elles nous donnent la permission – l'obligation, même – d'être vulnérable. »

À mon arrivée en cette fin d'après-midi, le visage de Dorothy s'est métamorphosé. Les rides de son front se sont adoucies, elle paraît complètement sereine. Elle est assise dans la cour sous le parasol, et le livre audio de Fiona Knowles est posé devant elle. Je grimace. Cette fille qui m'a fait tant de mal est désormais l'icône du pardon, et elle doit s'en mettre plein les poches.

« Les gens taisent leurs secrets pour deux raisons, me dit Dorothy. Pour se protéger, ou protéger les autres. C'est ce que dit Mme Knowles.

– Sacrée révélation. Cette femme est d'une intelligence rare.

– Oui, répond Dorothy, sans remarquer mon sarcasme – ou préférant l'ignorer, peut-être. M'as-tu apporté les bourses, ma chérie ?

– Oui, oui. Elles sont en tulle blanche, dis-je en les lui déposant dans sa main. Avec des petits pois vert clair. »

Elle caresse le tissu et tire sur les cordons pour les ouvrir. « Magnifique. Il y a un gobelet de pierres sur ma table de chevet. Va me le chercher, s'il te plaît, tu veux ? »

Je reviens avec un gobelet en plastique. Dorothy les renverse sur la table.

« Marilyn les a ramassées dans la cour, hier. » Avec soin, elle trie les cailloux par deux. « Le premier lot est pour elle, d'ailleurs. Bien qu'elle ne le sache pas encore.

– Pour Marilyn ? » Je suis surprise qu'elle cite le nom de son amie de toujours. Mais réflexion faite, c'est logique. « Eh bien, j'imagine que quand on a connu quelqu'un toute sa vie, on est obligé de l'avoir blessé un jour ou l'autre, pas vrai ?

– Oui. Et c'était un sacré épisode. » Elle ferme les yeux et remue la tête. Ce simple souvenir la fait frissonner. « J'ai toujours envisagé la vie comme une pièce sombre et caverneuse emplie de bougies. Quand on naît, la moitié des bougies est allumée. À chacune de nos bonnes actions, une nouvelle flamme jaillit et crée une lumière supplémentaire.

– C'est beau, dis-je.

– Mais tout au long de notre chemin, des flammes sont éteintes par notre égoïsme et notre cruauté. Vois-tu, nous allumons des bougies et en soufflons d'autres. Au final, nous pouvons simplement espérer avoir créé plus de lumière que d'obscurité en ce monde. »

Je réfléchis un instant et j'imagine les bougies de ma propre pièce caverneuse. J'ignore si j'ai créé davantage de lumière ou de pénombre. « C'est une métaphore magnifique, Dorothy. Et toi, mon amie, tu diffuses une lumière éblouissante.

– Oh, mais j'ai soufflé mon lot de bougies au cours de ma vie. » Elle tâtonne jusqu'à trouver un autre lot de pierres. « Celles-ci seront pour Steven.

– Comme c'est charitable, dis-je. Je croyais que tu le méprisais. »

J'avais croisé Stephen Rousseau à deux reprises quand je sortais avec Jackson. Il avait l'air d'un homme correct. Mais Dorothy évoque rarement son ex-mari, si ce n'est pour préciser qu'elle se contrefiche du goujat qui a demandé le divorce neuf mois après qu'elle ait subi une mastectomie. Trois décennies se sont écoulées mais je crois comprendre que les cicatrices de Dorothy sont encore sensibles.

«Je parle de Steven Willis, mon ancien élève. C'était un garçon brillant mais sa vie de famille était atroce. Je l'ai laissé passer entre les mailles du filet, Hannah, et je ne me le suis jamais pardonné. Je crois que ses frères vivent encore ici. Je vais retrouver sa trace.»

Quel courage. Est-ce vraiment du courage? Présenter ses excuses pourra peut-être soulager la mauvaise conscience de Dorothy mais, pour Steven, elles risquent d'être un rappel désagréable de cette enfance qu'il préférerait oublier?

Elle pose la main sur le lot suivant. «Celles-ci sont pour Jackson, me dit-elle. Je ne me suis jamais excusée de m'être mêlée de ce qui ne me regardait pas.»

Ses paroles me glacent le sang.

«Si je n'avais pas été là, vous seriez mariés à l'heure qu'il est. C'est moi qui lui ai conseillé de tout t'avouer, Hannah. La honte qu'il portait était un fardeau trop lourd. Une mère sent ce genre de choses. Son secret aurait détruit votre relation, et votre mariage plus tard. J'étais certaine que tu lui pardonnerais s'il t'avouait tout. J'avais tort.

– Je lui ai pardonné, dis-je en lui serrant la main. Mais tu soulèves un point important. Peut-être que Jack s'en serait mieux sorti s'il ne m'avait jamais révélé la vérité. Il y a des secrets qu'il vaut mieux ne jamais partager.»

Elle lève le menton. «Comme le secret que tu portes avec ta mère?»

Je me raidis. «Je n'ai jamais parlé d'un secret.

– Tu n'as pas eu besoin de me le dire. Une mère n'abandonne pas son enfant, Hannah. Lui as-tu envoyé ta Pierre du Pardon?»

Un mélange de chagrin et de défaite s'abat sur moi. «Il n'y avait pas de lettres. J'ai demandé à Julia.»

Elle laisse échapper un petit grognement. « Et ça te libère de tes obligations, le fait que ton père n'ait pas tout raconté à sa copine ?

— J'ai besoin de temps pour y réfléchir, Dorothy.

— Tant que tu n'auras pas mis en lumière ce qui te condamne à la pénombre, tu seras irrémédiablement perdue. C'est ce que dit Fiona Knowles.»

6

J e me suis arrêtée chez Guy's dans Magazine Street pour acheter un plat à emporter. C'est déjà le crépuscule et je me tiens devant mon îlot de cuisine, les yeux éclairés par la lueur bleutée de mon ordinateur portable tandis que j'avale un sandwich po'boy aux huîtres frites et un sachet de chips Zapp's.

Tant que tu n'auras pas mis en lumière ce qui te condamne à la pénombre, tu seras irrémédiablement perdue. Les mots de Dorothy – ou de Fiona – me bouleversent. Combien il serait agréable d'avoir la conscience tranquille, de me sentir entière, digne, irréprochable.

Merde ! Je n'ai vraiment pas besoin de ça en ce moment. Comme si mon travail et mon couple ne contribuaient pas déjà suffisamment au succès de Guy's.

Je traverse la cuisine et j'ouvre la porte du congélateur. Je jette un coup d'œil dans l'abysse gelé jusqu'à le repérer : un pot tout neuf de glace au caramel au beurre salé. Je tends le bras pour l'attraper mais je me ravise au dernier moment. La porte du congélo claque et je regrette qu'il n'ait pas de cadenas. Dans le monde de la télévision, les calories peuvent briser une carrière. Stuart n'a pas osé mettre une balance dans ma loge mais il m'a clairement expliqué que les vêtements à rayures horizontales étaient de l'histoire ancienne.

Ressaisis-toi !

Je jette les papiers d'emballage à la poubelle et vais dans le salon. Derrière les portes-fenêtres, le jour s'efface pour laisser place à la nuit. Des familles dînent, des mères donnent le bain à leurs enfants.

Malgré moi, mon esprit se tourne vers Jack. Est-ce que je pense vraiment ce que j'ai dit à Dorothy, aujourd'hui ? Si Jack n'avait rien avoué, je n'aurais pas eu connaissance de cette aventure amoureuse et nous serions mariés depuis trois ans. Il serait consultant auprès des restaurants de La Nouvelle-Orléans, et non pas à Chicago. Notre premier enfant aurait un an et nous aurions mis le deuxième en route.

Pourquoi avait-il fallu qu'il gâche tout en s'envoyant en l'air ? Amy était sa putain de stagiaire ! Elle avait vingt ans, enfin !

J'écarte toute sentimentalité. Aurais-je préféré qu'il me cache un tel secret ? Impossible à savoir. Et puis c'était pour le mieux. J'en ai conscience, à présent. Je n'aurais jamais rencontré Michael. Et Michael est un bien meilleur parti que Jack. Bien sûr, Jack était gentil. Et oui, il me faisait rire. Mais Michael est mon roc. Il est chaleureux, il est intelligent, et ce qu'il n'a pas en matière de temps disponible pour moi, il le compense par sa fidélité.

À l'autre bout de la pièce, j'aperçois mon sac étalé sur la chaise. Je traverse le salon et sors la petite bourse. Les pierres roulent dans ma paume. Je m'approche du bureau et je les fais tourner dans ma main comme les perles d'un chapelet, puis je sors une feuille de papier.

Mon cœur s'emballe lorsque j'écris le premier mot.

Maman,

Je prends une profonde inspiration et je continue.

Le moment est peut-être venu de faire la paix.

Ma main tremble tellement que j'arrive à peine à écrire. Je jette le stylo et me relève. Je n'y arriverai pas. Les portes-fenêtres ouvertes semblent m'inviter. Je sors sur mon balcon, au cinquième étage, je m'accoude au garde-fou métallique pour admirer les halos violet et orange du ciel à l'ouest. En contrebas, le tramway de St Charles apparaît et s'arrête sur la bande d'herbe qui coupe en deux la vaste avenue.

Pourquoi Dorothy se montre-t-elle aussi insistante ? Je lui ai confié mon passé dès notre première rencontre dans le hall d'entrée de l'Évangeline. Nous étions en train de converser depuis dix minutes quand elle m'a proposé de poursuivre notre discussion à l'étage. «J'habite au 217. Venez prendre un cocktail avec moi, voulez-vous ? Je vais nous préparer des Ramos Fizz – vous buvez de l'alcool, n'est-ce pas ?»

J'ai apprécié Dorothy sur-le-champ. Sa personnalité semblait composée de deux tiers de miel et d'un tiers de bourbon – et elle avait cette façon de me regarder droit dans les yeux qui me donnait l'impression de l'avoir connue toute ma vie.

Nous étions assises dans des fauteuils dépareillés à siroter les délicieux cocktails typiques de La Nouvelle-Orléans, à base de gin, de crème et d'agrume. Entre deux lampées, elle m'a expliqué être divorcée depuis trente-quatre ans, soit vingt ans de plus que la durée de son mariage. «Apparemment, Stephen aimait les fortes poitrines et, à mon époque, les mastectomies n'étaient pas réalisées avec autant de délicatesse qu'aujourd'hui. C'était un moment difficile mais je me suis battue. En tant que femme du Sud avec un fils de trois ans, on attendait de moi que je reprenne une vie sociale pour retrouver un mari et un nouveau père pour Jackson. Ma mère était atterrée quand j'ai préféré une vie de célibat à enseigner la littérature au lycée Walter Cohen. J'avais à peine cligné des paupières que vingt années magnifiques s'étaient évaporées comme des gouttes de pluie sur un trottoir en été.»

Elle évoquait avec nostalgie son enfance à La Nouvelle-Orléans, fille d'un obstétricien réputé.

«Papa était un homme bon. Mais être l'épouse d'un obstétricien n'était pas assez prestigieux aux yeux de ma mère. Elle avait grandi dans une immense demeure d'Audubon Drive. Ses attentes allaient toujours au-delà des ambitions de mon père.»

Le Ramos Fizz avait dû me monter à la tête car, avant même de m'en rendre compte, je lui parlais de ma propre famille, chose que je faisais rarement.

J'avais onze ans quand mon père, joueur professionnel de baseball, a été transféré de l'équipe des Braves d'Atlanta à celle des Tigers de Detroit. En l'espace de six semaines, mes parents ont acheté une maison dans le quartier aisé de Bloomfield Hills et m'ont inscrite dans une école privée pour filles de bonne famille. J'ai su dès le premier jour que je ne m'intégrerais jamais dans ce cercle fermé d'élèves de sixième. Les descendantes de titans de l'automobile comme Henry Ford et Charles Fisher ne prêtaient aucune attention à une nouvelle maigrichonne dont le père n'était qu'un joueur de baseball grossier originaire du comté de Schuylkill en Pennsylvanie. Du moins, c'est ce qu'avait décrété la meneuse, Fiona Knowles. Et les quinze autres filles l'avaient suivie comme des lemmings au bord d'une falaise.

Ma mère, la jolie fille d'un mineur de charbon, tout juste trente et un ans à l'époque, était ma seule amie. Elle était aussi exclue que moi dans ce quartier aisé que je l'étais à l'école. Je le voyais bien, à cette façon qu'elle avait de fumer ses cigarettes jusqu'au mégot, postée à la fenêtre, le regard perdu dans le vague. Mais avions-nous le choix ? Mon père adorait le baseball. Et ma mère, qui n'avait ni instruction, ni formation particulière, aimait mon père – du moins, c'était ce que je croyais.

Mon univers s'est écroulé par un soir glacial de novembre, treize mois après notre emménagement. Je mettais le couvert et regardais la neige tomber derrière la fenêtre de l'alcôve où nous prenions le petit déjeuner, et je me plaignais de ce défilé interminable de journées grises, de l'hiver qui arrivait à grands pas. Notre maison de Géorgie nous manquait à toutes les deux, nous aimions évoquer le ciel bleu et les brises chaudes. Mais pour la première fois depuis notre arrivée, ma mère ne fut pas de mon avis.

« C'est un changement, dit-elle d'un ton sec. C'est sûr que le climat n'est pas aussi agréable que dans le Sud mais il n'y a pas que ça dans la vie. Il faut que tu changes de comportement. »

J'étais blessée à l'idée d'avoir perdu mon alliée mais je n'ai jamais eu l'occasion de répondre car, à cet instant, papa est entré par la porte de derrière, le sourire aux lèvres. À quarante et un ans, il était l'un des joueurs les plus âgés de la Major League de baseball. Cette première saison à Detroit avait été décevante et l'avait mis d'humeur maussade. Mais ce soir-là, il a lancé sa veste sur le porte-manteau et a enlacé ma mère.

« On rentre chez nous ! a-t-il annoncé. Vous avez devant vous le nouvel entraîneur des Panthers ! »

Je ne savais absolument pas qui étaient les Panthers mais je savais où était ce chez-nous. À Atlanta ! Nous n'avions vécu en Géorgie que deux ans mais nous nous y sentions chez nous. Nous y menions une vie heureuse. Nous allions aux fêtes du voisinage, aux barbecues, nous passions des week-ends sur l'île de Tybee.

Ma mère l'a repoussé. « Tu sens aussi mauvais qu'une distillerie. » Il ne semblait pas s'en formaliser. Et moi non plus. J'ai poussé un cri de joie et il m'a attrapée dans ses bras. J'ai inhalé profondément l'odeur familière de whisky Jack Daniel's et de Camel qui emplissait mes narines. C'était si inhabituel et merveilleux d'être étreinte par un homme si grand et beau. J'ai regardé ma mère, certaine de la voir danser de joie. Mais elle avait tourné la tête vers la fenêtre. Elle scrutait la nuit lugubre, les mains agrippées au rebord de l'évier.

« Maman, ai-je dit en me libérant de l'étreinte paternelle. On va partir. Tu n'es pas contente ? »

Elle a fait volte-face, son joli visage tacheté de rouge. « Monte dans ta chambre, Hannah. Il faut que je parle avec ton père. »

Elle avait une voix rauque, comme la mienne quand j'étais au bord des larmes. J'ai grimacé. C'était quoi, son problème ? Nous avions enfin notre sésame pour quitter le Michigan. Nous allions retourner en Géorgie, vers un climat clément, des journées ensoleillées et des filles qui m'appréciaient.

J'ai laissé échapper un grognement et je suis sortie à grands pas de la cuisine. Mais au lieu de gravir les marches jusqu'à ma chambre, je me suis accroupie derrière le canapé et j'ai écouté mes parents dans l'obscurité du salon.

« Un emploi d'entraîneur dans une fac ? ai-je entendu dire ma mère. C'est quoi cette histoire, John ?

– Tu n'es pas heureuse ici, Suzanne. Tu ne me l'as jamais caché. Et franchement, je suis trop vieux pour ce sport. Le boulot à la fac, c'est stratégique. D'ici quelques années, je serai en mesure de gérer une équipe de Major League. Et en toute honnêteté, on est plus riches qu'on aurait pu l'imaginer, même si j'arrêtais de travailler pour le restant de mes jours.

– C'est l'alcool qui parle encore ? »

Il a haussé le ton. « Non ! Bon sang, je pensais que tu serais contente.

– Et pourquoi j'ai comme l'impression que ton histoire ne s'arrête pas là ?

– Tu peux avoir toutes les impressions que tu veux. On m'a proposé ce poste et je vais l'accepter. Je leur ai déjà dit oui.

– Sans même me consulter ? Comment as-tu pu faire une chose pareille ? »

Pourquoi ma mère était-elle si perturbée ? Elle détestait la vie ici – non ? Et mon père faisait tout ça pour elle, pour nous. Elle aurait dû être enthousiaste.

« Pourquoi je n'arrive jamais à te contenter ? Qu'est-ce que tu veux, Suzanne ? »

Les larmes de ma mère ont presque traversé le mur. Je mourais d'envie de courir la réconforter. Mais j'ai porté la main à ma bouche et j'ai attendu.

« Je… je ne peux pas partir. »

J'ai dû tendre l'oreille pour entendre la réponse de mon père, sa voix basse et monocorde. « Nom de Dieu. C'est si sérieux que ça ? »

Et c'est alors que je l'ai perçu, un son aussi troublant que les gémissements d'un animal. Les sanglots désespérés de mon père, sa voix étranglée suppliant ma mère de l'accompagner. Il avait besoin d'elle. Il l'aimait.

Aussitôt, j'ai été envahie par la panique, la terreur et la honte. Je n'avais jamais entendu pleurer mon père. Il était fort, solide. Les fondations de ma vie s'écroulaient. De ma cachette, j'ai regardé ma mère grimper l'escalier et j'ai entendu la porte de leur chambre se refermer. À la cuisine, une chaise a raclé le sol. J'imaginais mon père s'y asseoir et enfouir sa tête entre ses mains. Et le son a repris, les pleurs étouffés d'un homme qui vient de perdre l'amour de sa vie.

Une semaine plus tard, le mystère était résolu. Mon père avait été échangé à nouveau, mais cette fois par sa femme. Son remplaçant était un homme prénommé Bob, il enseignait le travail du bois au lycée pendant la journée et il était charpentier au cours de la saison estivale. Mon conseiller d'école avait communiqué ses coordonnées à ma mère, et mon père l'avait engagé l'été précédent pour refaire notre cuisine.

J'avais obtenu ce que je voulais, finalement, mais il allait falloir attendre encore neuf mois avant que je quitte enfin le Michigan pour retrouver mon père à Atlanta. Ma mère est restée là-bas avec l'homme qu'elle aimait plus que mon père. Qu'elle aimait plus que moi.

Et à présent, je suis censée faire gentiment la paix ? Je soupire. Dorothy ne connaît même pas la moitié de cette histoire. Seules quatre personnes connaissent la totalité, et l'une d'elles est morte.

J'ai essayé de raconter la totalité de cette saga à Michael mais il m'en a épargné la peine. C'était lors de notre troisième rendez-vous, nous venions de passer un magnifique dîner chez Arnaud's. Nous étions assis dans mon canapé à boire des Pimm's Cups. Il venait de me confier en détail l'accident tragique de sa femme et nous étions tous les deux en larmes. Je n'avais encore jamais partagé mon histoire mais, blottie dans ses bras ce soir-là, l'instant semblait propice et sans danger. J'ai commencé le récit par le début pour le terminer là où je m'arrêtais toujours, sans évoquer la rencontre d'un soir avec Bob.

« Alors j'ai emménagé à Atlanta avec papa. Pendant les deux premières années, je voyais ma mère environ une fois par mois, toujours dans un lieu neutre – souvent à Chicago. Mon père refusait que j'aille lui rendre visite chez elle – je ne le souhaitais pas non plus. Il était protecteur, c'était exaltant, je dois bien l'admettre. Je n'avais jamais eu trop de contact avec lui quand ma mère était encore là. Ma mère et moi formions un duo et mon père était relégué à l'autre bout du terrain, au sens propre comme au sens figuré. Il était toujours en déplacement, ou à l'entraînement, ou, plus souvent que de raison, au bar. »

Michael a arqué les sourcils.

« Oui, c'était un fêtard. Il adorait le whisky. » J'ai baissé les yeux, honteuse de couvrir encore cet homme qu'on aurait pu décrire plus honnêtement comme un alcoolique notoire.

Ma voix s'est brisée et il m'a fallu attendre un moment avant de pouvoir continuer.

« Alors voilà. Je n'ai pas vu ma mère ni échangé avec elle depuis ma remise de diplôme au lycée. Et ça me va, ça me va très bien. Je ne sais pas du tout pourquoi je pleure.

– C'est du lourd, ton histoire. » Michael a passé un bras autour de mes épaules et m'a attirée contre lui. « Oublie ça, ma chérie. Ta mère était vraiment tordue. Si seulement elle savait ce qu'elle a manqué en rompant les liens avec une perle comme toi. »

Il m'a embrassée sur le sommet du crâne, et quelque chose dans ce geste protecteur et presque paternel a entrouvert une vanne dans mon cœur. C'était pourtant le souvenir de la dernière répartie de Jackson, un an plus tôt, qui résonnait encore dans ma tête et qui a fini de me déchirer le cœur : *Pas étonnant que tu arrives si facilement à me laisser sortir de ta vie, Hannah. D'ailleurs, tu ne m'as jamais vraiment laissé y entrer.* Pour la première fois de mon existence, quelqu'un menaçait de briser la barricade émotionnelle que j'avais tant peiné à ériger. J'ai craché les mots avant même d'avoir le temps d'y réfléchir à deux fois.

« Il... le copain de ma mère... Bob... Il m'a touchée. Ma mère ne m'a pas cru. C'est à cette époque que j'ai quitté le Michigan. Mais elle est restée là-bas, avec lui. »

L'horreur qui se lisait sur le visage de Michael m'a empêchée de développer. « Je vais te donner un conseil, Hannah. Il y a des secrets qu'il vaut mieux garder au fond de soi. En tant que personnalités publiques, notre image est notre plus grand atout. »

Je l'ai regardé, perplexe. « Mon image ? »

– Ce que je veux dire, c'est que tu passes pour une femme saine et accessible. Une femme avec un passé agréable et normal, tu vois. C'est ta marque de fabrique. Ne donne à personne une raison de penser que cette marque n'est pas authentique. »

Hannah,

Nous sommes ravis d'apprendre que vous êtes intéressée par notre poste. L'équipe tout entière a été très impressionnée par votre proposition. Une émission avec Fiona Knowles, c'est exactement le genre de programme que nous recherchons, et votre histoire personnelle donne à tout ceci un angle unique.

*Mon assistante, Brenda Stark, vous contactera. Elle orga-
nise les entretiens pour la semaine du 7 avril. Je me fais une
joie de vous y rencontrer à cette occasion.*

James

« Et merde, dis-je, les yeux rivés sur mon écran d'ordinateur. Je crois que je vais vomir. »

Jade tapote l'index sur un pinceau de poudre et fait
tomber une cascade de flocons ivoire sur ma cape en
plastique. « Qu'est-ce qu'il y a ? »

J'ouvre un document Word sur mon ordinateur.
« Regarde, Jade. Tu te souviens de la proposition d'émission que j'ai dû rédiger pour WCHI ? Apparemment, ils
ont adoré. Mais comme je te l'ai dit, j'en ai inventé une
bonne partie. Je ne leur ai pas dit qu'il m'a fallu deux ans
pour renvoyer la pierre de Fiona. Quant à ma mère...
dans ma proposition, j'ai dit qu'elle serait invitée dans
l'émission. C'est un mensonge. Je ne lui ai jamais envoyé
de pierre. Je l'ai inventé, ça aussi. »

Jade me touche l'épaule. « Hé, calme-toi. Ce n'est
qu'une proposition, pas vrai ? Ils ne vont rien filmer. »

Je lève les mains. « Je n'en sais rien. Mais quoi qu'il en
soit, ça sonne faux. Et s'ils me posent des questions ? Je
mens horriblement mal.

– Envoie-lui la pierre, alors.

– À ma mère ? Non, non, je ne peux pas lui envoyer
une pierre comme ça, sans crier gare. Je ne l'ai pas vue
depuis des années. »

Jade me fusille du regard dans le miroir. « Bien sûr que
si, tu peux. Si tu le voulais vraiment. » Elle attrape une
bombe de laque. « Mais à mes yeux, ça ne fait aucune

différence. Je ne vais pas te mentir, j'espère que tu n'obtiendras pas le poste.

– Obtenir quel poste ? » Claudia franchit la porte ouverte, vêtue d'une robe moulante couleur prune. Ses cheveux tombent en anglaises souples et me rappellent une Barbie de mon enfance.

« Oh, salut. C'est un boulot à…

– C'est rien du tout, m'interrompt Jade. Qu'est-ce que tu veux, Claudia ? »

Elle avance vers le fauteuil de maquillage. « Je dois présenter un truc idiot ce matin aux infos. L'antimoustique qui dégage le meilleur parfum. » Elle tend deux flacons. « Je peux avoir votre avis, mesdames ? »

Elle approche le premier flacon du nez de Jade, puis passe au deuxième produit, un spray.

« Le premier », dit Jade en se détournant aussitôt. Je la soupçonne de ne pas avoir senti les produits. Elle veut juste se débarrasser de Claudia.

« Et toi, Hannah ? »

Je pose mon ordinateur sur la tablette et je respire le premier. « Pas mal. »

Puis elle approche la deuxième bombe de mon nez. J'inspire. « Hmm, on ne sent pas grand-chose de celui-là.

– Ah, tiens », dit Claudia.

La dernière image qui apparaît devant mes yeux, c'est l'index de Claudia appuyant sur le spray. Et soudain, un millier d'aiguilles me transpercent les yeux.

« Aïe ! je hurle. Oh, merde ! » Je porte les mains à mes paupières qui se sont scellées.

« Oh, non ! Je suis vraiment désolée, Hannah.

– Oh, putain ! Aïe ! Aïe ! Aïe ! J'ai les yeux qui brûlent !

– Viens vite, dit Jade. Il faut te rincer les yeux. »

J'entends l'intonation inquiète de sa voix mais impossible de soulever les paupières. Jade me guide jusqu'au lavabo et m'asperge le visage d'eau. Mes yeux refusent toujours de s'ouvrir, même de s'entrouvrir. Un torrent involontaire de larmes s'échappe de mes paupières collées.

« Je suis vraiment désolée, répète Claudia en boucle.

– C'est bon, dis-je, pliée en deux au-dessus du lavabo et haletant comme si j'étais en train d'accoucher. Pas de problème. »

À l'autre bout de la pièce, j'entends des pas qui approchent. Si j'en crois la démarche rapide, c'est Stuart.

« Mais qu'est-ce que vous foutez, bon sang ? Oh, nom de Dieu ! Mais qu'est-ce qui t'es arrivée, Farr ?

– Claudia a envoyé... commence Jade, mais je lui coupe la parole.

– Je me suis pris de l'antimoustique dans les yeux.

– Oh, bravo, bien joué. Tu passes à l'antenne dans dix minutes. » Je le sens à mes côtés et j'imagine sa tête penchée près du lavabo, le regard rivé sur moi. « Oh, nom de Dieu ! Regarde ton visage ! Quel monstre !

– Merci, Stuart. » Je me doute bien du spectacle magnifique que je dois donner, avec mes yeux rouges et gonflés, mes joues trempées et couvertes de maquillage dilué. Mais avais-je besoin d'une telle confirmation aimable ?

« Bon, je suis obligé de trouver une solution d'urgence, déclare Stuart. Claudia, tu vas la remplacer au pied levé. Tu veux bien débuter l'émission aujourd'hui, du moins jusqu'à ce qu'elle ait repris une apparence humaine ? »

Je relève la tête et regarde autour de moi. Je ne vois rien.

« Attends. Non, je...

– Bien sûr, j'entends Claudia répondre. Je serai ravie d'aider Hannah.

– S'il te plaît, accorde-moi juste une minute, dis-je en essayant d'ouvrir mes paupières avec les doigts.

– Bon esprit d'équipe, Claudia », lance Stuart. J'entends le bruit de ses semelles s'éloigner vers la porte. « Farr, tu prends ta journée. Et la prochaine fois, évite d'être aussi maladroite.

– Oh, ne t'inquiète pas pour ça, dit Jade, la voix débordant de sarcasme. Et Stuart, je t'interdis de sortir de cette pièce sans embarquer avec toi cette saloperie. »

J'entends Claudia étouffer un petit cri.

« Jade ! » je m'écrie, choquée qu'elle puisse se montrer aussi grossière.

La tension est à son comble quand Jade brise enfin le silence.

« Ton antimoustique, là », dit-elle, et elle balance la bombe de spray à Stuart.

La porte se referme, Jade et moi restons seules.

« Quelle salope sournoise ! crache Jade.

– Oh, allez, dis-je en portant un mouchoir à mes yeux. Tu ne crois quand même pas qu'elle l'a fait exprès.

– Ma puce, est-ce qu'il y a une syllabe dans le mot ma-ni-pu-la-tion que tu n'entends pas ? ! »

7

Deux semaines plus tard, mercredi matin, j'arrive à l'aéroport O'Hare. Je porte un tailleur bleu marine et des escarpins, mon sac à main sur l'épaule. Un homme costaud d'une vingtaine d'années m'accueille avec un panneau où je lis HANNAH FARR/ WCHI.

Nous sortons du terminal et je suis giflée par un vent froid qui me coupe la respiration.

« Je croyais qu'on était au printemps, dis-je en relevant le col de mon manteau.

— Bienvenue à Chicago. » Il jette mon sac dans le coffre de l'Escalade. « La semaine dernière, il faisait 15° et hier soir, il faisait – 8°. »

Nous roulons vers l'est sur la I-90 en direction des locaux de WCHI à Logan Square. Je glisse mes mains sous mes cuisses dans l'espoir de les réchauffer et je m'efforce de calmer mon inquiétude quant à l'entretien d'embauche qui m'attend. Qu'est-ce qui m'a pris d'inventer cette histoire de pardon ?

Installée sur la banquette arrière, je regarde par la vitre gelée en direction des nuages qui crachent une pluie mêlée de neige sur l'asphalte brillant. Nous longeons des banlieues d'anciennes fermes en briques flanquées de garages indépendants. Et sans sommation, mon esprit retourne vers Jack.

C'est idiot. Jack vit dans cette ville mais pas en banlieue. Mais le fait d'être à Chicago me pousse à imaginer notre vie s'il ne m'avait pas trompée. Habiterions-nous dans une de ces jolies maisons si je m'étais unie à lui comme il m'avait suppliée de le faire ? Et serais-je plus heureuse maintenant si j'ignorais qu'il avait couché avec sa stagiaire ? Non. Une relation bâtie sur le mensonge ne peut pas fonctionner.

J'ai besoin de me changer les idées et sors mon téléphone pour appeler la seule personne susceptible de se languir de moi pendant mon absence.

« Dorothy, bonjour, c'est moi.

– Oh, Hannah, je suis si heureuse d'avoir de tes nouvelles. J'ai reçu d'autres pierres du Pardon ce matin, incroyable, non ? De la part de Patrick Sullivan – tu vois qui c'est, le gentleman à la voix profonde ? Il sent toujours comme s'il sortait de chez le coiffeur. »

Je souris à la description de Dorothy, basée sur le son et l'odeur, et non sur la vue. « Oui, je connais Patrick. Il t'a donné une pierre ?

– Oui. Il s'est excusé pour ces années de "négligence", comme il dit. Notre relation, à lui et moi, remonte à bien longtemps, vois-tu. C'est un vieux de La N'velle-O, comme moi. Nous étions en couple à Tulane, jusqu'à ce qu'il obtienne une bourse d'études pour Trinity College à Dublin. Nous nous sommes séparés en toute amitié mais je n'ai jamais compris pourquoi il avait coupé les ponts de façon aussi brutale. Je croyais que nous étions amoureux.

– Et il s'est enfin excusé ?

– Oui. Le pauvre homme a porté un terrible fardeau pendant toutes ces années. Lui et moi avions postulé pour cette bourse prestigieuse à Trinity. Nous avions prévu de partir en Irlande ensemble, de passer l'été à étudier la poésie, à visiter la campagne si romantique avant de rentrer. Nous avons passé des heures ensemble à peaufiner notre lettre de motivation. Mon Dieu, la corbeille à papier débordait de nos brouillons. La veille de la date limite de soumission, Paddy et moi étions assis dans le salon commun, et nous avons lu à haute voix nos lettres définitives. J'ai failli pleurer en entendant la sienne.

– Elle était si touchante que ça ?

– Non. Elle était abominable. Je savais qu'il ne serait jamais reçu. Je n'en ai pas fermé l'œil de la nuit. J'étais assez certaine d'obtenir la bourse. J'avais de bonnes notes et ma lettre était correcte, si je peux me permettre. Mais je ne voulais pas partir sans Paddy. Et j'en aurais eu le cœur brisé si j'avais été acceptée et pas lui. J'ai pris une décision le lendemain matin. Je n'allais pas postuler.

– Et ça ne le dérangeait pas ?

– Je ne le lui ai jamais dit. Ensemble, nous sommes allés à la boîte aux lettres mais, sans qu'il le sache, l'enveloppe que j'ai glissée dans la fente était vide. Trois semaines plus tard, Paddy a appris la bonne nouvelle. Sa candidature avait été acceptée.

– Acceptée ? Oh, non ! Vous auriez vraiment pu partir ensemble.

– Ses parents étaient si heureux. Il allait étudier dans leur pays natal. J'ai essayé de dissimuler ma surprise… et mon regret. Il était sur son petit nuage, et il était convaincu que j'apprendrais à mon tour une bonne nouvelle bientôt. Je ne pouvais pas lui avouer que je m'étais disqualifiée moi-même parce que je doutais tant de ses capacités. J'ai attendu deux jours avant de lui apprendre que je n'avais pas été admise. Il en était malade. Il a juré qu'il ne partirait pas sans moi.

– Alors vous avez perdu votre chance, tous les deux.

– Non. Je lui ai dit qu'il serait idiot de rester ici, que j'attendrais qu'il me raconte tout en septembre. J'ai insisté autant que j'ai pu pour qu'il y aille.

– Et il y est allé ?

– Il est parti en juin. Je n'ai plus jamais eu de ses nouvelles. Il s'est installé à Dublin pendant vingt-cinq ans. Il est devenu architecte. Il a épousé une Irlandaise et ils ont eu trois enfants.

– Et aujourd'hui, il s'est enfin excusé de t'avoir abandonnée ?

– Comme moi, Paddy savait qu'il n'avait pas le niveau requis pour prétendre à cette bourse. Et lui aussi détestait l'idée d'une séparation. Il lui fallait une solution pour augmenter ses chances. Cette nuit-là, dans le salon commun, il a pris l'un des brouillons que j'avais raturés et jetés à la poubelle. Plus tard, il l'a plagié. Apparemment, c'était un joli texte sur l'importance de la famille et de nos racines.» Elle lève les mains. «Je n'en ai pas le moindre souvenir. Il affirme que c'est grâce à ça qu'il a été accepté. Grâce à ma lettre. Imagine donc. Il se morfond dans cette culpabilité depuis des années.

– Que lui as-tu répondu ?

– Eh bien, je lui ai pardonné, bien entendu. Je lui aurais pardonné des années plus tôt s'il m'avait présenté ses excuses alors.

– Bien sûr que tu lui aurais pardonné.» Je me demande ce qu'il serait advenu si Patrick avait cru en l'amour de Dorothy. «Quelle histoire!

– Ces pierres, Hannah, sont plus populaires ici que l'arrivée d'un résident masculin.» Elle éclate de rire. «À notre âge, les pierres nous donnent une chance de faire place nette, de faire amende honorable avant que le rideau ne tombe sur notre scène finale, pour ainsi dire. C'est un cadeau admirable que nous a offert Mme Knowles. Avec un groupe d'autres résidentes de la maison de retraite, nous irons voir Fiona quand elle passera à Octavia Books le 24. Marilyn viendra, elle aussi. Tu pourrais peut-être te joindre à nous?

– Peut-être. Mais je ne suis toujours pas convaincue. Une pierre, ça semble une contrepartie un peu faible pour avoir volé la lettre de candidature à une bourse d'études. Ou pour avoir harcelé quelqu'un à l'école. J'ai l'impression que les gens s'en tirent un peu facilement.

– Tu sais, la même idée m'a traversé l'esprit. Certaines blessures sont trop importantes pour être réparées à l'aide d'une simple pierre, ou même d'un rocher. Parfois, une simple excuse ne suffit pas. Parfois, on mérite peut-être une petite punition.»

Je pense à ma mère et je sens mon pouls accélérer. «Je suis d'accord.

– C'est pour ça que je n'ai pas encore envoyé ma pierre à Mari. Il faut que je trouve la meilleure façon de me racheter.» Dorothy baisse soudain la voix, comme si nous étions deux conspiratrices. «Et toi, alors? Tu as contacté ta mère?

– Dorothy, je t'en prie, tu ne connais pas l'histoire dans son intégralité.

– Et toi, tu la connais ?» Son intonation est pleine de défi, comme si elle était la prof et moi l'élève. «Le doute n'est pas une condition agréable mais la certitude est absurde. C'est Voltaire qui le dit. Hannah, ma chérie, ne sois pas si sûre de toi, s'il te plaît. Accepte d'écouter la version de ta mère.»

Quarante minutes plus tard, l'Escalade s'arrête devant une longue bâtisse d'un étage en briques. Ma petite chaîne de La Nouvelle-Orléans logerait dans une seule aile de cette structure monstrueuse. Un panneau à côté de l'entrée, niché dans un bosquet de sapins, annonce WABC. Je pose les pieds dans la neige humide qui recouvre l'asphalte et je prends une profonde inspiration. Que le spectacle commence.

James Peters me conduit à une salle de conférences où cinq responsables de la chaîne sont assis à une table ovale. Trois hommes, deux femmes. Je m'étais préparée à passer sur le gril mais l'ambiance ressemble davantage à un bavardage sympathique entre collègues. Ils veulent que je leur parle de La Nouvelle-Orléans, de mes centres d'intérêt, de ce que j'imagine pour le *Good Morning, Chicago*, des personnes que je rêve d'inviter sur le plateau.

«Nous sommes tout particulièrement ravis de votre proposition, dit Helen Camps à l'autre bout de la table. Fiona Knowles et ses pierres du Pardon font fureur ici, dans le Midwest. Le fait que vous la connaissiez, que vous fassiez partie des premiers destinataires, donne effectivement matière à une excellente émission, une émission que nous nous ferions un plaisir de produire si vous deviez être sélectionnée.»

Mon estomac se noue. «Super.

– Racontez-nous votre réaction quand vous avez reçu les pierres », demande un homme grisonnant dont j'ai oublié le nom.

Je sens mon visage s'empourprer. C'est exactement ce que je craignais. « Euh, eh bien, j'ai reçu les pierres par la poste, et je me souvenais bien de Fiona, la fille qui m'avait harcelée en classe de sixième. »

Jan Harding, directrice adjointe du marketing, ajoute : « Par curiosité – est-ce que vous lui avez renvoyé la pierre aussitôt après l'avoir reçue ou avez-vous attendu quelques jours ?

– Ou quelques semaines », ajoute M. Peters, comme si le temps maximum alloué se comptait en semaines.

Je lâche un rire nerveux. « Oh, j'ai attendu plusieurs semaines. » Genre, cent douze.

« Et vous avez envoyé la deuxième pierre à votre mère, dit Helen Camps. Est-ce que cela a été très difficile ? »

Bon sang, mais peut-on en finir avec cette conversation, s'il vous plaît ? Je touche le pendentif en diamant et saphir comme s'il s'agissait d'un talisman. « Fiona Knowles écrit une phrase dans son livre qui m'a fait réfléchir. » Je repense à la citation préférée de Dorothy et je la répète comme une foutue hypocrite. « "Tant que tu n'auras pas mis en lumière ce qui te condamne à la pénombre, tu seras irrémédiablement perdue." »

J'ai le nez qui me brûle et les larmes me montent aux yeux. Pour la première fois, je me rends compte qu'il y a une part de vérité dans cette affirmation. Je suis perdue. Tellement perdue. J'en suis réduite à inventer une histoire de pardon, à mentir à tous ces gens assis en face de moi.

« Eh bien, nous sommes heureux que vous vous soyez trouvée », dit Jan. Elle se penche vers moi. « Et nous avons de la chance de vous avoir trouvée ! »

James Peters et moi sommes assis sur la banquette arrière d'un taxi et le chauffeur accélère sur Fullerton Avenue en direction du Kinzie Chophouse où nous déjeunons avec deux présentateurs de la chaîne. «Très bonne prestation ce matin, Hannah, me dit-il. Comme vous pouvez le constater, nous avons un groupe fantastique ici, à ABC. Je pense que vous seriez une recrue parfaite.» Bien sûr, une recrue parfaite qui s'est présentée sous un faux jour. Mais pourquoi ai-je choisi ces maudites pierres du Pardon comme sujet d'émission? Absolument hors de question que je traîne ma mère sur le plateau de télévision. Je lui adresse un sourire. «Merci. C'est une équipe impressionnante.

– Je vous le dis honnêtement. Votre proposition est formidable, et vos vidéos de casting sont parmi les meilleures qu'il m'ait été donné de visionner. Ça fait une bonne décennie que je suis votre parcours. Ma sœur vit à La Nouvelle-Orléans et me dit que vous êtes au top. Mais votre audimat est en baisse constante depuis trois mois.»

Je grogne. J'aimerais beaucoup évoquer ma frustration envers Stuart et les sujets idiots qu'il choisit de présenter, mais je risquerais de paraître sur la défensive. Après tout, l'émission s'appelle l'*Hannah Farr Show*. «C'est vrai. J'ai eu de meilleurs taux d'audience. J'en endosse la responsabilité totale.

– Je connais Stuart Booker. J'ai travaillé avec lui à Miami, avant d'arriver ici. Vos talents sont gâchés à WNO. Vous auriez votre mot à dire, ici, vos idées seraient prises au sérieux.» Il pointe l'index vers moi. «Si vous rejoignez notre équipe, nous ferons en sorte que votre proposition d'émission avec Fiona Knowles soit produite dès le premier jour. Je vous en fais la promesse.»

Mon cœur s'arrête un instant. « C'est bon à savoir »,
dis-je en me sentant à la fois fière, paniquée et complètement méprisable.

Je suis encore secouée à 21 heures quand j'entre dans
mon petit hôtel chic dans Oak Street. Je me rue vers
l'accueil, comme pour précipiter mon départ. J'ai hâte
de quitter cette ville et de laisser derrière moi le souvenir
de mon entretien mensonger. Dès que j'arriverai à ma
chambre, j'appellerai Michael et je lui dirai que je rentre
plus tôt que prévu, à temps pour notre rendez-vous amoureux du samedi.

Cette idée me remet du baume au cœur. J'avais réservé
un vol le dimanche à l'époque où Michael et Abby devaient
se joindre à moi pour un week-end à Chicago. Mais, alors
que je préparais mes bagages, Michael m'a appelée pour
m'annoncer qu'Abby était « un peu patraque ». Ils ne
pourraient pas m'accompagner.

L'espace d'une demi-seconde, j'ai hésité à lui demander
de venir seul, comme il me l'avait promis si je m'installais
ici. Mais Abby est malade – en tout cas, c'est ce qu'elle
affirme. Quelle compagne insensible exigerait d'un père
qu'il quitte sa fille malade ? Et quel genre de monstre
sans cœur mettrait en doute les motivations d'une enfant
malade ?

J'ai déjà parcouru la moitié du hall au sol de marbre
quand je le vois. Je m'arrête net. Il est assis dans une
bergère à oreilles et il consulte son portable. À ma vue,
il se lève.

« Salut », dit-il en rangeant son téléphone dans sa poche
avant d'avancer de sa démarche lente si caractéristique.
Le temps ralentit. Son sourire est un peu tordu, comme

dans mon souvenir, et ses cheveux sont plus en bataille que jamais. Mais ce charme du Sud dont je suis tombée amoureuse est toujours palpable.

«Jack, dis-je, prise de vertige. Qu'est-ce que tu fais ici?

— Ma mère m'a dit que tu étais de passage.

— Évidemment.»

J'ai le cœur brisé à l'idée que Dorothy s'accroche encore à l'espoir que, d'une manière ou d'une autre, Jack et moi puissions reformer un couple.

«On peut aller discuter quelque part?» Il désigne l'ascenseur. «Il y a un bar au sous-sol.»

L'intimité du lieu, semble-t-il croire, pourrait compenser le fait que je vais me trouver assise en face de mon ex, seule, dans une ville étrangère.

Nous nous installons sur une banquette en U et Jack commande deux martinis. «Un frappé et le deuxième on the rocks.»

Je suis émue qu'il s'en souvienne. Sauf que j'ai changé depuis notre époque ensemble. Le martini n'est plus ma boisson de prédilection. Ces derniers temps, je préfère quelque chose de plus léger, comme une vodka tonic. Mais comment pourrait-il le savoir? Nous n'avons pas bu ensemble depuis plus de deux ans.

Il me parle de son travail et de sa vie à Chicago. «Il fait un froid de canard», me dit-il avant d'émettre ce rire rauque si particulier. Mais dans ses yeux, je lis encore la tristesse de notre séparation, un détail auquel je ne suis pas habituée. Quand nous étions ensemble – surtout au début, quand tout était nouveau et débordant de promesses –, il n'y avait que du rire dans ses yeux. Je me demande si je suis l'unique responsable de cette joie disparue.

La serveuse pose nos boissons sur la table et s'éclipse. Jack me sourit et lève son verre. «Aux vieux amis», dit-il. Je contemple l'homme assis en face de moi, l'homme que j'étais sur le point d'épouser. J'observe ses joues rosées, son sourire un peu de travers, ses taches de rousseur sur les bras, ses ongles qu'il ronge encore jusqu'au sang. Il est si authentique. Et malgré son infidélité, j'aime beaucoup cet homme. Je l'apprécie vraiment, simplement. Certains amis sont comme un pull préféré. La plupart du temps, nous choisissons un tee-shirt ou un chemisier. Mais le pull est toujours là, au fond du placard, confortable, rassurant, prêt à nous réchauffer par ces journées ventées. Jack Rousseau est mon pull préféré.

«Aux vieux amis», dis-je en sentant s'installer en moi l'ombre de la nostalgie. Je la repousse aussi vite qu'elle est venue. Je suis avec Michael, à présent.

«C'est agréable de te revoir. Tu es radieuse, Hannah. Un peu maigre, mais tu as l'air heureuse. Tu es heureuse, pas vrai? Tu manges correctement?

– Oui aux deux questions.» J'éclate de rire.

«Tant mieux. Super. De toute évidence, le prince charmant te rend heureuse.»

Je hoche la tête à cette petite pique. «Il te plairait, Jack. Il est très attaché au bien-être des autres.» Et au mien, aussi. Mais ce serait cruel d'ajouter cela. «J'ai tourné la page, et tu devrais en faire autant.»

Il agite la pique à olive dans son verre et je vois bien qu'il a quelque chose en tête. *Ne ressasse pas le passé, je t'en prie!*

«Ta mère va bien, dis-je pour changer de sujet. Elle a une nouvelle obsession. Les pierres du Pardon.»

Il rit. « Oui, je suis au courant. Elle m'a envoyé une bourse l'autre jour avec deux pierres et une lettre d'excuses de trois pages. La femme la plus gentille au monde, et elle me présente ses excuses ! »

Je souris. « Je commence à regretter de lui avoir parlé de ces pierres. Elle les distribue comme ces chocolats qu'elle gardait toujours à côté de la télé. »

Il acquiesce. « C'est bien. Je vais envoyer l'autre pierre à mon père. Tu savais que, quand il s'est remarié en 1990, j'ai refusé d'assister à la cérémonie ?

– Tu protégeais ta mère. Je suis sûre qu'il a compris.

– Ouais, mais ça a dû le blesser. Sharon et lui sont heureux. Je le comprends, à présent. C'était agréable d'écrire cette lettre d'excuses, à vrai dire. J'aimerais que ma mère trouve le courage de lui pardonner à son tour.

– Peut-être qu'il ne le lui a jamais demandé. »

Il hausse les épaules. « Peut-être. Et j'ai comme l'impression qu'elle a un nouvel amoureux.

– Un amoureux ? Ta mère ?

– Un autre résident de la maison de retraite. M. Sullivan.

– Tu crois qu'elle est à nouveau intéressée par Patrick Sullivan ?

– Ouais, c'est mon intuition. Elle ne s'est jamais remise en couple après sa séparation d'avec mon père. Peut-être qu'elle a attendu ce bon vieux Sullivan toute sa vie. Peut-être qu'il arrivera à la faire vibrer à nouveau.

– La faire vibrer ? » Je ris et lui tape le bras d'un revers de la main. « T'es tellement romantique !

– Ben quoi ? dit-il, et des rides s'étirent sur ses pommettes quand il sourit. « Je t'ai fait vibrer, moi.

– Oh, ça va, remets-toi, Rousseau.»

Je lève les yeux au ciel mais c'est si agréable de plaisanter avec lui.

«Je dis juste que ma mère a besoin d'une histoire d'amour et que ce dénommé Sullivan peut faire l'affaire.» Il lève les yeux et plonge son regard dans le mien. «Tu sais bien ce que je pense. On n'abandonne jamais ceux qu'on aime.»

L'accusation atteint sa cible. Je détourne les yeux et les siens me transpercent.

«Je ferais mieux d'y aller, je crois.» Je repousse mon verre.

Il m'attrape la main. «Non. Je voulais... Je – il faut que je te parle.»

Je sens la chaleur de sa main sur la mienne, je vois une douceur envahir son regard. Mon cœur bat la chamade. Bon sang, il faut que je détende l'atmosphère.

«Ta mère m'a dit que ton boulot de consultant en restauration marchait bien. Tu as fini par trouver le Tony's Place?» Jack ambitionnait de voyager à travers le monde en quête du restaurant parfait – un endroit à la lumière tamisée dans le style de celui de Tony Soprano, avec des martinis mortels et des banquettes en cuir rouge. Une fois qu'il l'aurait trouvé, plaisantait-il, il l'achèterait et le renommerait Tony's Place.

Il me serre la main et n'esquisse pas le moindre sourire.

«Je vais me marier, Hannah.»

Je le dévisage.

«Quoi?»

Je vois tressaillir un muscle de son visage. Il fait un léger signe de tête.

Je me frotte les bras, soudain frigorifiée. Mon pull préféré est en train de se détricoter. «Félicitations», dis-je, mais j'ai la langue pâteuse. Je lève mon verre. Mes mains tremblent et le liquide se renverse. Je repose le verre à deux mains et attrape une serviette, je m'affaire le temps de retrouver ma voix et mes esprits.

«Hé, je voulais juste que tu sois au courant. Ce n'est pas comme si je ne t'avais pas accordé plus d'un million d'occasions de changer d'avis.» Il soupire. «Bon sang, c'est horrible de dire ça. Holly est super. Tu l'adorerais.» Il sourit. «Et ce qui importe vraiment, au bout du compte, c'est que je l'aime.»

J'en ai le souffle coupé. *Holly. Je l'aime.*

«Ta mère... je demande d'une voix tremblante. Elle est au courant?

– Elle savait que je sortais avec Holly mais elle n'avait pas compris que c'était si sérieux entre nous. Nous nous sommes mis d'accord, c'était à moi de te l'annoncer. Elle est enceinte. Holly, pas ma mère.»

Il m'adresse son sourire de travers et, sans crier gare, j'éclate en sanglots.

«Oh, mon Dieu, dis-je en me détournant pour m'essuyer les yeux. Je suis désolée. Ce sont de très bonnes nouvelles. Je ne sais pas ce qui me prend.»

Il me tend une serviette et je me tamponne les paupières. «Un bébé. C'est merveilleux.»

Mais ce n'est pas merveilleux. Je pense que j'ai commis une énorme erreur.

«J'aurais aimé que les choses se passent autrement entre nous, Hannah. Tu étais si... sûre de toi. Si catégorique. Si critique.»

Je lui décoche un regard noir. «Critique? Tu couchais avec ta stagiaire.»

Il lève un doigt. «Une fois, et je le regretterai éternellement. Mais en toute honnêteté, je n'étais pas l'homme de ta vie, Hannah.»

Il est gentil, il me donne la possibilité de me sauver la face. Je l'aime plus que jamais.

«Évidemment que tu ne l'étais pas», dis-je. Mon sourire lutte contre les commissures de mes lèvres qui plongent obstinément vers le bas. «Ces larmes sont juste pour te mettre en valeur.» Mon rire se mêle à un sanglot. Je me cache le visage entre mes mains. «Comment peux-tu savoir que tu n'étais pas l'homme de ma vie? Comment peux-tu en être aussi sûr, putain?»

Il me caresse le bras. «Parce que sinon, tu ne m'aurais jamais laissé partir. Comme je te l'ai dit, on n'abandonne pas ceux qu'on aime.»

Je le dévisage, je me demande s'il a raison, si j'ai un défaut de personnalité, une incapacité innée à pardonner, ou même à aimer. Je pense à ma mère, à l'attitude impitoyable que j'ai adoptée avec elle.

«Tu es comme une barre d'acier, Hannah. Tu refuses de plier, ne serait-ce que d'un centimètre. La plupart du temps, ça doit t'être utile.»

Je tâtonne à la recherche de mon sac à main. «Il faut que j'y aille.

– Attends.» Il tire des billets de son portefeuille et les jette sur la table. Je l'entends derrière moi, il trottine pour rester à ma hauteur. Je fonce devant l'ascenseur, trop ébranlée pour partager un espace minuscule avec cet homme bientôt marié. J'ouvre la porte de secours à la volée et m'élance sur les marches en ciment.

J'entends le bruit saccadé de ses pas derrière moi. À mi-chemin dans l'escalier, il m'empoigne par le coude. «Hannah, arrête-toi.» Il me fait faire volte-face. Ses yeux sont emplis de tendresse. «Il est quelque part, Hannah, ton feu, l'homme qui fera fondre l'acier. Mais ce n'est pas moi. Ça ne l'a jamais été.»

8

J'attends quarante minutes avant d'appeler Michael. J'ai les nerfs trop à vif et ma voix est encore trop rauque d'avoir pleuré. Je ne veux pas qu'il se trompe sur la nature de mes émotions. Mes larmes pour Jack n'enlèvent rien à mes sentiments pour lui.

Heureusement, il est dans les vapes quand je l'appelle et il ne devine pas mon humeur.

« Comment se sent Abby ?

– Super bien. » Il le dit avec un tel ton d'évidence que je me demande une fois encore si elle a jamais été malade. Jack a raison. Je suis vraiment trop critique.

Je donne à Michael un bref résumé de ma journée à WCHI.

« Je fais partie des trois derniers candidats. Ils ont l'air de m'apprécier mais je n'en saurai pas plus avant quelques semaines. Tu sais comme ce genre de chose est lent à se mettre en place.

– Félicitations. On dirait que tu as gagné. » Il bâille et je l'imagine jeter un coup d'œil à son réveil. « Autre chose à signaler ? »

Je me sens comme une employée lisant les rapports à l'un de ses conseils municipaux. « Non, c'est à peu près tout. »

Je ne lui parle pas de Jack. Il n'y a rien à dire. Mais malgré moi, je laisse échapper une question.

« Est-ce que je suis trop dure, Michael ? Trop critique ?

– Hein ?

– Parce que je peux changer. Je peux m'adoucir, être plus indulgente. Je peux m'ouvrir davantage, partager plus. Je le peux, vraiment.

– Non, absolument pas. Tu es parfaite. »

Le lit king size de l'hôtel me paraît trop petit. Des images de Jack et de sa future épouse, de Michael et d'Abby peuplent mon sommeil. Je roule sur le flanc, je m'efforce de chasser les souvenirs de mon entretien et l'affirmation fictive de cette paix avec ma mère.

Aux premières lueurs de l'aube, je troque mon pyjama contre un caleçon de sport.

J'arpente le Chicago's Lakefront Trail, les mains dans les poches, à envisager mon avenir. Et si j'obtenais ce poste ? Pourrais-je vivre ici, seule dans cette ville ? Je n'aurais pas le moindre ami, même plus Jack.

Je vois un couple qui marche vers moi, une jolie fille aux cheveux auburn et un homme en manteau Burberry. Un adorable bébé est assis en équilibre sur ses épaules. J'échangerais bien ma place avec eux…

Mon esprit s'envole vers ma mère. L'univers tout entier semble s'être ligué contre moi. D'abord, Dorothy me pousse à faire la paix. Et puis cette foutue proposition d'émission. J'ai l'impression que c'est devenu une obligation. Et hier soir, le commentaire de Jack, affirmant qu'on n'abandonne jamais ceux qu'on aime. Est-il possible que j'aie jugé ma mère trop durement ? L'idée m'est venue avant même que j'aie eu le temps de la censurer.

Mon esprit trébuche, s'emballe avec frénésie. Je revois le sourire de ma mère, enfin sincère quand elle regardait Bob. Je la vois debout à la porte-fenêtre de notre salon, attendant chaque matin que sa camionnette arrive à l'époque où il refaisait notre cuisine, et se précipitant dans l'allée à sa rencontre, une tasse de café à la main. J'entends son rire s'élever de la véranda où ils s'installaient pour siroter un thé glacé après la longue journée de labeur de Bob. Je la regardais se pencher vers lui et l'écouter, comme si chacun de ses mots était un poème.

Elle aimait cet homme. Quels que soient ses défauts, ses échecs en tant que mère ou amie, ma mère aimait Bob de tout son cœur, de tout son être.

Je me rends compte à présent que mon manteau de colère est en réalité un patchwork, et l'une des émotions tissées dans ce tissu, c'est la peur. Comme il est terrifiant de voir sa mère aimer quelqu'un d'autre. Dans mon jeune esprit, son amour pour Bob impliquait qu'elle en aurait moins à me consacrer.

Je m'arrête à un embarcadère en béton et je contemple la vaste étendue d'eau grise qui me sépare de ma mère. Le vent me gifle et j'ai le nez qui coule. Quelque part là-bas, au-delà de l'immensité du lac Michigan, dans une banlieue de Detroit, ma mère vit et respire.

Je m'accroupis et me prends la tête entre les mains. Et si elle avait vraiment essayé de renouer contact ? Serai-je capable de lui pardonner ?

L'accusation de Jack me revient en mémoire. Une barre d'acier. Catégorique. Critique. Je me relève, mue par un désir si intense que la tête me tourne.

Je rebrousse chemin et me mets à courir.

Je suis presque hystérique quand j'arrive à ma chambre d'hôtel. J'ouvre mon ordinateur portable et, en cinq minutes, j'ai trouvé son adresse et son numéro de téléphone. Elle est listée sous le nom de Suzanne Davidson. A-t-elle conservé son nom de jeune fille toutes ses années dans l'espoir que j'essaie un jour de la retrouver ? Elle n'habite plus à Bloomfield Hills. Elle vit à Harbour Cove. Un frisson me traverse. Dans Dorchester Lane ? Je tape l'adresse dans Google Maps et le temps s'arrête. Ils habitent dans le vieux chalet de Bob, l'endroit où j'ai passé mon quatorzième anniversaire. J'en ai la chair de poule. Cet endroit où mon père s'était juré que je ne remette plus jamais les pieds.

Les mains tremblantes, je compose le numéro sur le téléphone couleur crème de l'hôtel plutôt que sur mon portable. Elle ne saura jamais que l'appel vient de moi. Je m'installe sur la chaise près du bureau. Mon cœur bat la chamade tandis que j'écoute la sonnerie, une fois… deux fois…

Je repense à toutes ces conversations téléphoniques que nous avons échangées après mon départ, pendant deux ans, jusqu'à mon seizième anniversaire. Je me souviens du torrent interminable de questions, de mes réponses sèches et monosyllabiques. Je l'accusais de fouiner et de vouloir tout savoir de ma vie à Atlanta. Plutôt crever que de l'intégrer à mon existence. Si elle voulait en faire partie, alors elle avait intérêt à ramener ses fesses ici, où était sa véritable place.

Elle décroche à la troisième sonnerie. « Allô ? »

Je prends une profonde inspiration et je me couvre la bouche de ma main.

« Allô, répète-t-elle. Il y a quelqu'un ? »

Elle parle doucement et révèle une pointe d'accent de Pennsylvanie. J'ai tellement envie d'entendre encore cette voix que je n'ai pas entendue depuis seize ans. «Bonjour», dis-je d'une voix faible.

Elle attend que je continue, puis elle parle enfin. «Excusez-moi, mais qui est à l'appareil?»

Mon cœur se brise. Elle ne reconnaît pas la voix de sa propre fille. Et pourquoi devrait-elle? Je ne m'attendais pas à ce qu'elle me reconnaisse, si?

Pour une raison totalement irrationnelle, j'en suis blessée. *Je suis ta fille*, ai-je envie de hurler. *Celle que tu as abandonnée.* Je porte mes doigts à mes lèvres et déglutis avec peine.

«Faux numéro», dis-je avant de raccrocher.

Je pose la tête sur le bureau. Lentement, ma tristesse enfle. C'était ma mère. La seule personne que j'aie jamais vraiment aimée.

Je me lève d'un bond et fouille dans mon sac à main à la recherche de mon portable. Cette fois-ci, je compose le numéro de Dorothy.

«Tu es occupée? je demande, le cœur battant.

– Jamais trop occupée pour ma fille. Qu'est-ce qui te tracasse, ma chérie?

– Tu crois qu'il... mon père... tu crois qu'il te disait la vérité à propos des lettres – ou de la lettre de ma mère? Est-ce que tu l'as cru quand il t'en a parlé, Dorothy?»

J'agrippe le téléphone, j'attends sa réponse, persuadée que tant de choses dépendent de cette réponse.

«Ma chérie, c'est l'une des rares fois où j'ai vraiment cru qu'il disait la vérité.»

9

Il est 10 heures quand j'arrive à l'aéroport O'Hare. Au lieu d'échanger mon billet pour rentrer plus tôt à La Nouvelle-Orléans, j'achète un nouveau billet en partance pour Grand Rapids dans le Michigan.

« Il y a un vol qui part à 11 h 04, m'annonce la femme au comptoir de Delta. Avec le décalage horaire, vous arriverez à 12 h 57. Je vous propose un retour à La Nouvelle-Orléans demain soir à 22 h 51. »

Je lui tends ma carte bancaire.

Quand j'arrive à la porte d'embarquement, j'ai dix minutes à tuer. Je m'installe dans un fauteuil inclinable en skaï et je cherche mon portable dans mon sac. Mes doigts effleurent la bourse en velours.

Je sors une pierre de la bourse et la pose au milieu de ma paume. J'observe les taches beiges sur le blanc ivoire de sa surface lisse et je pense à Fiona Knowles. Deux ans plus tôt, elle a choisi cette pierre rien que pour moi. Elle a mis ce projet en branle. Sans les pierres du Pardon, je n'aurais jamais envisagé de faire ce voyage. Tous les souvenirs de ma mère seraient encore enfouis, à l'abri.

Je serre la pierre de toutes mes forces et j'espère avoir pris la bonne décision. *Faites que cette pierre permette de construire un pont, et non un mur.* En face de moi, une jeune mère tresse les cheveux de sa fille. Elle sourit tandis que la fillette bavarde. J'essaie de ne pas me faire trop d'illusions sur ce voyage. Ce ne seront pas des retrouvailles joyeuses.

Je glisse ma pierre dans mon sac et, cette fois, je prends mon portable. Mon pouls s'accélère. Comment va réagir Michael quand je vais lui apprendre mon détour par le Michigan ? Se rappelle-t-il ce que je lui ai raconté au sujet de ma mère et de son copain ?

J'appuie sur le bouton d'appel, contente pour une fois qu'il soit toujours débordé. Ce sera bien plus simple de laisser un message sur son répondeur.

« Hannah, dit-il. Bonjour, ma chérie. »

Eh merde. Pour une fois...

« Bonjour, dis-je à mon tour, m'efforçant de prendre un ton enjoué. Je n'arrive pas à croire que j'ai réussi à t'avoir !

– Je m'apprête à aller en réunion. Comment ça va ?

– Hé, tu ne devineras jamais ce que je suis en train de faire. Je vais dans le Michigan pour une nuit. Puisque je suis ici, autant aller rendre visite à ma mère. »

Je déballe tout sans respirer. Et j'attends...

Il reprend enfin la parole. « Tu penses que c'est nécessaire ?

– Oui. Je vais essayer de lui pardonner. Je crois qu'il faut que j'arrive à faire la paix avec mon passé avant de pouvoir me tourner vers l'avenir. »

Ces paroles – les paroles de Dorothy – me donnent l'impression d'être sage.

« Si tu le dis, répond Michael. Juste un conseil. Garde tout ça pour toi. Personne n'a besoin de connaître tes histoires personnelles.

– Bien sûr. » Et soudain, tout s'éclaire. Michael ne veut pas que ma réputation entache la sienne.

Il est 13 h 30 quand l'avion atterrit, et je signe le contrat de location pour ma voiture.

« Jusqu'à demain seulement ? me demande le jeune homme de l'agence.

– Oui. Je la rendrai avant 18 heures.

– Prenez votre temps. Ils annoncent une tempête cet après-midi. »

Quand j'entends le mot *tempête*, je pense à un ouragan. Mais quand il me tend un racloir en plastique, je comprends qu'il parle de neige et de glace, et non de pluie.

« Merci », dis-je avant de grimper au volant de la voiture, toujours vêtue de mon tailleur et de mes escarpins. Je jette le racloir sur la banquette arrière.

Je roule vers le nord sur l'autoroute I-31 en chantant sur un morceau d'Adele, j'ai l'esprit obnubilé par ma mère. Une heure passe et je remarque que le paysage change. La région est plus vallonnée, des épicéas géants et des sapins bordent l'autoroute. Des panneaux PASSAGE D'ANIMAUX SAUVAGES apparaissent à intervalles réguliers.

Je passe devant une stèle qui m'annonce que je franchis le 45e parallèle, et j'entends la voix de Bob comme si je me trouvais encore sur la banquette arrière de son Oldsmobile Cutlass.

T'as vu, Frangine ? Tu es pile à mi-chemin entre le pôle Nord et l'équateur. Comme si j'étais censée m'enthousiasmer à cette idée. Il affiche ce large sourire de dauphin, il essaie de croiser mon regard dans le rétroviseur. Je refuse de lever les yeux.

J'écarte cette image et j'essaie de me concentrer sur le paysage, si différent de celui du Sud. C'est bien plus joli que dans mon souvenir. Le coin me rendait toujours claustrophobe, l'isolement du Nord, mais aujourd'hui, avec la neige blanche et les épicéas verts, il dégage davantage un sentiment de sérénité que de solitude. J'entrouvre ma vitre, et une rafale de vent frais et cristallin chasse l'odeur de chaleur renfermée.

Mon GPS m'indique que je suis à cinquante kilomètres d'Harbour Cove. Mon estomac se serre. Suis-je prête ? Non, je ne suis pas sûre, mais le serai-je un jour ?

Je répète mon plan d'action pour la énième fois. Je vais trouver un petit hôtel pour la nuit, je me réveillerai tôt. J'irai chez elle avant 9 heures. Bob devrait déjà être parti au travail, et ma mère devrait être levée et douchée. J'espère qu'au-delà de ses défauts et de ses faiblesses, elle est gentille. J'ai envie de croire qu'en me voyant, elle m'accueillera aussitôt avec bienveillance. Je lui dirai que je lui pardonne et nous serons toutes les deux libérées de notre passé. Du moins autant que possible.

J'avais quinze ans la dernière fois que nous avons passé un week-end ensemble. Nous nous étions d'ailleurs retrouvées à Chicago, la ville que je viens justement de quitter. J'avais pris un vol depuis Atlanta ; elle était venue en train depuis le Michigan. Nous avions dormi dans un petit hôtel miteux à proximité de l'aéroport, plutôt qu'en centre-ville. Nous avions mangé dans un restaurant Denny's non loin de là et n'étions allées en ville qu'un seul après-midi. J'avais vu un chemisier qui me plaisait chez Abercrombie et ma mère avait insisté pour me l'acheter. Quand elle avait ouvert son sac à main, j'avais vu que la doublure était déchirée. Elle avait inspecté le contenu de son portefeuille usé et elle avait compté son argent, puis recompté. Pour finir, elle avait sorti un billet de vingt dollars glissé dans une fente réservée aux photos.

« Mes vingt dollars cachés, m'avait-elle expliqué. Il faut toujours avoir un billet caché dans ton portefeuille, en cas d'urgence. »

Ce n'est pas le conseil qui m'avait frappé. C'était de me rendre soudain compte que ma mère était pauvre. Je n'y avais jamais réfléchi. Quand je faisais du shopping avec mon père, il tendait sa carte en plastoc au caissier et on ressortait aussitôt du magasin. Ma mère possédait-elle une carte bancaire ? Elle avait sans doute reçu la moitié des biens de mon père après le divorce. Qu'avait-elle fait de tout cet argent ? Elle avait dû le dépenser pour Bob, à coup sûr.

J'aurais pu être reconnaissante qu'elle fasse des folies pour payer la chambre d'hôtel minable, puis qu'elle dépense son billet secret pour moi. J'aurais dû être furieuse après mon père, de ne pas lui avoir accordé davantage lors du partage des biens. Au lieu de cela, j'avais éprouvé un sentiment grandissant d'éloignement qui frôlait le dégoût.

De retour à la maison, j'avais demandé à mon père pourquoi maman n'avait pas d'argent. « Mauvais choix de vie, avait-il rétorqué. Ça ne devrait pas t'étonner. »

Cette insinuation était une nouvelle dose de poison instillée dans une relation déjà souffrante. *Encore un mauvais choix de vie, comme quand elle a préféré son copain à toi.*

Toute la honte, la gratitude et la pitié que j'aurais dû éprouver pour ma mère déferle en moi à cet instant. À chaque nouveau kilomètre, je suis de plus en plus convaincue d'avoir pris la bonne décision. Il faut que je la voie. Elle a besoin d'entendre que je lui ai pardonné. J'ai beau être nerveuse, j'ai hâte d'être à demain matin.

Qui aurait l'idée de boire du vin produit dans le nord du Michigan ? Mais tous les deux kilomètres, je vois un panneau indiquant un vignoble. J'ai lu quelque part que le climat de la péninsule d'Old Mission était propice à la culture du raisin. Mais j'ignorais totalement que l'idée avait germé avec autant de passion. Enfin, quel autre choix ont donc les habitants de cette région désolée ?

Quand j'arrive au sommet d'une colline, je le vois. Le lac Michigan. Il est si vaste qu'on dirait l'océan. Je ralentis et contemple l'eau bleue scintillante. Les plages de sable de mon souvenir sont couvertes de neige aujourd'hui, et d'énormes blocs de glace forment une barricade sur la berge. Des souvenirs inondent mon esprit, je vois ma mère et Bob sur les sièges avant de la Cutlass, poussant des cris de joie en voyant le lac. Moi, seule sur la banquette arrière, refusant de regarder le paysage. « Le voilà, Frangine, disait Bob, l'index pointé, en employant ce surnom dont il m'avait affublée et que je détestais. Il est pas magnifique ? »

Je mourais d'envie de jeter un coup d'œil mais je refusais. Je ne comptais pas lui donner cette satisfaction. Il fallait que je déteste cet endroit. Si je l'aimais, ma détermination risquait de s'effriter. Je pourrais en venir à apprécier Bob et mon père ne me le pardonnerait jamais.

« Tu viendras pêcher avec moi demain matin, Frangine ? Je parie que tu pourrais attraper un bar ou deux. Ou peut-être un corégone, qui sait ? Tu nous les feras frire demain soir, Suzanne ? Y a rien de meilleur que les corégones du lac Michigan. »

Suivant mon *modus operandi*, je l'ignorais. Croyait-il sérieusement que j'allais me réveiller à 5 heures du matin pour aller pêcher avec lui ? Faut pas abuser, connard. Je me demande à présent ce qui aurait pu se passer, au milieu des flots, sans personne alentour. Cette simple pensée me donne des frissons.

À quel moment est-ce arrivé exactement, et qu'est-ce qui l'a provoqué, je n'en suis plus certaine. Tout ce dont je me souviens, c'est que, vers mon treizième anniversaire, Bob est devenu louche. L'été de notre première rencontre, je l'aimais bien. Je le regardais casser les placards de notre cuisine à l'aide d'un pied-de-biche. Ses bras étaient bronzés, ses muscles saillaient. Un matin, il m'a lancé une paire de lunettes de sécurité et un casque, et m'a nommée son assistante. Je devais nettoyer le chantier, aller lui chercher des verres de thé glacé, et, à la fin de chaque journée, il me tendait un billet de cinq dollars. Il m'appelait encore Hannah, à l'époque. C'est seulement quand il s'est mis en couple avec ma mère qu'il a commencé à me surnommer Frangine. Et à ce stade, aucun surnom, aucune cajolerie n'aurait pu faire fondre ma détermination. Ma décision était prise. Il incarnait l'ennemi. Le moindre geste amical, le moindre compliment était suspect.

Je suis stupéfaite quand j'arrive dans le quartier commerçant d'Harbour Cove. Le port de pêche endormi d'autrefois est devenu une petite ville débordante d'activité. Des femmes bien habillées en parka noire dernier cri arpentent les trottoirs en portant des sacs à main de marque et des sacs de shopping. Je longe des vitrines de magasins avec leurs auvents pittoresques, une boutique Apple, des galeries d'art, des restaurants qui annoncent leurs plats du jour à la craie sur des ardoises postées à l'entrée.

L'endroit fait presque figure de carte postale. Devant moi, une Bentley blanche tourne à gauche. Depuis quand Harbour Cove s'est embourgeoisé à ce point ? Ma mère peut-elle se permettre de vivre ici ?

Mes mains agrippent le volant et la nausée me gagne. Et si elle n'habitait plus ici ? Et si l'adresse sur le site des Pages blanches n'était plus valide ? Et si je ne la retrouvais plus, après tout ce temps ?

La vérité me saute soudain aux yeux : en l'espace de trois semaines, je suis passée par des états d'âme totalement différents. Je ne pensais pas du tout à elle, puis j'ai eu peur de reprendre contact, et voilà que j'éprouve un désir désespéré de la retrouver et de lui pardonner. Désespérée ou pas, je dois cependant attendre demain matin. Je ne peux pas prendre le risque de croiser Bob.

10

J e traverse Harbour Cove en proie à l'inquiétude et l'impatience, puis je m'engage dans
Peninsula Drive en direction du nord. Je passe devant
une douzaine de panneaux de vignobles et je souris en
voyant celui de MERLOT DE LA MITAINE. C'est mignon.
Mitten, c'est le surnom de l'État du Michigan. Au moins,
ce vigneron ne se prend pas au sérieux. Et puis quoi ? Il est
15 h 20, un verre de vin et des toilettes propres, voilà un
projet qui me semble divin. Je suis les flèches qui mènent
à un chemin en terre pentu et je serpente vers une vieille
grange gigantesque flanquée d'un parking.

Je m'étire en descendant de voiture et j'ai le souffle
coupé devant la vue. Perchées à flanc de colline sur cette
péninsule fine comme un crayon, des vignes s'entremêlent
sous une couche de neige, grimpent sur des barrières en
bois et des treilles. Des cerisiers nus – les premiers fruits
n'apparaîtront pas avant des mois – forment des rangs
parfaitement rectilignes, comme des enfants prêts à sortir
en récréation. Je devine au loin les eaux du lac Michigan.

Mon estomac gronde et m'oblige à me détourner
de la vue splendide. Je traverse le parking désert et je
me demande si l'endroit est ouvert. Je n'ai mangé qu'un

minuscule sachet de bretzels dans l'avion, aujourd'hui. Je presse le pas, rêvant d'un verre de vin et d'un sandwich. La porte en bois grince quand je l'ouvre. Il faut une minute à mes yeux pour s'accoutumer à la lumière tamisée de la pièce. D'immenses poutres en chêne apparentes strient le haut plafond et laissent à penser que l'endroit était autrefois une véritable grange. Des étagères de bouteilles recouvrent tous les murs et, sur des tables éparses, j'aperçois des biscuits secs et des couteaux à fromage, de jolis tire-bouchons et des décanteurs. Derrière une vitrine, je distingue une caisse enregistreuse à l'ancienne, mais il n'y a personne dans les parages. Les propriétaires des lieux ne doivent pas craindre d'être cambriolés.

« Bonjour ? »

Je passe sous une arche jusqu'à la salle attenante. Un feu brûle dans une immense cheminée en pierre et réchauffe la vaste pièce déserte. Des tables rondes sont disposées avec goût sur le plancher mais c'est le bar en U fabriqué à partir de fûts de vin qui attire mon attention. De toute évidence, me voici dans la salle de dégustation. Super, maintenant, si je pouvais avoir un peu de vin, ce serait parfait.

« Bonjour ! » Un homme apparaît au détour d'un mur et s'essuie les mains sur un tablier couvert de taches roses.

« Bonjour, je réponds. Vous êtes ouverts pour le déjeuner ?

– Absolument. »

C'est un grand homme d'une quarantaine d'années à la tignasse sombre et rebelle, dont le sourire me donne l'impression qu'il est heureux de me voir. J'en déduis qu'il s'agit du vigneron.

« Installez-vous. » Il fait un large geste du bras pour englober la pièce. « Je pense qu'on devrait pouvoir vous caser quelque part. » Il sourit et je ne peux retenir un rire. Le pauvre n'a aucun client mais, au moins, il a le sens de l'humour.

« J'ai bien fait d'arriver avant l'heure de pointe », dis-je. Je passe devant les tables rondes et les chaises, et je choisis un tabouret en cuir devant le bar.

Il me tend la carte du menu. « Nous sommes encore aux horaires de basse saison. Du premier janvier jusqu'à mai, nous ne sommes ouverts que les week-ends et sur rendez-vous.

– Oh, je suis désolée. Je n'avais pas... » Je repousse mon tabouret mais il pose une main sur mon épaule.

« Pas de souci. J'étais là-bas derrière à préparer des soupes expérimentales. J'espérais trouver un cobaye. Cap ou pas cap ?

– Euh, si vous êtes sûr que ça ne dérange pas, alors oui, volontiers. Ça vous embête si je vais au petit coin avant ? » Il me montre le fond de la salle. « La première porte. »

Les toilettes immaculées sentent le désinfectant citronné. Sur une tablette au-dessus du lavabo, je vois des gobelets en carton et des bains de bouche, de la laque à cheveux et un bol de chocolats à la menthe enveloppés dans du papier. J'en enfourne un dans ma bouche. Oh, que c'est bon. J'en prends une poignée entière que je fourre dans mon sac, un petit en-cas à grignoter demain dans l'avion.

Après m'être aspergé le visage d'eau, je me regarde dans le miroir, horrifiée par mon reflet. Je ne suis pas maquillée, je n'ai pas pris la peine de me lisser les cheveux ce matin. Je sors une barrette de mon sac et rassemble mes boucles derrière ma nuque. Puis je prends un tube de gloss. À l'instant où je m'apprête à l'appliquer sur mes lèvres, je m'interromps. Je suis là, au milieu de nulle part. Aurai-je le courage de rester naturelle ? Je range le tube dans mon sac et attrape une autre poignée de chocolats avant de sortir.

Quand je reviens au bar, un panier de gressins et un verre de vin rouge m'attendent.

« Du merlot, dit-il. Notre cuvée 2010. Ma préférée, personnellement. »

Je saisis mon verre par le pied et le porte à mon nez. Il dégage un parfum puissant et entêtant. Je le fais tourner un peu et j'essaie de me souvenir pourquoi je suis censée le faire. L'homme me regarde avec un léger sourire aux lèvres. Rit-il à mes dépens ?

Je plisse les yeux. « Vous vous moquez de moi ? »

Il se ressaisit. « Non. Je suis désolé. C'est juste que… »

J'esquisse un sourire à mon tour. « Évidemment. Je fais exactement ce que tous les amateurs de vin doivent faire quand on leur propose un verre. Le petit tourbillon.

– Non, ce n'est pas ce geste classique, bien que vous le maîtrisiez parfaitement. Tout le monde le fait. Je ris parce que… vous… » Il montre mon sac. Il est ouvert et ressemble au panier d'un gamin un soir d'Halloween tant il déborde de chocolats à la menthe.

Je sens mon visage s'empourprer. « Oh, mince ! Je suis navrée. Je… »

Il rit de bon cœur. « Pas de problème. Prenez-en autant que vous voulez. Je ne peux pas me retenir de les manger, moi non plus. »

Je ris à mon tour. J'apprécie les manières simples de cet homme, qui se comporte avec moi comme avec une amie de toujours. Je l'admire un peu, ce M. Tout-le-monde qui essaie de tirer son épingle du jeu dans cette région hostile, avec une entreprise qui n'ouvre que trois mois par an. Ce ne doit pas être évident.

Je saute les rituels d'usage et prends une gorgée de vin. «Oh, ouah, il est bon. Il est vraiment très bon.» Je prends une nouvelle gorgée. «Et c'est là que je suis censée ajouter des termes comme *une note boisée* ou *caramélisée.*

– Ou *tourbée* ou *fumée.* Ou bien encore ma remarque préférée : «Cette saloperie a un goût d'asphalte mouillé.»

– Non! Quelqu'un vous a sérieusement dit ça?» Le son de mon rire me paraît étranger. À quand remonte la dernière fois où j'ai ri de bon cœur?

«Malheureusement, oui. Il faut avoir le cuir épais dans ce métier.

– Eh bien, si ça c'est de l'asphalte mouillé, je veux bien que vous veniez refaire mon allée.» *Refaire mon allée?* Ces paroles sont sorties de ma bouche? Mais faites-moi taire! Je dissimule mon visage derrière le verre.

«Content qu'il vous plaise.» Il tend le bras au-dessus du comptoir et m'offre sa large main. «Je m'appelle RJ.»

Je glisse ma main dans la sienne. «Enchantée. Moi, c'est Hannah.»

Il se dirige dans la pièce du fond et en revient avec un bol de soupe fumant.

«Tomate et basilic, annonce-t-il en le déposant sur le set de table devant moi. Faites attention, c'est brûlant.

– Merci.»

Il se hisse sur le bord de l'étagère derrière le bar, face à moi, comme s'il prenait place pour une longue conversation. Cette attention me donne le sentiment d'être exceptionnelle. Je ne dois pas oublier que je suis une simple cliente, après tout.

Nous abordons les sujets classiques tandis que je sirote mon vin et attends que ma soupe refroidisse. D'où je viens, ce qui m'amène ici, au milieu de nulle part. « Je suis journaliste. J'ai grandi dans le Sud. Je viens rendre visite à ma mère.» C'est un mensonge par omission, techniquement, mais je ne vais pas révéler à cet inconnu la saga de mon enfance.

« Elle vit par ici ?

– Oui, à l'ouest, à Harbour Cove.»

Il arque les sourcils et je devine le fond de ses pensées : que j'ai grandi en passant mes étés dans une des grandes demeures en bordure du lac. Quand les gens émettent ces hypothèses infondées sur mon passé, je ne les corrige pas. Comme dit Michael, mon image publique est importante. C'est peut-être en raison des centaines de kilomètres qui me séparent de mes fans, ou parce que j'ai le sentiment que ce type est honnête ? Quoi qu'il en soit, l'heure est venue de corriger ses suppositions.

« C'est une visite que j'aurais dû faire il y a bien longtemps. Je n'ai pas de très bons souvenirs de cet endroit.

– Et votre père ?» demande-t-il.

Je remue ma soupe. «Il est mort l'année dernière.

– Je suis désolé.

– Il aurait adoré votre vignoble. Sa devise, c'était : "Pourquoi manger les fruits quand on peut les boire ?" Et il ne parlait pas de simples jus de fruits.» Je ne ris pas en prononçant ces paroles. Je ne souris même pas.

RJ acquiesce comme s'il comprenait. «Mon père aurait été d'accord. Et il aurait même élargi le concept à l'orge et à la plupart des céréales, en fait.»

Nous avons donc ceci en commun – deux enfants aux pères alcooliques et disparus. J'avale une cuillerée de soupe. Elle est crémeuse et acidulée, avec une pointe de basilic.

«C'est délicieux.

– Il n'y a pas trop de basilic ?

– C'est parfait.»

Nos regards s'attardent une demi-seconde de trop. Je détourne les yeux et je sens la chaleur me monter aux joues, à cause de la soupe brûlante ou du gars chaud bouillant, je ne sais pas trop.

Il me sert du vin d'une autre bouteille avant de saisir un deuxième verre sur l'étagère. «Et puis merde, dit-il en se versant un fond de vin. Ce n'est pas tous les jours que j'ai l'occasion de sympathiser avec mes clients. D'ici six semaines, on sera dans le rush jusqu'au cou.»

Je souris et ne peux m'empêcher de me demander s'il est optimiste de nature. «Vous travaillez ici depuis longtemps ?

– J'ai acheté le vignoble il y a quatre ans. Je passais mes étés ici quand j'étais gamin. C'était mon endroit préféré. Je suis parti à la fac, je me suis spécialisé en botanique. Après mon diplôme, j'ai obtenu un poste chez E&J – l'exploitation vinicole d'Ernest et Julio Gallo. J'ai emménagé à Modesto et, avant même que je m'en rende compte, une douzaine d'années s'étaient évaporées.» Il contemple le liquide rouge dans son verre. «Mais la Californie a beau être un État agréable, ce n'était pas mon style. Un jour, sur Internet, je parcourais un site immobilier quand j'ai trouvé une annonce pour ce domaine. Je l'ai acheté aux enchères pour une bouchée de pain.

– Un vrai rêve éveillé», dis-je. Je me demande s'il a une famille mais je ne lui pose pas la question.

«Oui, c'est un rêve pour moi.» Il prend un verre vide et l'essuie avec un torchon. «Je venais d'affronter un divorce désagréable. Il me fallait prendre un nouveau départ, loin.

– Trois mille kilomètres, c'est plutôt loin.»

Il me regarde et sourit, mais son regard est pesant. Il s'affaire à nettoyer des taches imaginaires sur le verre. «Et vous? Vous êtes mariée? Des gosses? Un chien et un Monospace?»

Je souris. «Non à toutes les suppositions sus-mentionnées.» Le moment est venu de lui parler de Michael. Je devrais vraiment le faire. Je sais que je devrais. Mais je ne le fais pas. Cela semblerait alarmiste, comme si je lançais un message prétentieux : *Attention! Gardez vos distances!* Je n'ai pas l'impression que RJ me drague. Je savoure notre bavardage léger et amical. Voilà longtemps que je n'ai pas fréquenté en toute simplicité quelqu'un qui ne soit ni politicien ni homme d'affaires. C'est agréable de côtoyer quelqu'un qui ignore mon identité, Hannah Farr, présentatrice télé.

Je prends un gressin dans le panier. «Vous les avez faits vous-même?

– Évidemment, il fallait que vous posiez la question. C'est le seul élément du menu qui n'est pas préparé sur place. Je les achète à la boulangerie Costco.»

Il le dit avec un accent français exagéré et j'éclate de rire. «Au supermarché Costco? Sans blague? Ils ne sont pas si mauvais que ça, dis-je en scrutant le biscuit. Pas aussi bons que les miens, mais pas mal.

– Ah ouais ? Vous croyez que vous pouvez faire mieux, hein ?

– Oui, j'en suis sûre. Ils sont un peu secs, ceux-là.

– C'est fait exprès, Hannah. Ça pousse les gens à boire davantage.

– Oh, une séduction subliminale. Il n'y a pas une loi qui interdit ça ?

– Nan. Je demande à Joyce au rayon boulangerie de me les faire bien secs et de doubler la dose de sel. Ces petits gressins, c'est grâce à eux que mon entreprise continue à tourner. »

Je ris à nouveau. « Je vais vous en préparer quelques-uns et vous les envoyer. Ceux au romarin et à l'asiago sont mes préférés. Vous verrez. Vos clients resteront ici des heures à manger des gressins et à siroter leur vin.

– Oh là, quelle proposition juteuse ! On se gave de pain gratuit, comme ça on évite de prendre une entrée à trente dollars. Je comprends mieux pourquoi vous êtes journaliste et pas chef d'entreprise.

– Et pour le dessert, chocolats à la menthe gratuits », dis-je en tapotant mon sac.

Il rejette la tête en arrière et éclate de rire. Je me sens légère et je me crois un instant aussi subtile que la présentatrice Ellen DeGeneres.

Notre conversation se poursuit tranquillement. Il m'explique les éléments qui influent sur le goût du vin et son arôme.

« Tous ces facteurs sont souvent réunis dans ce qu'on appelle le terroir. Le terroir est le résultat de l'implantation des vignes et de la manière dont le vin est produit. Le type de sol, la quantité de soleil, la qualité du fût. »

Et je pense à mon propre terroir, à la façon dont chacun d'entre nous est le résultat de l'endroit où nous avons grandi, de la façon dont nous avons été élevés. Je me demande si je dégage un parfum de critique et d'étroitesse d'esprit. D'insécurité et de solitude.

Je suis complètement détendue quand RJ descend soudain de son perchoir. J'entends le son moi aussi, à présent. Une porte qui s'ouvre, des semelles qui frappent le sol. Eh merde, un autre client.

Je consulte ma montre – il est 16 h 30. Je viens de passer une bonne partie de l'après-midi à discuter avec un inconnu. Je ferais mieux de déguerpir. Il faut que je trouve un hôtel avant la tombée de la nuit.

Le bruit de pas se rapproche. Je me retourne et aperçois deux enfants, leurs manteaux couverts de neige. Le garçon semble avoir une douzaine d'années, dégingandé et vêtu d'un jean qui lui arrive à peine aux chevilles. La fille, une petite rousse avec des taches de rousseur, me scrute de ses yeux écarquillés. Il lui manque une dent. « T'es qui, toi ? » demande-t-elle.

Le garçon fait glisser son sac à dos sur une table. « C'est malpoli, Izzy, dit-il d'une voix plus grave que prévu.

– Izzy est juste curieuse, Zach », rétorque RJ. Il s'approche des enfants, fait un câlin à Izzy et échange un salut du poing avec Zach. Il prend leurs manteaux et les secoue pour en faire tomber la neige humide. Une flaque se forme au sol mais il ne semble pas s'en formaliser. Comme s'il lisait dans mes pensées, il lève les yeux vers moi. « Ça me donnera un truc à faire demain. »

Je souris.

« Les enfants, voici Mme…

– Hannah. Ravie de faire votre connaissance. »

Je leur serre la main. Ils sont adorables mais je ne peux m'empêcher de remarquer les taches sur la robe de la fillette et son ourlet décousu. Ils n'ont pas l'air d'être les enfants de ce beau vigneron vêtu d'un Levi's et d'une chemise en coton.

« Racontez-moi votre journée », dit-il en ébouriffant les cheveux d'Izzy avant de se tourner vers Zach.

Ils parlent en même temps, évoquent un contrôle de lecture, une bagarre et la sortie scolaire prévue demain au musée d'Histoire amérindienne.

« Commencez vos devoirs. Je vais préparer le goûter.

– Maman vient à quelle heure ? demande Izzy.

– Son dernier rendez-vous est à 17 heures. »

Il s'éclipse en cuisine pendant que j'essaie de deviner qui sont ces petits galopins. Je les regarde prendre place à une table et sortir leurs cahiers de devoirs. Les enfants de sa petite amie, à tous les coups.

RJ revient cinq minutes plus tard avec un plateau débordant de fromage, de raisin et de tranches de poire. Il les sert avec des gestes théâtraux, place une serviette noire sur son bras et fait une courbette. Ils semblent habitués à ce rituel et je n'ai pas le sentiment qu'il le fait spécialement aujourd'hui pour m'impressionner.

« Vous prendrez quelque chose à boire, madame ? »

Izzy glousse. « Un chocolat au lait, Votre Majesté. »

RJ éclate de rire. « Ah, j'ai monté en grade aujourd'hui. Je suis de sang royal ?

– Tu es le roi », dit-elle, et son visage rayonnant m'indique qu'elle le considère véritablement comme une âme noble.

Il verse le chocolat au lait dans deux verres à vin et retrouve son sérieux.

« Terminez vos devoirs avant que votre mère arrive.

— C'est quoi le bonus, aujourd'hui ? demande Izzy.

— Ouais, ajoute Zach en ouvrant son manuel de maths. Encore un billet de dix dollars ? C'était trop trop bien.

— C'est une surprise, répond RJ. Un billet de dix ou un navet, on ne sait jamais à quoi s'attendre. »

Les enfants se concentrent sur leurs devoirs et RJ revient au bar. Au lieu de s'asseoir derrière le comptoir, il tire un tabouret à côté du mien. Je regarde ma montre.

« Il faut que j'y aille. Vous voilà bien occupé, maintenant. »

Il lève les mains. « Vous ne me dérangez pas. Restez. À moins que ce soit moi qui vous retienne.

— Non. »

Il me verse une limonade et y ajoute une tranche de citron vert.

« Merci. Exactement comme je l'aime. »

Il sourit, et c'est peut-être à cause du vin, ou de ce long après-midi tranquille, mais j'ai l'impression d'être avec un ami, et non avec un inconnu rencontré à peine deux heures plus tôt. Il veut savoir à quoi ressemble la vie à La Nouvelle-Orléans, et il me raconte son enfance dans le sud du Michigan, où vit encore sa mère.

« Elle s'est remariée, et elle a une sacrée kyrielle de petits-enfants du côté de son nouveau mari. Tant mieux pour elle, mais je crois que ma sœur est un peu jalouse. Ma mère voit davantage les petits-enfants de mon beau-père que ma nièce.

— Votre mère vient souvent ici ?

— Nan. Elle est comme vous. Cet endroit ne lui évoque pas de très bons souvenirs. » Il jette un coup d'œil aux enfants. Zach pianote sur sa calculette et Izzy fait un coloriage.

« Vous vous êtes déjà promenée dans un vignoble ? demande-t-il.

– Je n'ai jamais dépassé la salle de dégustation.

– Venez, je vous fais visiter. »

Je ne m'attendais pas à cette nappe blanche sur le paysage quand RJ ouvre la porte. D'immenses barbes à papa immaculées tombent du ciel. Je me précipite dehors et j'oublie que je porte des escarpins à talons hauts.

« C'est sublime », dis-je, ignorant l'humidité qui s'infiltre dans mes chaussures. Je lève le visage au ciel, écarte les bras et tournoie. Des flocons atterrissent sur mon nez et j'ouvre la bouche pour en avaler un.

RJ rit. « Vous parlez comme une femme du Sud. À cette époque de l'année, nous, on en a un peu marre de la neige. » Il se penche et en ramasse une poignée. « Mais qu'on l'aime ou non, elle est là, comme annoncée. » Il jette la boule de neige en direction d'une treille. Il rate sa cible mais il a un bon bras. « Bon bras, bon gars », répétait toujours mon père.

« Allez, rentrons, dit-il. Avant que vous ne mouriez de froid. »

Il a raison. Le court imperméable que j'ai emporté pour le voyage n'était pas un choix très judicieux. Je suis déçue de rentrer. Sur cette magnifique parcelle de terre, j'ai l'impression d'être à l'intérieur d'une boule à neige.

RJ passe un bras autour de mes épaules et me guide vers la porte. « On fera le tour du propriétaire la prochaine fois. »

La prochaine fois. Cette idée me plaît bien.

Je suis presque à la porte quand mon talon glisse sur le béton verglacé. Ma jambe droite s'étire vers l'avant et je fais presque le grand écart. « Eh merde ! » J'entends ma jupe se déchirer. RJ m'attrape par le bras juste avant que je m'étale.

« Oh là, tout doux… tout doux. »

Avec son aide, je me relève, humiliée. « Oh, là là, quelle grâce », dis-je en me tapant les jambes pour en retirer la neige.

Il serre mon bras. « Ça va ? J'aurais dû saler ici. Vous vous êtes fait mal ? »

Je fais non de la tête, puis j'acquiesce. « Si. Je me suis fracturé l'ego.

– Les juges ont délibéré, les scores s'affichent. 9,5. Un point supplémentaire pour la jupe déchirée. »

Son humour soulage la blessure. J'observe les huit centimètres de nouvelle fente involontaire sur ma jupe.

« Superbe.

– On dirait bien que votre jupe est fichue.

– Ouaip. Et je venais juste de l'acheter.

– Vous savez, dit-il en me dévisageant, parfois il vaut mieux se laisser tomber. C'est quand on résiste, quand on essaie d'amortir sa chute qu'on se blesse. »

Je me laisse imprégner par ses paroles, consciente de sa main protectrice encore posée sur mon bras. Je lève les yeux vers lui. Son visage est désormais grave. Je remarque la minuscule bosse sur l'arête de son nez, l'ombre d'une barbe sur sa peau bronzée, les paillettes dorées dans ses iris marron. J'ai une envie soudaine et presque irrésistible de lever la main pour frôler la cicatrice sur le côté gauche de sa mâchoire.

Le grondement d'un moteur brise le charme. Nous regardons tous les deux vers l'allée. Une voiture noire recouverte de sel antigel apparaît et se fraye un chemin sur la voie enneigée. Je replace une mèche de cheveux derrière mon oreille et serre mon manteau sur ma poitrine. Mon Dieu, j'étais à une seconde de m'humilier pour la deuxième fois. Le vin m'est monté à la tête, de toute évidence.

Le véhicule s'arrête et une femme replète saute à terre, arborant une veste écarlate et un rouge à lèvres rose bonbon.

RJ serre doucement mon bras avant de s'approcher d'elle. « Bonjour, Maddie », dit-il. Il l'étreint rapidement et fait un geste dans ma direction. « Je te présente mon amie, Hannah. »

Nous échangeons une poignée de main. Elle est jolie avec sa peau ivoire sans défaut et ses yeux vert clair. Et moi, je suis verte de jalousie. La moindre cellule de mon cerveau me hurle que je suis irrationnelle. Je n'ai aucune raison d'être jalouse. Je ne connais même pas cet homme. Et surtout, je suis amoureuse de Michael.

« Entre, dit-il à Maddie. Les enfants font leurs devoirs. »

Elle répond en lui montrant un paquet de cigarettes Virginia Slims.

« D'accord, répond RJ. Ça risque de prendre encore une minute. Je dois distribuer des récompenses.

– Tu les gâtes trop, RJ. Continue comme ça et ils vont devenir ingérables, ils vont se prendre pour la famille Kardashian. »

Je ne sais pas si je dois le suivre à l'intérieur, aussi je reste dehors avec Maddie. Je me blottis sous l'auvent devant la porte et elle s'appuie contre sa voiture avant d'allumer sa cigarette sans se préoccuper des flocons qui tombent toujours. Elle est jeune – une trentaine d'années, je pense. Difficile de croire qu'elle puisse avoir un fils de l'âge de Zach.

« Vous êtes une copine de RJ ? demande-t-elle en ponctuant sa question d'une volute de fumée.

– On vient juste de se rencontrer aujourd'hui. »

Elle acquiesce, comme s'il était courant de croiser une inconnue ici.

« C'est un bon gars », déclare-t-elle.

J'ai envie de lui signaler que son avis n'aurait pas influencé ma propre opinion. Je sais déjà que c'est un bon gars. Je l'ai deviné à la façon dont il se comporte avec les enfants de Maddie.

11

Il est presque 19 heures quand les enfants et leurs sacs à dos sont chargés dans la voiture et que tout le monde se dit au revoir. Izzy et Zach agitent la main tandis que le véhicule s'éloigne. RJ et moi rentrons et il ferme la porte. Le crépuscule est tombé mais, après être sortis dans l'air froid, la salle au charme rustique semble plus douillette que lugubre.

« Il faut vraiment que j'y aille, dis-je en m'arrêtant sur le seuil.

– Vous avez déjà conduit par ce temps ? Vous saurez vous y prendre ?

– Ça ira.

– Ce n'est pas une bonne idée. Je vais vous conduire chez votre mère. Je repasserai demain et je vous ramènerai ici pour que vous puissiez récupérer votre voiture.

– Hors de question. Et de toute façon, je ne vais pas directement chez ma mère. Je dois trouver un hôtel pour la nuit. »

Il m'observe d'un air curieux.

« C'est compliqué, dis-je.

– Je vois ça. » Son intonation sans aucune pointe de jugement me laisse à penser qu'il comprend vraiment ma situation.

« Écoutez, propose-t-il. Vous feriez mieux de rester ici pour la nuit. Je n'ai aucune arrière-pensée, c'est promis. Je vis à l'étage. Je dormirai sur le canapé et...

— C'est impossible. »

Il acquiesce. « D'accord. Vous avez raison. Je comprends. Mais restez au moins encore quelques heures, histoire de laisser le temps aux équipes de la voirie de déneiger les routes. J'ai deux steaks, je peux préparer une salade. Et plus tard, je vous raccompagne en ville. »

Je suis tentée d'accepter mais je décline. « Non, la météo ne fera qu'empirer. Il faut vraiment que j'y aille. Et je sais conduire par ce temps, promis. »

Il me dévisage et lève les mains au ciel. « Je vois que j'ai affaire à une tête de pioche. Vous avez gagné. Je ne vous retiendrai pas ici contre votre gré.

— J'apprécie votre sollicitude. » Et c'est vrai. Je ne me souviens pas de la dernière fois où quelqu'un s'est montré aussi protecteur envers moi.

Il enfonce ses mains dans ses poches. « Bon, c'était vraiment sympa de faire votre connaissance. J'ai vraiment apprécié de bavarder avec vous.

— Moi aussi. » Je regarde autour de moi comme si c'était la dernière fois que je voyais cette salle. « Et votre domaine est magnifique. Vous pouvez en être fier.

— Merci. La prochaine fois, je vous fais la visite du propriétaire. Les vignes sont sublimes en période de floraison. »

Je souffle dans mes mains pour le taquiner. « Et c'est quand, exactement ? En août ? »

Il sourit et hoche la tête. « Petite Sudiste. »

Son regard est doux, plongé dans le mien. Une fois encore, je suis prise d'une envie si irrésistible que je croise les bras pour m'empêcher de les lever vers lui. Je pourrais faire un pas en avant et me retrouver contre lui. Je poserais ma joue contre son torse. Comment serait-ce, d'avoir ses bras autour de moi, sa main qui me caresserait les cheveux?

Bon sang, mais on n'est pas dans un roman à l'eau de rose! Nous ne sommes que deux adultes solitaires. RJ n'a pas dû voir de femme célibataire depuis des mois, dans ce no man's land glacial.

Il fouille dans son portefeuille et me tend une carte de visite. «Voilà mon numéro.» Il retourne la carte et griffonne quelque chose. «Et voilà mon numéro de portable. Appelez-moi quand vous serez à l'hôtel. Je veux être sûr que vous soyez arrivée à bon port.»

Je prends la carte mais ça me semble étrange, j'ai l'impression d'outrepasser une limite. Pourquoi ce n'est jamais le bon moment de lui annoncer que j'ai un petit ami? C'est ridicule. Je ne suis pas obligée de lui en parler. Il se comporte simplement en gentleman. Il veut être certain que je rentre sans encombre à l'hôtel. J'aurais l'air d'une folle si je lui sortais de but en blanc que j'ai un copain.

«D'accord, dis-je. Je ferais mieux de me mettre en route.

– Encore une chose. Attendez.» Il se hâte à l'autre bout de la salle et entre dans une sorte de remise. Une minute plus tard, il en ressort avec une paire de bottes Wellington jaune poussin.

«Si vous insistez à ce point pour partir, alors moi j'insiste pour que vous les preniez.

– Je ne peux pas prendre vos bottes.

– Elles étaient déjà là quand j'ai acheté le domaine. Ça fait longtemps que j'attends de voir arriver une personne comme vous pour en faire bon usage.»

Je hausse les épaules. « Appelez-moi Cendrillon, alors. » Je regrette aussitôt ma tentative d'humour. Cendrillon reçoit sa chaussure des mains du prince… et elle l'épouse. Est-ce que RJ va penser que je pense qu'il… Oh, mon Dieu, je suis vraiment idiote !

Je retire mes escarpins et j'enfile les bottes. Elles sont au moins d'une taille trop petites mais il a raison, elles sont plus pratiques que mes talons. « Merci. » Je tourne sur moi-même d'un geste théâtral pour montrer mes nouvelles godasses. J'imagine à peine la dégaine que je dois avoir, mes cheveux flasques à cause de la neige, mon visage sans maquillage et, maintenant, une paire de bottes en caoutchouc avec ma jupe déchirée. Je ne laisserais jamais Michael me voir ainsi, même dans mes pires cauchemars. « Où est la police de la mode quand on en a besoin ? »

Mais RJ ne rit pas. Il me contemple. « Vous êtes magnifique », déclare-t-il enfin.

Je baisse les yeux. « Vous avez besoin d'aller consulter un ophtalmo.

– Dix sur dix à chaque œil. » Il me regarde intensément.

« Il faut que j'y aille. »

Il prend une profonde inspiration et tape dans ses mains. « C'est vrai. Restez ici une minute. Donnez-moi vos clés. »

Par la fenêtre, je le regarde démarrer ma voiture, gratter le givre et la neige sur les vitres. Cet acte très simple me touche et me réchauffe, sans doute bien davantage que la nourriture ou le vin.

« Voilà, dit-il en tapant des pieds à l'entrée. Votre carrosse est avancé. Appelez-moi dès que vous êtes installée à l'hôtel. »

Je tends la main. « Merci. Vous m'avez donné le couvert, le gîte et des chaussures, ainsi qu'une excellente compagnie, et tout ça rien qu'en un après-midi. J'apprécie vraiment, vraiment ce que vous avez fait pour moi.

– Tout le plaisir est pour moi. » Il me prend la main.

« À bientôt. »

Il le dit avec une telle conviction que je le crois presque.

J'aurais mieux fait d'écouter RJ. Je ne savais pas que conduire par un temps pareil pouvait être aussi stressant. La neige s'accumule sur mon pare-brise plus vite que les essuie-glaces ne l'en chassent. Une couche de givre se forme à l'endroit que les balais n'atteignent pas et je suis obligée de tordre le cou pour voir correctement. Une demi-heure plus tard, je suis tentée de rebrousser chemin. Mais je continue laborieusement. La neige blanche reflète le clair de lune et crée un paysage d'ombres bleues et grises. Je descends à une allure de tortue la route qui serpente au bas de la colline et je prends la direction du sud quand je débouche dans Peninsula Drive. Je guette les traces de pneus des voitures dans le faisceau de mes phares et je suis la courbe de la péninsule. Par endroits, le vent a sculpté des congères et, devant moi, je ne vois qu'un brouillard blanc. Je roule à l'aveugle et, la moitié du temps, je ne suis même pas sûre d'être sur la route. J'ai mal aux articulations. Ma nuque est tendue. Mes yeux me piquent. Mais je ne peux pas m'empêcher de sourire.

Il me faut presque deux heures pour arriver en ville. Je m'arrête au premier hôtel et je pousse un soupir de soulagement en coupant le moteur.

La chambre est sobre mais propre, et son prix est si bon marché que j'ai cru un moment avoir mal compris le directeur de l'établissement. « Les prix vont quadrupler d'ici un mois. Pour l'instant, nous sommes déjà contents d'avoir une cliente. »

J'ignore pourquoi je choisis d'appeler Michael en premier. Ni pourquoi je me suis lavé le visage et mise en pyjama avant de le faire. Tout ce que je sais, c'est que quand je me décide à appeler RJ, je suis blottie dans mon lit et j'ai tout mon temps pour bavarder.

J'ouvre mon sac à main et je cherche sa carte de visite. J'inspecte la poche avant, puis la poche intérieure.

« Mais où... ? » Je renverse le contenu de mon sac sur le lit, je cherche avec frénésie. Elle n'est pas là.

Je saute hors du lit et je fouille dans les poches de mon manteau. « Eh merde ! » J'enfile les bottes Wellington et boutonne mon manteau par-dessus mon pyjama.

Pendant un quart d'heure, je fourrage dans la voiture comme une folle avant d'admettre enfin que la carte de visite de RJ est définitivement introuvable. J'ai dû la faire tomber quelque part entre sa porte d'entrée et ma voiture de location.

Je retourne à la chambre au pas de course et j'allume mon ordinateur. Je cherche le site Internet du domaine, impressionnée de voir le parcours de RJ en détail : un doctorat en botanique, de nombreuses récompenses et des brevets en attente de validation. Je trouve le numéro du standard mais, évidemment, il ne mentionne pas son portable.

Mes mains tremblent quand je pianote sur les touches de mon téléphone. *Répondez, s'il vous plaît. Répondez, s'il vous plaît.*

« Vous êtes bien au domaine de Merlot de la Mitaine. »

Eh merde ! Le répondeur.

« Pour connaître nos horaires, tapez 1. Pour savoir comment venir chez nous, tapez 2... »

J'écoute la voix grave de RJ jusqu'à ce qu'il me donne la parole. «Pour nous laisser un message, tapez 5.

— Euh, bonsoir… ici Hannah. J'ai perdu votre carte de visite. Mais j'obéis à vos ordres. Je vous préviens que je suis arrivée en ville. Parce que vous m'avez demandé de vous appeler, vous vous souvenez? Bon. Euh… Merci. Encore merci.»

Punaise! J'ai l'air d'une idiote. Je raccroche sans lui laisser mon numéro. Ce ne serait pas correct. J'ai un petit ami.

Je me remets au lit et je me sens comme une gamine qui vient de comprendre qu'aujourd'hui n'est finalement pas le jour de Noël.

12

Je me réveille le lendemain, tiraillée entre
l'envie de remonter au sommet de la péninsule pour expliquer à RJ que je ne l'ai pas délibérément
zappé, et celle d'aller directement chez ma mère. Je choisis
de me rendre chez ma mère, et peut-être, seulement peut-
être, s'il me reste un peu de temps après l'avoir vue, je
ferai un détour rapide par la péninsule.

La tempête d'hier soir a laissé dans son sillage une
journée scintillante et cristalline. Mais la météo annonce
une nouvelle tempête de neige en début d'après-midi.
Il faut avoir la peau dure pour vivre ici, et j'éprouve un
soudain élan de fierté pour ma mère.

J'essaie de ne pas penser à RJ sur la route, ni à ma
déception quand il n'a pas décroché hier soir. Il faut que
j'oublie ce sympathique vigneron. Le flirt inoffensif était
agréable mais je ne dois pas l'encourager.

Le lac Birch se trouve à quinze kilomètres à l'ouest
de la ville et je remercie mon GPS à chaque virage en
épingle, à chaque lacet. Il me mène jusqu'à Dorchester
Lane, un nom trompeur qui évoque davantage une rue
pavée de Londres qu'un chemin en terre autour d'un petit
lac de pêche.

Des chênes dénudés par l'hiver bordent la rue comme une foule de fans en délire sur la ligne d'arrivée d'un marathon. La voie n'a pas été déneigée et je suis les traces dessinées par les précédents véhicules. J'avance lentement, j'observe les maisons et, de temps à autre, j'entrevois le lac gelé à ma gauche. Les maisons créent un patchwork d'ancien et de neuf. D'immenses structures remodelées voisinent avec les petites résidences d'été pittoresques et un peu kitch qui peuplent mes souvenirs.

Je reste perplexe en longeant une maison autrefois si petite que je l'imaginais être le foyer des sept nains, et désormais remodelée en une vaste bâtisse contemporaine. Un peu plus loin, je retrouve un double mobil-home fidèle à mon souvenir. Je roule au pas devant une parcelle en friche, puis dans un petit bois. Des perles de sueur se forment sur ma nuque. J'approche du but. Je le sens.

La voiture dérape sur une plaque de verglas quand je freine puis fait un petit bond avant de s'arrêter net. Le voilà. Le chalet de Bob. Mon cœur martèle ma cage thoracique. Je n'y arriverai pas. C'est une erreur.

Mais il le faut. Si Dorothy a raison, c'est ma seule option pour trouver enfin la paix.

J'ai les mains moites, je les essuie sur mon jean, puis je jette un coup d'œil dans le rétroviseur. La route est déserte, ce matin. Je pose les avant-bras sur le volant et contemple le paysage à ma gauche. Le chalet en bois me paraît minuscule maintenant, entouré d'un joli jardin serti de sapins verts et d'épicéas bleus. Il a grand besoin d'un ravalement de façade, et quelqu'un a couvert les fenêtres de plastique transparent, pour isoler du vent, j'imagine. Mon estomac se noue d'impatience et d'appréhension.

Je reste assise dix minutes à répéter ce que je vais lui dire. «Bonjour, maman. Je suis venue t'offrir mon pardon.» Ou peut-être : «Salut, maman. Je suis prête à essayer d'oublier le passé.» Ou : «Maman, je suis venue faire la paix, je te pardonne.» Tout sonne faux. J'espère que je trouverai les mots quand je serai face à elle.

Je tords le cou et j'observe les environs, mon cœur s'emballe. Sous mes yeux, une femme sort de la maison. Pour la première fois depuis seize ans, je vois ma mère.

«Maman», dis-je à voix haute. Ma poitrine se serre. Je me tasse sur mon siège, même si je sais que la voiture est hors de vue. Ma mère est si différente, à présent. Je m'attendais à voir la femme de trente-huit ans que j'avais croisée pour la dernière fois lors de ma remise de diplôme au lycée, celle qui commençait tout juste à vieillir mais qui paraissait encore jolie, voire belle.

Elle doit avoir cinquante-quatre ans, maintenant. Disparue, la femme aux lèvres couleur sorbet à la framboise. Elle n'est pas maquillée, ses cheveux sont noirs et attachés en un chignon terne. Elle est maigre comme un clou. Ne me dites pas qu'elle fume encore ! Elle porte un manteau en laine verte déboutonné qui laisse entrevoir un pantalon noir et un chemisier bleu pâle. Une tenue de travail, je suppose.

Je glisse mon index entre mes dents et je mords. *Te voilà, maman. Tu es juste là. Et moi aussi.*

J'enclenche une vitesse et j'avance lentement, les larmes me brouillent la vue. Ma mère se dirige vers une Chevrolet marron garée dans l'allée. Elle s'arrête et essuie la neige de son pare-brise à mains nues. Je passe devant la maison, elle regarde dans ma direction et me fait un salut de la main, je ne suis qu'une inconnue de passage à ses yeux. Son sourire me déchire le cœur. Je lève la main en réponse et continue ma route.

Je parcours encore deux kilomètres sur ce chemin avant de m'arrêter enfin. Je penche la tête en arrière et laisse mes larmes rouler sur mes tempes. Elle n'a rien d'un monstre. Je le sais. De tout mon cœur, de toute mon âme, j'en ai la certitude.

Je baisse la vitre, j'inspire l'air froid et mordant, je lutte contre l'envie de foncer jusqu'à elle, d'ouvrir la portière à la volée et d'enlacer son corps frêle. Mon Dieu, ma mère est juste là, presque à portée de main. Le désir de la voir est implacable. Et si elle mourait, juste là, maintenant, sans même savoir que je suis venue ? L'idée me donne le vertige, je porte la main à mon front. Avant même d'avoir eu le temps d'y réfléchir, je fais demi-tour à la maison suivante et je rebrousse chemin à toute vitesse. J'ai besoin de lui dire qu'elle est pardonnée. Je trouverai les mots qu'il faut, pas de doute.

La Chevrolet marron a disparu, la maison est plongée dans le noir. Un chagrin insoutenable déferle en moi comme si je l'avais abandonnée une fois encore. Mais c'est fou. Je ne l'ai jamais abandonnée. C'est elle qui m'a laissée tomber.

Je regarde au bout de la rue dans l'espoir d'apercevoir ses feux arrière ou de la fumée d'échappement, une trace à suivre. Mais la rue est déserte. Et merde ! J'ai laissé passer ma chance.

Je me gare de l'autre côté de la voie et je descends de voiture.

Mes genoux tremblent quand je traverse et que j'entre dans le bois. Je remercie RJ en silence d'avoir insisté pour que je prenne ses bottes Wellington. Des brindilles et des branches me griffent tandis que je me fraye un chemin dans la broussaille. Quand j'en ressors quelques minutes plus tard, j'atterris dans le jardin enneigé à l'arrière du chalet que je détestais tant.

Les nuages sont plus épais, de minuscules flocons dansent dans l'air. Je lève les yeux vers la vieille bâtisse légèrement de guingois. Derrière les fenêtres sombres, pas le moindre signe de vie. Bob est absent. J'en suis convaincue, sans trop savoir pourquoi.

Je marche vers le lac et me tiens bientôt au bout du ponton. Deux oies descendent en piqué et provoquent un jet d'eau à leur atterrissage, la surface est agitée de remous et retrouve vite son calme plat habituel. Je prends une profonde inspiration, puis une autre. Le paysage tranquille est un antidote contre mon état d'anxiété actuel, je sens la tension et la colère relâcher leur emprise. Je scrute la végétation gelée, la vaste étendue de glace blanche. À ma droite, j'observe un oiseau se poser sur une branche nue et recouverte de neige. Pour la première fois, je comprends presque pourquoi ma mère aime vivre ici.

«Je peux vous aider?»

Je fais volte-face, mon cœur s'emballe. Une jeune femme est à l'autre bout de la jetée. Son visage est simple et avenant, ses yeux brillants me scrutent avec curiosité. Elle porte un bonnet de laine et une parka noire. Un bébé engoncé dans une combinaison de ski dort dans son porte-bébé. Elle pose une main protectrice sur sa tête, d'une façon qui me plaît et me perturbe à la fois. Me croit-elle dangereuse?

« Je suis désolée, dis-je en parcourant le ponton dans le sens inverse. Je dois être sur une propriété privée. Je m'en vais tout de suite. »

Je descends du ponton et je détourne le regard en passant devant elle, gênée. Je n'ai rien à faire ici, à fouiner en l'absence de ma mère. Je me hâte en direction du bois et je m'apprête à partir aussi discrètement que je suis venue. J'ai presque atteint l'orée du bois quand je l'entends s'écrier derrière moi :

« Hannah ? C'est toi ? »

13

J e me retourne. Nos regards se rencontrent. Je la dévisage bêtement. Suis-je censée la connaître ?

« C'est moi, Tracy, la voisine. Tracy Reynolds.

– Tracy, mais oui, bien sûr ! Salut. » Nous nous serrons la main.

Tracy avait dix ans à l'été 1993, un gouffre de trois ans qui, à l'époque, me semblait immense et impossible à combler. Elle se présentait à la porte presque tous les jours pour me proposer de faire un tour de vélo ou d'aller nager. Le fait que j'acceptais de jouer avec une gamine de dix ans prouve à quel point je m'ennuyais. Ma mère parlait de Tracy comme de mon amie mais je la corrigeais à chaque fois. « Ce n'est pas mon amie. C'est rien qu'une petite fille. » Parce qu'avoir une amie risquait de rendre cet endroit supportable. Et il en était hors de question.

« Bien sûr que je me souviens de toi, Tracy. Tu vis toujours ici ?

– Todd, mon mari, eh bien, lui et moi, on a racheté la maison de mes parents il y a sept ans. » Elle baisse les yeux vers le bébé. « Et lui, c'est Keagan, mon petit dernier. Jake est au CP et Tay Anne, à la maternelle.

– Ouah. C'est bien. Keagan est adorable.

– Qu'est-ce que tu fais ici, Hannah ? Ta mère est au courant de ta venue ? » Je me souviens de RJ, de notre bavardage d'hier. Si cette femme était un verre de vin, elle dégagerait des parfums de curiosité et d'instinct protecteur, ainsi qu'une note de ressentiment.

« Non, je… j'étais de passage dans le coin et… eh bien… je voulais juste jeter un coup d'œil au vieux chalet. » Je lève le regard vers le bâtiment et j'observe un écureuil en équilibre sur le fil téléphonique. « Comment va-t-elle ? Ma mère.

– Elle va bien. Elle travaille pour Merry Maids, elle fait le ménage chez des particuliers. Elle est méticuleuse, tu le sais. » Tracy rit.

Je souris mais je sens ma poitrine se serrer. Ma mère est femme de ménage. « Elle est… » J'ai du mal à cracher les mots. « Elle est encore avec Bob ?

– Oh, oui, répond-elle comme si c'était l'évidence même. Ils ont emménagé ici en résidence principale après ton départ. Tu étais au courant, non ? »

Si j'étais au courant ? Ma mère me l'avait sûrement dit. Mais ai-je écouté ? Ou bien l'ai-je ignorée, refusant d'entendre les détails de sa vie avec Bob ?

« C'est vrai, dis-je, agacée malgré moi par cette femme qui en sait plus que moi au sujet de ma mère. Ils ont revendu la maison de Bloomfield Hills. Il est encore enseignant. » Je donne à ma phrase une pointe d'intonation interrogative, en espérant avoir deviné juste.

« Mon Dieu, non. Bob a eu soixante-quatorze ans l'an passé. Il n'a jamais enseigné dans la région. Honnêtement, j'ai appris qu'il avait été prof il y a quelques années, à peine. Il a toujours bossé dans le bâtiment, ici. »

Une rafale de vent souffle du nord et je détourne le visage.

« Voilà un moment qu'on n'a pas parlé, ma mère et moi. Elle ne sait pas que je suis ici.

– Quel dommage, cette dispute. » Tracy baisse les yeux vers son bébé et lui embrasse le sommet du crâne. « Elle n'a plus jamais été la même après ton départ, tu sais. »

Ma gorge se noue. « Moi non plus. »

Tracy me montre un banc. « Viens, allons nous asseoir. »

Cette femme doit croire que je suis folle d'arriver ici à l'improviste, les yeux larmoyants comme une gamine de deux ans. Mais ça n'a pas l'air de la déranger de bavarder avec moi. Ensemble, nous essuyons la neige sur le banc en ciment et nous nous installons face au lac. Les nuages passent et je contemple l'eau.

« Tu la vois souvent ?

– Tous les jours. Elle est comme une mère pour moi. » Tracy baisse le regard et je comprends qu'elle est gênée par sa confession. Après tout, elle parle de ma mère, pas de la sienne. « Et Bob, poursuit-elle. Les enfants l'adorent. »

Je sens ma mâchoire se serrer. Laisse-t-elle la petite Tay Anne l'approcher ? Je me demande si elle est au courant.

« C'est encore un grand blagueur. Tu te souviens comme il nous taquinait, à nous appeler *les garçons* ? » Elle baisse la voix d'une octave pour l'imiter. « "Qu'est-ce que vous mijotez, les garçons ?" Je craquais complètement pour lui quand j'étais gamine. Il était si beau. »

Je me tourne vers elle, stupéfaite. Dans mon esprit, c'est un monstre. Mais oui, il devait être beau, j'imagine, avant qu'il commence à me donner la chair de poule.

« Elle ne s'est jamais pardonné de t'avoir laissée partir. »

Mes deux mains s'accrochent au banc. «Ouais, eh bien c'est un peu pour ça que je suis venue. J'essaie de lui pardonner.»

Tracy me décoche un regard en coin. «Bob n'a jamais fait exprès de te toucher, Hannah. Il t'aimait tellement.» Je me frotte le front. Bon sang, ma mère lui a tout raconté? Et évidemment, elle lui a livré sa version de l'histoire. Je m'étrangle de colère, une colère aussi brutale que ce soir-là. «C'est facile à dire pour toi, Tracy. Tu n'étais pas là.

– Ta mère, si.»

Mais pour qui se prend-elle, putain? Soudain, j'ai à nouveau treize ans et je préfère crever plutôt que de culpabiliser à cause de cette petite Mme Je-sais-tout. Je me lève pour partir. «C'était sympa de te revoir, dis-je, la main tendue.

– J'ai entendu ton père, répond Tracy, ignorant mon salut. Le lendemain, quand tu es partie.»

J'en ai le souffle coupé. Comme au ralenti, je me rassieds sur le banc. «Qu'est-ce que tu as entendu?»

Elle caresse le dos de son bébé endormi en cercles lents. «J'étais dans l'allée et il balançait tes bagages dans le coffre. Toi, tu étais déjà dans la voiture. Tu avais l'air si triste. Je savais que tu n'avais pas envie de partir.»

J'essaie de recréer ce souvenir. Oui, elle a raison. J'avais tant de chagrin, ce jour-là, à quitter ainsi ma mère. Ma tristesse ne s'était pas encore muée en amertume et en colère.

«Je ne l'oublierai jamais. Ton père a dit: "Quand on tient quelqu'un par les couilles, il faut presser de toutes ses forces." C'est ce qu'il a dit, mot pour mot, Hannah.» Elle émet un petit rire. «Je m'en souviens parce que je

148

n'avais jamais entendu un adulte parler comme ça. J'étais si stupéfaite. Je ne savais même pas ce que ça signifiait, à l'époque.»

À présent, elle le sait et moi aussi. Mon père tournait la situation à son avantage et comptait en tirer autant de profit que possible. Au final, la personne qui a été pressée – et utilisée –, c'est moi.

Tracy contemple le lac et brise le silence. «Je me souviens d'un jour où toi et moi, on était là-bas sur le ponton, exactement comme aujourd'hui. Sauf qu'on trempait les pieds dans l'eau. Bref, Bob est arrivé dans son vieux bateau de pêche.

«Il était surexcité. Il venait de ferrer une énorme truite. «Regarde-moi ça, Frangine», il a dit. Il t'appelait toujours Frangine, tu te souviens?»

J'acquiesce presque imperceptiblement, j'aimerais qu'elle se taise.

«Il a tiré un poisson immense d'un seau d'eau posé dans son bateau et il l'a tendu pour qu'on l'admire. Il était encore vivant, c'était le poisson le plus gigantesque que j'avais jamais vu. Bob était tellement fier, comme un écolier qui ramène un bon point. «On va la faire cuire pour le dîner», il a dit. Tu t'en souviens?»

L'odeur musquée du lac monte jusqu'à mes narines, je sens presque l'écume fraîche envoyée par le vieux bateau de pêche métallique tandis que Bob se rangeait près du ponton. Je sens la chaleur du soleil sur la peau de mes épaules déjà rosies, la brise tiède qui souffle de l'est. Et pire, je revois la joie sur le visage de Bob, la façon dont il bombait le torse avec fierté alors qu'il brandissait le poisson, ses écailles argentées miroitant dans les rayons du soleil estival.

Je hausse les épaules. « Plus ou moins.

– Il a couru jusqu'à la maison pour appeler ta mère et prendre son appareil photo. »

Je baisse les yeux vers le bébé endormi, je voudrais que ces images disparaissent. Je ne peux pas supporter d'entendre le reste de l'histoire. J'aimerais lui ordonner de se taire mais ma gorge est trop serrée, je n'arrive plus à parler.

« Pendant qu'il était à la maison, tu as sauté dans le bateau. »

Je me détourne et ferme les yeux. « S'il te plaît, dis-je d'une voix rauque. Arrête. Je connais la fin de l'histoire. »

Bob est arrivé au pas de course cinq minutes plus tard, son appareil photo dans une main et, de l'autre, il tirait ma mère par le coude. Il parlait avec frénésie, racontait sa prise énorme. Mais c'était trop tard. Le poisson avait disparu. J'avais rejeté le contenu du seau dans le lac.

Je porte ma main à mes lèvres tremblantes et je sens ma détermination se lézarder lentement. « J'étais une vraie connasse. »

Je le dis davantage pour moi-même qu'à l'attention de Tracy. C'est la première fois que je le reconnais et c'est presque un soulagement. Car c'est la vérité.

« Bob n'a pas réagi, poursuit Tracy. Il a dit à ta mère qu'il avait été étourdi, qu'il avait laissé le couvercle du seau ouvert et que ce fichu poisson avait dû sauter dans le lac. » Elle m'adresse un sourire, mais ce n'est plus un rictus réprobateur. Il est plein d'humour, à présent, et de douceur, comme si elle essayait d'apaiser quelque chose en moi. « C'était pour te protéger, Hannah. »

Je me cache le visage entre les mains.

« Plus il faisait d'efforts pour t'aimer, et plus tu résistais. »

Je connais ça. C'est la même danse rituelle que je mène avec Abby.

Le bébé de Tracy commence à s'agiter et elle se lève. «D'accord, mon chéri, on s'en va.» Elle pose une main sur mon épaule. «C'est l'heure de manger. Tu peux venir attendre ta mère chez moi, si tu veux. Elle doit rentrer vers 15 heures.»

Je m'essuie les yeux d'un revers de main et je lui adresse un sourire mal assuré. «Non. Merci. C'est bon.» Elle se balance un instant sur ses pieds, l'air gênée de me quitter. «Bon, d'accord. C'était sympa de te revoir, Hannah.

– Oui, pour moi aussi.»

Je la regarde traverser l'étendue enneigée en direction de la maisonnette qui appartenait autrefois à ses parents. «Tracy?» je crie après elle.

Elle se retourne.

«Ne dis pas à ma mère que je suis venue, s'il te plaît. D'accord?»

Elle se protège les yeux d'un rayon de soleil qui transperce l'épaisse couche nuageuse. «Tu vas revenir?

– Je crois, oui. Mais pas aujourd'hui.»

Elle me dévisage un moment, comme si elle n'était pas sûre d'être autorisée à exprimer le fond de sa pensée. Mais elle finit par le faire :

«Tu sais, Hannah, c'est très difficile de dire *pardon*. Jusqu'à ce qu'on y arrive enfin. Et alors, ça devient le truc le plus facile qu'on ait jamais dit de sa vie.»

J'arrive à attendre qu'elle soit hors de portée avant d'éclater en sanglots. Elle croit que c'est à moi de présenter des excuses. Je crains qu'elle n'ait pas tout à fait tort.

Je m'attarde encore une demi-heure dans le jardin, je me repasse les paroles de Tracy en boucle, ses histoires, mes actes perpétrés il y a longtemps. Qu'ai-je fait ? *Tu réfléchis trop.* J'entends les conseils de mon père quelques jours après notre départ du Michigan. J'étais anéantie de chagrin, ma mère me manquait. *Si les rétroviseurs sont si petits, c'est pour une bonne raison. On ne regarde pas en arrière.*

Près du chalet, je remarque un objet surélevé. Je marche péniblement dans la neige du jardin sans quitter des yeux l'endroit en question. C'est impossible. À chacun de mes pas, les souvenirs me rattrapent.

J'atteins la planche fixée en hauteur et je l'essuie de mon avant-bras. Une couche de neige tombe au sol. Mon Dieu, je n'arrive pas à croire qu'elle soit encore là. Ma vieille poutre de gym.

Le velours bleu que Bob utilisait pour la protéger s'est désagrégé et révèle désormais un morceau de pin grisâtre fendu en son milieu. Bob me l'avait fabriquée au cours de ma première semaine ici, quand il m'avait vue regarder une compétition de gymnastique à la télé. Il avait passé des journées entières à coller, à poncer, à peindre le bois. Il l'avait lestée avec de l'acier trempé et des lourdes poutres. « Allez, essaie-la, Frangine, avait-il lancé en dévoilant son cadeau. Et fais gaffe. Va pas te casser le cou. »

Mais plutôt crever que de poser le pied sur ce tas de bois à la con. « Elle est censée faire un mètre vingt de haut, pas soixante centimètres. »

Une rafale de vent souffle depuis le nord et des flocons de glace me piquent les joues. Je pose une botte sur le bois gelé. Est-ce que cela m'aurait tuée de marcher dessus, rien qu'une fois ?

Comme pour me faire pardonner, je me hisse sur la planche usée. Presque aussitôt, ma botte droite dérape. J'atterris sur la hanche dans la neige. Je penche la tête en arrière et je scrute le ciel. Là-haut, les nuages se contorsionnent et s'agitent. Je les observe, j'aimerais pouvoir rembobiner ma vie, voyager dans le temps pour revenir en arrière. Je remets désormais en question chacune des certitudes auxquelles je m'accroche depuis vingt et un ans. Et le but de cette journée – offrir mon pardon à ma mère – semble soudain faussé.

14

J e me rends directement à la maison de retraite
Garden Home samedi matin. J'ai besoin de
voir Dorothy. Il faut que je lui dise à quel point je suis
perdue, je ne suis plus aussi persuadée que ma mère ait
besoin d'être pardonnée. Quand j'arrive sur le porche,
je suis surprise de voir Jade et sa sœur Natalie sortir du
bâtiment.

« Salut ! dis-je. Qu'est-ce que vous faites ici ? » Les mots
m'échappent avant que j'aie eu le temps de déchiffrer
l'expression de leurs visages. C'est leur père.

« On cherche un endroit pour papa », répond Natalie,
qui confirme mes soupçons.

Jade hausse les épaules. « On a reçu les résultats de son
IRM hier. La chimio n'a pas l'air d'avoir les effets prévus.

– Je suis désolée. » Je pose la main sur son bras. « Vous
avez besoin d'aide ? Je peux faire quelque chose pour
votre mère ?

– Tu peux prier, répond Jade en hochant la tête. Tu
ne croiras jamais ce que papa m'a dit quand on rentrait
de son rendez-vous. Il m'a demandé : "Jade, le soir de tes
seize ans, est-ce qu'Erica Williams avait bu ?" »

Je grogne. « Il parle encore de ta fête d'anniversaire ?
Tu as fini par lui dire la vérité ?

– J'en avais envie. Vraiment. Mais je n'ai pas pu.» Sa voix tremble. «Je l'ai regardé droit dans les yeux et j'ai répondu : "Non, papa."» Elle pose son regard sur moi, puis sur Natalie. «Il est tellement fier de ses filles. Je ne peux pas le décevoir maintenant.»

Natalie passe le bras autour des épaules de sa sœur, et j'imagine qu'elles terminent la phrase en silence : *maintenant, alors qu'il est en train de mourir.*

Jade se tourne vers moi et affiche un sourire sans enthousiasme. «Comment ça s'est passé, à Chicago ?»

Il me faut une seconde pour repenser à Chicago. Ah oui. L'entretien d'embauche. J'ai été si absorbée par le Michigan, ma mère et Bob que Chicago me semble anecdotique. «Je crois que ça s'est bien passé. Je t'en parlerai lundi.

– Tu as dit à Claudia que tu passais un entretien d'embauche ?

– Non. Je n'en ai parlé qu'à toi. Tout le monde pense que j'ai pris deux jours de congé. Pourquoi ?

– Les infos passaient à la télé pendant que je la maquillais. Ils parlaient d'une tempête de neige à Chicago et Claudia a dit : "J'espère qu'Hannah va bien."

– C'est bizarre. Je suis certaine de ne pas lui en avoir parlé.

– Fais attention. Cette fille, elle n'en rate pas une.»

Je retrouve Dorothy dans le salon, assise au piano où elle interprète *Danny Boy*. Je l'observe et je l'écoute en silence. Je l'ai souvent entendue chanter ce morceau mais, aujourd'hui, les paroles me font monter les larmes aux yeux. Comme si la chanson évoquait une mère faisant ses adieux à son fils et lui souhaitant un retour rapide.

'Tis I'll be here in sunshine or in shadow
Oh Danny boy, oh Danny boy, I love you so.

J'applaudis. « Bravo. »

Dorothy pivote sur le siège du piano, le visage rayonnant. « Hannah, ma chérie !

– Bonjour, Dorothy. » Ma voix se brise et je me demande ce qui ne tourne pas rond chez moi. Mes émotions sont à fleur de peau depuis mon séjour dans le Michigan. Sans doute le décalage horaire. « Des pavots d'orient », dis-je. Je me penche et l'embrasse sur la joue avant de placer le bouquet entre ses mains. Je me souviens soudain des parterres de fleurs de ma mère, la façon dont elle comparait toujours les pétales à des couleurs de fruits. « Elles ont la même couleur que les pêches de Géorgie. »

Elle caresse les pétales veloutés. « Magnifique. Merci. Maintenant, assieds-toi et raconte-moi tout. »

Nous nous déplaçons jusqu'au canapé et nous installons côte à côte. Je lisse une mèche en épi au sommet de son crâne. « D'abord, à toi de m'expliquer ce qui se trame avec Patrick Sullivan. »

Son visage s'épanouit. « C'est un vrai gentleman. Il l'a toujours été. »

Mais il a volé ta lettre d'inscription et tes chances d'étudier à l'étranger, ai-je envie de lui rappeler. Je laisse tomber. Elle est heureuse, je le vois bien. Je la taquine : « Vous avez ravivé une vieille flamme, tous les deux ? C'est meilleur la deuxième fois ? »

Elle tire son cardigan sur sa poitrine. « Ne sois pas bête. Il serait sacrément déçu après toutes ces années. »

Elle pense à sa mastectomie. Même à soixante-seize ans, il est difficile de se mettre à nu de peur de décevoir. Je lui serre la main. «Impossible.

– Bon, interrompt-elle. Raconte-moi cette visite à ta mère. Tu lui as donné la pierre?

– Je n'ai pas pu. Ça ne me semblait pas correct.» Je lui parle de Tracy, de notre échange, des histoires sur Bob et de mes souvenirs de cet été-là. «Alors maintenant, je ne peux plus lui donner ma pierre.

– Et pourquoi ça?

– Parce que je ne suis pas sûre qu'elle ait besoin d'être pardonnée.»

Elle me regarde droit dans les yeux, comme si elle voyait à travers moi. «Je ne t'ai jamais conseillé de lui offrir ton pardon. Je voulais que tu fasses la paix avec ta mère. C'est toi qui as décidé d'ajouter une excuse mollassonne et d'en conclure que ça ferait l'affaire.»

Elle a raison. Je n'ai jamais envisagé le fait que cette pierre puisse symboliser ma propre pénitence. Je me mords la joue. Sûre de moi. Catégorique. Critique.

«L'histoire ne s'arrête pas là, Dorothy. Il y a une partie que je n'ai jamais racontée – pas même à Michael. Mais je commence à douter.

– "Ce que vous ne savez pas est la seule chose que vous sachiez", c'est T. S. Eliot qui l'a dit.

– Et si la version à laquelle je m'accroche depuis plus de vingt ans était un mensonge?»

Elle lève le menton. «Nous autres, les humains, avons un trait de caractère merveilleux – la capacité de pouvoir changer d'avis. Eh oh, quel immense pouvoir cela nous confère!»

Changer d'avis, après tout ce que ma mère a traversé à cause de moi ? Je porte la main à ma gorge. Ma voix se casse quand je reprends la parole. « Mais vous me détesteriez tous si vous saviez ce que j'ai fait… ou ce que j'ai peut-être fait.

– Sottises. Fiona parle d'assumer nos véritables personnalités, aussi laides soient-elles. Les relations reposent sur la vulnérabilité, sur l'honnêteté.

– Je ne peux pas être honnête ! Je ne veux pas trouver ma véritable personnalité. Car même si ma mère parvenait à me pardonner, je ne pourrais jamais me pardonner à moi-même.

– Prends contact avec ta mère, Hannah. Révèle-toi sous ton vrai jour. Apprends à aimer ce qui est laid. »

Samedi soir. Le Ritz-Carlton est bondé de bienfaiteurs en tenue de soirée, tous venus soutenir le gala annuel de printemps de l'Alliance nationale pour les enfants. Michael est impeccable dans son smoking noir et il me complimente sans cesse sur ma robe rouge. Mais je ne suis pas moi-même. Au lieu d'être fière, comme je le suis souvent lorsque Michael et moi sortons ensemble, mes sourires sont forcés et artificiels. J'ai l'impression de fonctionner en pilote automatique, sans enthousiasme.

J'essaie de me persuader que c'est dû à une seule et unique raison : pour la première fois en quatre ans, je n'ai pas fait partie du comité d'organisation. J'avais besoin de faire une pause après avoir dirigé le bal de Noël de l'association Vers la lumière. Mais je sais que ce n'est pas la véritable raison.

À l'autre bout de la salle, j'observe Michael dans son meilleur rôle – faire du relationnel. Même avec les gens qu'il n'aime pas. Ses poignées de main, checks du poing ou claques dans le dos semblent surfaits. J'essaie d'ignorer ce sentiment mais un nuage de mélancolie flotte au-dessus de moi. Je pense aux mains nues de ma mère qui essuient la neige de son pare-brise. Son sourire aimable à mon passage. Dans mon souvenir, je revois la poutre de gym usée, j'entends les paroles de Tracy. Je ne peux rien partager de tout ceci avec Michael. Il veut la femme souriante en robe de bal et en escarpins, et non la femme qui retourne dans le chalet délabré, chaussée d'une paire de bottes Wellington empruntées à un inconnu. Et pour tout dire, moi aussi. Comment refermer le couvercle sur cette boîte de Pandore que j'ai eu la folie d'ouvrir ?

Sans crier gare, mes pensées s'envolent vers RJ et notre bavardage tranquille. Pourquoi cet inconnu se fraye-t-il toujours un chemin dans mon esprit ? Peut-être parce que c'était tellement sympa d'être assise sur le tabouret en cuir dans la salle de dégustation à siroter du vin en discutant avec lui. Et je ne me rappelle pas la dernière fois où je me suis amusée en compagnie de Michael.

Je tripote mon pendentif en diamant et saphir, et je regarde Michael qui bavarde avec la nouvelle inspectrice scolaire, une mère célibataire de Shreveport que la ville a recrutée à l'automne passé. Elle est grande et élancée, et se tient si droite qu'on jurerait qu'elle tient une bible en équilibre sur sa tête. Visiblement très sûre d'elle, elle n'est pas le genre de personne à avoir un cadavre dans le placard.

Je traverse la salle jusqu'à eux. Je m'en veux de rêvasser ainsi à RJ. Je devrais me contenter de ce que j'ai. Mon homme est un bon parti.

«Hannah, dit Michael en posant la main dans mon dos. Je te présente Jennifer Lawson. Jennifer, voici mon amie, Hannah.»

Je saisis sa main tendue et regrette que Michael n'ait pas clarifié un peu mieux mon statut d'amie. Mais c'est sa façon de faire. Il trouve que l'expression *petite amie* fait trop puérile. Moi aussi, c'est pour ça que je préférerais le terme *épouse*.

«Bienvenue à La Nouvelle-Orléans, Jennifer. J'ai entendu beaucoup de bien à votre sujet.

– Oh, merci. J'ai vu votre émission.» Elle n'en dit pas davantage, ne précise rien et j'en conclus naturellement que Jennifer Lawson n'est pas une de mes fans.

Je souris et acquiesce, et je les écoute tous les deux bavasser au sujet des nouveaux établissements scolaires et des projets d'investissements municipaux dans le secteur de l'éducation. Je ne peux m'empêcher de remarquer qu'ils iraient bien mieux ensemble que Michael et moi.

«Je peux aller vous chercher un verre, mesdames?» demande-t-il.

C'est à cet instant que je m'en rends compte. Après la dégustation de vin, la soupe et les gressins… je n'ai jamais rien payé à RJ! Je suis repartie de Merlot de la Mitaine sans laisser le moindre dollar, ne serait-ce qu'un pourboire. J'en suis horrifiée. Jamais de ma vie je ne suis partie sans payer l'addition. RJ doit penser que je suis soit une pique-assiette, soit une abrutie finie, et je n'arrive pas à déterminer quelle option est la pire. Mais je me détends car cela signifie une chose : j'ai désormais une bonne raison de le contacter. Oui! J'ai une raison valable et bien intentionnée pour chercher l'adresse de son domaine et lui envoyer une lettre d'excuses accompagnée d'un chèque.

D'ailleurs, c'est la meilleure chose à faire. Je commence à rédiger la lettre dans ma tête quand j'entends Michael. «Hannah, je prends ça pour un oui? demande-t-il, sourcils arqués.

– Oui, je lui réponds en portant la main à ma bouche pour dissimuler mon sourire. Un merlot Michigan de 2010, s'ils en ont.»

Il me jette un regard perplexe puis se dirige à grandes enjambées vers le bar en quête d'un vin qu'ils n'auront évidemment pas.

Une bonne odeur de pain flotte dans mon appartement ce dimanche après-midi. J'ai fait une miche aux cerises et aux amandes pour l'emporter au travail demain, ainsi qu'une douzaine de gressins au romarin et à l'asiago destinés à RJ.

Quand la dernière fournée a refroidi, j'emballe les gressins dans de la cellophane et les glisse dans un sachet en papier. Je souris en les plaçant dans un colis prioritaire protégé par du papier bulle, avant de déposer ma lettre par-dessus. J'ai presque la tête qui tourne quand je referme la boîte, tant je suis enthousiaste. Avec mon stylo-plume porte-bonheur, j'inscris l'adresse avec soin sur l'étiquette.

Merlot de la Mitaine
Bluff View Drive
Harbour Cove, Michigan

Le réveil sur ma table de chevet affiche 4 heures et je suis soulagée de sortir du lit en ce lundi matin. C'est mon jour de reprise après mes «congés», et Priscille, la directrice de la chaîne, a organisé une réunion d'équipe extraordinaire afin de débattre d'une proposition. Il ne faut pas être un génie pour deviner à quelle proposition elle fait référence. De toute évidence, Stuart et elle ont eu vent de mon entretien d'embauche à WCHI et ils me convoquent afin que je m'explique en face à face.

Je fouille dans mon placard en quête de ma tenue du jour. Impossible de nier mon entretien à Chicago, alors autant l'assumer avec classe. Je leur dirai que M. Peters est venu me solliciter, et non l'inverse.

J'opte pour un tailleur noir de chez Marc Jacobs et un chemisier en soie blanche, ainsi qu'une paire d'escarpins à talons de huit centimètres qui me permettront de surplomber Stuart Booker. Il faut que j'aie l'air pleine d'assurance, aujourd'hui. Je tire mes cheveux en arrière à l'aide d'une barrette et je les plaque avec un peu de laque, réservant les boucles sexy pour un autre jour – ou un autre boulot. Je choisis une paire de boucles d'oreilles en perle et je me mets une touche de Must, de Cartier, mon parfum le moins séduisant. À la dernière minute, je décide de porter mes lunettes. Aussitôt, mes traits enfantins deviennent ceux d'une professionnelle sérieuse.

J'arrive la première aux locaux de la chaîne et je me rends directement dans la salle de conférences où j'allume les néons. Une table rectangulaire et douze chaises à roulettes occupent presque tout l'espace. Un tableau blanc et un écran plat sont fixés au mur. Un téléphone noir est posé sur un guéridon d'angle ainsi qu'un rouleau de lingettes désinfectantes, une pile de gobelets en polystyrène et la cafetière onéreuse que Priscille a achetée l'automne dernier. C'est un lieu destiné à prendre des décisions, et non des repas. Mais cela ne m'arrête pas – surtout quand la sécurité de l'emploi l'exige.

J'essuie la table avant d'y déposer au centre le panier de pain aux cerises et aux amandes. À côté, je place un bol de cerises en conserve et une pile de serviettes en papier à fleurs. Dans la carafe en cristal que j'ai rapportée de chez moi, je verse le jus de pamplemousse fraîchement pressé et je fais un pas en arrière pour contempler le résultat. Joli, si je peux me permettre. Mais Priscille y verra-t-elle l'image de mes compétences et de ma gratitude, ou ai-je préparé le terrain pour mettre en scène «Le Dernier Petit Déjeuner»?

Sans surprise, Stuart arrive avec onze minutes d'avance. Cet homme ne manque jamais une occasion d'essayer d'impressionner Priscille. Mais je suis mal placée pour parler.

Mon estomac se noue quand Claudia Campbell arrive dans le sillage de Stuart. Que fait-elle ici? Et c'est alors que je comprends. Cette réunion n'a aucun rapport avec mon poste éventuel chez WCHI, mais plutôt avec mon poste précaire ici, à WNO.

Depuis l'arrivée de Claudia à la chaîne il y a deux mois, Stuart insiste lourdement pour qu'elle présente l'émission à mes côtés. Il cite Kelly et Michael, Hoda et Kathie Lee… tant de duos célèbres qui raflent les récompenses et qui attirent des audimats records. Priscille n'accroche pas à cette idée. Pas encore, du moins.

Est-ce le sujet qu'ils ont envie d'aborder aujourd'hui? Claudia va-t-elle devenir coprésentatrice? Mes mains tremblent lorsque je pose un vase de marguerites sur la table. Je ne peux pas laisser passer ça. Se voir attribuer un coprésentateur, c'est une rétrogradation déguisée. Ce qui serait du plus mauvais effet auprès de WCHI.

Mais pourquoi suis-je inquiète pour WCHI ? Je ne sais même pas si j'obtiendrai le poste ! J'ai des problèmes bien plus urgents à régler. Je ne peux pas... Je refuse de perdre l'*Hannah Farr Show* !

Stuart affiche une expression suffisante quand il me voit observer Claudia. « Bonjour, Farr.

– Bonjour à vous deux, dis-je en m'obligeant à prendre un ton enjoué.

– Salut, Hannah. Quelle magnifique présentation. » Claudia jette un regard à Stuart. « Tu ne m'avais pas prévenue qu'il y aurait aussi à manger.

– Je sais ménager les surprises », répond-il.

Je me sens condamnée. L'audimat a-t-il été meilleur la semaine dernière, quand elle m'a remplacée ? Les téléspectateurs l'ont-ils adorée ? Ma nuque se raidit. Je m'affaire à préparer un café pour Stuart et ma future *conne-présentatrice* quand Priscille arrive. Même sans talons, elle mesure un mètre quatre-vingts. Elle porte un tailleur noir, presque identique au mien. Ses cheveux bruns sont noués à la base de sa nuque, à l'image de ma coiffure. Alors pourquoi incarne-t-elle l'assurance-née, là où j'ai l'impression d'être une gamine déguisée avec mes lunettes à monture noire ?

Stuart passe en mode lèche-cul. « Bonjour, Priscille. Je peux te proposer un café ? »

Elle lève son mug WNO. « C'est bon. » Elle s'installe en bout de table. Claudia et Stuart se hâtent de prendre place autour d'elle. Je me glisse près de Stuart.

« J'ai invité Claudia ce matin pour nous aider au brainstorming, déclare Stuart. Elle déborde de bonnes idées et, soyons honnêtes, on n'est pas en position de refuser de l'aide. »

J'en reste bouche bée. «Stuart, je te livre mes idées d'émissions depuis des mois. Tu me les démontes systématiquement.

– Tes idées n'ont rien de commercial, Farr.»

Je me penche devant Stuart afin de saisir la réaction de Priscille mais cette dernière inspecte une pile de documents, l'air préoccupé.

«Hannah, ton audimat a légèrement augmenté le mois dernier, intervient-elle. J'espérais un sursaut bien plus important après ton interview de Brittany Brees, mais un sursaut reste un sursaut, donc ça me satisfait. Afin de maintenir cette tendance, il nous faut une émission qui dépote.» Elle croise les mains sur la table et se tourne vers Claudia. «Alors, Claudia, parle-nous de ton idée fantastique.»

Stuart coupe court. «Claudia a obtenu une interview avec Fiona Knowles.»

Quoi? Mais inviter Fiona, c'était mon idée! Bon, d'accord, c'était pour une autre chaîne de télé, mais quand même!

Le visage de Priscille s'éclaire comme un lampion de défilé. «C'est énorme, dit-elle. Vraiment énorme.»

Il faut que j'intervienne, mais que dire? Je ne peux pas expliquer à Priscille et Stuart que j'ai proposé cette idée afin d'obtenir un poste à Chicago auquel je tiens particulièrement. Mais si on invite Fiona ici et que WCHI l'apprend, ce ne sera plus une idée originale ni une exclusivité. Ils vont en conclure que c'était l'idée de Claudia et que je la lui ai volée!

Claudia bombe la poitrine. «Octavia Books organise une rencontre avec Fiona Knowles le 24 avril. Je l'ai lu dans le *Times-Picayune*.»

Je serre les dents. *Mais bien sûr – dans l'article que j'ai découpé, espèce de sale fouineuse !*

« Je savais qu'il nous fallait agir vite, alors j'ai pris contact avec Fiona par Twitter. On est devenue assez copines, d'ailleurs. »

Copines ? Eh bien, il se trouve que moi, j'étais dans la classe de Fiona, et l'un des trente-cinq premiers destinataires, prends ça ! Mais je ne peux pas le dire non plus. Ce foutu boulot à Chicago me laisse pieds et poings liés.

« Vous savez que des milliers de personnes envoient maintenant des pierres du Pardon virtuelles sur Facebook et Instagram ? continue Claudia. C'est de la folie ! » Elle prononce folie en allongeant le *o* – de la foooo-lie – et ça me fait grincer des dents.

Priscille tapote son stylo contre son mug. « Mais un reportage de trois minutes pendant les infos matinales, c'est un foutu gâchis. Je vois où tu veux en venir, Claudia. » Elle acquiesce, son esprit a dix mètres d'avance sur les nôtres. « Tu as raison, absolument. Cette interview a sa place dans le format d'une heure de l'émission d'Hannah. » Elle pointe son stylo sur Claudia. « Bien vu.

– Euh, merci. » Le sourire de Claudia se crispe et elle regarde Stuart.

« D'ailleurs, ajoute Stuart, je propose que Claudia présente exceptionnellement cette émission-là. »

Présente ? Seule ? Du genre, putsch en pleine lumière ? Et moi qui m'inquiétais qu'on me la colle en coprésentatrice ! Je me tourne vers Claudia mais elle dévisage Priscille et refuse de croiser mon regard.

« Juste cette fois-ci, bien entendu, précise-t-elle.

– Je… je ne suis pas sûre d'apprécier cette idée », dis-je. *Sans blague ? Évidemment que je ne l'apprécie pas. Quelle* personne saine d'esprit aimerait voir les jolis escarpins de Claudia Campbell piétiner ses plates-bandes ? Et elle m'a volé mon idée ! Je regarde Priscille en quête de soutien mais elle rayonne presque d'enthousiasme. Oh, mon Dieu, il faut que je trouve un moyen d'empêcher ce désastre !

« J'ai conscience d'avoir un peu dépassé les bornes en contactant Fiona, dit Claudia. Je suis désolée si c'était déplacé de ma part. C'était vraiment spontané. Elle et moi sommes très impatientes de faire cette interview. »

En une seconde, j'évalue les options qui s'offrent à moi. Il faut que je garde mon poste ici à La Nouvelle-Orléans, à tout prix. Je ne peux pas laisser Claudia se faufiler sournoisement à ma place, dans mon émission.

Un éclair de génie me foudroie. Je vais contacter M. Peters, lui expliquer ce qui vient de se passer dans l'espoir qu'il me croie sur parole. Je vais lui promettre que je ne divulguerai pas l'histoire de ma mère et de son abandon. Cette histoire est pour eux, comme promis. Mais j'ai un autre angle personnel et inédit que je peux utiliser à WNO. Oui ! Je tiens l'atout principal entre mes petites mains de maître !

« Mon amie Dorothy Rousseau. » Je lâche l'info d'une traite. « Elle a reçu les pierres, il y a quelques jours de ça. » Je continue sans prendre le temps d'y réfléchir à deux fois. Je leur raconte l'histoire de Patrick Sullivan et la façon dont il a plagié la lettre de Dorothy. « On pourrait les faire témoigner en direct, vous voyez, une personne qui a reçu la pierre et qui continue la chaîne. Patrick et Dorothy pourraient intervenir tous les deux dans l'émission.

— Ça me plaît beaucoup, dit Priscille. Ils pourraient être présentés dans une émission différente, juste avant la venue de Fiona. Un petit échauffement, pour ainsi dire.

Patrick pourrait évoquer sa vie entière de mensonge, et Dorothy nous parlerait de sa capacité à pardonner. Les gens adorent les histoires de rédemption.»

Stuart se frotte le menton. «Une émission en deux parties, un témoignage qui prépare les téléspectateurs pour la suite, l'émission principale, celle où Fiona sera présente.

– Exactement.» Priscille parle à toute vitesse, comme quand elle est enthousiaste. «On va faire bosser l'équipe marketing là-dessus, on va demander à Kelsey de faire du buzz sur les réseaux sociaux. On n'a pas beaucoup de temps. L'émission Dorothy/Patrick devra être diffusée dans une semaine, mercredi.

– Oui, ça pourrait fonctionner, dit Stuart en se tournant vers moi. Tu es sûre qu'ils accepteront de participer, tous les deux?

– Absolument certaine, je réponds sans la moindre certitude. Du moment que c'est moi qui présente l'émission.»

15

« C'est hors de question », rétorque Dorothy au téléphone.

Mon estomac se noue. J'ai pourtant promis. Et cela permettrait de résoudre l'affaire. Je me tiens à mon bureau, la porte de la loge est grande ouverte et toute la chaîne peut m'entendre. J'étais si sûre qu'elle accepterait, je n'ai même pas pris la peine de fermer cette fichue porte. Je parle à voix basse, dans l'espoir que Stuart – alias M. les Oreilles-qui-traînent – ne rôde pas dans le couloir. « Mais réfléchis-y au moins, s'il te plaît. Fais passer le message à Patrick, voir ce qu'il pense à l'idée de passer à l'émission.

– Ce qu'il pense à l'idée d'admettre qu'il a reçu une bourse d'études en trichant, en direct devant tout le monde ? » s'indigne Dorothy.

Elle a raison. Quelle personne saine d'esprit accepterait de faire une chose pareille ? Le problème, c'est que si je n'arrive pas à trouver de solution, Claudia présentera cette émission sans moi. Et elle va avoir un succès fou. Et moi… je me masse le front dans l'espoir de chasser cette image de mon esprit.

« Écoute, on sera indulgents avec lui. Après tout, il a recopié ta lettre dans le seul but que vous puissiez partir ensemble.

– C'est hors de question. Je me fiche bien de ce qu'a fait Paddy il y a soixante ans. Et je refuse que ses réussites professionnelles soient ternies. Ce qui arriverait fatalement s'il acceptait. Paddy serait calomnié et moi, je passerais pour sainte Dorothy. C'est une mise en scène injuste.

– D'accord. » Je laisse échapper un soupir. « Je ne peux pas te contredire. Tu es une femme bien. Je vais dire à Priscille et à Stuart que c'est impossible.

– Je suis désolée, Hannah ma chérie. »

Quel fiasco. Et pour couronner le tout, je dois encore envoyer un mail à M. Peters. Mon boulot ici est plus que jamais sur la sellette. Je ne peux pas faire foirer mes chances à WCHI. Je scrute l'écran de mon ordinateur et me mords la lèvre. Comment va-t-il réagir en apprenant que nous allons inviter Fiona Knowles ici ? Je place mes doigts sur le clavier.

Cher monsieur Peters,

Comme vous le savez peut-être déjà, Fiona Knowles fait une tournée promotionnelle et intervient partout, de GMA à The Today Show en passant par l'émission d'Ellen. Elle figurera aussi dans l'Hannah Farr Show, jeudi 24 avril.

Ceci ne remet nullement en question ma proposition pour WCHI, si vous décidiez de filmer cette émission. Notre projet à WNO n'évoquera pas mon histoire personnelle et les pierres que j'ai reçues, ni le pardon promis à ma mère. C'est une exclusivité que je réserve à WCHI.

Mon index se pose sur le bouton ENTRÉE pour envoyer le message. Mais qu'est-ce que je fous ? ! Je surenchéris, j'insiste à nouveau, je promets de présenter Fiona et ma mère dans une émission si j'obtiens le poste. Et si WCHI finit par l'exiger ?

« Hannah ? »

Je lève les yeux et j'aperçois Priscille sur le seuil de la porte. Merde ! J'envoie le mail et je ferme la page.

« Priscille. Salut.

– Je passe juste pour confirmer l'émission avec Patrick et Dorothy. Tu as pu parler avec elle ? »

Mon cœur s'emballe. « Euh, je... Je suis désolée. Dorothy n'est pas disponible. »

Le visage de Priscille se décompose. « Tu nous as affirmé que tu t'en chargerais, Hannah.

– Je sais. J'ai tout essayé, mais... Écoute, j'espère vraiment trouver deux personnes en remplacement. Je vais trouver deux remplaçants. »

Mon téléphone sonne et je jette un coup d'œil au numéro qui s'affiche.

« C'est encore Dorothy.

– Mets le haut-parleur. »

Quelque chose me dit que c'est une mauvaise idée mais j'obéis.

« Bonjour, Dorothy. » J'appuie sur le bouton et je jette un coup d'œil à Priscille. « J'ai mis le haut-parleur.

– Marilyn et moi, on adorerait venir comme invitées dans ton émission.

– Marilyn ? » Je me souviens des deux pierres du Pardon que Dorothy a mises de côté pour Marilyn, l'autre jour. « Un sacré épisode », voilà ce qu'elle avait dit au sujet du secret qu'elle voulait lui avouer. Mais quand je suis arrivée le lendemain, Dorothy n'avait que trois lots de pierres à poster, dont aucun n'était adressé à Marilyn.

« Tu as envoyé les pierres à Marilyn ?

– Non. Je ne peux pas les envoyer. Je dois lui présenter mes excuses en personne. Voilà longtemps que j'attends le bon moment.»

Je sens le regard de Priscille posé sur moi. Je retiens mon souffle, une part de moi-même espère entendre que Dorothy est disposée à faire ses excuses en direct dans l'émission, l'autre espère le contraire.

«Je crois que des excuses en direct à la télé s'imposent. Dans ton émission. Qu'en penses-tu?»

Je pense que ça me sauve sacrément la mise. Je pense que c'est une belle histoire. Je pense... que ça peut se retourner contre elle.

«Écoute, c'est vraiment très généreux de ta part mais des excuses en direct, c'est trop risqu...»

Priscille traverse la pièce. «J'adore l'idée, dit-elle près du téléphone. Dorothy? Ici Priscille Norton. Vous pouvez convaincre votre amie de venir participer à l'émission?

– Oui, je pense.

– Parfait. Laissons-lui croire qu'elle vient parler d'amitié. Ça vous convient? Et puis, une fois que vous serez toutes les deux sur le plateau, vous pourrez lui présenter vos excuses.»

Mon Dieu! Elle transforme mon émission en télé-réalité, elle met tout en scène pour que mon amie fasse une chute terrible.

«Je crois que cela me convient. Mari mérite des excuses publiques.

– Formidable. Il faut que j'y aille, Dorothy. Je vous vois le 23. Je vous laisse en compagnie d'Hannah.» Priscille lève les pouces à mon attention avant de franchir la porte. Je lève mon téléphone et désactive le haut-parleur.

«Oh, Dorothy, c'est une idée horrible. On te prépare à... Marilyn aussi... Je ne peux pas te laisser faire ça.

– Hannah, ma chérie, voilà presque six décennies que j'attends l'occasion de m'excuser. Tu ne peux pas m'en priver.»

Je m'affale dans le fauteuil. «Alors, de quoi veux-tu t'excuser?

– Tu le découvriras le jour de ton émission, en même temps que Mari. Et en parlant d'excuses, comment tu t'en sors, de ta mission?

– Ma mission?

– As-tu repris contact avec ta mère?»

De toute évidence, Dorothy a perdu la notion du temps. Je lui en ai parlé samedi dernier, à peine. Une boule se forme dans mon estomac. Hier soir, alors que je tournais dans mon lit sans trouver le sommeil, je me suis convaincue une fois encore que j'avais toujours eu raison. Pas besoin de présenter d'excuses. Je n'ai rien fait de mal. J'étais la victime, un rôle dans lequel j'avais fini par prendre mes aises, dont je connaissais chaque tournure de phrase, chaque réplique, chaque geste nuancé. Sauf qu'à présent, sous la lumière crue des néons, avec Dorothy à l'autre bout de la ligne, je me remets une fois encore en question. Que s'est-il passé exactement ce soir-là? Ai-je le courage de découvrir la vérité?

«Euh, oui, je... j'y travaille.

– Alors, qu'as-tu prévu? Quand vas-tu voir ta mère?»

Je me masse les tempes. C'est compliqué... Bien plus compliqué que Dorothy l'imagine.

«Bientôt, dis-je dans l'espoir que ma réponse vague lui suffira.

– Je ne pensais pas en faire une condition *sine qua none*, Hannah, mais ta réticence m'inquiète. J'ai promis à ta chef que Mari et moi participerions à ton émission. À présent, je veux la promesse que tu reprendras contact avec ta mère. »

Quoi ? Elle me lance un ultimatum. Pourquoi est-ce si important à ses yeux ?

Elle attend en silence à l'autre bout de la ligne. Comme deux boxeurs sur un ring, elle m'a acculée dans un coin et l'horloge tourne. L'émission doit passer dans dix jours et, malgré ma réticence, Priscille compte sur elle, et ma carrière compte sur elle aussi. Il faut que j'accepte ce marché. Tout de suite.

« Michael, dis-je, plus pour moi-même que pour Dorothy. Le moment est venu de lui avouer ce qui s'est vraiment passé ce soir-là.

– Parfait, ma chérie ! Raconter ça à Michael, c'est un premier pas merveilleux. Et ensuite, tu parleras à ta mère, n'est-ce pas ? »

Je prends une profonde inspiration. « Oui. »

Quand je fais une promesse, je mets tout en œuvre pour m'y tenir. C'est peut-être parce que j'ai déçu mon père il y a des années de ça, le jour où je suis revenue en Géorgie sans ma mère. « Fais tout ce que tu peux », m'avait-il demandé. Et c'est ce que j'avais fait. Vraiment. Pourtant, j'avais échoué, ma mère n'était pas revenue à la maison. Aujourd'hui, à l'âge adulte, je considère chaque promesse comme un contrat, une façon de racheter ce serment que je n'ai pas su honorer durant ma jeunesse. C'est pour cela que je me fustige d'avoir promis à Dorothy que je ferais la paix avec ma mère.

C'est mercredi soir, Michael et moi sommes installés à une petite table dans le salon de l'hôtel Columns où nous écoutons un chanteur-compositeur local. Le musicien gratte une dernière corde de sa guitare.

«Merci, annonce-t-il. Je vais faire une courte pause.» Les serveurs entrent alors et la salle bourdonne soudain de joyeux bavardages autour des tables. Je sirote ma bière et j'essaie de rassembler mon courage pour parler à Michael des pierres du Pardon, de la demande de Dorothy, et pour lui présenter la vérité – ou ce que j'hésite à présent à qualifier de vérité – sur ce fameux soir.

Je me penche et frôle la main de Michael. «Dorothy pense que je dois faire la paix avec mon passé.» Je lui parle des pierres, de l'obstination de Dorothy pour que je continue le Cercle du Pardon.

«Je crois que c'est ton choix, pas le sien.» Michael fait signe au serveur de lui apporter une autre bière. «Laisse-moi deviner. Elle pense que tu dois pardonner à Jackson.

– Non.» L'évocation de ce nom ravive une douleur en moi. «Je lui ai déjà pardonné.

– Alors qui a-t-elle en tête?»

Je fais glisser mon index sur ma chope de bière, créant un ruisselet de gouttes. «Ma mère.» Je lève les yeux et j'observe son regard changer à mesure qu'il comprend. Oui, il se souvient de l'histoire, je le vois bien. Il prend une profonde inspiration et s'adosse à sa chaise.

«Et qu'as-tu répondu à Dorothy?

– Je lui ai dit oui – à contrecœur. Je n'avais pas le choix. Elle me rend un immense service en acceptant de participer à mon émission. Je lui suis redevable.

– Réfléchis bien, ma chérie. Ce n'est pas à Dorothy de prendre cette décision.»

Michael essaie de me protéger, tout comme l'a fait mon père pendant la moitié de ma vie. Aux yeux de ces deux hommes, pardonner à la femme qui est sortie de ma vie sans même se retourner est impensable.

«Mais depuis que je suis allée à Harbour Cove, je n'arrête pas de penser à ma mère. J'ai l'impression de trahir quelque chose, après tout ce que mon père a fait pour moi. Il serait si blessé s'il savait que je remets en question notre passé.» Je me rapproche de Michael. «Sauf que Dorothy a planté une graine en moi et que je ne peux plus l'empêcher de pousser. Et si mon père m'avait un peu forcé la main malgré lui, à l'époque, tu vois, en m'obligeant à choisir entre lui et elle?

– Ce serait un peu puéril, non?»

Il était puéril, je m'apprête à lui répondre avant que la honte ne me fasse taire comme une gifle. Comment puis-je être aussi ingrate? «Il avait besoin de moi, Michael. Même si je n'étais qu'une ado, je m'occupais de la logistique. Je m'assurais qu'il se lève tous les matins pour aller travailler. Je tenais à jour l'emploi du temps de ses entraînements et de ses matchs. C'est moi qui gérais sa vie, si on veut.

– Sa femme de substitution.

– Oui, ce qui signifie qu'il ne voulait pas me perdre. C'est devenu bien plus simple quand je suis partie à la fac et qu'il a rencontré Julia. Mais s'il avait eu tort, ou...» Ma phrase reste en suspens. Je n'arrive pas à prononcer le mot *manipulateur*. «Et si ma mère avait eu raison, qu'elle m'aimait vraiment? Et si j'avais tiré de mauvaises conclusions, ce soir-là, et qu'elle le savait pertinemment?

– De mauvaises conclusions?»

Je m'oblige à ne pas détourner le regard. Il faut que je voie sa réaction. Je le regarde lever la tête et acquiescer lentement. Bien. Ça lui revient. Je n'ai pas besoin de lui rappeler ce qui s'est passé.

« Ta mère a choisi son copain. Ça me paraît très clair.

— Je n'en suis plus si certaine. Je commence à douter de ma version de l'histoire.»

Les yeux de Michael parcourent furtivement la salle.

« Allons discuter dehors.» Il me prend par la main et me mène hors du salon comme un père avec sa gamine turbulente.

Le large porche en bois de l'hôtel Columns est presque aussi bondé que le salon, et, pourtant, je me sens plus en sécurité à la lueur des lanternes dehors, moins à découvert. Nous nous accoudons au garde-fou. Je contemple la jolie pelouse et St Charles Avenue au-delà.

Je déglutis avec peine et me tourne vers lui. « L'accusation que j'ai prononcée contre le copain de ma mère quand j'avais treize ans ? Je crois que j'ai peut-être tiré des conclusions... des conclusions hâtives.

— Ouh là, lâche-t-il en levant une main. Arrête.» Ses yeux inspectent le porche comme pour s'assurer que personne n'a entendu. « Je t'en prie. Je ne veux rien savoir.

— Mais il le faut.

— Non, c'est inutile.» Il se rapproche de moi, presque en murmurant. « Et inutile aussi que quelqu'un d'autre soit au courant. Tu ne penses pas sérieusement révéler cette histoire au grand jour, Hannah ?»

Je me détourne comme s'il m'avait giflée, soulagée que l'obscurité du crépuscule masque mon visage. Il me prend pour un monstre et il pense que tout le monde en ferait autant si ce que j'ai fait venait à se savoir. Mon regard s'attarde sur un jeune couple qui arpente le trottoir d'une allure joyeuse. La femme rit à l'oreille du jeune homme robuste, et elle affiche un air que je qualifierais d'insouciance totale. J'éprouve un éclair de jalousie. Comme il doit être agréable d'être complètement honnête et ouverte avec quelqu'un. Et avec soi-même. De vivre sans le fardeau d'un doute tenace qui vous répète sans cesse que vous avez commis une terrible erreur.

« Je ne suis pas sûre de savoir ce que j'ai fait de mal, dis-je. Je ne suis plus sûre de rien. Je veux ton avis, ou au moins ton soutien. Dorothy a l'air de penser que je dois faire la paix. »

Je ferme les yeux et je sens la main de Michael se poser dans mon dos. « Tu es naïve, ma chérie », dit-il d'une voix douce. Il m'enlace et m'attire contre lui, son menton effleure le sommet de mon crâne. « Tu peux bien sûr prendre contact avec ta mère, mais si la rumeur se répand, tu perdras tout ton public. Les gens raffolent de voir une célébrité tomber en disgrâce. »

Je me tourne vers lui, sa voix douce est tellement en désaccord avec l'expression implacable de son visage.

« Ce n'est pas seulement pour toi, Hannah. Ne l'oublie pas. »

Je rejette brusquement la tête en arrière. Inutile d'y réfléchir à deux fois. Je comprends ce qu'il insinue. Nos réputations à tous les deux seraient détruites si une telle information venait à transpirer à mon sujet. Je me frotte les bras, soudain frigorifiée.

« Il faut que tu arrêtes de remettre en question ta décision. Tout est bel et bien derrière toi. Cet horrible secret de famille doit rester enfoui, tu n'es pas d'accord ?

– Oui. Non. Je… je ne sais pas ! » J'ai envie de hurler, de me défendre, de l'obliger à m'écouter. Mais à voir l'expression dans ses yeux, il s'agit d'un avertissement, et non d'une question. Et si j'étais totalement honnête, j'admettrais que la petite part lâche de moi-même éprouve un certain soulagement.

« Oui, dis-je, en faisant non de la tête. Je suis d'accord. »

16

Certaines personnes préfèrent dissimuler leur honte comme on dissimule une cicatrice. D'autres seraient horrifiées à l'idée qu'elle soit exposée au grand jour. D'autres encore, comme Marilyn Armstrong, affichent leur honte comme un panneau d'avertissement : elles préviennent leurs interlocuteurs du voyage qu'ils s'apprêtent à entreprendre s'ils se décident à concrétiser la relation amicale. À l'instar des gens du Sud, Marilyn est une conteuse-née, et son récit est un avertissement, un exposé documentaire. C'est un passage de sa vie qu'elle qualifie de *nid-de-poule*. Je suis quasiment sûre qu'elle ne s'en est jamais vraiment remise. Je l'ai entendue raconter l'histoire de nombreuses fois, elle affirme que c'est cathartique. Mais j'ai une autre théorie.

J'ai rencontré Marilyn Armstrong une semaine après avoir croisé Dorothy pour la première fois. Nous étions toutes trois assises dans le petit salon du Commander's Palace à manger une soupe de tortue et à boire leurs célèbres martinis à vingt-cinq cents.

« Je n'arrive pas à croire qu'ils ne coûtent que vingt-cinq cents, avais-je dit en pêchant mon olive au fond du verre. J'habite à La Nouvelle-Orléans depuis six mois.

Comment se fait-il que personne ne m'en ait encore jamais parlé ?

– Avant, on pouvait en boire à volonté. Ils ont imposé une limite à deux verres. Sûrement à cause de nous, hein, Dottie ! »

Les deux femmes avaient éclaté de rire, avec cette complicité qu'ont les amies d'enfance. Originaires de La Nouvelle-Orléans toutes les deux, elles partagent bien plus que leur passé. Elles partagent le présent, et l'avenir. Dorothy était aux côtés de Marilyn à la mort de son époux. Marilyn est la marraine de Jack, le fils unique de Dorothy.

Marilyn était en dernière année de lycée en 1957 quand elle a rencontré Gus Ryder, un gars de vingt ans, employé d'une station-service. Elle s'est entichée du gentleman, un peu plus âgé et si différent des garçons avec qui elle avait grandi. Le père de Marilyn, un inspecteur de police à la NOPD, a flairé les ennuis. Il a interdit à Marilyn de fréquenter Gus. Mais elle avait du caractère. Ce que son père ignorerait ne le tuerait certainement pas. Quand elle arrive à ce passage de l'histoire, elle hoche la tête d'un air ironique.

Son père était rarement à la maison, sauf au petit matin. Il n'en saurait rien. Et sa mère, une femme fragile débordée par cinq enfants, n'était qu'une ombre silencieuse dans l'univers de Marilyn.

Ainsi, ses parents n'avaient pas connaissance de ses rendez-vous quotidiens avec son petit ami, Gus. Chaque jour, elle s'éclipsait à l'heure de la pause déjeuner et ils passaient les quarante minutes suivantes dans le parking de l'école à se tripoter sur la banquette arrière de la Chevrolet de Gus.

Mais les mensonges laissent toujours dans leur sillage des miettes de mauvais karma. Trois mois plus tard, alors qu'elles partageaient un Coca au distributeur du K&B's, Marilyn confia sa terreur à sa meilleure amie. Gus était allé trop loin, un jour. Elle n'avait toujours pas ses règles, elle avait six semaines de retard.

« Je suis folle, je sais. Il n'avait pas de préservatif et je ne l'en ai pas empêché. »

Dorothy écouta, horrifiée. Le monde de Marilyn allait changer à jamais si elle avait un enfant maintenant. Malgré les maigres ambitions qu'on accordait aux jeunes filles dans les années 1950, Mari et elle avaient des rêves. Elles voulaient voyager, aller à l'université, devenir des auteurs célèbres ou des scientifiques.

« Gus est furieux. Il veut que je… » Elle se cacha le visage entre les mains. « Il connaît un docteur qui pourrait nous aider… » Marilyn s'effondra et Dorothy l'enlaça.

« Attends un peu. Tu n'es même pas sûre d'être enceinte. Avançons par étapes. »

Mais la mauvaise nouvelle fut confirmée quelques jours plus tard. Marilyn était enceinte comme elle le redoutait.

L'avouer à ses parents serait le plus difficile. Elle était terrifiée à l'idée que les oreilles maternelles ne puissent supporter la nouvelle. Ces derniers temps, sa mère faisait de longues siestes l'après-midi et, parfois, elle passait la journée sans sortir de sa chambre.

Cet après-midi-là, le père de Marilyn vint la chercher à son entraînement de pom-pom girl. Elle était assise sur le siège passager du vieux pick-up vert paternel et tripotait à son doigt la bague de son école. Il fallait qu'elle lui avoue tout. Il était la pierre angulaire de son univers. Il saurait quoi faire.

« Papa, j'ai besoin d'aide.

– Pourquoi ?

– Je suis enceinte. »

Son père se tourna vers elle, le front barré d'une ride profonde. « Répète voir ?

– Je suis... Gus et moi allons avoir un bébé. »

Elle ne s'était pas attendue à ce qui avait suivi. Son père, l'homme sévère qui donnait des ordres et apportait toujours des solutions, se brisa. Sa lèvre se mit à trembler, il était incapable de parler.

« Tout va bien, papa, dit Marilyn en lui posant une main hésitante sur le bras. Ne pleure pas. »

Il se rangea contre un trottoir et coupa le contact. Le regard rivé à la fenêtre, il porta la main à sa bouche. De temps à autre, il se tamponnait les yeux à l'aide de son mouchoir. Elle aurait fait n'importe quoi, dit n'importe quoi pour l'apaiser.

« Gus et moi, on a un plan. Il connaît quelqu'un. On va s'en occuper. Personne ne sera au courant. »

Cette nuit-là, entre 2 heures et 4 heures du matin, le père de Marilyn fit une terrible crise cardiaque. L'ambulance arriva mais Marilyn savait que c'était peine perdue. Son père était déjà mort. Et tout était de sa faute.

C'était un souvenir atroce et déchirant, mais Marilyn n'hésitait jamais à le raconter. Elle affirmait qu'en le partageant, elle dissuaderait peut-être d'autres jeunes filles de commettre la même erreur.

« J'ai trois filles, dit-elle. Si mon histoire ne permet pas de promouvoir la contraception, je ne sais pas ce qu'il faut. »

Je me demande souvent si le secret dévoilé de Marilyn n'est pas une leçon destinée à elle-même, aussi. Une pénitence auto-infligée. En se soulageant de cette histoire honteuse tant de fois, elle espère être pardonnée. La question est surtout de savoir si elle saura se pardonner à elle-même…

Installée à mon bureau, je mange une pomme en feuilletant le livre de Fiona Knowles, *Les Pierres du Pardon*. Dans une semaine, elle interviendra dans l'émission – autrement dit, dans six jours, Dorothy et Marilyn passeront à l'antenne. Un battement sourd martèle mes tempes.

Je sais qu'il ne faut jamais ignorer son instinct, et mon être tout entier me souffle : *Ne laisse pas Dorothy présenter ses excuses en direct à la télé*. Je ferais mieux d'annuler l'émission. C'est bien trop risqué. Mais le diablotin perché sur mon épaule me dit que Dorothy et Marilyn feront des invitées incroyables. Elles sont toutes deux d'excellentes conteuses, et j'ai un tiercé gagnant avec la longue histoire d'amitié de ces femmes, la honte de Marilyn et le secret dissimulé de Dorothy.

Pourquoi est-ce que j'éprouve ce foutu malaise, alors ? Ai-je poussé Dorothy à venir sur le plateau ? Mon appréhension est-elle liée au fait que son intervention s'accompagne d'une condition *sine qua none*, une condition que Michael a écartée aussi brusquement qu'un projet municipal malavisé ?

Une fois encore, je me demande si le refus de Michael n'est pas qu'un prétexte. Quoi qu'il en soit, je ne peux pas laisser Dorothy s'humilier en public. J'ai une crampe à l'estomac. Je jette la pomme dans la poubelle.

J'ai supplié Dorothy de me révéler son secret avant de passer à l'antenne. À chaque fois, elle s'y est refusée.

« Mari sera la première à l'entendre. »

Dorothy aurait-elle également eu une frayeur de grossesse sans en avoir jamais parlé à son amie ? A-t-elle perdu le bébé ou, pire, l'a-t-elle abandonné ? Quel secret pourrait être si honteux qu'elle n'ait jamais pu le confier à Marilyn ?

Dans les recoins obscurs de mon esprit, j'imagine Dorothy révélant une liaison amoureuse avec Thomas, l'époux décédé de Marilyn. C'est presque impossible à concevoir, mais si c'était le cas ? Dorothy avait toujours eu la plus haute opinion de Thomas Armstrong. Elle était même à son chevet quand il est mort. Et Jackson, alors ? Pourrait-il être le fruit de cet amour ?

Un frisson me parcourt. Pour la énième fois, je sens que Dorothy ne devrait pas faire ses excuses en direct à la télévision.

Et nous bernons Marilyn, aussi. Stuart s'est entendu avec Priscille afin que nous ne prévenions pas Marilyn de ce qui l'attend. Elle pense venir discuter de l'importance d'une amitié de longue date, ce qui sera effectivement le cas. Mais après une courte conversation, Dorothy lui présentera ses excuses et révélera le lourd fardeau qu'elle porte depuis tant d'années. Elle offrira à Marilyn ses pierres du Pardon.

Un passage agréable et tendre, voilà ce qu'attendent Stuart et Priscille. Mais si les excuses de Dorothy n'étaient pas acceptées ? Ou si l'histoire n'était pas si attachante ? Je me sermonne, je me dis que je cherche trop à tout contrôler. Tout ira bien. Sauf qu'au fond de moi, je sais que je me mens. Il faut que j'empêche la diffusion de cette émission.

« C'est une mauvaise idée, dis-je à Stuart quand il entre dans ma loge avec une note de frais à me faire signer. Je ne sais pas ce qu'a fait Dorothy pour blesser Marilyn. Ce n'est pas l'endroit approprié pour dévoiler des secrets.» Stuart s'assied sur le bord de mon bureau. «T'es folle? C'est l'endroit rêvé. Les gens raffolent de ce genre d'histoire.»

Je sors mon stylo-plume porte-bonheur du tiroir et récupère le formulaire des mains de Stuart. «Je me fiche bien de savoir comment les téléspectateurs accueillent l'émission, je veux être sûre que les excuses seront bien accueillies par Marilyn. Il me reste moins d'une semaine pour dissuader Dorothy de prendre part à ce cirque ridicule.»

Stuart agite l'index dans ma direction. «N'y pense même pas, Farr. Tu as peut-être eu un léger pic d'audimat mais l'émission est encore à l'agonie. Cet épisode, c'est ton unique chance de la voir ressusciter pour de bon.»

À peine est-il sorti que je m'affale sur mon bureau. Je suis foutue! Soit je perds mon boulot, soit je prends le risque que Dorothy perde sa meilleure amie. Je me redresse en entendant un coup frappé à ma porte ouverte.

«Hannah, dit Claudia d'une voix douce. Je peux entrer?»

Eh merde. Depuis la réunion de lundi, je l'évite comme la peste. «Bien sûr. J'allais justement partir.» Je replace le stylo-plume dans mon tiroir et j'entraperçois au passage la bourse en velours qui contient les pierres du Pardon. C'est comme si la bourse se trouvait au purgatoire et me suppliait de lui en faire quitter le tréfonds. Je la repousse aussi loin que possible dans un coin du tiroir, que je referme d'un claquement sec. Je passe devant Claudia et j'attrape mon sac à main dans le casier.

«Je veux que tu fasses l'émission avec Fiona Knowles, Hannah, toute seule. En solo.»

Je fais volte-face. «Quoi?

– Fais cette émission. Toute seule. J'ai la nette impression que j'ai marché sur tes plates-bandes. Je suis désolée. À New York, on jouait beaucoup plus en équipe.

– Ah oui? À New York, le milieu le plus compétitif du monde, on joue plus en équipe qu'ici? Tes excuses ressemblent à une insulte.

– Non! Je dis juste que je ne suis pas encore habituée au fonctionnement des choses, ici. J'ai bougé mes pions trop vite, de toute évidence.

– As-tu volé mon idée, Claudia? As-tu ouvert mes dossiers?

– Quoi?» Elle porte la main à sa gorge. «Non! Hannah, mon Dieu, non! Je ne ferais jamais une chose pareille.

– Parce que j'avais déjà rédigé une proposition d'émission avec Fiona comme invitée.»

Elle lève les yeux au ciel et grogne. «Oh, merde. Je suis vraiment navrée, Hannah. Non, honnêtement, je ne savais pas. Tu vois, il y a quelques semaines, le *Times-Picayune* a fait paraître un article sur Fiona. Je te le jure. Je te le montrerai, si tu veux.» Elle fait un geste du pouce vers le couloir, comme si elle s'apprêtait à me conduire jusqu'à son bureau.

Je me dégonfle. «Non, dis-je en me passant la main dans les cheveux. Je te crois.

– C'est comme ça que j'ai entendu parler de Fiona. Je voulais juste faire un petit reportage amusant pour les infos du matin. C'est Stuart qui a voulu l'inviter dans ton émission.

– Avec toi comme coprésentatrice. »

Elle baisse les yeux. « C'était une idée de Stuart, ça aussi. Je comprends totalement que tu sois vexée. Tu crois que j'essaie de te piquer ton poste. »

Je hausse les épaules. « Ça m'a traversé l'esprit, oui.

– Je te promets que non. » Elle se penche en avant et baisse la voix. « N'en parle à personne, mais Brian vient d'apprendre qu'il est transféré la saison prochaine. À Miami. Encore trois mois… six au maximum, et on se tire d'ici. »

Elle paraît fatiguée et je pense à ma mère, au manque de stabilité géographique et de contrôle quand on aime un athlète professionnel.

« Je suis désolée de l'apprendre. » Et je le pense vraiment. La honte me gifle de plein fouet. Au lieu d'accueillir Claudia comme je le fais habituellement avec mes nouveaux collègues, je l'ai considérée comme une menace depuis le premier jour. « On va faire l'émission ensemble, toi et moi, j'insiste.

– Non, hors de question. Fais-la. Tu es bien plus douée pour mener les interviews.

– Ne discute pas. On va la présenter à deux, comme prévu. »

Elle se mord la lèvre. « Tu es sûre ?

– Certaine. » Je lui attrape doucement le bras. « Et tu sais quoi ? Je veux aussi que tu sois sur le plateau à mes côtés pour l'émission avec Dorothy et Marilyn.

– Sérieux ?

– Sérieux.

– Oh, merci, Hannah. » Elle se jette à mon cou. « C'est au moment où je m'apprête à partir que je me sens enfin acceptée. »

Vendredi après-midi. Je secoue mon parapluie avant d'entrer dans l'Évangeline. Je prends garde à ne pas glisser avec mes escarpins mouillés sur le sol en marbre du hall d'entrée. Comme tous les jours quand je rentre du travail, je m'arrête devant la boîte aux lettres. Je parcours le courrier en me dirigeant vers l'ascenseur. Factures, pubs, relevés bancaires... Je m'arrête net quand je la vois. Une enveloppe blanche avec, dans le coin supérieur gauche, un logo constitué de deux M entrelacés. Merlot de la Mitaine. Je choisis l'escalier et je grimpe à toute vitesse les cinq étages, oubliant mes escarpins mouillés.

Sans prendre le temps de retirer mon manteau, j'ouvre l'enveloppe, vaguement consciente du sourire immense qui s'affiche sur mon visage.

Chère Hannah,

Eh bien, ça alors, vous savez cuisiner, j'en conviens. Vos gressins au romarin et à l'asiago ont eu un sacré succès. Les clients les ont dévorés et ils en ont redemandé. Comme prévu, je n'ai pas vendu autant de vin qu'avec les bâtons secs de farine que j'ai eu l'audace d'appeler gressins, mais bon, qu'est-ce qu'on s'en fout ! La vie est faite de compromis, pas vrai ?

Malheureusement, j'ai été obligé de dire à ces clients en manque de gressins que la cuisinière mystère refusait de divulguer son secret.

Ce que je ne leur ai pas dit, c'est qu'elle refusait aussi de divulguer son numéro de téléphone, son adresse mail et même son nom de famille. Telles sont les frustrations d'un vigneron célibataire dans le nord du Michigan.

Mais je me plais à croire que mon verre est à moitié plein.

Alors permettez-moi de vous dire à quel point j'ai été heureux de recevoir votre lettre. D'ailleurs, heureux n'exprime pas tout à fait mon émotion du moment. Disons plutôt que j'étais ravi, électrisé, enchanté, fou de joie, dingue, exalté... tout en même temps. (Non, je n'ai pas cherché ces synonymes dans le dictionnaire.)

J'éclate de rire et m'installe dans mon fauteuil préféré sans jamais quitter la lettre des yeux.

Le matin suivant votre départ, j'ai retrouvé ma carte de visite sous le banc où vous avez essayé les bottes Wellington. Si je m'en étais rendu compte plus tôt, j'aurais passé toute la nuit à côté du téléphone de mon bureau, dans l'espoir que vous fassiez exactement ce que vous avez fait : laisser un message sur la boîte vocale du domaine.

Au lieu de ça, je suis resté assis dans mon appartement à regarder mon portable toutes les trois minutes pour m'assurer qu'il fonctionnait correctement, et à me morfondre d'avoir été aussi idiot. Je n'aurais pas dû vous demander de rester. Croyez-moi quand je vous dis, une fois encore, que mes intentions étaient nobles – enfin, presque. Je voulais avant tout que vous soyez en sécurité. Je détestais l'idée de vous savoir sur la route par ce temps.

Et pour votre gouverne, je ne vous ai jamais prise pour une pique-assiette. Je ne vous aurais jamais laissée payer, même si vous l'aviez proposé. Ce billet de vingt dollars que vous m'avez envoyé sera crédité sur votre prochain repas à MM. Ou mieux encore, je vous inviterai à dîner. Et pour rendre la proposition plus alléchante dans l'espoir d'influencer votre décision, je suis même prêt à faire des folies et à rajouter encore vingt dollars.

La saison estivale débute officiellement avec le week-end de Memorial Day, fin mai. Nous lancerons les festivités avec un trio de jazz vendredi, et un magnifique groupe de blues samedi soir. On devrait passer un bon moment, alors faites un crochet par ici si vous êtes à nouveau dans le coin, au milieu de nulle part. Ou venez n'importe quand, la nuit ou le jour, sous la pluie, le soleil, la neige ou la grêle. Au cas où vous ne l'auriez pas compris, j'aimerais vous revoir.

Vous trouverez dans cette enveloppe une autre carte de visite avec mon numéro de portable et mon adresse mail. Ne la perdez pas, s'il vous plaît.

À la prochaine,

RJ

PS : Je vous ai dit que je cherchais à engager un cuistot au domaine ? Pensez-y. Le salaire et les avantages sont fantastiques.

Je relis la lettre trois fois avant de la replacer dans l'enveloppe que je glisse dans le tiroir de ma commode. Puis je m'approche du calendrier et je compte la période raisonnable à respecter avant de lui répondre.

17

Le café que j'ai bu plus tôt me perfore l'estomac. Je fais une pause à l'entrée du plateau et prononce une courte prière, comme à mon habitude. Aujourd'hui, par contre, je fais une requête toute particulière. *Que cette émission se déroule sans accroc. Que Dorothy trouve les paroles justes pour se repentir, et que Marilyn ait le cœur d'accepter ses excuses. Que nous fassions au mieux pour préparer la venue si capitale de Fiona demain.* Je me signe et me demande ce qui nous attend. La fin d'une amitié ? Dorothy va-t-elle dévoiler une vérité atroce qu'elle regrettera à jamais ? Une vérité que Marilyn ne pourra jamais lui pardonner ? *Mon Dieu, pardonne-moi,* j'ajoute en prévention.

Il faut que je me concentre. Michael a sans doute raison. Le «sacré épisode» de Dorothy n'est sûrement rien d'autre qu'une parole un peu méchante prononcée il y a une éternité. Mais alors comment va-t-on meubler une heure entière ? Il me faut des «émissions qui dépotent» d'après Priscille. Je masse un nœud dans mon épaule et me demande encore comment j'ai pu accepter une chose pareille.

Je jette un coup d'œil derrière le rideau à l'entrée du plateau. L'émission fait salle comble, aujourd'hui. Plus d'une centaine de personnes ont consacré leur matinée à l'*Hannah Farr Show* – sans parler des téléspectateurs derrière leur écran. Ils ont parcouru des kilomètres pour venir jusqu'ici et se divertir. Je me redresse et lisse ma jupe. Je vais leur donner ce qu'ils veulent. Au diable mes doutes. Au diable mon instinct.

J'entre sur le plateau en affichant un large sourire. « Merci », dis-je en faisant signe au public de se rasseoir. « Merci beaucoup. » La salle se calme et j'entame mon bavardage habituel avant l'émission, mon moment préféré de la journée. « Je suis ravie de vous voir tous ici, aujourd'hui. On va passer un excellent moment ensemble. » Je fais trois pas pour descendre au niveau du public, j'échange des poignées de main et j'enlace ceux qui sont à ma portée. J'arpente les allées des gradins sans cesser de parler, l'occasion idéale pour tisser des liens avec mes fans.

« Quelle magnifique assemblée. Eh bien, le public est presque exclusivement féminin, aujourd'hui. C'est si rare. » Je fais mine d'être stupéfaite, bien qu'en vérité les femmes composent mon audimat à 96 %. Mais ce matin, ma plaisanterie ne suscite pas les rires habituels. Mon inquiétude m'a déstabilisée. J'essaie d'oublier et je recommence.

« Je vois qu'on a un… » Je scrute le public autour de moi. « Deux… trois hommes dans le lot. Bienvenue. » Cette réplique récolte quelques applaudissements. Je passe le bras autour des épaules d'un homme au crâne dégarni vêtu d'une chemise à carreaux, et je lui tends le micro. « Je parie que votre femme vous a traîné ici, pas vrai ? » Il acquiesce, écarlate, et le public rit. Bien. Ils se réchauffent. Maintenant, si j'arrivais à me détendre, ce serait parfait.

Stuart me fait signe de terminer les présentations. «Oh, mince. Je crois qu'il faut que j'aille bosser.» Le public hue avec bonne humeur et je réapparais. Ben, le cameraman, affiche le compte à rebours avec ses doigts.

«Vous êtes prêts à commencer?» je demande au public.

Ils applaudissent.

Je porte une main à mon oreille. «Je ne vous entends pas!»

Les applaudissements augmentent.

Les doigts de Ben m'indiquent deux... un... Il pointe l'index vers moi – que le spectacle commence.

«Bienvenue dans l'*Hannah Farr Show*!» Au tonnerre d'applaudissements qui retentit, je souris. «Je suis ravie d'accueillir trois personnes incroyables aujourd'hui. La première nous vient tout droit de New York. Vous l'avez sans doute vue présenter les informations matinales, ou peut-être avez-vous lu son nom dans le *Times-Picayune*. C'est la jolie nouvelle recrue de la famille WNO, et elle a gentiment accepté de coprésenter l'émission d'aujourd'hui. Je vous demande d'accueillir avec moi Claudia Campbell.»

Claudia entre sur le plateau vêtue d'une courte robe rose et de sandales qui donnent à ses jambes une forme parfaite. Le public l'ovationne et je vois presque l'audimat grimper en flèche. Je lisse ma veste bleu marine. Pourquoi ai-je choisi ce tailleur mal coupé? Je baisse les yeux et repère une tache de café sur mon chemisier argenté. Oh, splendide. Je me suis bavée dessus.

Claudia me remercie avant d'expliquer le phénomène des pierres du Pardon. «Demain, vous rencontrerez la femme à l'origine des pierres du Pardon, Mme Fiona

Knowles. Mais aujourd'hui, Hannah et moi souhaitons vous présenter deux amies chères à nos cœurs.»

Hannah et moi ? Sérieusement ? Je ne savais pas que Dorothy et Marilyn étaient les amies de Claudia. Jade va jubiler. Mais je musèle la commère qui sommeille en moi. Claudia est la petite nouvelle et elle essaie juste de s'intégrer au groupe. Je peux le comprendre. Elle m'adresse un signe de la tête et je prends le relais.

« Tout ce que je sais au sujet du pardon, dis-je, je l'ai appris de mon amie, Dorothy Rousseau. Sa compassion me stupéfie. » J'évoque à quel point les pierres du Pardon font à présent fureur à la maison de retraite Garden Home. « Tout ceci grâce à Dorothy. Elle aurait pu se retirer du cercle. Elle aurait pu se contenter d'envoyer une pierre à quelqu'un et en rester là. Mais elle a envoyé des pierres aux quatre coins du monde, créant une série de magnifiques cercles d'amour et de pardon. » Je fais une pause théâtrale. « Dorothy Rousseau est une femme d'honneur, tout comme son amie d'enfance, Marilyn Armstrong. Elles se joignent à nous aujourd'hui pour nous parler du pouvoir de l'amitié. Je vous prie d'accueillir ces deux enfants de La Nouvelle-Orléans, Dorothy Rousseau et Marilyn Armstrong. »

La foule applaudit tandis que les deux femmes font leur entrée sur le plateau, bras dessus, bras dessous. Marilyn sourit et adresse un salut au public, sans se douter le moins du monde de ce qui l'attend. Je me tourne vers Dorothy, digne et calme dans son tailleur rose saumon de chez St John. Ses traits sont tirés, ses lèvres pincées. Disparue, la sérénité qu'elle affichait ces dernières semaines. Une fois encore, mon estomac se noue. Pourquoi n'ai-je pas empêché ceci ?

Les deux femmes s'installent dans le canapé en face de nous. Nous évoquons leur passé, ce que l'amitié signifie pour elles. Je veux qu'elles continuent à parler des bons moments, des souvenirs heureux, mais, dans la cabine de contrôle, je vois Stuart agiter l'index – un geste qui m'indique d'enchaîner.

Je scrute les yeux pâles de Marilyn derrière ses lunettes à monture métallique. A-t-elle toujours eu cet air confiant et innocent, ou est-ce juste aujourd'hui ? Mon cœur se serre. Je ne veux pas faire ça. Je devrais tout arrêter, maintenant ! Mais je prends une profonde inspiration.

« Marilyn, Dorothy voudrait partager quelque chose avec toi. J'étais réticente mais elle a insisté pour le faire en direct sur ce plateau.

– Je veux te présenter mes excuses », déclare Dorothy.

Le tremblement de sa voix s'accorde avec les battements sourds dans ma poitrine, notre duo musical féminin. Ne fais pas ça, ne fais pas ça, je répète en silence. À cet instant, je me fous bien que l'émission – et mon boulot par la même occasion – dépende de cette histoire.

Elle hoche la tête et se lance enfin. « J'ai fait une chose qui me désole et me désolera à jamais. » Elle tâtonne jusqu'à trouver la main de Marilyn. « Voilà plus de soixante ans que je regrette cet acte. Mais je n'ai jamais eu le cran de t'en parler. »

Marilyn agite la main pour la faire taire. « Pff. C'est ridicule. Tu es une amie merveilleuse – une sœur, même.

– J'espère que tu le penses vraiment, Marilyn. »

Elle emploie le prénom complet de son amie, je sais ainsi qu'elle s'apprête à faire une révélation grave. Marilyn le devine aussi, je le vois. Elle rit mais son pied s'agite continuellement. « Enfin, Dottie… On a traversé ensemble des ouragans, des fausses couches, des naissances et des décès. Rien de ce que tu pourras dire ne changera jamais cela.

– Peut-être que si.» Dorothy tourne vers Marilyn son regard aveugle, la dégénérescence maculaire donne l'impression que ses yeux ne regardent pas tout à fait droit. Quelque chose dans ce regard perdu trahit une solitude, un chagrin et un regret qui me serrent la gorge.

«Vois-tu, poursuit-elle, j'ai commis une erreur. Une erreur désastreuse. Tu avais dix-sept ans, tu étais terrifiée à l'idée d'être enceinte. J'ai proposé de t'aider.» Elle se tourne vers le public. «J'ai pensé qu'elle se trompait peut-être, qu'elle s'inquiétait sans raison. "Doucement, lui ai-je dit. Tu n'es même pas sûre d'être enceinte. Avançons étape par étape. Apporte-moi un échantillon d'urine demain, je le donnerai à papa et il fera un test de grossesse. Ce n'est peut-être qu'une fausse alerte."»

J'ai la chair de poule. Je n'avais encore jamais entendu cette partie de l'histoire. «Dorothy, dis-je. Et si je te laissais raconter la fin de cette histoire en coulisses?

– Non merci, Hannah.

– Le père de Dottie était obstétricien, explique Marilyn aux téléspectateurs. Le meilleur de la ville.»

Dorothy serre la main de son amie et continue. «Le lendemain, Marilyn m'a apporté un petit pot Gerber rempli d'urine. Comme promis, j'ai donné l'échantillon à mon père. Deux jours plus tard, devant le casier de Marilyn, je lui ai appris la mauvaise nouvelle. "Tu attends un bébé."»

Marilyn acquiesce. «Et je vous en ai toujours été reconnaissante.» Elle me regarde. «J'étais mineure. Je ne pouvais pas aller chez mon médecin de famille sans un parent. À l'époque, les tests de grossesse n'étaient pas fiables. Ce n'était pas la nouvelle que j'avais envie d'entendre mais mieux vaut connaître les faits que de dépendre de ses intuitions.»

Dorothy se raidit. «Sauf que, vois-tu, j'ai choisi de ne pas te donner les véritables faits. Tu n'étais pas enceinte, Mari.»

Je porte une main à ma gorge et j'entends Marilyn étouffer un cri. Des murmures s'élèvent dans le public.

«Mais si, insiste Marilyn. Bien sûr que si. J'ai fait une fausse couche trois jours après les funérailles de mon père.

– Tu as eu tes règles. Mon père a juste suggéré un lavement au vinaigre et à l'eau. Pas besoin d'un curetage. C'est ce que je t'ai dit à l'époque.»

Le public est ébranlé, je vois des gens secouer la tête, se tourner vers leurs voisins, la main devant la bouche.

Le menton de Marilyn se met à trembler. «Non. C'est impossible. J'ai avoué ma grossesse à mon père. Ça l'a tué. Tu le sais bien.»

Dans la foule, le public retient son souffle.

Dorothy se redresse dans le canapé, l'archétype de la dignité, à l'exception des larmes qui dégoulinent sur ses joues ridées. Je me lève d'un bond et fais signe à Ben de couper la caméra, de passer une page de pub. Il lève la tête vers la cabine de contrôle où Stuart agite le doigt et lui fait signe de continuer à filmer. Je lui décoche un regard méchant qu'il ignore.

«Quand mon père m'a appris que tu n'étais pas enceinte, j'ai pris la décision de te faire peur pendant encore un jour ou deux. J'ai honnêtement pensé que c'était pour ton bien. J'estimais que ce gars que tu fréquentais avait une mauvaise influence sur toi. Je voulais te donner une leçon. Tu n'en parlerais jamais à tes parents avant le week-end.

– Mon père est mort. Il est mort ! Et toi… s'écrie Marilyn en pointant le doigt sur Dorothy avec tant de force qu'elle parvient certainement à le sentir. Et toi, tu m'as laissée vivre avec cette culpabilité pendant soixante-deux ans ? Je… Je n'arrive pas à croire que…»

Elle s'interrompt, hoche la tête. Quand elle reprend la parole, sa voix n'est plus qu'un murmure à peine audible. «Comment as-tu pu être aussi cruelle ?»

Les gens hurlent et huent comme dans une mauvaise émission de Jerry Springer.

Dorothy se cache le visage entre ses mains. «J'ai eu tort. Je suis si désolée. J'ignorais que les choses tourneraient aussi mal.

– Et vous avez entretenu ce mensonge pendant toutes ces années ?» demande doucement Claudia.

Dorothy acquiesce, le brouhaha du public noie presque sa réponse. «Je comptais te l'avouer, Mari. Vraiment. Je pensais qu'il valait mieux attendre après les funérailles de ton père.»

Marilyn sanglote, Claudia lui tend une boîte de mouchoirs.

«Et puis… et puis c'était trop tard. Le temps a passé. J'avais trop peur. Je ne pouvais pas supporter l'idée de perdre ton amitié.

– Mais c'était une amitié basée sur un mensonge», rétorque Marilyn d'une voix faible. Elle se lève, regarde autour d'elle d'un air hébété. «Faites-moi sortir d'ici.»

Quelqu'un applaudit, et bientôt le public tout entier acclame Marilyn. Ou, en d'autres termes, tout le monde s'est ligué contre Dorothy.

« Mari, je t'en prie, dit Dorothy qui parcourt la salle de ses yeux aveugles. Ne t'en va pas. Il faut que nous parlions de tout ceci.

— Je n'ai plus rien à te dire. » Les talons de Mari cliquètent sur le sol tandis qu'elle quitte le plateau.

Dorothy plaque sa main sur sa bouche et laisse échapper un gémissement guttural, primitif et puissant. Elle se hisse sur ses pieds et cherche la sortie à tâtons. Elle se dirige vers la voix de son amie, sûrement dans l'espoir que, en se rapprochant d'elle, elle obtiendra son pardon.

Mais Marilyn est partie. Disparue aussi, leur amitié de toujours. Tout ceci à cause d'une simple demande de pardon sincère.

Michael a raison. Il y a des secrets qu'il est préférable de garder au fond de soi.

18

J e n'attends pas la fin de l'émission ni la pause
publicitaire. Je m'élance derrière Dorothy, je
l'attrape par la main et l'entraîne hors du plateau. Derrière
moi, j'entends la voix de Claudia qui essaie de rétablir
l'ordre dans le chaos. Elle va devoir improviser pendant
au moins dix minutes. Sur l'instant, je me contrefous de
mon émission.

«Tout va bien, dis-je à Dorothy. Tout ira bien.» Je la
guide avec douceur jusqu'à ma loge où je l'installe dans
le canapé. «Assieds-toi ici. Je reviens tout de suite. Il faut
que je retrouve Marilyn.»

Je me rue dans le couloir et j'arrive dans le hall juste à
temps pour voir Marilyn pousser les portes vitrées.

«Marilyn! Attends!»

Elle m'ignore et se dirige droit vers un taxi. Je m'élance
à sa poursuite.

«Je suis désolée de ce qui vient de se produire, dis-je
en trottinant derrière elle. Pour tout. Je ne savais pas.»

Marilyn se tourne vers moi avant de monter dans le
taxi. Des larmes perlent sur ses cils fins mais ses yeux
sont plissés et dégagent une férocité dont je ne la croyais
pas capable.

«Comment as-tu pu me faire ça?»

Je recule d'un pas, ses paroles, son accusation me font perdre l'équilibre.

Le chauffeur ouvre la portière arrière et Marilyn monte. Je regarde le taxi s'éloigner et prendre de la vitesse. Je me plie en deux, envahie par la honte. Je me pose exactement la même question, pour tant de choses, pour tant de raisons : comment ai-je pu?

Je suis en larmes lorsque je reviens dans la loge. Je referme la porte et découvre Dorothy toujours assise dans le canapé, le regard rivé au mur, dans la position exacte où je l'ai laissée. À mon grand étonnement, elle ne pleure pas. Je m'installe à côté d'elle et lui prends la main.

«Ça va? je lui demande en caressant sa peau douce. Je n'aurais jamais dû te laisser faire ça en direct. Je savais que c'était risqué. Je t'ai permis de...

– Sottises.» Sa voix est calme et monocorde. «Ça s'appelle la justice. Je mérite la colère de Mari. Et ces huées du public, et celles qui m'attendent quand la rumeur se répandra parmi nos amis. C'est exactement ce que je mérite. Un traitement plus tendre serait injuste.

– Comment peux-tu dire une chose pareille? Tu es quelqu'un de bien, Dorothy. La meilleure personne que je connaisse. Ce que tu as fait pendant ton adolescence n'était pas cruel. C'était une erreur, bien sûr – une grave erreur –, mais tu avais de bonnes intentions. Marilyn va finir par s'en rendre compte.»

Elle me tapote la main comme si j'étais une enfant naïve. «Oh, ma chérie, tu ne comprends pas... Ce n'est pas le mensonge qui nous détruit. Ce sont les efforts qu'on fait pour le dissimuler.»

Mon sang tambourine contre mes tempes. Elle a raison. Elle a absolument raison. Si quelqu'un connaît les conséquences d'une vérité dissimulée, c'est bien moi.

Dorothy paraît étrangement tranquille quand nous arrivons chez elle à Garden Home. Je l'installe dans la véranda avec son livre audio.

« Veux-tu que j'aille chercher ton téléphone ? Tu vas sûrement vouloir appeler Marilyn. »

Elle fait non de la tête. « Trop tôt. »

Quelle leçon de sagesse et de patience. À sa place, je n'aurais pas pu m'empêcher de harceler Marilyn, d'implorer son pardon. Dorothy a l'air de savoir que son amie a besoin de temps pour guérir. Ou peut-être que c'est Dorothy qui a besoin de temps pour guérir des blessures qu'elle s'est infligée à elle-même. Si seulement je l'en avais empêchée.

À l'instant où je m'apprête à partir, Patrick Sullivan l'aborde.

« J'ai regardé l'émission », lui dit-il.

Dorothy se détourne de lui. « Oh, Paddy. Maintenant, tu sais pourquoi je ne t'ai pas couru après quand tu m'as quittée. J'ai toujours pensé que je ne te méritais pas. »

Il grimpe sur l'accoudoir du fauteuil et lui prend les mains. « On ne naît pas audacieux. On le devient. »

De là où je me tiens, en périphérie de la véranda, j'observe M. Sullivan se pencher et embrasser Dorothy sur le front. « Tu es une nana audacieuse, Dort. Je t'aime pour ça ! »

Elle grogne. « Comment peux-tu dire ça, sachant ce que j'ai fait ?

207

– Les excuses n'effacent jamais les mensonges. C'est comme si on les rayait, plutôt. On a toujours conscience que l'erreur est là, juste sous la ligne noire qu'on a tracée. Et si on la cherche bien, on peut encore la lire. Mais au fil du temps, nos yeux finissent par regarder au-delà de l'erreur, on ne voit plus que le nouveau message, bien plus clair, rédigé avec beaucoup plus d'attention. »

Une heure plus tard, je marche d'un bon pas sur le trottoir en direction du studio de WNO et je surprends Stuart à m'épier depuis la fenêtre de son bureau au premier étage, se demandant sans doute où j'étais. Que croyait-il, que j'allais laisser Dorothy se débrouiller seule, que je lui montrerais la direction de l'est en pensant qu'elle retrouverait seule le chemin de sa maison, après ce qu'elle venait de traverser ? Je fulmine.

Mais ma colère est malavisée. Ce n'est pas la faute de Stuart si j'ai tout fait foirer aujourd'hui. Je suis l'unique responsable de la destruction de l'amitié entre Dorothy et Marilyn. J'aurais dû insister afin qu'on annule l'émission. Pourquoi n'ai-je pas fait confiance à mon instinct ? Je me retrouve invariablement dans le pétrin quand je ne l'écoute pas.

Enfin, je n'en sais rien. Ai-je eu raison de faire confiance à mon instinct, pendant l'été 1993 ?

J'écarte les souvenirs de ma mère et je me précipite dans le couloir jusqu'à ma loge. Je n'ai pas le luxe de me complaire dans les hypothèses, aujourd'hui. Demain, nous accueillons Fiona Knowles.

Je m'installe au fauteuil et Jade décolle les faux cils de mon œil gauche. Elle s'est mise à utiliser ce genre de postiches le mois dernier, quand elle a remarqué que mes vrais cils commençaient à tomber. Encore un indice qui prouve que je ne suis pas celle que je prétends être. Je ne suis pas faite d'un bois brut, je suis en contreplaqué.

À l'autre bout de la pièce, Claudia est assise avec un carnet et un stylo, elle prend des notes tandis que j'explique le déroulé de l'émission du lendemain.

« Je vais résumer l'épisode à venir sur les pierres du Pardon, puis on fera tout de suite une pause publicitaire. Quand on reviendra à l'antenne, je présenterai Fiona. Toi et moi, on sera assises en face d'elle. Là, tu prendras le relais avec l'interview. Un peu le contraire de ce qu'on a fait aujourd'hui. »

Dans le reflet, Jade me jette un regard d'avertissement.

« Tu es sûre ? demande Claudia. Je peux rester assise sans rien dire, et n'offrir que des remarques ponctuelles.

– Alors ça, c'est une bonne idée », réplique Jade en plongeant le doigt dans un pot de crème. Elle est encore convaincue que Claudia court après mon boulot. Mais je n'y crois pas une seconde. Depuis que nous avons discuté à cœur ouvert la semaine dernière, Claudia s'est montrée plus douce qu'un agneau. Elle est tout à fait disposée à me laisser mener l'interview dans l'émission des pierres du Pardon, mais, à vrai dire, je suis soulagée de ne pas être obligée de parler des pierres. Surtout que j'en suis la destinataire et que je n'ai pas encore complété le cercle.

« Non, dis-je, le regard rivé à celui de Jade dans le miroir. C'est toi qui connais Fiona. Ce sera ton interview.

– Toc toc », lance Stuart en entrant dans la pièce, un bloc-notes à la main. « Super émission, Farr. Ces deux dames ont fait un carton. »

Je le dévisage, certaine qu'il est sarcastique. Je suis sidérée en comprenant qu'il est sérieux. « Stuart, l'émission a été un vrai désastre. Une amitié de toujours vient d'être mise en pièces.»

Il hausse les épaules. «Pas d'après les critères importants, non. Kelsey affirme qu'on a eu une légère hausse sur les réseaux sociaux. Des tweets, surtout, et quelques centaines de likes sur Facebook.» Il me tend le bloc-notes. «Il me faut ta signature à plusieurs endroits.»

Je lui arrache les feuilles des mains. Cet homme n'a aucune conscience. Il se contrefout de Dorothy, de Marilyn, et même de moi.

Il tapote sa poche de chemise. «Merde. T'as un stylo?

— Dans le tiroir du haut, lui dis-je en montrant mon bureau. Le Caran d'Ache, s'il te plaît.

— Toi et ton foutu stylo.» Il fouille dans le tiroir. «Tu pourrais pas te contenter d'un simple stylo-bille?» Il jette un tube de baume à lèvres sur le bureau. «Il est où, Farr?»

Heureusement, Claudia se lève pour l'aider. J'ai fermé les yeux tandis que Jade décroche l'autre cil. «Crois-moi, je ne dépenserais jamais autant pour un stylo, dis-je à Stuart. C'est Michael qui m'en a fait la surprise quand on a obtenu la deuxième place aux...

— Pu-tain de mer-de!»

J'ouvre les yeux. Dans le reflet du miroir, je vois Claudia et Stuart penchés au-dessus du tiroir ouvert. Dans la main de Claudia, j'aperçois la bourse en velours. Les pierres du Pardon.

«Oh, putain, je m'écrie avant de plaquer la main sur ma bouche.

— Nom de Dieu, Farr, tu as reçu des pierres!»

Je me lève d'un bond mais Stuart s'est déjà emparé de la petite bourse.

«Juste à temps pour l'émission de demain! s'extasie-t-il en la brandissant.

— Rends-moi ça, Stuart.

— Qu'est-ce que tu as fait, Farr? Quel secret honteux crains-tu d'exposer au grand jour? Parce que tout, à l'exception d'un meurtre peut-être, serait matière à une nouvelle émission spectaculaire.

— Je n'ai rien fait de mal. C'est pour ça que je n'ai pas continué le cercle. Je n'ai rien à me faire pardonner.»

Alors que je prononce ces mots, mon visage vire au rouge. Je ne lui raconterai jamais mon secret. Et même si je voulais le faire, Michael me l'a interdit.

«Allez, descends de ton piédestal, Farr. Crache la vérité.

— Laisse tomber. Ces pierres ne sont pas à moi.

— Tu as trompé Michael?

— Non! Mon Dieu, non!

— C'est toi qui as rayé la BMW de Priscille.»

Je lui décoche un regard noir. «Mais bien sûr.

— C'est un secret de famille, pas vrai?»

J'ouvre la bouche pour protester mais aucun son ne sort.

Il m'adresse un regard victorieux. «Bingo!»

Je lui arrache la bourse des mains. «Écoute, je me suis disputée avec ma mère il y a des années de ça. C'est moche, c'est terrible et je refuse d'en parler.

— Michael est au courant?

— Bien sûr que oui, dis-je, ulcérée par son audace sans-gêne. Je ne le ferai pas, Stuart. Je ne sacrifierai pas ma vie privée au nom de l'audimat. Mon passé ne sera pas sacrifié sur l'autel de la consommation de masse. Point. Final.»

Il me reprend la bourse. «C'est ce qu'on va voir.»

19

J e cours presque pour rattraper Stuart, je le
supplie de me rendre la bourse. Il m'ignore
et se précipite dans le bureau de Priscille.

Elle est assise derrière son bureau en noyer où elle
rédige un mail tout en parlant au téléphone. J'ai la tête
qui tourne. Oh, mon Dieu. Je vais m'évanouir dans le
bureau de ma chef.

« Tu ne vas jamais le croire, lance Stuart en agitant la
bourse devant Priscille.

– Excuse-moi, Thomas, je peux te rappeler ? »
Elle raccroche et s'adresse d'un ton coupant à Stuart :
« Qu'est-ce qu'il y a ?

– Hannah a reçu les pierres. Elle a vécu une tragédie
familiale ou une histoire avec sa mère. Ça ne pouvait pas
mieux tomber. »

Un sourire vient adoucir le visage de Priscille. « Je ne
te le fais pas dire.

– Le voilà, le moment personnel et intime qu'on attendait depuis longtemps !

– Ça suffit. Vous ne m'écoutez pas, tous les deux. Je
refuse d'en parler sur le plateau. C'est une affaire privée.

Vous n'avez pas vu ce qui vient de se passer avec mes amies ?»

Il m'ignore. «Ce sera super pour notre taux d'audimat. Tu l'as avoué toi-même, Priscille, l'un des plus gros défauts d'Hannah, c'est qu'elle ne s'ouvre pas aux autres.»

J'en reste bouche bée. Elle a vraiment dit une chose pareille ? Je suis un peu réservée, certes, mais personne n'oserait dire que je suis distante.

«Tu es distante, Hannah, annonce Priscille. Sois honnête. Tu es comme une boîte verrouillée, un bourgeon qui refuse de fleurir.

– Plus coincée qu'une nonne», ajoute Stuart.

Je lui décoche un regard mauvais mais Priscille ne semble pas le remarquer. Elle contourne son bureau et fait les cent pas en tapotant son stylo contre la paume de sa main. «Vous vous souvenez quand Oprah Winfrey est arrivée sur le plateau de son émission en poussant un chariot plein de graisse ? Quand Katie Couric a fait sa coloscopie en direct ? Les célébrités qui se livrent ouvertement attirent les gens. Pourquoi ? Parce qu'elles sont courageuses, elles sont vulnérables.» Elle s'arrête et se tourne vers moi. «Et la vulnérabilité, ma chère, c'est l'ingrédient magique qui fait la différence entre ceux qu'on apprécie et ceux qu'on adule.»

Stuart acquiesce. «Tout à fait. Parle de ta mère, de votre dispute ou je ne sais quoi. Raconte aux téléspectateurs à quel point ça t'a blessée. Laisse couler quelques larmes. Montre-leur que c'était libérateur quand tu as enfin accepté de lui pardonner.»

Mais je ne lui ai rien pardonné. D'ailleurs, je ne suis même plus sûre qu'elle ait quelque chose à se faire pardonner. Et je ne vais pas exhumer le passé pour m'en assurer, ni pour mon public de La Nouvelle-Orléans, ni pour WCHI, ni pour aucune autre chaîne de télé. Michael a raison. Mon secret de famille restera enfoui. La révélation de Dorothy me l'a fait comprendre plus clairement que jamais.

Priscille saisit un papier. « Ils vont vouloir savoir ce que tu as fait de l'autre pierre. Tu as une bonne histoire à raconter ? »

Je me sens comme une piñata qu'on frappe à coups de bâton et qu'on cherche à faire éclater. Mes entrailles vont se répandre au sol. Et au lieu des bonbons habituels qu'on trouve dans la sculpture en papier mâché, le monde découvrira les horreurs pestilentielles que j'y cache depuis longtemps.

Je me prends la tête. « S'il vous plaît ! Je ne peux pas faire ça ! » Je regarde Stuart et Priscille tour à tour. « Je refuse. Je suis effectivement quelqu'un de réservé. Vous avez raison. Et c'est hors de question que je lave mon linge sale devant des milliers de téléspectateurs. Ce n'est pas mon genre. Et même si ça l'était, je sors avec le maire de la ville, ne l'oubliez pas. »

Stuart se lance dans une tirade de trois minutes sur l'importance de se blinder et d'accepter de prendre un coup pour l'équipe, quand Priscille pose enfin la main sur son bras. « Laisse tomber, Stuart. On ne peut pas obliger Hannah à être la femme qu'elle n'est pas. » Sa voix est soudain douce, d'un calme désarçonnant. Elle retourne à son fauteuil derrière le bureau et tapote l'écran de son ordinateur, un geste qui met un terme à la conversation.

Je veux lui expliquer, lui dire que je suis prête à faire n'importe quoi, n'importe quoi, sauf parler de mon passé.

Mais elle ne comprendrait évidemment pas pourquoi, à moins que je lui explique clairement mes raisons.

Je tourne les talons pour sortir quand Priscille m'assène le coup de grâce. « Claudia présente l'émission avec toi demain, c'est bien ça ? »

Je claque la porte de ma loge. « C'était une menace ! » Près du lavabo, Jade rince ses brosses de maquillage. « Priscille et Stuart se foutent totalement de ma vie privée. Ils sont obsédés par l'audimat. »

Jade fait un geste du menton vers l'autre bout de la pièce, m'indiquant que nous ne sommes pas seules. Je me tourne et découvre Claudia, assise sur le canapé où elle attend que nous terminions la préparation de notre prochaine émission. Je suis si furieuse, peu m'importe qu'elle entende mes protestations.

« Ils disent que je suis distante. Tu y crois, toi ? »

Jade coupe le robinet et attrape une serviette.

« Hannabelle, ça remonte à quand, la dernière fois que tu as répondu à une question personnelle posée par un téléspectateur ? Ou que tu as laissé quelqu'un, à part moi, te voir sans maquillage ? »

Je me touche la joue. « Ah ouais ? Eh bien j'aime être présentable. C'est quoi le problème ?

– Le maquillage est ton bouclier. Pour un personnage public, tu es plutôt secrète. Je dis ça comme ça. » Elle me tapote l'épaule et tend le bras pour attraper son sac. « Je vais déjeuner. Tu veux quelque chose ? »

Oui ! Un sandwich po'boy aux huîtres frites et une part de tarte aux noix de pécan et à la praline. « Non merci.

– Ne sois pas sage », me salue-t-elle avant de fermer la porte derrière elle.

Je m'empoigne les cheveux et grogne. «Qu'est-ce que je vais faire? J'ai vraiment besoin de mon boulot.» Je frissonne en sentant qu'on me touche le bras. C'est Claudia. «Oh, tiens, tu es là.» Je me redresse et replace mes cheveux derrière mes oreilles.

«Je suis vraiment désolée, Hannah. Je ne sais pas quoi dire. J'ai l'impression que tout est de ma faute, c'est moi qui ai suggéré d'inviter Fiona Knowles. Je suis tellement bête! Quand j'ai sorti la bourse de ton tiroir, je n'ai même pas tilté. J'ignorais qu'elle contenait les pierres.»

Je la dévisage, ses joues roses, ses yeux bleus, immenses et innocents. Sous l'épaisse couche de fond de teint, je repère une petite cicatrice sur son menton. A-t-elle eu un accident pendant son enfance? Est-elle tombée de vélo, ou peut-être d'un arbre? Elle la touche de son doigt impeccablement manucuré et je détourne les yeux, gênée d'être surprise à la scruter ainsi.

«Elle est ignoble, je sais. C'est mon appareil dentaire qui m'a blessée. L'orthodontiste m'a fait porter un appareil de contention en métal et en plastique autour de mon visage. Au bout d'un mois, il s'est rendu compte qu'il était trop serré. Mais les dégâts étaient déjà faits. Irréversibles. Ma mère était verte. C'est à ce moment qu'elle a arrêté de m'inscrire aux concours de beauté.» Elle lâche un petit rire sec. «D'ailleurs, j'étais bien soulagée.»

Claudia était donc une enfant des podiums – le rêve de sa mère, d'être reine de beauté, pas le sien. «Elle ne se voit presque pas, dis-je. Tu es magnifique.»

Mais ses doigts dissimulent toujours la minuscule cicatrice. Mon cœur se gonfle d'affection. Malgré ses cheveux parfaitement lissés et son bronzage artificiel impeccable, Claudia me paraît soudain bien réelle. Une femme avec des cicatrices et un sentiment d'insécurité. Une femme à qui je peux m'identifier. C'est donc cela que Priscille cherchait à me dire quand elle parlait de vulnérabilité ? Je la prends par le bras et l'entraîne jusqu'au canapé. « Rien de tout ceci n'est de ta faute, Claudia. C'est ces pierres à la con. Peut-être que Jade a raison. » Je laisse échapper un long soupir. « J'ai peur. Je ne peux pas parler de ces pierres. Parce que si les gens savaient qui je suis vraiment, ils seraient horrifiés. » Je jette la bourse en velours dans la poubelle en métal où elle atterrit avec un bruit sourd. « Les foutues pierres de Fiona sont censées nous aider à assumer notre laideur. Au lieu de ça, je me sens obligée de me cacher encore plus qu'avant. »

Claudia effleure à nouveau sa cicatrice et je me demande si elle a compris que je parlais au sens figuré. « Si pardonner était si facile, murmure-t-elle, on dormirait tous comme des bébés.

– Ouais, eh bien même si je voulais demander pardon, on me l'a interdit. Mon histoire est si minable que mon compagnon craint qu'elle gâche ma réputation – et la sienne, par la même occasion.

– C'est moche. Crois-moi, je te comprends. Honnêtement. J'ai fait un truc vraiment salaud à ma meilleure amie. Jusqu'à aujourd'hui, je n'en ai jamais parlé à personne, même pas à elle. Alors n'aie pas mauvaise conscience. Je ne pourrais jamais raconter mes secrets en direct à la télé, moi non plus. »

Je la dévisage. « Merci. Vraiment. Parfois, j'ai l'impression d'être la pire femme sur terre, et que personne n'a pu commettre une faute aussi monstrueuse que la mienne.

– Non, répond Claudia. On est dans le même bateau, ma cocotte. » Elle prend une profonde inspiration et ferme les yeux, comme si le souvenir était encore douloureux. «C'était il y a trois ans. Lacey – ma meilleure amie – allait se marier. On est parties à quatre filles, pour un dernier voyage entre célibataires, au Mexique. Le premier jour, Lacey a rencontré un type au bord de la piscine, Henry du Delaware. C'est comme ça qu'on l'avait surnommé – Henry du Delaware. Il était adorable. Enfin, bref, elle a craqué pour lui.

– Mais elle était fiancée.

– Exactement.» Claudia se repositionne sur le canapé et me fait face. «J'ai cru que c'était un de ces flirts de vacances, tu vois, genre, quand tu es loin de chez toi, tous les gens que tu rencontres sont soudain hyper intéressants. On est restées à Cancun quatre jours, Henry et elle ont passé deux jours entiers ensemble. J'étais furieuse. Lacey se mariait enfin, c'est ce qu'elle avait toujours voulu. Mark, son fiancé, était un gars solide, il l'adorait. Et voilà qu'elle risquait tout avec ce foutu Henry du Delaware – un gars qu'elle connaissait à peine. J'aime à penser que je protégeais Lacey, mais qui sait… J'étais peut-être jalouse. La veille de notre départ, Lacey m'a avoué qu'elle doutait de ses sentiments envers Mark.»

Elle se penche vers moi.

«Hannah, je te le dis franchement, Lacey avait le chic pour prendre les mauvaises décisions. Il fallait que je l'aide.»

Elle marque une pause, comme si elle cherchait le courage de terminer son histoire. Je retiens mon souffle en espérant qu'elle me racontera la fin.

«C'était une nuit chaude, nous étions entassés dans un bar bondé, le Yesterdays. Lacey et nos deux autres amies dansaient sur la piste. J'étais au bar avec Henry du Delaware. Il était charmant. Je comprenais pourquoi Lacey était attirée. Il était vraiment accro, je le voyais bien. Et bien sûr, je savais qu'elle l'appréciait, elle aussi, à tel point qu'elle était prête à jeter sa vie aux orties pour lui. C'était un désastre. Je ne pouvais pas la laisser tout foutre en l'air avec Mark. Il fallait que j'agisse pour éviter la catastrophe, tu vois ?

– Et tu l'as fait, dis-je en me demandant si elle entend l'intonation de ma réplique, un tiers affirmative, deux tiers interrogative.

– Je lui ai avoué la vérité. Je lui ai parlé de ses fiançailles, ce que Lacey m'avait fait promettre de ne pas évoquer. Je lui ai expliqué à quel point Mark était un type bien, que Lacey l'adorait, qu'ils avaient invité plus de quatre cents personnes à leur mariage. J'ai même sorti mon téléphone pour lui montrer des photos de Lacey lors de ses essayages de robe. Il était anéanti, je le voyais bien. J'en avais sûrement bien assez dit mais, pour être sûre de mon coup, j'en ai rajouté une couche. J'ai menti, je lui ai expliqué que Lacey était venue au Mexique avec une mission. Elle nous avait parié qu'elle arriverait à séduire un homme une dernière fois. Il n'était qu'un stimulant d'ego pour elle, une simple conquête, rien d'autre.»

Je porte la main à ma bouche.

«Je sais… Le visage d'Henry… Je n'oublierai jamais son expression. C'était l'image même d'un cœur brisé, je n'avais jamais vu ça.

– Et qu'est-ce qui s'est passé ?

– Il voulait en discuter avec Lacey face à face mais je l'en ai dissuadé. Elle se contenterait de nier en bloc, lui ai-je affirmé. La meilleure vengeance, c'était de partir sans lui donner la moindre raison.

– C'est ce qu'il a fait ?

– Ouais. Il a laissé un billet de vingt dollars sur le comptoir et il est parti.

– Ils ne se sont jamais dit au revoir ?

– Non. On était à l'étranger, personne n'utilisait son portable. Quand elle est enfin revenue de la piste de danse, je lui ai dit que j'avais vu Henry draguer une fille au comptoir. Elle était effondrée. Je pensais vraiment avoir fait ce qu'il fallait. Lacey était déçue, bien sûr, mais, au bout d'un ou deux jours, elle s'en remettrait. Elle avait Mark, après tout. Je lui assurais – et j'essayais de m'en convaincre aussi – que c'était pour le mieux. Je la sauvais. Mais elle a pleuré pendant tout le trajet du retour chez nous. Je crois qu'elle était vraiment amoureuse de ce type.

– Alors qu'as-tu fait ?

– C'était déjà trop tard. Même si je l'avais voulu, je n'aurais eu aucun moyen de contacter Henry. J'ai gardé le secret. Je n'en ai jamais parlé à personne, jusqu'à présent. »

Ses yeux sont tristes mais elle me sourit. Je lui caresse le bras, mon cœur se serre.

« Elle a épousé Mark ?

– Oui. Ça a duré seize mois. Encore aujourd'hui, je suis certaine qu'elle en pince pour Henry. »

Pauvre Claudia. Quel fardeau. Je l'attire contre moi.

« Hé, tu avais d'excellentes intentions. On commet tous des erreurs. »

Elle se cache le visage entre les mains et hoche la tête.

« Pas aussi horribles que la mienne. Pas des erreurs qui peuvent gâcher des vies. »

Ce n'est pas le mensonge. Ce n'est jamais le mensonge. Ce sont les efforts qu'on fait pour le dissimuler. Je me redresse.

« Alors retrouve-le, cet Henry ! Je t'aiderai. » Je me lève

d'un bond et m'approche du bureau. «On est journalistes, après tout. On va lancer une recherche pour tous les Henry du Delaware entre vingt et trente ans.» J'attrape un carnet et un stylo. «On va poster ça sur Facebook, sur Instagram. Tu as des photos, non? On va le retrouver. Lacey et Henry du Delaware se marieront et auront beaucoup d'enfants...»

Elle regarde ses ongles, gagnée par l'ennui, la nervosité ou la peur, je ne saurais le dire. Mais je poursuis. «Ne t'inquiète pas, Claudia. Ce n'est pas trop tard. Et imagine à quel point tu seras soulagée quand ton secret sera révélé au grand jour.» Alors même que je prononce ces paroles, je me demande si je m'adresse à elle ou à moi-même.

Elle finit par acquiescer. «D'accord. Laisse-moi y réfléchir un peu, tu veux bien?»

Et voilà. Claudia Campbell est exactement comme moi. Elle a enfoui ses démons derrière une trappe au fond de son âme, elle aussi. Et comme moi, elle est terrifiée à l'idée de ce qui pourrait se passer si cette trappe venait à s'ouvrir.

Ce sont peut-être les larmes de Claudia. Ou sa cicatrice, ou la voix de Priscille qui m'accuse d'être distante. Ou bien est-ce juste un instant de faiblesse. Tout ce que je sais, c'est que, pour une raison qui m'échappe, je choisis cette personne, cet instant, pour ouvrir la trappe de mon âme.

«Attends donc d'apprendre ce que j'ai fait, moi.»

20

C'est arrivé en juillet, sur un coup de tête, un truc impulsif, sans préméditation ni méchanceté. Ça au moins, je peux l'affirmer.

On était partis dans le *Grand Nord*, une expression que les gens du Michigan emploient pour parler de l'extrémité de cet État en forme de moufle. Bob possédait un petit chalet près d'Harbour Cove, une vieille bourgade de pêcheurs endormie sur les berges du lac Michigan. À des kilomètres du village, sa bicoque rustique bordait un étang vaseux propice à la pêche mais pas à la baignade. Bob devait être complètement à côté de la plaque pour s'imaginer qu'une personne – qui plus est une ado de treize ans – puisse avoir envie de passer l'été dans ce no man's land. La seule personne à peu près dans mes âges était notre voisine Tracy, une gamine de dix ans.

Une moiteur étouffante avait sévi pendant trois jours. Nous avions traversé une vague de chaleur record que même la clim n'arrivait pas à atténuer. Bob et ma mère étaient allés voir *Nuits blanches à Seattle* au cinéma. Bob m'avait invitée, m'avait presque suppliée de me joindre à eux. «Allez, Frangine, je t'offrirai du pop-corn. Allez, j'accepterai même d'y ajouter des Junior Mints.

– Je déteste les Junior Mints », avais-je dit sans lever les yeux de mon magazine *YM*.

Il avait essayé de paraître déçu mais je savais qu'il était soulagé. C'était vraiment un type louche. Il rêvait sûrement que je meure... ou au moins qu'on m'envoie à Atlanta.

J'avais appelé mon père ce soir-là. Avec le décalage horaire, il était une heure plus tôt chez lui et il rentrait tout juste d'un parcours de golf.

« Salut, comment va ma fille ? »

Je m'étais pincée l'arête du nez. « Tu me manques, papa. Quand est-ce que je pourrai venir à Atlanta ?

– Quand tu veux, ma puce. La balle est dans le camp de ta mère. Tu le sais, pas vrai ? Je te veux à mes côtés, et ta mère aussi. Je vous aime toutes les deux. Travaille-la autant que tu peux, d'accord, ma poupée ? »

J'avais commencé à lui raconter mon horrible été mais il m'avait interrompue. « Attends. » Il avait couvert le combiné pour parler à quelqu'un derrière lui. Il avait éclaté de rire avant de reprendre notre conversation. « Appelle-moi demain, d'accord, ma chérie ? On pourra discuter. »

J'avais raccroché, j'étais plus seule que jamais. Je sentais bien que j'étais en train de perdre mon père. Il semblait plus distant, comme s'il n'attendait plus désespérément notre retour. Il fallait que j'agisse avant qu'il nous oublie.

Je m'affalai sur le canapé et allumai la télé. Les yeux rivés au plafond, j'écoutais la série *Marié, deux enfants* tandis que les larmes roulaient sur mes tempes et coulaient dans mes oreilles.

Je finis par m'endormir. Le bruit du moteur de la voiture qui avançait dans l'allée me réveilla en sursaut.

Je m'assis et m'étirai, la peau moite et collante après cette sieste dans la chaleur accablante de la nuit. La télé était encore allumée et diffusait le *Saturday Night Live*. Je vis mon soutien-gorge sur l'accoudoir du canapé, où je l'avais jeté plus tôt. Je l'attrapai et le fourrai sous un coussin.

J'entendis leurs rires tandis qu'ils approchaient de la porte. Pas le temps de filer dans ma chambre. Je me rallongeai et fermai les yeux de toutes mes forces. Je ne voulais pas entendre le résumé de leur film à la con.

«Je parie que quelqu'un ici a envie de manger du pop-corn.» C'était Bob, ce bouffon. Des bruits de pas s'approchèrent du canapé mais je fis semblant de dormir. Je sentis Bob et ma mère au-dessus de moi. Je respirais les effluves du pop-corn et de son aftershave, et d'autre chose, une odeur que dégageait habituellement mon père. Du whisky ? Impossible. Bob ne buvait pas d'alcool.

Je restai immobile, soudain consciente de ma semi-nudité. Je sentais mon débardeur moulant pressé contre ma poitrine naissante, mes longues jambes nues étendues sur le canapé.

«On la laisse ici ?» demanda Bob à voix basse. J'imaginais ses yeux noirs rivés sur moi. Un frisson me parcourut l'échine. Je mourais d'envie de cacher mon corps, ou de chasser cet homme.

«Non, murmura ma mère. On va la porter au lit.»

Sans prévenir, une main brûlante et rêche se glissa sous mes jambes nues. L'autre passa sous mes épaules. Ce n'étaient pas les mains de ma mère ! J'ouvris aussitôt les yeux, le visage obscur de Bob flottait au-dessus de moi. Je n'avais jamais entendu de son plus perçant que celui de mon hurlement. C'était hallucinant ! Mes poumons hurlèrent toute ma rage, mon dégoût, ma frustration ravalée. Tous les atomes incandescents d'hostilité, de jalousie, de colère qui frémissaient en moi depuis huit mois me brûlèrent la gorge. Le visage de Bob était l'image même de la perplexité. Il ne semblait pas avoir conscience de la situation, ne comprenait pas les raisons de mes cris. Si seulement il avait lâché prise à ce moment, tout aurait été différent. Mais il m'attira plus près de lui, m'étreignit comme un bébé réveillé par un cauchemar.

«Lâche-moi!» criai-je en gigotant pour échapper à son emprise, comme un animal sauvage. Mais il tint bon. Mon short glissa dans la mêlée. Mes fesses, à demi exposées, se trouvaient logées dans le creux de son coude. Ma peau nue se pressa contre sa peau nue. J'en eus la nausée.

«Mais ôte tes pattes de là!» hurlai-je.

Il sursauta. Je revois encore ses yeux écarquillés comme si je le terrifiais. Il bafouilla en me reposant sur le canapé, je n'arrêtais pas de me tortiller.

C'est à ce moment-là, alors qu'il retirait sa main, qu'il effleura mon entrejambe.

Mais putain? Mais putain! Enfin, mon heure de chance avait sonné.

En une seconde, je pris ma décision. J'allais enfin pouvoir honorer la promesse faite à mon père.

«Ôte tes sales pattes de là, espèce de pervers!» Je détournai le regard. Je ne voulais pas voir le visage de Bob. Je ne voulais pas être obligée de décider si ce contact avait été volontaire ou accidentel. Je me jetai pour descendre du canapé, je trébuchai sur mes tongs et m'écorchai le genou en atterrissant sur le parquet.

Quand je relevai les yeux, je lus l'effarement dans son regard, la douleur... et la culpabilité, décrétai-je. Mes propos avaient atteint leur cible, je le voyais bien. Et je tirai encore, et encore. «Espèce de connard! Sale pervers de merde!»

J'entendis ma mère étouffer un cri. Je me tournai vers elle sans même réfléchir. «Vire-le d'ici!» Les larmes me montèrent aux yeux. Je me levai d'un bond, arrachai la couverture sur le dossier du canapé pour me couvrir.

Les yeux de ma mère, écarquillés et affolés, passaient de sa fille à son amant. Elle était sans voix, comme un animal pris au piège, terrifié et incertain quant à la tactique à adopter. Elle se remettait en question, j'en étais persuadée. Elle doutait soudain de son homme, de toutes ses certitudes. Elle doutait de moi, aussi. C'était évident. Tant mieux. L'instant de vérité. Qu'elle choisisse donc entre lui et moi.

Elle semblait figée, incapable de bouger ni même d'évaluer la situation. Je me sentis fléchir un instant avant de me ressaisir. Je ne pouvais pas me permettre de perdre mon élan. Il fallait que j'en fasse une affaire d'État. J'avais attendu huit mois une occasion pareille, je n'allais pas la gâcher. «Maman!» hurlai-je.

Elle ne bougea pas d'un centimètre, comme si elle planifiait son action suivante.

Je me sentis soudain étrangement calme et pris une inspiration. «J'appelle la police.» Ma voix était monocorde mais implacable, sans la moindre pointe d'hystérie.

J'avançai vers le téléphone avec l'impression d'être en dehors de mon propre corps, comme si je jouais un rôle et que le metteur en scène était sorti de la salle. J'improvisais sans connaître ma prochaine réplique, ni ma prochaine scène, sans savoir comment finissait la pièce.

Ma mère revint à elle et m'empoigna le bras. « Non ! »
Elle se tourna vers Bob. « Qu'est-ce qui s'est passé ?
Qu'as-tu fait ? »

Oh, oui. J'avais enfin gagné. Une bulle immense de
satisfaction gonfla en moi. Nous allions quitter cet endroit
minable. Nous allions rentrer en Géorgie, chez mon père.
Nous formerions à nouveau une famille. Mais aussi vite
qu'elle avait gonflé, la bulle éclata. Le doute s'insinua en
moi lorsque je croisai le regard suppliant de Bob.

« Mais rien ! Tu m'as vu, Suzanne. Bon sang, mais j'ai
rien fait ! » Sa voix était empreinte de désespoir. Il chercha
mon soutien. « Désolé, Frangine. Tu crois quand même
pas que… »

Je ne le laissai pas terminer. Je ne l'autoriserais pas à
saper ma détermination. « La ferme, sale pervers dégueu-
lasse ! » Je me libérai de l'étreinte maternelle et me ruai
vers le téléphone.

Je n'ai jamais appelé la police. J'ai appelé mon père.
Il est arrivé le lendemain. Depuis des mois, je n'étais que
la spectatrice impuissante de ma vie qu'on démantelait à
ma place. J'étais enfin en mesure de mener la danse. Mes
parents se trouvaient dans la même ville, dans la même
pièce ! Le sentiment de puissance était grisant.

Mon père était à nouveau en position de force. Il
employa des mots comme *incapable* et *pédophile.* Mais ma
mère aussi avait retrouvé ses forces. Elle avait été témoin
de l'incident, après tout. Elle savait ce qui s'était passé, et
pas lui. Elle contre-attaquait avec des mots comme *manipulation* et *harcèlement.*

Six heures plus tard, j'étais prête à partir pour Atlanta
et commencer une nouvelle vie avec mon père. Ils étaient
arrivés à un accord. Elle l'autorisait à m'emmener avec lui

et, en échange, il ne portait pas plainte. Ma mère m'avait vendue.

Je revois presque cette jeune fille regarder par le hublot de l'avion tandis que le Michigan disparaissait sous les nuages, et, avec lui, sa mère... et son innocence.

«Voilà, dis-je à Claudia. Une histoire venait d'être mise en branle, et l'adolescente de treize ans qui regardait par le hublot du 757 ne voyait aucun moyen de l'arrêter. L'histoire était en partie vraie, en partie inventée, mais quelle était la distribution exacte, je n'en étais pas vraiment certaine. Je savais que je risquais de perdre la tête à trop douter. J'ai donc affirmé que c'était une histoire 100 % vraie, et je me suis accrochée à cette idée comme à un arbre en plein tsunami.»

21

Claudia et moi entrons sur le plateau, côté jardin, et le public explose. Nous sourions et les saluons de la main, comme deux candidates à Miss America qui auraient choisi de partager le diadème. Je n'ai plus l'impression de passer une audition pour obtenir mon propre poste, ni que Claudia est tapie sur le canapé prête à bondir, en montrant les crocs. Sa présence à mes côtés est plus rassurante que menaçante aujourd'hui. Parce que nous avons partagé nos secrets.

Nous débutons par les présentations habituelles, puis nous accueillons Fiona. Je me tiens en retrait et observe la version plus âgée de la gamine qui m'a tourmentée pendant deux ans. Elle est petite, avec des cheveux bruns et des yeux verts qui, à l'époque, me transperçaient. Mais ils sont désormais doux, et elle sourit en me voyant.

Elle traverse le plateau et me serre la main. Elle porte une robe bleu marine et une paire de sandales à talons hauts. «Je suis si désolée, Hannah», me murmure-t-elle à l'oreille. Malgré moi, je l'attire dans mes bras, surprise de sentir une boule dans ma gorge.

Quand je l'ai appelée à son hôtel hier soir, elle a gentiment accepté ma proposition. J'avais la sensation qu'elle était aussi soulagée que moi de ne pas aborder notre histoire commune pendant l'émission. La conversation a été brève. Nous ne nous sommes pas attardées sur nos jours passés à Bloomfield Hills Academy. Compte tenu de son changement d'attitude, j'imagine que ces souvenirs sont aussi douloureux pour elle que pour moi, peut-être même pires.

Claudia et moi prenons place sur des fauteuils identiques face à Fiona. Pendant vingt minutes, Claudia pose des questions pertinentes auxquelles Fiona répond avec sagesse et humour. Je les regarde, habitée par l'impression étrange que je suis exclue de mon émission, exactement comme je l'avais demandé.

« Les pierres ont été une telle bénédiction dans ma vie, explique Fiona. J'ai l'impression d'avoir rendu des comptes à l'univers en lui offrant un petit morceau de moi-même.

– Comment avez-vous eu l'idée de ces pierres du Pardon ?

– L'idée m'est venue après que j'ai assisté au mariage d'une amie. J'avais enregistré le discours de la cérémonie et j'avais oublié d'éteindre mon appareil. J'ai quitté la table sans me rendre compte que ça enregistrait encore. Le lendemain, j'ai regardé la vidéo. J'allais l'arrêter quand j'ai entendu les paroles de mes amies – et ce qu'elles disaient n'était pas beau à entendre. Qui aurait pu imaginer que, au départ d'une de leurs amies, les autres se mettent à parler d'elle dans son dos ? »

Des rires retentissent dans le public. C'est une pro, ça ne fait pas l'ombre d'un doute.

« Deux jours durant, j'ai été furieuse, sur la défensive. Puis j'ai été triste. Triste au plus profond de moi-même, inconsolable. La vérité était douloureuse à entendre. J'étais snob, certaines personnes diraient même méchante. Mais plus que tout, j'étais hypocrite. Et je l'ai été toute ma vie. À ce mariage, voyez-vous, j'avais fait croire à tout le monde que j'étais une avocate brillante et prospère. J'avais loué une Mercedes pour impressionner mes vieux amis. En vérité, je roulais dans une Kia vieille de douze ans. Je détestais mon boulot. Je traitais les dossiers d'accidents de la route, avec un salaire qui me permettait à peine de rembourser l'emprunt contracté pour financer mes études de droit. J'habitais dans un appartement miteux et je passais la plupart de mes soirées à regarder la chaîne Bravo en mangeant des plats préparés.»

D'autres rires dans le public.

«Mais j'avais trop peur de montrer cette personne-là aux gens. Elle n'était pas assez bien. C'est ironique, vous ne trouvez pas? Pourquoi essayer avec tant de peine de camoufler nos faiblesses? Nous n'osons pas afficher la part plus tendre de nous-mêmes. Mais c'est cette part, cette part tendre de vulnérabilité, qui permet à l'amour de grandir.»

Nos regards se croisent un instant et j'éprouve une envie irrésistible de m'approcher du canapé et de passer un bras autour d'elle. Au lieu de cela, je détourne les yeux.

«Je voulais trouver un moyen de me faire pardonner», continue-t-elle. Je pense à Dorothy, à son élégance, à son courage. J'aimerais tant être comme elle.

«Bien sûr, je ne savais pas si les gens accepteraient de me pardonner. J'avais – et j'ai toujours – un vase de fleurs rempli de galets dans ma bibliothèque. J'ignore pourquoi, mais ces pierres semblaient m'envoyer un message. Elles me faisaient penser à une ancre qui stabilise un bateau. Elles symbolisent aussi le poids d'un fardeau. Ça m'est venu comme par magie. Après avoir envoyé les pierres à certaines de mes amies du mariage, je me suis rendu compte que j'avais d'autres excuses à présenter. Et j'ai posté d'autres pierres. Une semaine plus tard, j'ai commencé à en recevoir dans ma boîte aux lettres, accompagnées de courriers m'affirmant que j'étais pardonnée. La haine de moi-même et le terrible fardeau qu'elle m'obligeait à porter depuis des années se sont peu à peu allégés. C'est d'une rare puissance, de se libérer ainsi de sa honte. Et les gens qui me pardonnaient se sentaient mieux, eux aussi. Il fallait que je partage ce cadeau avec les autres, je le savais.

– Et vous organisez donc une réunion cet été, dit Claudia.

– Tout à fait.» Fiona soupire comme si la tâche qui l'attendait était titanesque. «Nous avons choisi le Millenium Park de Chicago pour lancer notre Première Réunion annuelle des pierres du Pardon. Les destinataires se retrouveront le 9 août pour fêter cette perte de poids, si je peux me permettre cette plaisanterie.» Elle fait un clin d'œil et le public rit. «Mais c'est une organisation énorme. Nous sommes toujours en quête de bénévoles. Vous pouvez vous inscrire sur mon site Internet.» Elle scrute le public. «Des volontaires?»

Les gens acquiescent et applaudissent. Fiona pointe l'index vers une femme âgée. «Parfait. Vous êtes engagée.»

Claudia porte les mains à son cœur. «Vous êtes une bénédiction pour l'univers tout entier. Nous vous réinviterons après la réunion pour que vous nous racontiez tout. Mais le moment est venu d'aborder ma partie préférée de l'émission. Laissons libre cours aux questions du public.»

Je sens la chair de poule me picoter la nuque. Ce n'est pas son émission. C'est moi qui ai décidé de son déroulement. Et jusqu'à présent, tout fonctionne comme prévu. Je n'ai pas eu à aborder le sujet des pierres du Pardon ni celui de mon passé avec Fiona Knowles, et il ne reste plus qu'un quart d'heure avant la fin. Rien de ce que nous avons abordé ne compromet la proposition que j'ai faite à WCHI. James Peters ne devrait rien y voir à redire.

Comme prévu, je descends vers le public avec le micro tandis que Claudia et Fiona restent sur le plateau.

Le public du jour n'est pas timide. Les mains se lèvent de tous côtés et les gens mitraillent Fiona de questions.

«N'y a-t-il pas des excuses qu'il vaut mieux garder pour soi?

– Sans doute, répond-elle. Les excuses qui blesseront la personne en face, qui n'ont d'autre but que de se soulager soi-même.»

Je pense aux excuses de Dorothy, sa tentative ratée de se libérer de sa culpabilité. Mais ça n'a jamais été son intention première. Elle espérait surtout soulager Marilyn.

Je tends le micro à une grande brune.

«Quelle est la plus belle histoire de rédemption que vous ayez entendue?»

Fiona jette un coup d'œil à Claudia. «Vous permettez?»

Claudia ferme les yeux et acquiesce. «Allez-y.»

Fiona se lance dans le récit que Claudia a partagé avec moi sur son voyage à Cancun et le désordre qu'elle a semé dans la relation de Lacey et d'Henry. Je lève les yeux, bouche bée. Je n'arrive pas à croire que Fiona lâche le morceau – en direct! Je jette un coup d'œil à Claudia, m'attendant à la voir prostrée dans son fauteuil, rouge d'humiliation. Mais elle se tient droite, la tête haute. Cette femme est faite d'un bois bien plus solide que moi, c'est évident.

« Le mariage de Lacey et de Mark s'est terminé au bout de seize mois, explique Fiona. Claudia n'a jamais pu se pardonner ce qu'elle avait infligé à Lacey et à Henry. Alors elle a fait ce qu'aurait fait n'importe quelle journaliste – et n'importe quelle amie. Elle a cherché la piste qui la mènerait à Henry. »

Hein ?... Quoi ?

Un soupir d'approbation collectif s'élève du public. Fiona adresse un hochement de tête à Claudia. « C'est à vous de raconter la suite, je vous en prie. »

Claudia sourit et se lève. « J'ai consacré toute mon énergie à retrouver la trace d'Henry. » D'un geste des mains, elle mime des guillemets autour du prénom Henry. « J'ai bien sûr changé les noms dans mon récit pour protéger leur vie privée. » Elle ferme les yeux et fait une pause comme une actrice d'Hollywood, une main levée. Le public est figé et attend le dénouement de l'histoire. « Sept mois plus tard, j'ai enfin réussi. Henry et Lacey vont se marier en septembre ! » Sa voix imprime le même couinement enthousiaste qu'Oprah lorsqu'elle annonce qu'un membre du public vient de gagner une décapotable étincelante.

Les gens l'acclament comme s'ils venaient de recevoir les clés de la voiture. Je reste immobile, les bras ballants, et j'essaie de remettre mes idées en place. Ai-je manqué un épisode de l'histoire ? Parce que je suis certaine que c'est moi qui ai suggéré à Claudia de retrouver la trace d'Henry, et ceci pas plus tard qu'hier. Ça m'étonnerait qu'elle l'ait retrouvé cette nuit.

Une femme entre deux âges lève la main, à trois fauteuils de moi. Je me penche et lui fais passer le micro. « Ma question vous est adressée, Hannah. Avez-vous une histoire de rédemption personnelle ?

– Je... Mon histoire ?

– Oui. Avez-vous reçu une bourse de pierres du Pardon ? »

J'en ai le souffle coupé. Mes yeux croisent ceux de Claudia à l'autre bout du studio. La bouche entrouverte, elle a posé la main sur sa poitrine. Elle est aussi stupéfaite que moi.

Je me tourne vers Fiona. Non, nous avons convenu de garder le secret sur notre passé commun.

Je lève le regard vers Stuart dans la cabine de contrôle. Il affiche un sourire de vainqueur. Comment a-t-il osé ?

« Euh, eh bien, oui. J'en ai reçu. C'était une véritable surprise. » J'essaie de lâcher un rire qui sonne creux.

Je remonte l'allée en hâte vers une jeune femme qui porte une longue jupe noire. « Votre question, mademoiselle ?

– Alors, avez-vous renvoyé une pierre à quelqu'un d'autre ? »

Merde. Encore une question pour moi ! Cette femme me dit vaguement quelque chose. Oui... C'est Danielle, la nouvelle recrue du département informatique à WNO. Enfoiré de Stuart ! Il a posté des employés parmi le public pour me tendre un piège. Ou est-ce l'œuvre de Claudia ?

Un rire nerveux s'échappe à nouveau de ma gorge. « Ah, euh, oui... euh, non. Pas encore. Mais je vais le faire. »

La voisine de Danielle s'empare du micro sans demander la permission. «À qui comptez-vous demander pardon?»

Je lance un regard noir vers la cabine de contrôle, dirigeant ma colère sur Stuart Booker. Il hausse les épaules comme un enfant impuissant.

«Eh bien, euh, ma mère et moi... étions en désaccord il y a longtemps...»

Qu'est-ce qui m'arrive? On m'entraîne vers un abysse profond. Michael va être consterné s'il apprend que j'ai révélé mon histoire – une histoire si horrible qu'il ne m'a même pas autorisée à la *lui* raconter. Qui plus est, ce n'est pas à moi de raconter cette histoire. Elle appartient à WCHI. J'ai le vertige. Je me tourne et découvre Claudia à mes côtés. Elle passe son bras autour de mes épaules et me prend le micro des mains.

«Hannah est une des femmes les plus courageuses que je connaisse.» Elle observe l'océan de visages. «Elle et moi en avons discuté, pas plus tard qu'hier.

– S'il te plaît, Claudia, arrête.» Mais elle lève la main pour me faire taire.

«Hannah et sa mère ont eu une relation très tendue, comme souvent entre mère et fille.» Elle sourit et je vois des gens opiner du chef dans la salle.

«Hannah rêve de renouer avec sa mère mais c'est compliqué. Sa mère l'a abandonnée quand elle était enfant.»

Un gémissement d'empathie s'élève. Je grimace, heureuse que ma mère ne regarde jamais cette émission.

« C'était très pénible, comme vous pouvez l'imaginer. Hannah a de terribles blessures émotionnelles, des blessures qui ne cicatriseront peut-être jamais. »

Je n'arrive pas à y croire. Elle retourne la situation, elle me donne le beau rôle. Ou fait-elle le contraire ? J'ai l'impression d'être une marionnette dont on tire les fils. Claudia est-elle en train de me sauver ou de m'enfoncer la tête sous l'eau ?

« C'est un homme – un homme immonde – que sa mère a préféré à Hannah, qu'elle a jugé plus important que sa fille.

– Claudia, arrête, dis-je, mais elle continue, bille en tête, et la caméra de Ben est rivée sur elle.

– C'est pour cela qu'Hannah s'implique avec autant de passion dans les actions de Vers la lumière. La plupart d'entre vous n'ignorent pas qu'Hannah Farr est une fervente supportrice de l'association qui apporte un soutien aux victimes de pédophilie. Elle organise leur soirée caritative annuelle et leur bal de Noël. Elle fait partie du conseil d'administration. Je suis époustouflée qu'Hannah puisse trouver l'élégance et le courage de pardonner à sa mère, après les épreuves qu'elle a traversées. Mais elle a le cœur sur la main et elle est prête à le faire. »

Je dévisage Claudia, je suis sidérée. Comment a-t-elle osé ? Mais le public roucoule et ronronne comme une portée de chatons rassasiés. Claudia leur raconte exactement ce qu'ils veulent entendre. Hannah Farr est une femme bien, avec un cœur gros comme ça, une victime si magnanime qu'elle est prête à tendre l'autre joue et à offrir son pardon à sa mère malveillante.

Claudia tend le micro à une jeune Latino. «Hannah, quand comptez-vous envoyer la pierre à votre mère?»

J'émerge de l'épais brouillard dans lequel j'étais plongée. «Bientôt. Très bientôt.» Je me frotte la nuque, moite de sueur. «Mais c'est... c'est délicat. Je ne peux décemment pas lui envoyer une pierre comme ça, sans prévenir. Et je n'ai pas eu le temps. Elle habite dans le Michigan...

— Il faut prévoir un voyage dans le Michigan, alors?» demande Claudia, la tête inclinée et les sourcils arqués.

Derrière son épaule, je vois Stuart qui lève les bras et demande aux gens d'applaudir. Le plateau croule sous les applaudissements et les sifflets admiratifs du public. Bon sang, est-ce que tout le monde est de mèche?

«Très bien, entendu, dis-je, l'estomac noué. Je vais le faire. J'irai porter la pierre en mains propres à ma mère.»

22

« Tu m'as tendu un piège », dis-je en faisant les cent pas dans le bureau de Stuart. Je suis hors de moi et je n'arrive pas à me calmer. « Je t'avais dit de ne pas te mêler de mes affaires ! Comment oses-tu empiéter sur ma vie privée ?

– Calme-toi, Farr. Tu ne pouvais pas rêver mieux pour ta carrière, ne l'oublie jamais. On vient de recevoir plus de mille commentaires sur notre site. Alors même que je prononce ces mots, des gens tweetent et parlent d'Hannah Farr et de la douceur de son pardon. »

Mais s'agit-il d'un pardon ? Ou d'une horrible machination ? Et que va dire Michael ? Et comment va réagir James Peters s'il a vent de tout ceci ? Je serre les dents. Aucun des deux ne va apprécier la situation. Pas du tout.

« On t'accorde une semaine de congés. Va retrouver ta mère, dis-lui que tu lui pardonnes, faites-vous un bisou et réconciliez-vous. L'émission prendra en charge tes frais de déplacement. Ben t'accompagnera pour filmer.

– C'est hors de question ! Si je dois revoir ma mère, ce que je n'ai pas encore décidé, j'irai seule. Sans caméra. Sans la moindre photo. C'est ma vie, Stuart, pas une émission de télé-réalité. C'est compris ? »

Il arque les sourcils. « Alors, tu es d'accord pour y aller ? »

Mes pensées se concentrent sur ma mère. L'heure est venue. Je le leur dois bien, à elle et à Bob. Même si je suis furieuse que Stuart m'ait ainsi manipulée, j'ai enfin une raison de retourner à Harbour Cove. Même Michael ne pourrait pas protester. L'histoire a été dévoilée au grand jour. Hannah Farr est disposée à pardonner.

Afin de sauver l'intimité de Michael, la dignité de ma mère et ma propre réputation, personne ne connaîtra les détails de mon voyage. Je serai la seule à savoir que ce n'est pas une expédition pour accorder mon pardon, mais pour le demander.

Je laisse échapper un soupir. « Oui. Je vais y aller. »

Stuart sourit. « Excellent. Et à ton retour, on invitera ta mère sur le plateau. Vous nous raconterez toutes les deux votre histoire…

– Pas question. Tu n'as donc rien appris de l'intervention de Dorothy ? Je ferai une émission sur les relations mère-fille, oui. Je parlerai de mes retrouvailles avec ma mère, je partagerai les meilleurs moments. Mais je refuse que ma mère vienne sur le plateau et soit jugée par La Nouvelle-Orléans tout entière. Point final.

– C'est compréhensible. »

Je m'éloigne et je me demande qui je protège réellement : ma mère, ou moi-même ?

Je sors en trombe du bureau et je croise Jade dans le couloir, elle va déjeuner. Elle hoche la tête. « Alors, tu me crois enfin ? Je t'avais prévenue, Claudia n'est rien d'autre qu'une petite poufiasse manipulatrice. Elle en a après ton boulot depuis le premier jour.

– C'était un coup de Stuart, pas de Claudia.» Je fais une pause avant de lui révéler mon secret. «Il faut que tu me promettes de n'en parler à personne, Jade.» Je l'attire près de moi et baisse la voix. «Le fiancé de Claudia est transféré à Miami. Elle ne veut pas de mon boulot. Elle n'en a jamais voulu.»

Jade me dévisage, incrédule. «Brian Jordan est transféré dans l'équipe des Dolphins?» Elle grimace. «D'accord. Alors, c'est juste une poufiasse. Pas une poufiasse manipulatrice.

– Je dirais plutôt qu'elle n'a pas confiance en elle. Le journalisme télévisé, c'est un boulot risqué. J'en sais quelque chose.»

J'ouvre la porte de ma loge à la volée et je manque heurter Claudia.

«Oh, pardon, dit-elle. J'étais en train de te laisser un mot.» Elle me prend par les coudes. «Tu vas bien, ma belle?

– Non, ça ne va pas bien. Tu l'as vu toi-même. Stuart m'a piégée.»

Elle me caresse les bras. «Tout ira bien. Il faut vraiment que tu ailles retrouver ta mère, de toute façon, Hannah. Tu le sais, pas vrai?»

Je me hérisse soudain. Pour qui se prend-elle, à me dicter ma conduite? Je scrute son visage ovale, ses yeux bleu clair, ses sourcils parfaitement dessinés. Mais une fois encore, mon regard est attiré par sa minuscule cicatrice. À la voir, dissimulée d'une main experte par le maquillage, je me radoucis. «Ouais, mais je voulais le faire à ma façon, pas selon les termes de WNO.

– Quand comptes-tu partir?

– Je ne sais pas. Dans une semaine ou deux. Il faut que j'établisse une tactique avant. Et au fait, comment tu te sens, après l'émission ? Je n'arrive pas à croire que Fiona ait pu révéler ton secret en direct. Heureusement que tu as su rebondir, hein ? Mais tu te rends compte, si Lacey voit cette émission, tout sera révélé au grand jour...»

Elle me détaille, un infime sourire aux lèvres, l'air amusé. « Hannah, tu ne crois quand même pas que Lacey existe vraiment, si ?»

Elle m'adresse un clin d'œil et sort de ma loge à grands pas.

Je scrute la porte ouverte, bouche bée. Non. Mais. Putain !

Je titube jusqu'à mon bureau et m'affale dans le fauteuil. Bon sang, elle a donc inventé cette histoire de toutes pièces en sachant que je déballerais la mienne en retour ? Mais comment aurait-elle pu savoir que j'avais un secret à révéler ?

Mon regard se pose sur mon ordinateur portable... mon ordinateur. Oui. Évidemment... il était ouvert et allumé, le matin où elle est entrée pour tester ses antimoustiques. Je montrais ma proposition d'émission à Jade. Claudia a dû la lire après m'avoir aveuglée. Je me prends la tête entre les mains. Comment ai-je pu être aussi négligente ?

Sur mon bureau, j'aperçois une feuille. Je lis le mot qui y est inscrit.

UN DOUX PARDON

Hannah,
Je voulais juste te dire que je suis heureuse de te remplacer
pendant ton séjour dans le Michigan. Ne t'inquiète pas, ma
belle, ton émission sera entre de bonnes mains !
Bisous tout plein,
Claudia.

Parfois, même le maquillage le plus épais ne suffit pas
à dissimuler nos affreux défauts. Je glisse la feuille dans la
déchiqueteuse et je la regarde se transformer en confettis.

23

Je suis encore sous le choc de l'émission quand je claque la porte de mon appartement. Je lance le courrier sur l'îlot de cuisine. Une enveloppe glisse sur le granit et atterrit sur le carrelage. Je m'accroupis quand je repère le logo du domaine viticole. Je ferme les yeux et la serre contre mon cœur, savourant aussi longtemps que possible le seul éclat de joie de cette journée avant de l'ouvrir.

Chère Hannah,

Au risque de passer pour un gamin, je dois admettre avec réticence que je cours à la boîte aux lettres chaque jour dans l'espoir d'y trouver un courrier de vous – ou une miche de pain. La vue de votre écriture sur le papier rose fait s'envoler mon cœur.

Avez-vous eu des nouvelles de ce poste à Chicago ? L'occasion semble incroyable, même si je dois bien reconnaître que mon enthousiasme est plutôt égoïste. Vous vous rendez compte que nous ne serions qu'à cinq heures à peine l'un de l'autre ?

J'attends votre prochaine visite avec impatience, même si j'ignore quand elle aura lieu. La température se réchauffe chaque jour un peu plus, et, à l'exception des montagnes créées par les chasse-neige, je vous apprends avec joie que le reste de la couche blanche a totalement fondu. Les risques de glisser sur une plaque de verglas et de déchirer l'ourlet de votre robe sont considérablement amoindris.

J'éclate de rire et me hisse sur un tabouret de bar.

À l'aube, quand le soleil apparaît et qu'une brume ensommeillée recouvre les vignes, j'ai l'habitude d'arpenter le domaine. C'est à ces heures matinales, quand je suis seul sur mes terres, que je pense à vous le plus souvent. Je vous imagine me chambrer sur la casquette Duck Dynasty que je porte parfois, celle que m'ont offerte Zach et Izzy, par exemple, ou sur la veste à carreaux trop petite qui appartenait autrefois à mon père et que j'enfile quand il fait froid. Ou peut-être que vous me casseriez les pieds et me reprocheriez de travailler trop pour une entreprise qui, même dans une bonne année, arrive tout juste à l'équilibre. Traitez-moi de fou, mais c'est une vie que j'adore. Je la mène selon mes propres conditions. Pas de chef. Pas de trajets en voiture. Pas d'échéances. Enfin, si, il y a des échéances mais, au final, je vis mon rêve. Combien de personnes peuvent en dire autant ?

Mon seul regret, et non des moindres, c'est que je n'ai pas de compagne. Oui, il m'arrive d'avoir des rendez-vous amoureux. Mais avant vous, je n'avais jamais rencontré une femme qui me tienne éveillé la nuit, à essayer d'imaginer son sourire, ce qu'elle peut faire en cet instant précis. Aucune femme à part vous, dont j'essaie de retrouver le rire musical, aucune autre femme dans les yeux de laquelle j'ai envie de me perdre.

Si jamais vous pensez que je travaille trop, rassurez-vous, j'ai une véritable souplesse d'emploi du temps quatre mois dans l'année. L'an passé, j'ai voyagé un mois en Italie ; l'hiver prochain, je pars en Espagne – mais Chicago pourrait aussi être une destination envisageable. Je dis ça comme ça.

Dites-moi quand vous comptez revenir dans les parages, au milieu de nulle part. Vous pourriez rendre un vigneron très heureux.

Bien à vous,

RJ

PS : Si vous décidez un jour d'abandonner votre carrière de journaliste, il y a toujours un poste de boulanger disponible ici.

Jade et moi marchons, au crépuscule, dans Jefferson Street, pour retrouver Dorothy et d'autres pensionnaires de la maison de retraite à la librairie Octavia Books où nous allons écouter Fiona Knowles. J'ai le sentiment de tromper le monde, à faire la porte-parole de Fiona et de ses pierres, mais ai-je le choix, à présent ? On m'a collé une étiquette.

« J'ai reçu une lettre de RJ aujourd'hui », dis-je à Jade.

Elle se tourne vers moi. « Ah ouais ? Le gars du vignoble ? Qu'est-ce qu'il te dit ?

– Rien… et tout à la fois. Il est vraiment super. C'est un type que j'aimerais connaître davantage si j'étais célibataire et que j'habitais dans le Michigan.

– Une fois que tu es à Chicago, il suffit de sauter à la perche par-dessus le lac pour être dans le Michigan, pas vrai ? Garde une porte de sortie au cas où le maire ne serait pas à la hauteur.

– Non. C'est juste une amitié épistolaire sympathique. Je ne veux pas lui donner mon mail. J'ai l'impression que je franchirais une limite.

– Peut-être que c'est une limite qui vaut la peine d'être franchie.

– Arrête. Tu connais mes sentiments envers Michael. » Nous tournons à l'angle de Laurel Street. « Marilyn sera là, ce soir ? demande Jade.

– Non. Je l'ai appelée cet après-midi mais ça ne l'intéressait pas. Je ne peux pas lui en vouloir. Je me suis à nouveau excusée pour le fiasco d'hier mais elle m'a coupé la parole. Elle n'a pas évoqué Dorothy une seule fois.

– Pauvre Dorothy. Au moins, tu vas enfin faire la paix avec ta maman. Dorothy doit être contente.

– Oui, dis-je avec un sourire. Elle va enfin me lâcher.

– Elle veut juste s'assurer que tu entendes la version de ta mère. Avant qu'il ne soit trop tard.

– Alors, Jade, c'est à moi que tu t'adresses, ou à toi-même ? »

Elle fourre ses mains dans ses poches. « Tu as raison. Il faut que j'avoue la vérité à mon père, au sujet de ma fête d'anniversaire. Je le sais bien. »

Mais doit-elle le faire ? Même si c'est moi qui l'y ai encouragée, un nœud se forme dans mon estomac. Avoir la conscience tranquille, c'est peut-être totalement inutile, surtout pour un mensonge aussi inoffensif que sa tache sur la moquette blanche.

« Peut-être que tu devrais laisser tomber, Jade. C'est si mal de lui laisser croire que sa fille est parfaite ? »

La librairie est bondée d'une foule presque entièrement féminine. Est-ce le fruit de mon imagination ou les gens me montrent-ils du doigt en souriant ? À l'autre bout de la salle, une femme me félicite, les pouces levés. C'est alors que je comprends. Ils ont regardé l'émission. Ils me prennent pour la fille altruiste au grand cœur prête à pardonner à son affreuse mère.

Jade et moi nous installons derrière Dorothy et Patrick Sullivan. Patrick bavarde et Dorothy reste assise en silence, les mains sur les cuisses. Je lui touche l'épaule et me penche vers elle.

« C'est gentil à toi d'être venue, lui dis-je. Tu avais toutes les raisons de ne plus vouloir entendre parler de Fiona et de ses pierres du Pardon, après ce qui s'est passé hier. »

Elle tourne la tête pour me présenter son profil et je vois les cernes sous ses yeux. « Le pardon est une tendance magnifique. J'en suis toujours convaincue. Je suis heureuse de savoir que tu passes enfin à l'action et que tu vas voir ta mère. » Elle baisse la voix. « Est-ce que ça remet en question la proposition que tu as faite à WCHI ? »

Je me sens soudain prise au piège dans un filet de terreur. « J'ai reçu un mail de M. Peters, cet après-midi.

– Il était vexé que tu aies pu utiliser l'idée des pierres du Pardon ?

– Il n'était pas ravi mais il m'a affirmé qu'il comprenait. C'est un vrai gentleman, ce type. Il m'a demandé de lui rédiger une autre proposition d'émission et j'y travaille. Je vais proposer un sujet sur la quantité d'eau qu'exige l'extraction du pétrole par fracturation hydraulique. Ça pourrait avoir un impact néfaste sur les Grands Lacs.

– Oh, mon Dieu. C'est épouvantable.

– Oui. » Je ne sais pas si elle fait référence à la fracturation hydraulique ou à ma proposition. À dire vrai, les deux sont épouvantables. Je m'inquiète d'avoir fichu en l'air mes chances d'obtenir ce poste à Chicago. Heureusement, la situation à WNO semble être en phase d'amélioration. « Des nouvelles de Marilyn ? je lui demande.

– Pas encore.

– S'il te plaît, allons la voir ce week-end ou la semaine prochaine, avant que je parte pour le Michigan. On lui expliquera que tu... »

Dorothy pince les lèvres et fait non de la tête. Nous avons déjà eu cette conversation une douzaine de fois. Elle veut accorder du temps à Marilyn. Mais ça me frustre qu'elle ne fasse pas plus d'efforts. Après tout, on n'abandonne jamais ceux qu'on aime.

Je baisse la tête. Je peux parler, moi. Si l'on ne m'y avait pas obligée, j'aurais peut-être tiré un trait sur ma mère, définitivement.

« À ton retour du Michigan, j'aurai peut-être eu des nouvelles de Marilyn.

– J'espère.

– Tu espères ? » Elle pivote sur sa chaise et fronce les sourcils. « L'espoir ne me sert à rien. L'espoir, c'est souhaiter que Mari revienne. La foi, c'est avoir la certitude qu'elle reviendra. »

Je détourne mon attention sur Fiona quand elle arrive. Elle se poste devant le pupitre, à portée de tous. Au cours des quarante minutes suivantes, elle régale le public de ses histoires intelligentes et de sa vision passionnée de la vie.

« Quand on a honte de quelque chose, soit on se complaît dans la haine de soi, soit on cherche le pardon. C'est un choix plutôt simple – a-t-on envie de mener une vie clandestine ou une vie authentique ? »

Je tends le bras et serre l'épaule de Dorothy. Elle me tapote la main.

Tandis que Jade et moi patientons pour faire dédicacer notre livre, une douzaine de femmes m'abordent successivement, me félicitent, me souhaitent bonne chance dans mon voyage au Michigan.

«Quelle source d'inspiration vous êtes devenue! me dit une brune magnifique en me serrant la main. Je suis fière de vous, Hannah, de pardonner ainsi à votre mère après tant d'années.

– Merci.» Mes joues me brûlent.

Fiona affirme que nous taisons nos secrets pour deux raisons: pour nous protéger ou protéger les autres. Dans mon cas, c'est évident que je cherche à me protéger moi-même.

Il est presque minuit, je suis installée à mon bureau et j'essaie de rédiger une lettre qui soit amicale, sans être charmeuse.

Cher RJ,

J'ai été heureuse d'avoir de vos nouvelles, l'ami. Je voulais juste vous prévenir que je vais passer quelques jours dans le Michigan, à compter du lundi 11 mai. Je pense faire un détour par votre domaine, j'espère pouvoir faire cette visite du propriétaire que vous m'avez promise.

Au cas où vous auriez oublié à quoi je ressemble, cherchez la femme qui porte des gressins.

Bien à vous.

Je jette mon stylo-plume sur le bureau et relis ma lettre. *L'ami ?* Non, je le raye. Mais qu'est-ce que c'est que ce ton ? Je m'adosse à mon fauteuil et scrute le plafond. Mon Dieu, mais qu'est-ce qui ne tourne pas rond chez moi ? Pourquoi suis-je en train de jouer avec le feu ? J'ai Michael. Je n'ai aucune raison de retourner à ce domaine viticole. C'est complètement malsain.

Je me redresse et relis ma lettre. Cette fois-ci, elle ne semble pas si nulle. Elle me paraît même plutôt innocente. J'aurais tout aussi bien pu l'écrire à une copine.

Avant de prendre le temps d'écouter les protestations de mon petit diablotin, je reprends le stylo et signe la lettre. Je la glisse dans une enveloppe où j'ai rédigé l'adresse, je cours en bas et la dépose dans la fente de la boîte.

Oh, mon Dieu ! Mon Dieu ! Mais qu'ai-je fait ? Je m'essuie les mains à mon jean comme si elles étaient sales. Seigneur, aide-moi. Je suis aussi minable que Jack Rousseau.

Enfin, non, pas tout à fait.

Du moins, pas encore…

24

J e porte un legging, des bottes et un manteau en polaire quand j'émerge de l'aéroport en tirant ma valise à roulettes. Contrairement au mois dernier où j'avais été frappée par un froid glacial, la météo du Michigan semble aujourd'hui presque tropicale. Je retire ma polaire, je récupère mes lunettes de soleil dans mon sac et me dirige d'un pas tranquille vers le guichet de location de voitures.

Je devrais être à Harbour Cove vers 15 heures, ce qui me laissera amplement le temps de trouver à la lumière du jour le cottage que j'ai loué. Comme la dernière fois, j'attendrai demain matin pour rendre visite à ma mère. Il faut que je la voie seule à seule.

Dans mes rêves, ma mère se montrera compréhensive. Elle me dira peut-être même qu'elle est aussi indécise que moi quant à ce soir-là, ce qui me soulagerait totalement du poids de ma culpabilité. Mais même dans mes rêves de retrouvailles familiales les plus fous, il m'est impossible d'imaginer recevoir le pardon de Bob.

Dans le parking de l'aéroport, je m'installe au volant de ma voiture de location et j'appelle Michael.

« Tiens, dis-je, toujours surprise quand il décroche. Bonjour.

– Bonjour. » Je ne sais pas s'il est fatigué ou encore furieux. Je préfère décréter qu'il est fatigué. « Je viens d'atterrir. Il fait beau, aujourd'hui, il fait chaud et il y a du soleil. » J'attache ma ceinture de sécurité et j'ajuste le rétroviseur. « C'est quoi, ton programme de la journée ?

– Des réunions à n'en plus finir.

– Des rendez-vous pour ta campagne ? » Michael n'a pas encore officiellement fait l'annonce de sa candidature au Sénat mais il passe une grande partie de son temps avec des consultants politiques et d'importants soutiens financiers, à chercher les meilleures stratégies pour remporter les élections.

« Non, dit-il, comme si la suggestion était absurde. J'ai une ville à gérer. J'ai des obligations envers mes électeurs.

– Oui, bien sûr. » Je m'efforce d'ignorer son ton acerbe. « Des choses importantes à signaler ?

– Je dîne avec Mack DeForio ce soir, en compagnie de la nouvelle inspectrice scolaire. »

Le chef de la police et la femme que j'ai rencontrée à la soirée caritative, celle au port de tête altier. « Jennifer Lawson », dis-je à ma grande surprise. Comment ai-je pu retenir son nom ? « Eh bien, j'espère que ce sera productif. »

Un silence s'ensuit et je ne sais pas trop comment le briser. Il ne me demande pas ce que je fais aujourd'hui car il le sait. Et il est furieux. Quand je lui ai annoncé mes projets de voyage après lui avoir détaillé la confession en direct pendant l'émission, il semblait incrédule. Et à présent, avec cette conversation tendue, je me demande s'il retrouvera un jour confiance en moi.

«Michael, je sais que tu es en colère. Je te jure que je vais arranger la situation. Personne ne connaîtra le moindre détail de cette affaire.

– Tu veux dire que personne ne va découvrir que le maire de La Nouvelle-Orléans sort avec une femme qui a menti sur son passé d'enfant abusée?» J'entends son soupir, je l'imagine hochant la tête. «Bon sang, Hannah, mais qu'est-ce qui t'est passé par la tête? Tu es le visage et le nom qui symbolisent Vers la lumière. Et par association, je le suis, moi aussi. Les gens ne pardonneront pas une telle trahison. Tu risques de perdre la confiance que ces victimes – et tes téléspectateurs – t'accordent.»

Je frissonne malgré la tiédeur de cette journée. Ils ne lui feront plus jamais confiance à *lui*, c'est ça qu'il cherche à me dire. C'est son ambition démesurée qui lui importe vraiment, et c'est ce qui m'attriste le plus. Ce n'est pas ma relation avec ma mère. Ce n'est pas l'éventualité que je fasse la paix avec mon passé. C'est sa carrière politique.

«Je te l'ai déjà dit, personne n'en saura rien.» Et avant d'avoir eu le temps de me retenir, je lâche le morceau. «Ce n'est pas comme si tu n'avais jamais menti.»

Un silence pesant se fait à l'autre bout de la ligne. J'ai dépassé les bornes.

«Il faut que je file, dit-il. Bonne journée.»

Il raccroche sans dire au revoir.

Mon estomac fait un saut périlleux quand j'aperçois le panneau du domaine Merlot de la Mitaine. Mon Dieu, j'ai douze ans ou quoi?

J'ai lu un jour que les femmes ne devraient jamais cesser de flirter. Même les femmes âgées et les femmes mariées devraient se laisser aller à quelques rendez-vous innocents, de temps à autre. D'après le chroniqueur, le badinage léger permettrait de préserver notre féminité, d'affûter notre pouvoir de séduction et même d'améliorer notre relation de couple.

Alors si j'étais experte en manipulation, je décréterais que je dois à Michael et à notre couple de me rendre au domaine viticole cet après-midi.

Mais je ne suis pas experte en manipulation. Et je ne veux pas l'être.

Dorothy a toujours été ma référence. Quand je lui ai parlé de RJ et de notre correspondance, sa réaction a été du style Beyonce et son *If you like it, then you should have put a ring on it*, mais version vieille dame de soixante-seize ans :

« Rien ne t'empêche de voir ce gars. Tant que tu n'as pas une relation stable et gravée dans le marbre, tu es libre de discuter avec qui tu veux. »

C'est bien là le problème. J'ai le sentiment d'avoir une relation stable. Mais je ne suis pas certaine que Michael soit du même avis.

Je baisse la vitre et inspire l'air du Michigan, sans savoir si c'est le fruit de mon imagination ou si les parfums sont plus doux ici.

Une flèche à l'entrée indique un sentier à gauche, je m'engage dans la longue allée sinueuse, habitée par une impatience que je n'ai pas éprouvée depuis des années. Quelle va être la réaction de RJ quand il me verra ? Je me demande s'il a déjà reçu ma lettre ou si ma visite sera une surprise totale. Va-t-il me reconnaître sur-le-champ ? Ce premier regard, cette première expression me révéleront tout de ses sentiments – ou de son absence de sentiments – à mon égard. J'accélère un peu.

Une douzaine de voitures occupent le parking, aujourd'hui. Un couple sort de la boutique, chacun portant un sac en papier estampillé du double M du logo. Je me lisse les cheveux avant d'entrer. Une femme entre deux âges se tient derrière la caisse mais elle est occupée avec un client et ne me voit pas. Derrière l'arche qui mène à la salle de dégustation, j'entends le bourdonnement des conversations, les rires et la douce musique d'ambiance. Je jette un coup d'œil dans la pièce. Contrairement à la dernière fois, un groupe d'une quinzaine de personnes est installé au bar à bavarder, à s'esclaffer et à siroter du vin.

Je prends une profonde inspiration. C'est parti.

Je franchis l'arche, un sachet de gressins dans une main, la paire de bottes Wellington jaunes dans l'autre. C'est moi qui le vois en premier. Il est derrière le bar et discute avec trois jeunes femmes en remplissant leurs verres. Je ralentis. C'était une erreur. Une erreur monumentale. RJ travaille. Je vais lui coller la honte – et à moi-même au passage – avec mes gressins à la con et ces bottes. Pourquoi ai-je trimballé les Wellington jusqu'ici ?

Je le vois rire à la plaisanterie d'une des femmes. J'ai la nausée. C'est un dragueur. Je suis idiote d'avoir cru un instant que j'étais unique à ses yeux. Hier, c'était moi qui me trouvais sous les projecteurs mais, aujourd'hui, il flirte avec trois jolies jeunes femmes. Et demain ? Allez savoir.

Je suis figée au milieu de la salle, à mi-chemin entre l'entrée et le bar, j'hésite à avancer encore ou à m'éclipser discrètement quand il lève soudain les yeux. Nos regards se rencontrent.

Tout devient flou. J'entends mon nom. Je le vois poser la bouteille en renversant presque un verre. J'aperçois les trois femmes au bar se retourner pour m'observer, curieuses. RJ traverse la salle. Ses yeux ne quittent pas les miens, et lorsqu'il hoche la tête, je vois bien que ce n'est pas en signe de reproche. Son regard pétille et je distingue une tache rose sur sa joue.

En un instant, je suis dans ses bras. Les bottes tombent à terre. Je sens la douceur de sa chemise contre mon visage et je respire le parfum frais du tissu, son parfum à lui. « Ma petite Sudiste », murmure-t-il à mon oreille.

Les mots se bloquent dans ma gorge. Je n'oublierai jamais cet accueil.

Merlot de la Mitaine est l'occasion idéale de me changer les idées et d'oublier la tâche qui m'attend. J'essaie de ne pas stresser à l'idée de rencontrer ma mère demain, je me concentre sur l'ambiance vivante et légère des lieux.

Le bar de RJ est un véritable melting-pot où des motards côtoient des jeunes BCBG. J'ignore si c'est l'alcool ou la personnalité avenante de RJ, mais les clients semblent baisser la garde et abandonner leurs faux-semblants. Deux heures s'écoulent tandis que je sirote mon vin et bavarde avec les clients qui se succèdent. RJ s'extasie sur mes gressins et les distribue autour du bar, m'attribuant tout le mérite. Je le regarde saluer les habitués par leurs noms, demander aux nouveaux arrivants d'où ils viennent et ce qui les amène ici. C'est lui qui devrait animer une émission télévisée. Il est charmant sans être calculateur. Il semble clamer dans un élan de sympathie naturel : « Je vous apprécie vraiment. » Je l'admire tandis qu'il incite lentement un homme maussade à entrer en conversation avec deux nonnes canadiennes. Quand RJ a terminé son tour de magie, M. Ronchon paie l'addition des bonnes-sœurs et tous trois font le projet de dîner ensemble le soir même.

RJ ne s'accorde qu'une seule pause à 16 h 30, quand Zach et Izzy arrivent avec leurs lourds cartables, comme la dernière fois. Il les salue de la main lorsqu'ils entrent, puis il fait signe à Don, une serveuse, de prendre sa place derrière le bar.

Je me surprends à sourire quand RJ et les enfants échangent une étreinte et s'entrechoquent les poings en guise de bonjour. Comme la dernière fois, il les installe à une table avant de s'éclipser pour leur chercher un goûter.

Ce type incroyable est-il vraiment réel ? Et quel est son lien exact avec ces enfants et leur mère ? Personne ne peut être aussi gentil. Ou suis-je devenue cynique ?

À 18 heures, la foule se dissipe et c'est Don qui tient désormais séance derrière le bar avec les dix derniers clients. Je suis assise à une table du fond où j'aide Izzy à faire un exercice de maths quand elle laisse échapper un cri.

« Maman ! »

Je pivote et aperçois Maddie qui avance vers nous. Elle est vêtue de noir de la tête aux pieds. Le code vestimentaire du salon de coiffure, j'imagine. Elle ralentit en m'apercevant. L'espace d'un instant, j'ai l'impression qu'elle est furieuse, qu'elle en pince peut-être pour RJ. Mais son visage s'adoucit soudain et elle sourit.

« Salut ! Je me souviens de vous. » Son ongle violet est pointé sur moi. « Je suis contente que vous soyez revenue. Je sens un truc entre vous deux. »

Bien évidemment, le « truc » de Maddie n'est qu'une notion bien vague. Mais j'ai le sentiment d'être à nouveau ado, et mon amie vient de m'apprendre que le garçon qui me fait craquer craque aussi pour moi.

RJ et moi sommes dehors et agitons la main pour dire au revoir aux enfants. Le paysage aujourd'hui n'a rien à voir avec celui d'il y a quatre semaines, sous la neige. Les branches frêles des cerisiers croulent sous les bourgeons, une herbe nouvelle d'un vert éclatant couvre le sol entre les pieds de vigne.

« C'est magnifique, par ici », dis-je. Et c'est vrai. L'herbe verte contraste avec les branches rouges de cerisiers et l'eau bleue au-delà.

« La capitale mondiale de la cerise.

– Ah bon ?

– Les effets du lac sur cette péninsule… et sur celle-là…» Il se poste à mes côtés et me montre du doigt une autre langue de terre qui avance sur le lac. « Tout ça permet de créer un microclimat propice aux cerisiers. Pareil pour les raisins vinifères, ceux qu'on utilise dans la création du vin. »

Je fais un geste en direction d'une sorte d'armoire dans le verger, dont chaque tiroir est peint d'une jolie teinte pastel. « C'est quoi ?

– Un de mes ruchers. Il faut environ cent quarante mille abeilles par demi-hectare de cerisiers. Encore quelques semaines et elles danseront parmi les fleurs, à faire leurs tours de magie.» Il montre les arbres. « Et tous ces bourgeons qu'on aperçoit là-bas vont s'épanouir en de belles fleurs blanches. De loin, elles reflètent le rouge des branches et le vert de l'herbe, si bien que, du bas de la péninsule, on a l'impression que les vergers sont roses et verts. C'est un tableau spectaculaire sur fond de lac bleu. Il faut vraiment que vous voyiez ça.

– Peut-être un jour, oui. » Je consulte ma montre. « Mais je ferais mieux d'y aller.

– Hors de question. Je vous invite à dîner. J'ai déjà réservé une table. »

25

Une femme correcte aurait refusé. Même une femme médiocre se serait sentie coupable. Mais quand RJ me propose de dîner dans son restaurant préféré, j'hésite juste le temps de laisser un message sur le répondeur de Michael.

«Salut, c'est moi, dis-je dans les toilettes où je gobe un chocolat à la menthe. Tu dois être en rendez-vous avec Jennifer et DeForio. Je voulais juste te prévenir que je sors dîner. Je me suis arrêtée à un domaine viticole et je vais aller manger un morceau avec le proprio. Je te rappelle plus tard.»

Je me cherche des excuses, je le sais bien, et je sais aussi que je brûlerai sans doute en enfer, mais j'arrive à me convaincre que je suis encore dans les limites de la décence. Bon, d'accord, je suis peut-être à cheval sur la frontière, mais, au moins, j'ai encore un pied du bon côté.

Nous sommes assis à une table qui surplombe la baie de Grand Traverse et nous dégustons des moules vapeur, du thon grillé et des coquilles Saint-Jacques sauce whisky. On aurait pu tout aussi bien manger un hamburger dans un fast-food. Ça n'aurait fait aucune différence à mes yeux. Ça aurait quand même été le meilleur rendez-vous de ma vie. S'il s'agissait d'un rendez-vous, ce qui n'est pas le cas.

Il me sert un verre de vin. «Bourgogne blanc, un chardonnay. C'est en accord parfait avec la sauce au beurre des moules.» Il hoche la tête. «Pardon. Je parle comme un crétin prétentieux. Tu viens de La Nouvelle-Orléans. Tu en sais plus que moi sur le vin et la gastronomie.

– Oui, c'est vrai.»

Il me dévisage. «C'est vrai ? Tu es fan de gastronomie ?

– Non, dis-je en essayant de ne pas rire. Je parlais de ton commentaire sur le crétin prétentieux.»

Il affiche une mine déconfite puis il comprend que je plaisante. Nous éclatons de rire. «Ah, tu m'as bien eu. Mais je parlais vraiment comme un abruti. Désolé.

– Pas du tout. Tu n'imagines pas depuis combien de temps j'attends qu'on me fasse un cours sur le bourgogne blanc.»

Il sourit et lève son verre. «Au bourgogne blanc et aux visages rouges. Et aux visiteurs inattendus.»

Nous dégustons notre vin et je l'interroge sur Zach et Izzy, les garnements qui viennent lui rendre visite chaque jour après l'école.

«Je suis aussi ravi qu'eux quand je les vois. C'est bénéfique pour tout le monde.

– Ah bon ?» Mais je n'y crois qu'à moitié. Ce type a un cœur en or, ça ne fait aucun doute.

«L'été, ils me sont d'une grande aide. Zach est un apiculteur talentueux. Il affirme avoir dompté les abeilles et je veux bien le croire. Je fais fermenter du miel et je travaille à recréer une boisson antique, l'hydromel. Si j'arrive à le vendre, les bénéfices serviront à financer les études universitaires de Zach.

– Et que fait Izzy ?

– Izzy m'aide…» Il fait une pause, comme s'il cherchait une réponse. «Elle me file un coup de main en cuisine.»

Je m'esclaffe. «C'est ça, oui, une gamine de cinq ans doit être d'une grande aide en cuisine. Tu ne me feras pas gober ça, RJ. Elle représente plus de problèmes que de solutions. Mais tu les adores. Admets-le.»

Il rit et acquiesce. «Ils sont irremplaçables. Maddie est débordée, à les élever seule. Elle n'est pas toujours très mature et responsable, mais elle est jeune et elle fait de son mieux.

– Je suis certaine que tu leur apportes beaucoup. Où est leur père ?»

Un nuage vient obscurcir son visage. «Il est mort. Il y a presque deux ans.

– De maladie ?»

RJ prend une profonde inspiration. «Ouais. Il était malade. Une triste histoire.»

Je suis tentée de l'interroger davantage mais l'expression sombre dans les yeux de RJ m'indique que le sujet est clos.

Nous évoquons une heure durant nos passions respectives – son vignoble et sa cuisine, mon pain. Nous partageons nos plus belles réussites et nos pires déceptions. Sans entrer dans les détails, je lui parle de ma mère. «Nous avons eu une relation difficile depuis mon adolescence et je commence à comprendre que c'est en grande partie de ma faute. J'espère qu'on pourra faire la paix.

– Bonne chance. D'un point de vue purement égoïste, j'espère que vous deviendrez inséparables. »

Mon cœur s'emballe et je tords ma serviette sur mes genoux. « Raconte-moi ta pire déception. »

Il évoque son mariage, les bons côtés et les mauvais. « Le problème, c'est qu'on ne partageait pas le même rêve. Staci était furieuse quand je lui ai avoué mon envie de quitter E&J. Et elle ignorait que je rêvais de posséder un domaine viticole, ça m'a stupéfait. Franchement, je ne lui en veux pas de ne pas avoir eu envie de se déraciner et de changer de vie. Et pour tout dire, je serais encore marié et coincé dans les rouages de cette entreprise s'il n'y avait pas eu Allen, son chef. Ils se sont mariés en novembre dernier.

– Oh, non. Je suis désolée.

– Qu'est-ce qu'on peut y faire ? dit-il en levant les mains dans un geste d'impuissance. Elle est heureuse, Allen est heureux. Nous, on n'a jamais formé un bon couple. Je le vois, maintenant.

– Comme je comprends. » Je me surprends à lui parler de Jack, de nos retrouvailles à Chicago, de mes émotions en apprenant son mariage.

« Quel choc, cette nouvelle... Il m'a affirmé qu'il n'était pas l'homme de ma vie mais à cet instant, quand je me suis rendu compte qu'il allait se marier et avoir un bébé, j'ai paniqué. Si j'avais commis une erreur ? Si je m'étais trompée en refusant de lui accorder une seconde chance ? Mais c'était trop tard. La porte avait été refermée, verrouillée et cadenassée.

– Et toi, qu'en penses-tu ? C'était l'homme de ta vie ?

– Non. Ce n'était pas lui. Jack était un type super. Mais il m'a dit un truc que je n'oublierai jamais. Il m'a dit : "On n'abandonne jamais ceux qu'on aime."»

RJ semble cogiter. «Je crois qu'il a raison. Si tu avais voulu que cette relation continue, tu aurais trouvé un moyen. Il doit y avoir quelqu'un d'autre pour toi, je pense.»

Je me sens rougir. *Oui, je le pense aussi. Et je pense qu'il s'appelle Michael Payne. Et je pense aussi que je ne devrais pas me sentir aussi bien en ta compagnie.*

Il croise les mains sur la table et se penche vers moi. «D'accord, on va continuer dans les clichés d'un premier rendez-vous : Qu'est-ce qui figure sur la liste de tes rêves ?»

Je souris et je trempe un morceau de pain dans la sauce au vin. «Facile. Je veux une cabane dans les arbres.»

RJ éclate de rire. «Une cabane ? Allez. Je croyais que ce genre de truc, ça nous passait à l'âge de sept ou huit ans.»

J'aime quand il me taquine, et la façon dont notre conversation alterne entre sérieux et loufoque. «Pas pour moi, non. Je veux une vraie cabane perchée dans un arbre, avec une échelle de corde. J'aurai une belle vue sur l'eau, elle sera assez grande pour y installer un fauteuil, une bibliothèque et une table où je poserai mon café, c'est tout ce dont j'ai besoin pour être heureuse. Le monde entier peut disparaître dehors.

– Sympa. Donc, une cabane privée. Laisse-moi deviner, tu installeras un panneau à l'entrée qui dira INTERDIT AUX GARÇONS.

– Peut-être, je lui réponds en feignant la timidité. À moins qu'ils connaissent le mot de passe secret.»

Je sens son regard posé sur moi. Il est si intense que je suis obligée de détourner les yeux. Il baisse la voix, se penche davantage, nos visages sont à quelques centimètres. «Et c'est quoi, le mot de passe secret?»

Mon cœur s'emballe, je lève mon verre. Ma main tremble et je le repose. Je plonge le regard dans celui d'un homme que je ne devrais pas apprécier autant.

«J'ai un petit ami, RJ.»

26

RJ arque les sourcils et je l'entends prendre une courte inspiration. Il se ressaisit immédiatement. «Intéressant, comme mot de passe. J'imaginais plus un truc du genre, deux coups longs et trois courts. *J'ai un petit ami, RJ.* Je crois que je m'en souviendrai, de celui-là.»

Je grogne. «Écoute, je suis désolée. Je me répétais que ce n'était pas grave. Que tu étais un type sympa, un ami, avec qui je partagerais un bon dîner, peu importe que tu sois un homme ou une femme.» Je baisse les yeux vers ma serviette. «Mais à dire vrai, je passe un trop bon moment. Et ce n'est pas bien.» Je m'oblige à le regarder. «Et ça me fait peur.»

Il tend la main au-dessus de la table et me touche le bras. «Hé, tout va bien. Tu rentres et tu dis à ce mec que tu as rencontré quelqu'un d'autre. Tu le largues pour un type que tu connais à peine, un bon parti qui vit dans les collines du Michigan. Tu lui dis que tu t'apprêtes à t'engager dans cette relation à distance parce que, eh bien, deux mille soixante-neuf kilomètres, c'est un éloignement vraiment facile à gérer.» Il incline la tête. «Oui, c'est la distance exacte qui sépare ton palier du mien. Et oui, ça signifie que j'y ai pas mal réfléchi. »

Son regard est si tendre que j'ai envie de le prendre dans mes bras. Mais je ne suis pas certaine d'être en mesure de le réconforter maintenant. On ressemble à deux gosses qui seraient tombés amoureux pendant une colonie de vacances et qui, habitant deux villes différentes, sont sur le point de se séparer. Et j'ai déjà le cœur gros.

Il est minuit quand nous rentrons au domaine. Je ne suis pas encore passée prendre les clés de ma location. « Tu es en état de conduire ? me demande-t-il.

– Oui. » Je n'ai bu qu'un demi-verre de vin pendant le dîner, deux heures plus tôt. « Merci pour tout. »

Nos regards s'accrochent et avant même d'en avoir conscience, je suis entre ses bras. Je me colle à lui et je sens les battements de son cœur, le contact doux de sa main dans mes cheveux. J'essaie de graver cet instant dans ma mémoire – la pression légère de sa joue contre ma tête, la chaleur de son souffle à mon oreille. Je ferme les yeux et rêve que le monde disparaisse.

Il m'embrasse le sommet du crâne et recule d'un pas. Nous nous regardons jusqu'à ce que je m'oblige à détourner les yeux.

« Il faut que j'y aille, dis-je, mon cœur explosant presque dans ma poitrine. J'ai une journée chargée demain.

– Je suis désolé, répondit-il en fourrant les mains dans ses poches. Je me suis un peu laissé emporter. »

J'ai envie de lui avouer que ce n'est rien, que je me suis laissé emporter, moi aussi. Je voudrais retourner contre son torse, sentir ses bras autour de moi toute la nuit. Mais c'est mal. Je ne me le pardonnerais jamais.

« Est-ce qu'on va se revoir ? » demande-t-il.

Je hausse les épaules, ployant sous le poids de l'impuissance. «Je n'en sais rien.

— J'imagine qu'il est hors de question que je t'appelle?

— Honnêtement? J'adorerais qu'on s'appelle. Mais je ne fonctionne pas comme ça. Je suis trop impliquée avec Michael.» C'est la première fois que je prononce son nom et RJ se crispe.

«J'espère que Michael a conscience de la chance qu'il a.»

Je porte la main à ma gorge et j'acquiesce. Je l'espère aussi. Mais je n'en suis plus certaine. Depuis que je suis arrivée à l'improviste dans le domaine de RJ le mois dernier, j'éprouve des doutes au sujet de Michael.

Il baisse les yeux vers moi et sourit, mais son regard est triste. «Quand tu décideras de le botter en touche, je voudrais être au sommet de la liste dans ton carnet de bal, d'accord?»

J'essaie d'esquisser un sourire. «Sans faute.» Mais nous rêvons tous les deux. Même si j'étais célibataire, notre relation ne serait jamais rien d'autre qu'une passade. Nos carrières respectives étoufferaient la moindre chance de relation stable. Et plus que tout, je cherche la stabilité.

Je me réveille le lendemain matin dans mon cottage de location, le regard aussitôt attiré par la large fenêtre qui donne sur la baie. Le soleil qui pointe à l'horizon teinte le ciel de rose et d'orange. Je contemple le paysage couvert d'une nappe de brume, et j'articule en silence une prière pour la journée qui commence.

Je me rends au salon, j'observe la cheminée en pierre, le parquet en chêne et les bibliothèques sur mesure. Tout à fait mon genre de maison.

J'adorerais montrer cet endroit à RJ, peut-être l'y inviter à dîner. Mais c'est impossible, bien entendu. J'éprouve à nouveau une pointe de tristesse. Comment est-ce possible de se sentir si intimement lié à une personne qu'on ne connaît à peine ? Est-ce parce que Michael est si distant, ces derniers temps ? Je haïrais l'idée d'être une de ces femmes qui ont besoin d'un homme de secours, mais c'est peut-être le cas. La froideur de Michael me rend vulnérable.

Je me fais un café et j'emporte la tasse sur la terrasse avec mon ordinateur. Il fait plus frais que prévu mais la beauté des lieux est si captivante que je ne veux pas rentrer. Je serre ma robe de chambre autour de ma poitrine et je glisse mes pieds nus sous mes jambes. J'admire la vue majestueuse, je pense à RJ et à quel point il me semblait naturel d'être à ses côtés.

Je grogne. C'est complètement dingue ! D'un geste brusque, j'ouvre le clapet de mon ordinateur et me connecte à Internet. Le nom de James Peters apparaît dans ma boîte mail.

Je retiens mon souffle en attendant que son message s'affiche.

Hannah,

Merci pour votre nouvelle proposition sur la fracturation hydraulique et les Grands Lacs. Soyez assurée que vous êtes toujours en lice pour le poste. Nous prendrons une décision d'ici un jour ou deux.

Cordialement,

James

Je respire. Tant mieux. J'ai encore mes chances. Et si j'obtenais le poste, je n'aurais plus à m'inquiéter de trouver une alternative à l'émission sur les pierres du Pardon. Je ne souhaite vraiment pas inviter ma mère sur un plateau télévisé, ni à La Nouvelle-Orléans, ni à Chicago.

Je lis un mail de Jade quand mon téléphone sonne. Je jette un coup d'œil à l'écran. C'est Michael. Au lieu de sourire, je soupire et me prépare à une nouvelle conversation houleuse. Encore quelques jours et la situation reviendra à la normale. Du moins, j'essaie de m'en convaincre.

« Bonjour, dis-je avec plus d'entrain que j'en éprouve.

— Comment ça va dans le Michigan ?

— Bien. Je suis assise sur une terrasse qui surplombe la baie de Grand Traverse. Une vraie carte postale.

— C'est vrai ?

— Oui, je sais, c'est bizarre, ce n'était pas comme ça dans mon souvenir.

— Tu es déjà allée la voir ? » Sa voix est pincée. Il ne veut rien savoir de mes souvenirs. Il veut juste savoir si j'ai fait la paix avec ma mère et si je rentre bientôt.

« J'y vais ce matin. J'espère avoir bien calculé mon coup, qu'elle sera encore là mais que Bob sera parti travailler.

— Qu'est-ce que tu faisais, hier soir ? J'ai essayé de t'appeler. »

Mon cœur s'emballe. « Je suis allée manger dans un restaurant français incroyable, je lui réponds en toute honnêteté.

— Ah oui, c'est vrai. J'ai eu ton message. Avec le propriétaire du domaine viticole. » Il rit. « Bon sang, j'oserais jamais avouer un truc pareil. »

Il se moque de RJ. Je ravale ma colère. «Il produit un vin excellent. Tu serais surpris. Et le vignoble est sublime. Toute cette région est magnifique.

— Eh bien, ne va pas en tomber amoureuse, j'ai besoin que tu reviennes ce week-end. On doit aller à la soirée caritative de City Park vendredi, tu te souviens?»

Encore une soirée caritative. Encore des salades à raconter, des promesses à faire. Des mains à serrer. J'ai beau faire de mon mieux, je n'arrive pas à m'en réjouir.

«Oui. Je serai rentrée. Bien sûr que je serai rentrée.» Je fais une courte pause avant d'ajouter: «J'aimerais juste que, parfois, tu sois là pour moi.»

Les mots dégringolent de ma bouche avant même que j'aie eu le temps de les retenir. J'attends, je n'entends rien qu'une dizaine de secondes de silence à l'autre bout du fil.

«Je suis censé comprendre ce que tu cherches à me dire?» demande-t-il d'un ton glacial.

Mon cœur bat la chamade. «Je vais faire quelque chose aujourd'hui qui me tord les tripes, Michael. Tu ne m'as même pas souhaité bonne chance.

— Je t'ai dit clairement dès le départ que, à mon avis, c'était une erreur d'exhumer le passé. Je t'ai déconseillé de le faire mais tu ne m'as pas écouté. Au contraire, même, tu as foncé, tête baissée. Alors peut-être qu'on n'a pas la même conception de la notion d'être "là pour l'autre".»

Je refuse de me laisser manipuler. «Écoute, je sais que tu n'approuves pas mais j'ai besoin que tu me fasses confiance. Je ne ferai aucun mal à notre couple – si notre couple existe encore.» C'est peut-être parce que je me trouve à des centaines de kilomètres de lui, ou parce que j'ai passé la soirée avec un homme passionnant, quoi qu'il en soit, je me sens pleine de courage, comme si l'équilibre des forces avait changé. «Parfois, je me demande même si on se mariera un jour. J'ai trente-quatre ans, Michael. Je n'ai pas tant de temps que ça.»

Mon cœur fait des bonds dans ma poitrine et j'attends. Bon sang, qu'ai-je fait?

Il se racle la gorge, comme il le fait avant de prononcer une sentence politique importante. «Tu es à cran. Je le comprends. Mais oui, pour répondre à ta question, nous formons un couple. Du moins, c'est ce que je pense, moi. Je te l'ai dit clairement depuis le premier jour. Je veux attendre qu'Abby ait terminé le lycée avant d'envisager de me remarier.

– Elle va obtenir son diplôme au printemps. Ce n'est pas trop tôt pour faire des projets. On peut en discuter, au moins?

– Bon sang, Hannah! Quelle mouche t'a piquée? Bien sûr qu'on pourra en discuter à ton retour.» Il rit mais c'est le même ricanement forcé qu'il utilise avec ses adversaires de débats politiques. «Bon, il faut que je me sauve. Sois prudente aujourd'hui.» Il fait une pause. «Et pour info, je te souhaite bonne chance.»

27

J e n'arrive pas à prendre de décision, ce matin. Chacun de mes choix – des bijoux à ma coiffure – semble crucial. Legging ou jupe ? Cheveux bouclés ou lissés ? Rouge à lèvres ou simple baume ? Collier ou pas collier ?

« Merde », dis-je à voix haute quand je fais tomber mon poudrier. Il rebondit sur le carrelage, le miroir se brise et des paillettes roses se répandent sur le sol. Mes mains tremblent quand je ramasse les morceaux.

Et si j'avais attendu trop longtemps ? Peut-être qu'elle n'éprouve plus cet amour qui lie une mère à sa fille. Peut-être qu'elle m'a oubliée, qu'elle s'est rangée dans le camp de Bob. Qu'il lui a lavé le cerveau.

Bob me déteste forcément. Une puissante terreur m'envahit et j'imagine une douzaine de scénarios dramatiques. Va-t-il me hurler dessus ? Osera-t-il me frapper ? Non, dans mon souvenir, ce n'est pas un homme violent. En fait, je ne l'ai jamais entendu hausser la voix. Le souvenir le plus net que j'aie de lui, c'est son visage après que je l'ai traité de pervers. C'est un souvenir qui me hante, celui d'un visage déformé par l'incrédulité.

À 8 h 30, je suis toujours en mission de reconnaissance et je passe une fois encore devant la maison. J'ai les mains moites et je serre le volant de toutes mes forces. J'espérais voir ma mère dehors. Seule. J'aurais pu m'approcher d'elle, lui présenter mes excuses et l'affaire aurait été pliée. Mais la Chevrolet marron est garée dans l'allée. Personne n'est sorti ce matin.

Je ralentis. Derrière la baie vitrée, je crois entrapercevoir un mouvement. Est-elle à l'intérieur ? Si je sonne à la porte et que Bob vient ouvrir ? Me reconnaîtrait-il ? Pourrais-je prétendre m'être trompée d'adresse et repartir ? Peut-être devrais-je attendre le retour de ma mère cet après-midi.

Non. Il faut que j'agisse. On est déjà mardi. Je n'ai plus beaucoup de temps.

Je me gare sur le bas-côté et, cette fois, je passe par l'allée au lieu de me faufiler en douce par la forêt. C'est une allée en terre, comme la route, et des gravillons crissent sous mes chaussures. Je me demande comment ma mère arrive à marcher sur ces pierres. Aussitôt, la dernière scène de notre séparation me revient en mémoire, dans la voiture de location de mon père, sur cette allée. Il avait passé la marche arrière, nous nous étions éloignés à reculons. Ma mère avait couru après la voiture comme un chien après son maître. Une fois au bout de l'allée, je l'avais vue glisser sur les graviers. Elle était tombée à genoux, en sanglots. Mon père l'avait vue aussi, j'en suis sûre. Quand nous nous étions engagés sur la route, il avait enfoncé la pédale d'accélérateur. J'avais pivoté sur le siège et regardé, horrifiée, tandis que des cailloux jaillissaient de sous les pneus. J'avais repris ma position face à la route. Le spectacle était insoutenable. J'avais blindé un peu plus mon cœur.

Je porte une main à ma tête. *Arrête de ressasser ces souvenirs. Je t'en prie!* Les marches en ciment branlent quand je grimpe sur le porche. Je m'accroche à la rambarde métallique. De près, la structure en bois est plus délabrée qu'il n'y paraît depuis la route. La peinture grise s'écaille, la moustiquaire se détache de ses gonds. Mais pourquoi Bob ne répare-t-il pas tout ça, bon sang? Et pourquoi a-t-il fallu que je porte ce vieux pendentif? Il doit valoir plus que le chalet tout entier. Après toutes ces années de ressentiment, ça me fait bizarre d'avoir un tel élan de protection envers ma mère.

Des voix faibles et des rires s'échappent de la porte fermée. Je reconnais la voix d'Al Roker. C'est le *Today Show*. Une image de ma mère me vient à l'esprit. Elle est penchée devant le miroir de la salle de bains, le *Today Show* passe à la télé, le son est à fond dans le salon pour qu'elle puisse écouter l'émission en se maquillant. Je me demande à présent si son penchant pour les programmes matinaux a influencé mon choix de carrière. Avais-je l'espoir qu'un jour elle m'entendrait? Ou bien ai-je choisi ce métier car c'est à moi de poser les questions, et non d'y répondre?

J'inspire profondément. Je me racle la gorge, je repositionne mon foulard pour cacher le pendentif en diamant et saphir, et j'appuie sur la sonnette.

Elle porte une chemise bleue et un pantalon de jogging noir. Elle est minuscule. Si minuscule. Ses cheveux, qui étaient autrefois son plus bel atout, sont à présent brun terne et secs. Autour de sa bouche s'étire un réseau de rides, des cernes bordent ses yeux. C'est le visage brisé d'une femme de cinquante-quatre ans qui a vécu une existence de merde. Je porte la main à ma bouche.

« Bonjour », dit-elle en poussant la moustiquaire. J'ai envie de la réprimander, de lui dire qu'elle est naïve, qu'il ne faut jamais ouvrir sa porte aux inconnus. Elle me sourit, j'aperçois des taches sur ses dents jadis si jolies. Je scrute son visage en quête d'éléments familiers, je les trouve au fond de ses yeux bleu pâle. J'y lis de la gentillesse, et autre chose encore. De la tristesse.

J'ouvre la bouche pour parler mais ma gorge se serre. Je me contente de la dévisager, de voir ses yeux et son esprit m'identifier lentement.

Un gémissement aussi primitif qu'un cri d'animal jaillit d'entre ses lèvres. Elle avance sur le porche, la porte claque derrière elle. Son corps minuscule me renverse presque quand elle se rue sur moi. « Ma fille, s'écrie-t-elle. Ma jolie petite fille. »

C'est comme si vingt années venaient de se dissoudre instantanément. Nous ne sommes qu'une mère et sa fille, réunies par le plus instinctif, le plus fondamental des amours.

Elle m'attire contre sa poitrine et me berce. Elle sent le patchouli et la fumée de cigarette. « Hannah, dit-elle. Hannah, ma chérie ! » Nous oscillons d'avant en arrière comme un fanion dans un courant d'air. Elle finit par s'écarter et elle m'embrasse sur la joue, le front, le bout du nez, exactement comme elle le faisait chaque matin avant l'école. Elle sanglote à présent et, toutes les deux secondes, elle fait un pas en arrière pour me dévisager, craignant d'être en train de rêver. Si j'ai douté un instant de son amour pour moi, cette idée a totalement disparu de mon esprit.

« Maman », dis-je, et ma voix se brise.

Elle porte la main à sa bouche. « Tu es là. Tu es vraiment là. Je n'arrive pas à y croire. Je n'arrive vraiment pas à y croire. »

Elle me prend par la main et m'entraîne vers la porte. Je ne bouge pas. J'entends le son de la télévision poussé à fond, à l'intérieur. J'ai la tête qui tourne. Mes jambes sont deux poteaux de ciment, ancrés dans le sol. Je me retourne pour regarder ma voiture. Je peux repartir sur-le-champ. Je peux lui dire pardon et repartir. Je n'ai pas besoin de revoir cet endroit – l'endroit où j'avais juré de ne jamais remettre les pieds. L'endroit où mon père m'avait interdit de revenir.

« Je ne compte pas rester, dis-je. Il faut que tu ailles au travail. Je peux repasser plus tard.

– Non. Je t'en prie. Je vais appeler pour me faire remplacer. » Elle me tire par la main mais je résiste.

« Il… Il est là ? » je demande d'une voix tremblante.

Elle se mord la lèvre. « Non. Il ne reviendra pas avant 15 heures. On est toutes les deux. »

Rien que nous deux. Mère et fille. Sans Bob. Exactement comme je le voulais – cet instant.

La main dans la sienne, j'entre. L'odeur de fumée de bois et d'huile citronnée me ramène à l'été 1993. Je prends une profonde inspiration dans l'espoir de ralentir les battements affolés de mon cœur.

Le salon est exigu mais immaculé. Dans un coin, j'aperçois le vieux poêle à bois. Je suis soulagée de voir que le vieux canapé marron a disparu. Ils l'ont remplacé par un immense canapé d'angle en velours beige qui semble avaler la pièce entière.

Ma mère bavarde et me raconte tous les changements tandis que nous traversons le salon jusqu'à la minuscule cuisine. «Bob a installé ces nouveaux placards il y a une dizaine d'années.»

Je caresse le beau chêne. Ils ont gardé le sol en lino – des rectangles et des carrés censés imiter des carreaux de céramique – et les plans de travail en formica.

Elle tire une chaise autour de la table en chêne et je m'installe. Elle prend place face à moi, mes deux mains dans les siennes.

«Je vais te préparer un thé, dit-elle. Mais laisse-moi d'abord te regarder.» Elle me contemple et me dévore du regard. «Quelle beauté.»

Ses yeux brillent, elle tend la main pour lisser mes cheveux. Je suis soudain frappée de comprendre à quel point je l'ai privée de ces choses, de ces instants entre une mère et sa fille. La femme qui adorait se coiffer, se faire les ongles, se maquiller, aurait aimé enseigner ses astuces à sa fille. Les bals de promo, les cérémonies de diplôme. Tous ces événements importants lui avaient été arrachés, comme si j'étais morte. Non, pire. Au lieu de la quitter à cause d'une maladie ou d'un accident, je l'avais fait de mon propre choix.

«Je suis tellement désolée, maman.» Les paroles s'échappent de ma bouche. «J'ai fait tout ce chemin pour te le dire.»

Elle hésite et quand elle prend la parole, chacun de ses mots est mesuré, de peur que la moindre syllabe de travers anéantisse ma confession. «Tu... tu es désolée pour ce que tu as fait à Bob?

– Je...» Voilà des semaines que je répète cette phrase mais elle se coince tout de même dans ma gorge. «Je ne suis pas sûre...»

Elle acquiesce, m'encourage à continuer, ses yeux ne quittent pas les miens. Il y a une certaine intensité dans son regard, elle semble espérer contre toute attente que je prononce le message qu'elle rêve d'entendre. «Je ne suis pas sûre de ce qui s'est passé ce soir-là.» Je l'entends étouffer un cri. Elle porte la main à sa bouche et acquiesce. «Merci, dit-elle d'une voix étranglée. Merci.»

Nous terminons notre thé et sortons faire un tour dans le jardin. C'est la première fois que je m'en rends compte : mon amour pour les fleurs reflète la même passion que ma mère. Elle me montre chaque plante, chaque fleur, chacune a une vertu particulière, et chacune a été plantée à ma mémoire.

«Voilà le saule pleureur que j'ai installé là, l'année de ton départ. Regarde comme il a grandi.» Elle lève la tête vers la cime, ses branches vers l'eau du lac comme la chevelure de Raiponce. J'imagine ma mère creuser un trou, déposer le tronc maigrichon dans la terre et essayer de remplacer ainsi sa fille.

«Ce lilas me rappelle toujours ton premier récital de danse. Je t'avais apporté un bouquet de lilas ce jour-là, au studio de Gloria Rose. Tu m'avais dit que ça sentais la barbe à papa.

– Je m'en souviens, oui.» Et des images me reviennent, une fillette inquiète qui jette un coup d'œil depuis les coulisses et se demande pourquoi ses parents ne sont pas dans la salle. «J'ai paniqué. Je pensais que vous n'alliez pas venir. Papa et toi, vous vous étiez disputés.»

C'est étrange que ce souvenir refasse surface, après tant d'années. Ce récital, c'était bien avant notre déménagement à Detroit. Je m'étais convaincue qu'ils ne s'étaient jamais disputés avant l'arrivée de Bob.

«Oui, c'est vrai.

– Pourquoi vous vous êtes disputés, si tu me permets cette question ?

– C'est sans importance, ma chérie.»

J'ignore pourquoi, mais cela a de l'importance à mes yeux. «Dis-le-moi, maman. S'il te plaît. Tu t'adresses à une adulte, maintenant.»

Elle rit. «C'est vrai. Tu te rends compte que tu as l'âge que j'avais à ton départ ?»

Ton départ. Elle ne le dit pas d'un ton accusateur mais ses paroles me brûlent l'âme. Elle était si jeune quand je l'ai quittée. Et la vie que j'ai fini par mener est si différente de la sienne, à l'époque comme aujourd'hui.

«Papa et toi, vous vous êtes mariés très jeunes. Tu me disais toujours que tu étais impatiente.

– Je voulais tant quitter le comté de Schuylkill.» Elle arrache une fleur de jacinthe des bois et la fait rouler entre ses doigts avant d'en respirer le parfum. «Ton père était transféré à St Louis. Il voulait que quelqu'un l'accompagne.»

J'incline la tête. «À t'entendre, on dirait un mariage de commodité.

– Il n'était pas très versé dans les voyages, à l'époque. Ni moi, d'ailleurs. C'était effrayant de quitter Pittsburgh. Il appréciait l'idée de m'avoir à ses côtés, j'imagine.

– Mais vous étiez amoureux.»

Elle hausse les épaules. «Même à l'époque, quand nous étions heureux et passionnés, je savais que je ne lui suffirais jamais.»

Je tends le bras et retire un cheveu de son chemisier.
«Toi ? Tu étais si jolie.» Je me reprends. «Tu es si jolie.
Bien sûr que si, tu lui suffisais.»

Son regard s'obscurcit un instant. «Non, ma chérie.
Mais ce n'est pas grave.

– Pourquoi tu dis ça ? Papa était fou de toi.»
Elle contemple le lac. «Je n'étais personne. J'avais
toujours eu des difficultés à l'école. Je n'avais pas
d'instruction.»

Mon cœur se brise à l'entendre. Mon père la reprenait
toujours sur ses fautes de grammaire, il lui achetait des
livres sur l'usage correct de la langue. «On dirait une fille
de gueule noire, quand tu parles», lui répétait-il souvent,
et c'était le cas, évidemment. «Ne va pas prendre ces
mauvaises habitudes, me disait-il. Les gens intelligents ne
disent pas…» et il complétait les blancs avec «T'as ben
fait ça», ou «C'pas sûr», ou «Faut qu'j'aille au docteur».
Elle riait et le repoussait d'un revers de main, mais je me
souviens une fois d'avoir vu sa lèvre trembler avant qu'elle
détourne le visage. Je m'étais postée derrière elle et j'avais
passé mes bras autour de sa taille. Je lui avais affirmé
qu'elle était la femme la plus intelligente du monde.

«Ton grand-père m'obligeait à rester à la maison pour
m'occuper de mes frères et sœurs quand maman allait
faire des ménages.» Elle baisse les yeux vers sa blouse.
«Tu te rends compte ? C'est moi, la femme de ménage,
maintenant.»

Je vois qu'elle est gênée. Face à sa fille en vêtements
de marque et un diplôme universitaire en poche, elle a
honte. J'éprouve un amour si profond que j'arrive à peine
à parler. J'ai envie de lui expliquer que ce n'est pas grave.

Je ne suis qu'une fille en mal de mère. Mais c'est trop incongru. Je préfère détendre l'atmosphère.

«C'est un boulot idéal pour toi, maman. Tu as toujours été maniaque de la propreté.»

Elle rit et je la regarde droit dans les yeux. «Au final, tu lui as toujours suffi, à papa. C'est toi qui as trouvé quelqu'un d'autre, pas lui. Il était effondré.»

Elle détourne le regard.

«C'est pas vrai?» je lui demande en sentant mon pouls s'accélérer.

Ses yeux rencontrent à nouveau les miens, elle ne prononce pas un mot. Je connais déjà la réponse mais je dois lui poser la question.

«Papa était fidèle, pas vrai, maman?

— Oh, chérie, ce n'était pas de sa faute.»

Je porte les mains à ma tête. «Non! Pourquoi tu ne m'as rien dit?

— C'était comme ça, avec les athlètes professionnels — et c'est sans doute encore le cas. Je le savais en l'épousant. Je pensais juste…» Elle rit, un petit rire triste. «Je pensais que j'arriverais à le faire changer. J'étais une jeune écervelée. Je pensais qu'il suffirait de me faire belle pour le garder. Mais il y avait toujours une femme plus jeune, plus jolie et plus amusante.»

Je pense à Claudia, à mes propres incertitudes. «Tu devais détester l'idée de devoir être parfaite en permanence.»

Elle replace une mèche de cheveux derrière son oreille. «Ces joueurs pros pouvaient avoir n'importe quelle femme.»

Mon pouls s'emballe. «Combien?»

Elle montre un massif de rosiers qui fleuriront d'ici un mois. « Tu as toujours adoré les roses. C'est amusant, moi, ça n'a jamais été mes fleurs préférées. J'aime mieux celles-ci. » Elle pointe l'index vers un parterre de jonquilles.

« Combien de femmes y a-t-il eu, maman ? »

Elle hoche la tête. « Hannah, arrête. S'il te plaît. C'est pas ben… ce n'est pas important. Il ne faut pas lui en vouloir. La plupart des sportifs professionnels en faisaient autant. Les filles étaient à leurs pieds. »

Mon cœur se gonfle en pensant à cette jeune femme en jean moulant qui cherchait désespérément à rester jeune et jolie sans jamais avoir le sentiment d'être à la hauteur. À chaque nouvelle année, elle devait maudire le temps qui passait.

« Pas étonnant que tu aies été malheureuse. Pourquoi ne m'en as-tu jamais parlé ? J'aurais compris.

– Honore ton père, murmure-t-elle en citant la Bible. Je n'avais pas à t'en parler à l'époque, et je n'ai pas à t'en parler aujourd'hui non plus. »

J'ai envie de hurler. Mais voilà qui explique tant de choses. Toutes ces années, je l'ai diabolisée – et mon père m'a laissée faire. Si seulement j'avais su ce qu'elle avait enduré, je me serais montrée plus compatissante.

« J'avais l'intuition que tu finirais par le deviner toute seule, en grandissant. Qu'on serait liées comme les deux meilleures amies du monde plutôt que par une relation mère-fille. » Elle me sourit et, dans ses yeux bleu pâle, je lis tous ses rêves perdus.

Elle s'accroupit et cueille un pissenlit dans le parterre de fleurs. « Ton père avait un immense besoin d'amour. Il avait besoin d'amour autant que d'air et d'eau. Mais il était incapable d'en donner en retour. »

J'ai envie de lui dire qu'elle a tort, que mon père était un homme aimant. Mais juste sous la surface, je sens la vérité bouillonner. Et je sais qu'elle a raison. Je l'observe secouer la terre des racines du pissenlit, et je sens s'effriter sous moi le terreau de ma propre vie. Tout ce à quoi je me raccrochais, toutes mes vérités se délitent. Mon père a peut-être véritablement essayé de me manipuler. Peut-être a-t-il empoisonné mes sentiments, m'a-t-il éloigné de ma mère. Peut-être que sa vérité *à lui*, comme dit Dorothy, n'était pas *la* vérité.

Elle jette le pissenlit derrière un buisson. «Tu étais l'exception. Je suis convaincue qu'il t'aimait, Hannah ma chérie.

– Du mieux qu'il le pouvait», dis-je, sachant qu'il s'agissait d'un amour égoïste, le seul qu'il était capable d'accorder. Une pensée me traverse l'esprit. «Est-ce que tu m'as envoyé des lettres, maman?»

Elle se tourne vers moi, les yeux écarquillés. «Le premier de chaque mois. Toujours. J'ai arrêté quand l'une d'elles m'est revenue avec un mot m'apprenant la mort de John. Elle me demandait de ne plus envoyer de lettres.»

Elle? Je suis prise de vertige. «De qui était signé le mot?

– D'une dénommée Julia.»

Je porte les mains à ma tête. «Non. Pas Julia.» Mais alors même que j'essaie de nier l'évidence, je sais que c'est la vérité. Comme moi, Julia était une des nombreuses complices de mon père. Elle lui manifestait son amour en le protégeant. Comment pourrais-je être en colère après elle alors que je faisais exactement la même chose?

«J'aurais préféré que tu m'envoies les lettres directement.»

Elle me dévisage comme si ma remarque était ridicule. «Tu refusais de me donner ton adresse. Après ton départ d'Atlanta, je te l'ai demandée, encore et encore. Pour finir, ton père m'a conseillé de lui envoyer les lettres. Il m'a promis de te les transmettre.»

Et elle lui a fait confiance. Tout comme moi.

«Comment as-tu pu me laisser partir sans rien faire?» Les paroles m'échappent sans que j'aie eu le temps de réfléchir.

Elle recule et baisse les yeux vers ses mains. «L'avocat de ton père m'a convaincue que c'était la meilleure chose à faire pour tout le monde, notamment pour toi. Tu aurais été obligée de témoigner au tribunal. Bob risquait plusieurs années de prison.»

Et voilà. Son propre choix de Sophie. Elle a certainement fait une croix sur les parts qui lui revenaient après le divorce.

Elle m'attrape le bras. «Il faut que tu me croies, Hannah. Je t'aimais. Je pensais faire au mieux. Vraiment.» Elle se détourne et donne un coup de pied dans la terre du bout de sa basket. «J'ai été si idiote. J'étais persuadée que tu reviendrais. Quand ton père m'a appris que tu ne voulais plus jamais me revoir, j'en ai presque perdu la tête.»

Une vague de nausée déferle en moi et je m'efforce de comprendre les agissements égoïstes de mon père – et les miens. Pourquoi m'a-t-il éloignée de ma mère? Pensait-il m'aider? Ou son esprit de compétition était-il avide de revanche? Son besoin de punir ma mère était-il si profond qu'il a ignoré le fait qu'il me punissait aussi dans la foulée? Je sens disparaître la colère monstrueuse que je portais jusqu'ici contre ma mère, aussitôt remplacée par une nouvelle, cette fois-ci contre mon père. Me voici à nouveau retranchée dans l'amertume et la fureur. Je lève les yeux au ciel. Non! J'ai fait tout ce chemin pour me délester de la rage que je porte en moi depuis longtemps. J'ai deux choix : me laisser à nouveau submerger par la colère ou la laisser s'échapper. Les paroles de Fiona se dessinent dans mon esprit. Nous taisons nos secrets pour deux raisons. Pour nous protéger ou protéger les autres.

Mon père me protégeait, du moins c'est ce qu'il pensait. Oui. Je choisis de croire ça. Parce que l'autre alternative, qu'il puisse se protéger lui-même, est une notion intolérable.

Je pose la main dans le dos de ma mère. «Ne pleure pas, maman. Tout va bien. Tu as agi en pensant faire au mieux. Moi aussi.» Je déglutis avec peine. «Papa aussi.»

Ma mère s'essuie les yeux et se tourne vers le chemin de terre, vers le nord, la tête inclinée. Je l'entends à présent, moi aussi. Le grondement lointain d'un moteur. «Voilà Bob qui rentre.»

28

Une décharge électrique me parcourt l'échine. L'instant que j'ai redouté toute ma vie d'adulte est enfin arrivé. « Il faut que je m'en aille.

– Non, reste.

– Je vais attendre dans la voiture. Tu pourras lui expliquer la raison de ma venue. S'il veut que je parte, je partirai. »

Ma mère lisse ses cheveux et tapote ses poches avant d'en sortir un tube de rouge à lèvres Maybelline.

« Non », me dit-elle, ses lèvres à présent couleur fauve. Elle range le tube dans sa poche. « Bob ne se souviendra pas de toi. »

Je suis frappée par son commentaire. Ma mère n'essaie même pas de prendre des pincettes. Bob a tout oublié à mon sujet. À ses yeux, je suis morte.

Un bus du comté, à peine plus grand qu'un Monospace, se range devant la maison. Ma mère est femme de ménage et Bob est chauffeur de bus. Un chauffeur de bus qui ne se souvient pas de sa belle-fille.

Le véhicule vert et blanc s'arrête dans l'allée. Ma mère se poste sur le bas-côté et attend que les portières s'ouvrent. À cet instant, le chauffeur apparaît – un type maigre d'une vingtaine d'années au bras couvert d'un tatouage.

L'espace d'une seconde, je ne comprends pas. Qui est ce mec? Ce n'est pas Bob, ça, c'est certain. J'aperçois quelqu'un de l'autre côté du chauffeur. Un vieil homme, voûté et frêle, qui s'agrippe au coude tatoué du jeune. Ma mère fait un pas en avant et dépose une bise sur la joue du vieil homme. «Salut, mon chéri.»

Je porte la main à ma gorge et réprime un cri. Bob? Non. C'est impossible.

Ma mère remercie le chauffeur et tend la main à Bob. Il l'attrape et sourit. Que ce soit dû à sa position voûtée ou à l'ostéoporose, il semble avoir rétréci de quinze centimètres. Je cherche une ressemblance, le moindre souvenir de l'ouvrier robuste qu'il était autrefois, ses larges épaules et son rire caverneux. Mais je ne vois qu'un homme faible vêtu d'une chemise vert pâle avec une tache violette, qui empoigne la main de ma mère comme un môme de cinq ans.

En quelques secondes, mon cerveau dresse des hypothèses. Il a eu un accident. Il est malade.

«Comme t'es jolie, toi», dit-il à ma mère comme s'il la voyait pour la première fois. Il me repère et se fend d'un large sourire. «Salut, lance-t-il d'une voix chantante.

– Bob, tu te souviens d'Hannah, ma fille?»

Bob lâche un petit rire. «Comme t'es jolie, toi.»

Lentement, je m'approche de lui. Il est maigre, à présent, avec un minuscule visage lisse et d'énormes oreilles qui semblent avoir été attachées à son crâne comme celles de M. Patate. Il porte des baskets blanches et un pantalon en toile beige serré par une ceinture en cuir marron qui souligne son ventre rebondi.

Toutes mes peurs ont disparu – à leur place, j'éprouve de la pitié, de la tristesse et de la honte. Je reste là, les bras ballants. « Salut, Bob. »

Son regard passe de ma mère à moi. « Salut », dit-il avec un sourire.

Ma mère passe un bras autour de mes épaules. « Bob, voici ma fille. » Elle parle d'un ton doux mais déterminé, comme on s'adresse à un enfant. « Voici Hannah. Elle est venue nous rendre visite.

– Comme t'es jolie, toi. »

Il me suffit d'un instant pour établir le diagnostic. Alzheimer.

Bob est assis à la table de la cuisine et fait un puzzle d'enfant tandis que nous préparons le dîner avec ma mère. Je le regarde qui examine un camion de pompier en bois, caressant l'arête avec son doigt et se demandant dans lequel des cinq emplacements le caser.

« Tu t'en sors, mon chéri ? » demande à nouveau ma mère. Elle prend un sachet dans le congélateur. « Des toasts à l'ail maison, lui annonce-t-elle. Tu aimes ça, pas vrai, chéri ? »

Je suis admirative de son entrain, de cette dignité décomplexée avec laquelle elle s'adresse à son mari. Je n'y ressens aucune amertume, aucune impatience ni aucune colère. Elle paraît presque ivre de joie que je sois là, ce qui me ravit et m'attriste à la fois. Pourquoi ai-je attendu si longtemps ?

Elle me touche toutes les deux minutes, comme pour s'assurer que je suis bien là. Elle prépare des spaghettis, elle se souvient que c'est mon plat préféré. Elle fait revenir du bœuf et des oignons, qu'elle mélange avec de la sauce

Prego. Le parmesan n'est pas fraîchement râpé, il vient d'une boîte verte. Le seul talent culinaire que nous partageons est notre amour pour le pain artisanal.

Je suis à nouveau frappée de voir à quel point nos vies sont différentes. Quelle femme serais-je devenue si j'étais restée avec ma mère ? Est-ce que j'habiterais dans le nord du Michigan, à faire réchauffer des plats préparés pour ma famille ? Question primordiale : le fait que j'aie choisi de partir a-t-il rendu ma vie meilleure ou pire ?

Le dîner ressemble à une soirée au restaurant Chuck E. Cheese's. Ma mère et moi essayons de discuter tandis que Bob nous interrompt sans cesse, répétant en boucle les mêmes phrases. *C'est qui ? Comme t'es jolie, toi. Je vais pêcher demain matin.*

« Ça fait des années qu'il n'a pas pêché. Todd met le vieux bateau à l'eau chaque année mais il reste à quai. Il faut absolument que je le vende. »

Nous évoquons les années d'absence. Ma mère me raconte qu'ils ont déménagé dans le nord après que Bob a perdu son poste d'enseignant.

« Encore un obstacle à franchir, me dit-elle. Arrêter l'enseignement était déjà difficile pour lui, mais oh là là, quitter son poste d'entraîneur de l'équipe scolaire, ça l'a presque achevé. »

Je n'ose pas poser la question qui me brûle les lèvres, mais il le faut. « Est-ce que… mon histoire… a eu un rapport avec la perte de son travail ? »

Ma mère s'essuie les lèvres avec une serviette et porte une fourchette de spaghettis à la bouche de Bob. « Mme Jacobs. Tu te souviens d'elle ? Elle vivait dans la ferme voisine.

– Oui, je réponds en me rappelant cette vieille bonne femme qui reprochait à ma mère d'être trop "tape-à-l'œil".
– Elle a eu vent de la dispute.»
La dispute. C'est ainsi qu'elle évoque l'incident. L'accusation. *Mon* accusation.
«Qui lui en a parlé? Le... l'incident... a eu lieu ici, à cinq cents kilomètres de Bloomfield Hills. Comment l'a-t-elle appris?»
Ma mère essuie la bouche de Bob, puis elle porte un verre de lait à ses lèvres. Elle ne répond pas à ma question.
«Papa», dis-je à voix haute. Mon père a dû en parler à Mme Jacobs. Il connaissait sa réputation de commère. Il savait qu'elle serait incapable de garder l'information secrète. C'est d'ailleurs exactement pour cela qu'il lui en a parlé. Encore un acte de vengeance.
«Oh, non.» Je sens le poids de ma culpabilité, j'imagine les ondes de dégâts qu'un seul mensonge peut provoquer.
«Et elle l'a dénoncé?»
Ma mère se penche et me touche le bras. «Dans un sens, ça nous a libérés, ma chérie. On a quitté Detroit, on s'est installés ici. On a pris un nouveau départ.
– Pourquoi Bob n'a-t-il pas enseigné dans la région?
– L'industrie du bâtiment était en plein essor, à l'époque. C'est encore le cas.
– Mais il adorait enseigner. Et entraîner une équipe de baseball.»
Elle se détourne. «La vie est une série de compromis, ma chérie. C'était trop risqué. Si quelqu'un avait proféré la moindre accusation contre lui, il aurait fait une cible parfaite.»
Dommages collatéraux. Répliques d'un séisme. Peu importe le terme qu'on choisit d'employer, c'était un

véritable cataclysme. Les conséquences de mon accusation. Je repousse mon assiette, incapable d'avaler la moindre bouchée.

Nous nous installons sur le porche à l'arrière de la maison. Je m'assieds sur une chaise en plastique et ma mère accompagne Bob jusqu'à la balancelle. L'air printanier est frais, ma mère va chercher un pull pour chacun de nous. Elle pose une couverture sur les épaules de Bob. « Tu as assez chaud, mon chéri ?

– Oh, ouais.

– C'est ton endroit préféré sur ce porche, pas vrai, mon cœur ?

– Oh, ouais. »

Je les observe, touchée par les attentions tendres et aimantes que ma mère accorde à l'ombre de cet homme qu'elle appelle son mari. Et cela lui pèse, je le vois bien. Je repense à mon père, à cinquante-quatre ans. Il voyageait de par le monde, il jouait au golf cinq jours par semaine. Il avait une santé de fer, de l'argent, Julia. C'est injuste. Ma mère aussi devrait pouvoir voyager et profiter de la vie. Au lieu de cela, elle est liée à un homme qui ne la reconnaît qu'une fois sur deux.

« Qui c'est ? » demande Bob pour la énième fois en me montrant du doigt.

Ma mère se lance dans une explication mais je l'interromps. « Laisse-moi faire, maman. » Je me lève et prends une profonde inspiration. « J'ai parcouru des centaines de kilomètres pour venir m'excuser. Ce n'est pas comme ça que je l'imaginais mais je dois le faire tout de même.

– Chérie, ce n'est pas nécessaire. »

J'ignore ma mère et m'approche de la balancelle. Bob se décale et tapote la place libre à ses côtés. Je m'assieds. Je devrais lui prendre la main. Je devrais lui caresser le dos ou le bras, un geste pour lui indiquer que je suis son alliée. Mais je n'y arrive pas et je me sens méprisable. Même en cet instant, alors que Bob est diminué, l'idée de le toucher me gêne trop. Ma réaction est-elle instinctive, ou mon père m'a-t-il influencée à force de déverser son vitriol ?

«C'est qui ?»

J'inspire. «Je suis Hannah, Bob. La fille de Suzanne. Tu te souviens de moi ?»

Il acquiesce et sourit. «Oh, ouais.» Mais il ne se souvient pas. Je le sais bien.

Je finis par trouver le courage de lui prendre la main. Elle est fraîche, de larges veines saillent et dessinent des sillons entre les os et les taches de vieillesse. Mais elle est douce. Il me serre la main et mon cœur se tord.

«Je t'ai fait du mal, il y a longtemps, dis-je, et le nez me pique sous le coup de la honte.

– Comme t'es jolie, toi.

– Non. Je ne suis pas jolie. Je t'ai accusé de quelque chose. D'une chose horrible.»

Il regarde vers la forêt mais sa main ne quitte pas la mienne.

«Écoute-moi», dis-je entre mes dents. J'ignore pourquoi mais mon intonation semble furieuse.

Il se tourne vers moi et affiche l'expression d'un enfant qu'on vient de réprimander. Les larmes me montent aux yeux, je cille pour les retenir. Il m'observe, perplexe.

«Je tiens à te présenter mes excuses.» Ma voix tremble, rauque.

Ma mère se poste à mes côtés et me tapote le dos. «Chhhut. Ce n'est pas nécessaire, ma chérie.

– Je t'ai accusé de m'avoir touchée.» Les larmes roulent à présent sur mes joues. Je n'essaie plus d'être stoïque. «C'était mal. Je n'avais aucune preuve. Tu essayais juste d'être gentil. Tu n'as jamais voulu…»

Il lève son autre main et me touche le visage. De l'index, il suit la course d'une larme. Je le laisse faire. «Elle pleure, dit-il en regardant ma mère. C'est qui ?»

Je déglutis avec difficulté et je m'essuie les yeux. «Je suis une personne minable», je murmure. Je me lève mais il me tient fermement la main.

«Comme t'es jolie, toi.»

Je baisse le regard vers cette silhouette innocente. «Tu veux bien me pardonner ?» Mais c'est injuste, je le sais. Cet homme n'est pas en état d'accorder son pardon. Il faut quand même que je lui pose la question. Je veux entendre sa réponse. J'ai *besoin* de l'entendre. Je me tourne vers lui. «Bob, s'il te plaît, pardonne-moi. Tu veux bien ? S'il te plaît.»

Il sourit. «Oh, ouais.»

Je porte la main à ma bouche et acquiesce. «Merci.»

Je me penche, j'écarte les bras et attire son corps frêle contre le mien. Il s'accroche à moi, comme si le contact physique était un instinct primitif, le dernier vestige de notre humanité.

Je sens la main de ma mère sur mon dos. «On te pardonne, ma chérie.»

Je ferme les yeux et me laisse envahir par ces paroles. Ces trois mots ont un tel pouvoir de guérison…

29

Ma mère m'invite à passer la nuit chez eux mais je refuse. Je retourne à mon magnifique cottage de location, envahie par un sentiment de culpabilité. La fille privilégiée que je suis peut quitter ce chalet miteux occupé par un homme en proie à la démence, mais ma mère, elle, ne peut pas s'en échapper. Les souvenirs de la journée ricochent dans mon esprit. Ai-je avancé dans ma quête ? Si oui, pourquoi ai-je toujours le sentiment d'être aussi horrible ? Cette simple accusation, proférée vingt ans plus tôt, a créé un effet domino. Les vies de ma mère et de Bob ont été à jamais altérées par mes actes. Ils ne pourront plus jamais retrouver leur réputation d'avant.

Mon cœur s'emballe et j'ai le souffle court. Je me range sur le bas-côté. La chaîne du pendentif en diamant et saphir m'étrangle, je me démène pour la décrocher. Je l'enlève et la glisse dans mon sac. Il faut que je parle à Michael. J'ai besoin qu'on me dise que mes actes étaient ceux d'une ado de treize ans. Que je n'ai jamais eu l'intention de gâcher leur vie.

Je compose aussitôt son numéro. Je tombe sur son répondeur. Je raccroche sans laisser de message. Qu'est-ce que je croyais ? Il n'a pas envie d'entendre mon histoire. Je ferme les yeux et m'efforce de retrouver mon souffle, puis j'arrive enfin à reprendre la route.

Cinq kilomètres plus loin, je passe devant le panneau MERLOT DE LA MITAINE. Sans même réfléchir, je m'engage dans l'allée en graviers et je grimpe jusqu'au parking. Ma tension diminue et je me masse la nuque. Une demi-douzaine de voitures sont garées, il y a de la lumière. J'ai une envie irrésistible de voir RJ. J'ai envie de lui parler de ma journée. De sentir ses bras autour de moi, de l'entendre me réconforter, me dire que tout va bien. Et j'ai aussi besoin d'un verre de vin.

Je verrouille ma voiture et me hâte vers l'entrée. Juste avant d'atteindre la porte, je m'immobilise. Qu'est-ce que je suis en train de faire ? C'est injuste. J'ai dit à RJ que j'avais un petit ami. Et voilà que je me tourne vers lui parce que j'ai besoin d'une oreille compatissante ? C'est minable. Suis-je comme mon père, à chercher l'amour sans savoir le donner en retour ? Est-ce que j'utilise les gens pour mon propre bien ?

Je fais volte-face et cours à ma voiture. Je m'éloigne en vitesse, avant que RJ soit au courant de ma venue.

Je retourne au chalet le lendemain matin. Ma mère m'a préparé des pancakes et des saucisses pour le petit déjeuner – un plat que je n'ai pas mangé depuis des années. Bob est assis dans le salon et feuillette un vieux catalogue de vêtements de Sears. De l'autre côté de l'îlot de cuisine, ma mère me regarde manger.

« Tu veux encore du jus ? me demande-t-elle.

– Non merci. Tes pancakes sont délicieux. » Et elle m'en sert une autre pile.

Quand nous terminons de faire la vaisselle, il est 10 heures passées. Mon avion décolle à 18 heures, j'avais prévu d'arriver plus tôt à l'aéroport afin d'appeler Michael et de lire mes mails.

Mais la journée est splendide. Une journée idéale pour pêcher.

Je me rends dans le salon et trouve Bob assoupi dans le fauteuil inclinable, le catalogue usé sur ses genoux. Je le récupère et le pose sur la petite table. Je me rends alors compte qu'il est ouvert à la page des sous-vêtements pour filles. Un frisson me parcourt. Bon sang, est-il... ? Je le regarde dormir, la bouche ouverte, sa peau est flasque. *Ce n'est plus qu'un enfant. Pas bien différent d'un jeune garçon.* Et je prie pour que ce soit la vérité.

Je prends Bob par le coude et il sautille dans l'herbe en direction du lac. Il porte sa vieille boîte de pêche rouge, celle de mes souvenirs d'enfance. Elle est fermée à clé, comme toujours.

«Je vais pêcher, dit-il.

— Non, pas de pêche aujourd'hui, je rétorque. Mais on va faire un tour en bateau.»

Je l'installe sur le banc métallique et ma mère lui enfile un gilet de sauvetage orange qu'elle fixe sur son torse. Il cale la boîte de pêche sur ses genoux et pose la main dessus comme s'il s'agissait de son jouet préféré. Les gonds et le vieux cadenas sont rouillés.

Je plisse les yeux et m'interroge sur la nécessité de cadenasser une boîte d'appâts. Le contenu ne doit pas valoir plus de cinquante dollars. Deux clés pendent au trousseau du bateau. J'en déduis que la plus petite est celle du cadenas.

« Qu'est-ce que tu as dans cette boîte, Bob ? je lui demande en toquant sur le métal. Des leurres ? Des flotteurs ?

– Oh, ouais.» Son regard est fixé dans le lointain.

Le soleil joue à cache-cache avec les gros nuages gonflés au-dessus de nos têtes. L'eau est pareille à une feuille de cellophane et je compte une bonne douzaine de bateaux de pêche.

« On dirait que c'est la journée idéale pour pêcher, dis-je. Tu vois tous tes vieux amis ?

– Oh, ouais.»

Je remplis le réservoir du moteur et j'actionne le starter. C'est étrange comme tous les gestes me reviennent spontanément. Je n'écoutais même pas Bob, le jour où il m'avait expliqué comment démarrer le bateau.

Je tire sur le cordon, le moteur tousse et siffle sans jamais s'enclencher. J'ai mal au bras mais je refuse d'abandonner. Cette balade en bateau, je la lui dois bien. Je triture le starter et le moteur se réveille enfin.

Nous nous éloignons, le moteur tousse encore et crache de la fumée. L'odeur familière du diesel se mêle au parfum âcre du lac. Je m'assieds et tiens le manche du moteur, dirigeant la proue de la petite embarcation vers le centre du lac. Ma mère est perchée à côté de Bob et, par-dessus le rugissement du moteur, elle lui crie de s'asseoir. Il veut rester debout. Il ressemble à un gamin dans une fête foraine, ivre de joie et d'excitation.

Il s'esclaffe, il sourit, lève la tête vers le soleil, inspire l'odeur de moisi que dégage le lac. Ma mère rit, elle aussi, et je souris devant leur bonheur. Je fais pivoter le manche du moteur et nous prenons la direction de l'ouest. Une vague s'éclate sur la proue et fait pleuvoir sur nous des gouttes froides. Bob laisse échapper un cri de bonheur et applaudit.

«Je vais pêcher», répète-t-il.

Nous voguons trois bons quarts d'heure avant que ma mère ne remarque quelques centimètres d'eau au fond de la cale. Je retourne vers la rive et j'amarre le bateau au ponton. Bob tient la main de ma mère et nous remontons tous les trois la colline verte jusqu'au chalet.

Nous passons devant la vieille poutre de gym et, sans réfléchir, je grimpe dessus.

«C'est toi qui m'as construit cette poutre, Bob. Merci. J'aurais dû te remercier des années plus tôt. Je l'adore.» J'avance lestement sur l'étroite structure et je ris en cherchant mon équilibre, bras écartés.

Bob tend la main vers moi. J'exécute un petit saut maladroit et le regarde par-dessus mon épaule. Il m'adresse un sourire.

«Merci, Bob.»

Il acquiesce. «La poutre de Frangine.»

Les au revoir ont un goût doux-amer. Cette fois, nous nous quittons de façon temporaire. Ma mère et moi avons conscience de tout ce que nous avons perdu, et de tout le temps qu'il nous faudra rattraper.

«Le mois prochain», me dit-elle. Elle m'attire contre elle et je l'entends murmurer : «Je t'aime.»

Je fais un pas en arrière et scrute ses yeux bleus, scintillants de larmes. «Je t'aime aussi, maman.»

Je m'éloigne d'Harbour Cove, mes émotions à fleur de peau. Oui, c'est merveilleux d'avoir retrouvé ma mère, mais pourrai-je un jour me pardonner de lui avoir fait traverser tant d'épreuves ? Et à Bob, aussi. À quoi ressemblerait leur vie, si je n'avais pas tiré de mauvaises conclusions à la hâte ?

Quelques kilomètres plus loin, je m'arrête à une aire de repos et j'appelle Michael.

« Salut, chéri.

– Salut. Où es-tu ?

– Je quitte juste Harbour Cove, je retourne à l'aéroport.

– Tout va bien ?

– Oui. J'ai pris la bonne décision en venant ici. J'ai promis à ma mère de revenir d'ici un mois ou deux. C'est assez irréel, d'avoir à nouveau une mère.

– Alors, tout est impeccable ? »

Ce qu'il veut savoir, c'est si je vais révéler mes secrets à l'antenne. Malgré l'insistance de Stuart, je n'ai jamais mentionné l'émission télé à ma mère. Elle viendrait si elle savait que Stuart exigeait sa présence sur le plateau. Mais je refuse que ma mère soit un accessoire scénique pour agrémenter mon histoire mensongère. Tous mes téléspectateurs, ainsi que Stuart et Priscille, sont persuadés que je suis allée jusqu'à Harbour Cove pour accorder mon pardon, et non pour le demander. C'est exactement la version que je dois leur donner.

« Oui. Tu n'as rien à craindre. Je ne révélerai aucun secret monstrueux. »

Je perçois l'irritation dans ma voix et j'imagine qu'il l'entend, lui aussi.

30

Il est presque minuit quand l'avion atterrit ce jeudi soir. J'allume mon téléphone en arrivant au retrait des bagages et je vois que j'ai raté deux appels commençant par 312. Chicago. Mes mains tremblent lorsque je consulte mes mails et je réfrène mon enthousiasme.

Chère Hannah,

Félicitations. Vous êtes la candidate choisie pour présenter l'émission Good Morning, Chicago. La dernière étape consiste à rencontrer Joseph Winslow, le gérant de la chaîne.
Vous trouverez en pièce jointe les détails de votre salaire. Dites-moi quand il vous sera possible d'en discuter.

Cordialement,

James Peters

J'ouvre la pièce jointe et scrute la somme en bas du document. Tous ces zéros. Impossible ! Je vais être riche ! Et je serai plus près de ma mère, et…

Le visage de RJ m'apparaît brièvement. Je chasse cette pensée. Ce n'est qu'un homme sympathique, un homme que je connais à peine, qui est entré dans ma vie alors que je me sentais vulnérable. Je relis le message trois fois avant de ranger mon téléphone. Je me souviens alors que le but de cet entretien d'embauche à Chicago était de pouvoir passer plus de week-ends avec Michael et d'être en mesure d'obtenir un emploi à Washington DC s'il y allait un jour. Quel étrange retournement : je viens de recevoir cette offre d'emploi et la seule pensée qui me vient à l'esprit, c'est que je serai plus proche de ma mère et de RJ.

Jade entre en trombe dans la loge, vendredi matin, avec cinq minutes d'avance. « Bon retour parmi nous, dit-elle en me tendant une pâtisserie de chez Community Coffee.

– Oh, merci. » Je referme ma boîte mail et me lève. « Tu es de bonne humeur, aujourd'hui. Tu as fait des folies cette nuit ou quoi ? Et pitié, ne me dis pas que c'était avec Marcus. »

Elle me jette un regard noir. « L'Agent Trouduc ne touchera plus à ce petit cul. Si j'avais couché avec quelqu'un, c'est du champagne que je distribuerais, pas des gâteaux aux myrtilles. Non, je n'ai pas fait de folies mais j'ai des choses à te raconter. » Elle se dirige vers le casier où elle range son sac à main. « D'abord, parle-moi de ton voyage. Comment va ta mère ? »

Je hoche la tête et je souris. « Parfaitement bien… et parfaitement mal. » Je lui parle de ma mère, de Bob, de nos deux jours ensemble. « J'ai tellement honte. J'ai vraiment fichu sa vie en l'air. »

Elle me prend par les bras. «Hé, tu viens de terminer l'étape numéro 1. Tu as présenté tes excuses. Maintenant, il faut que tu viennes à bout de l'étape numéro 2. Il faut que tu te pardonnes à toi-même, Hannah.

– Je vais essayer. Mais ça semble trop facile. J'ai l'impression de devoir faire quelque chose de plus important, une pénitence, un truc à la mesure de ce que je leur ai infligé.

– Oh, je crois que tu l'as faite, ta pénitence. Tu n'as pas eu de maman pendant des années.»

J'acquiesce mais, au fond de moi, je sais que ça ne suffit pas.

Jade fait un geste en direction du fauteuil devant la table de maquillage. «Assieds-toi.»

Je m'installe et lui décris les magnifiques vignobles.

Elle arque les sourcils quand j'évoque ma soirée avec RJ.

«Il te plaît, ce type.

– Oui. Mais je suis amoureuse de Michael.» Je me détourne et attrape la pile de courrier sur la tablette. «Assez parlé de moi. Que s'est-il passé depuis mon départ? Comment va ton papa?»

Elle déplie un tablier noir et ses yeux croisent les miens dans le miroir. «Je lui ai finalement avoué.»

Je pivote sur le fauteuil pour être face à elle. «Comment ça?

– On était sur le canapé et on regardait un vieil album photo. Il parlait du passé – il ne parle plus que du passé, maintenant, jamais de l'avenir. Il y avait une photo de lui et moi dans l'allée de notre ancienne maison à LaSalle. C'est Natalie qui l'avait prise. Nous étions en train de laver la vieille Buick Riviera et ça avait dégénéré en bataille

d'eau.» Elle sourit. «Je m'en souviens comme si c'était hier. Ma mère était furieuse en voyant les saletés qu'on avait faites en rentrant dans la maison. On était trempés.
– Joli souvenir.
– Oui, c'est vrai. Donc lui et moi, on reparlait de ça, et, sans crier gare, il m'a regardée et m'a déclaré : "Jade, ma chérie, tu as été une fille merveilleuse." J'ai compris que j'étais en train de le perdre pour de bon. Et il le savait, lui aussi.» Elle pose le peigne sur la tablette. «Il fallait que je lui avoue la vérité. J'ai fouillé dans mon sac et j'ai sorti ma petite bourse en velours. Je me suis rassise et j'ai mis une Pierre du Pardon dans sa main. "Je t'ai menti, papa. Pendant toutes ces années, je t'ai menti. Erica Williams avait bu, le soir de ma fête d'anniversaire." Il m'a rendu la pierre. Mon cœur s'est brisé. J'ai cru qu'il la refusait. Mais il a posé la main sur ma joue et il a souri. "Ma belle, je le sais très bien. Je l'ai toujours su."»

Je serre la main de Jade.

«Depuis tout ce temps, il attendait que je lui fasse confiance. Et maintenant, j'ai compris que son amour est bien assez fort pour qu'il accepte la vérité. Il l'a toujours été.»

Le mercredi suivant, le studio est bondé. Comme promis, l'heure est venue d'entamer le deuxième volet de l'*Hannah Farr Show*, dont je suis à la fois la présentatrice et l'invitée du jour. Je me trouve à nouveau aux côtés de Claudia sur le plateau, et en compagnie d'un groupe de mères et de filles réunies. Mais je suis l'attraction principale. Stuart a diffusé des bandes-annonces toute la semaine, vantant cette émission très attendue où Hannah Farr racontera ses retrouvailles avec sa mère.

Bien évidemment, je n'ai aucune intention de révéler l'intégralité de mon voyage, mais je n'en dirai rien à Stuart. L'émission est commencée depuis vingt minutes, j'ai l'impression d'être une menteuse et une hypocrite. On me dépeint comme la fille aimante, l'enfant magnanime. Nous évoquons l'importance des relations mère-fille, Claudia nous pose des questions, à moi et aux autres invitées. Je parle du choix de ma mère, qui a préféré Bob à sa propre fille, j'essaie de rester vague pour ne pas l'accuser de m'avoir abandonnée. Mais c'est ce qu'en conclut le public, c'est évident.

Je pousse un soupir de soulagement quand arrive le passage des questions ouvertes. Plus que vingt minutes. L'émission touche à sa fin.

Une femme entre deux âges me prend par la main. « Hannah, je vous admire tellement. Ma mère nous a abandonnés, mes frères, mes sœurs et moi. Je n'ai jamais pu lui pardonner. Comment avez-vous trouvé la force de pardonner à la vôtre ? »

Mon pouls s'emballe. « Merci. Je ne suis pas certaine de mériter votre admiration. Mon amie Dorothy semblait persuadée qu'il me fallait faire la paix avec ma mère. Et elle avait raison.

– Mais, Hannah, votre mère vous a abandonnée. »

Non, c'est faux, ai-je envie de rétorquer. *C'est moi qui l'ai abandonnée.* « On ne s'est pas parlé pendant seize ans mais je n'ai jamais eu le sentiment qu'elle m'avait abandonnée. J'ai toujours su qu'elle m'aimait.

– Qu'elle vous aimait ? » La femme hoche la tête. « C'est une façon étrange de manifester son amour. Mais bravo à vous d'en être persuadée. »

Elle se rassied et une autre femme lève la main.

« Il est si difficile pour nous, les mères, de comprendre les agissements de votre maman. Si elle avait eu le courage d'être présente sur le plateau aujourd'hui, j'imagine qu'on se serait montrées impitoyables. C'est pour ça qu'elle n'est pas venue ?

– Non. Absolument pas. Je ne voulais pas l'impliquer. Je sais que ma mère serait venue si je le lui avais demandé.

– Eh bien, vous êtes mon héroïne, Hannah. Malgré un manque de présence et de conseils maternels, vous êtes devenue une jeune femme remarquable. Et brillante, si je peux me permettre. Je me demande si vous avez essayé de comprendre ses motivations : est-il possible que votre mère cherche aujourd'hui à se rabibocher parce que vous êtes une célébrité, une femme de pouvoir, peut-être ?»

Je m'oblige à sourire. Ma mère est dépeinte comme une garce égoïste, opportuniste et impitoyable. Comment osent-ils ? Ma pression artérielle augmente dangereusement et je me rappelle pourquoi ces femmes se montrent si hostiles envers elle. Je l'ai présentée comme la vraie coupable. Et à présent, bon sang, c'est moi la victime aimante et clémente. Après tout ce que j'ai appris au cours des deux derniers mois, je suis plus hypocrite que jamais. Plus que jamais.

La femme continue : « On entend toujours des histoires de stars qui se réconcilient avec leurs parents, alors qu'ils les ont abandonnées enfants, et dont le retour est motivé par des intérêts… »

Je ne peux pas supporter que ma mère devienne la cible de leur rage. Il faut que je fasse amende honorable. Les paroles de Fiona résonnent dans mon esprit. *C'est un choix plutôt simple – a-t-on envie de mener une vie clandestine, ou une vie authentique ?*

Je me tourne vers la femme. Elle plisse le front, ses paupières sont mi-closes, comme si elle peinait à contenir la douleur qu'elle éprouve à mon égard. Je scrute ses yeux compatissants. « La vérité, c'est que... »
La caméra zoome sur moi, en gros plan. Je me mords la lèvre. Faut-il que je le fasse ? En suis-je capable ? « La vérité, c'est que... » Mon cœur me martèle la poitrine. « La vérité, c'est que c'est à moi de demander pardon, pas à ma mère. »
J'entends un grondement dans le public.
« Oh, ma chérie, ce n'est pas de votre faute, me dit la femme.
– Si. »
Je fais volte-face et retourne sur scène. Je m'installe sur le canapé, à côté d'une mère et de sa fille. Les yeux rivés sur la caméra, je commence à parler. Et cette fois-ci, je révèle la vérité... Du moins, ce qui me semble être la vérité. L'heure n'est plus aux hésitations.
« J'ai une confession à vous faire. Ce n'est pas moi la victime, dans cette histoire, c'est ma mère. J'ai proféré une accusation, il y a plus de vingt ans, qui a gâché la vie d'un homme. Et par ricochet, elle a gâché la vie de ma mère. »
De ma position surélevée sur la scène, je vois le visage de la femme se transformer sous mes yeux, passer de la stupéfaction à l'horreur tandis que les détails de ma vie s'échappent de ma bouche pendant un quart d'heure.
« Donc vous voyez, j'avais décidé que ma vérité serait LA vérité. J'étais égoïste, critique, et, au final, cette décision a eu des répercussions que mon cœur d'adolescente n'aurait jamais pu concevoir. Adulte, alors que j'avais conscience de tout ceci, j'ai continué à raconter cette version de l'histoire. C'était bien plus simple de croire en

MA vérité que d'examiner l'affaire en détail et de découvrir LA vérité. Bob a-t-il accepté ma Pierre du Pardon ? Non. Pas vraiment. Il est trop tard. Il souffre de démence. Il ne comprendra jamais ma confession, il n'éprouvera jamais le soulagement de la justification.» Les larmes me montent aux yeux, je cligne des paupières pour les retenir. Je ne veux susciter aucune compassion. «J'éprouve cependant une immense gratitude envers ces pierres du Pardon. Elles m'ont menée jusqu'à ma mère et jusqu'à moi-même, ce qui est tout aussi important.»

Je m'essuie les yeux d'un revers du poing. Le studio est plongé dans un silence total. Du coin de l'œil, je vois Stuart lever les bras avec frénésie. Il veut que le public applaudisse ? Bon sang, Stuart. Je ne mérite pas une ovation. Je ne suis pas l'héroïne de cette histoire, je suis la méchante.

«Mais tu n'as jamais payé pour ce mensonge.»

Je me retourne brusquement et me trouve face à Claudia. Elle est restée si discrète que j'en suis venue à oublier qu'elle coprésentait l'émission avec moi. Le mot *mensonge* se grave douloureusement dans mon âme. Je n'ai jamais envisagé mon accusation comme un mensonge car, aujourd'hui encore, je ne suis pas certaine de ce qui s'est réellement passé.

Elle incline la tête et attend ma réponse. Je suis tentée de lui rétorquer que si, j'ai payé le prix fort, comme me l'a expliqué Jade. J'ai perdu ma mère, j'ai passé toutes ces années sans elle. Mais ça, c'est l'Hannah d'avant qui parle, celle qui s'accroche encore aux vestiges de son bon droit.

«Tu as raison, dis-je. Je n'ai jamais payé.»

31

Stuart m'empoigne par le coude lorsque je quitte le plateau mais je le chasse d'une secousse. Je refuse qu'on me félicite. Je refuse d'entendre que j'ai été intelligente d'ouvrir enfin mon cœur à mes fans, que l'audimat va grimper en flèche, que je ne pouvais pas rêver mieux pour ma carrière. L'idée de tirer profit de cette émission me donne la nausée. Je n'avais pas prévu de faire cette confession à l'antenne, et je ne l'ai certainement pas fait pour améliorer les taux d'audience. Je l'ai fait pour m'excuser.

Sur le chemin du retour, je suis obligée de m'arrêter tous les kilomètres et de m'essuyer les yeux. Je n'arrive plus à contenir mes larmes. Comme si mes aveux devant les caméras avaient enfin ouvert une vanne. Je suis à nu, sans plus aucun faux-semblant. Je suis enfin autorisée à éprouver de la honte, de la culpabilité, du chagrin et du regret. J'assume ma terrible erreur, et la liberté est à la fois insoutenable et émancipatrice.

Je me gare dans le parking d'un magasin de bricolage et je compose le numéro de Michael. Je tombe sur son répondeur et je me souviens qu'il est à Baton Rouge jusqu'à vendredi.

« C'est moi. J'ai dit la vérité, Michael. Je ne comptais pas en arriver là mais il le fallait. Comprends-moi, je t'en prie. »

Ce soir-là, je mange un plat à emporter sur mon balcon quand Jade sonne. « Monte », lui dis-je.

Je prends un autre verre de vin et lui sers une assiette de riz et de haricots rouges.

« Je pensais que tu serais peut-être sortie avec Michael ce soir. Vu qu'on est mercredi.

– Non. Il rencontre deux donateurs importants à Baton Rouge. Tu vois le genre, un parcours du golf... Des martinis... Des trucs de mecs. Je le verrai ce week-end.

– Et Crabby, elle est où ? »

Je me retiens de sourire. « Elle est chez sa grand-mère. »

Jade arque les sourcils. « C'est drôle, il arrive toujours à trouver du temps libre quand il en a besoin. »

Mon portable vibre. Un numéro qui commence par 312. Je lâche un cri. « Oh, mon Dieu ! Ça vient de Chicago. » Je me lève. « Il faut que je réponde.

– Respire un bon coup ! Et dis-leur que tu n'accepteras pas le poste sans un salaire à six chiffres pour ton assistante préférée.

– Allô ? » dis-je en franchissant la porte-fenêtre. Je jette un coup d'œil à Jade. Elle lève les pouces et je croise les doigts.

« Hannah, ici monsieur Peters.

– Bonjour, James... monsieur Peters.

– Vous imaginez bien que j'ai été très surpris en visionnant votre émission d'aujourd'hui. »

Je souris. « Vous avez regardé mon émission ?

– Ma sœur m'a prévenu. Elle m'a envoyé un extrait YouTube.

– C'est gentil de sa part. Mon point de vue a totalement changé depuis que je vous ai présenté l'idée, il y a quelques semaines. Je pensais vraiment que c'était à ma mère de s'excuser, et que je lui pardonnerais. Mais j'ai entendu sa version. Je n'avais aucune intention de déballer mon sac aujourd'hui à l'antenne mais c'était malhonnête de laisser les gens l'accuser à tort.»

Il hésite. «Hannah, vous nous avez présenté ce projet d'émission comme votre idée personnelle.

– Tout à fait.

– D'après Stuart Booker, c'était son idée à lui – et celle de votre coprésentatrice.»

La pièce semble soudain vidée d'oxygène. Je m'affale sur une chaise. «Non. C'est faux. Cette nouvelle présentatrice, Claudia, convoite mon poste depuis…»

J'entends le ton mélodramatique de mon explication, l'accusation minable. Ce n'est pas le moment de porter des accusations. Il faut que j'affiche une position de supériorité noble.

«Je suis navrée, monsieur Peters. C'est un malentendu. Je peux tout expliquer.

– Je suis désolé, moi aussi. Joseph Winslow vient d'annuler votre entretien. Vous n'êtes plus pressentie pour ce poste. Je vous souhaite bonne chance, Hannah. Et ne vous inquiétez pas, je n'ai pas informé Stuart que vous aviez postulé chez nous.»

Je retourne sur le balcon, je me sens désorientée.

Jade lève son verre de vin. «On porte un toast à la nouvelle présentatrice du *Good Morning, Chicago*?»

Je m'effondre sur la chaise. «J'ai perdu le poste. Ils ne veulent plus de moi. Ils ont vu l'émission d'aujourd'hui. Ils croient que j'ai piqué l'idée à Claudia.

– Eh merde.» Je sens la main de Jade sur mon dos. «Qu'est-ce que tu as dit au gars?»

Je hoche la tête. «C'était inutile de me défendre. J'ai l'impression d'être une usurpatrice. Au moins, il n'a rien dit à Stuart au sujet de l'entretien d'embauche. Je ne peux pas me permettre de perdre mon boulot ici.»

Jade grimace.

«Quoi?

– Ça m'embête d'en rajouter, ma chérie, mais j'ai de mauvaises nouvelles.»

Je la dévisage. «Quoi?

– La chaîne a été inondée de mails, de tweets, d'appels téléphoniques, cet après-midi. Les gens t'accusent de... eh bien... d'être une faux cul.»

J'ai la tête qui tourne. Michael avait raison. Les gens aiment voir une célébrité – même aussi secondaire que moi – chuter de son piédestal. Je la regarde, la main sur la bouche.

«Stuart et Priscille veulent te voir demain matin à la première heure. J'ai prévenu Stuart que je passerais chez toi ce soir. Je pensais que tu préférerais apprendre la nouvelle de ma bouche.

– Super. C'est Stuart et Priscille qui ont lancé cette idée d'aveu en public!»

Elle me tapote la main. «Je sais, Hannabelle. Je sais.» Elle prend une profonde inspiration. «Et encore une info, puisque j'y suis. Le fiancé de Claudia, Brian Jordan?

– Oui?

– Il vient de signer une prolongation de contrat de deux ans avec les Saints de La Nouvelle-Orléans. J'ai entendu ça sur ESPN cet après-midi. »

J'en reste bouche bée. « C'est impossible. Il est transféré à Miami. Claudia me l'a dit.

– Il ne bouge pas d'ici, ma chérie. Et Claudia non plus. »

Je me présente au bureau de Priscille le lendemain matin, comme on me l'a ordonné.

« Bonjour, dis-je à l'arrière de son crâne lorsque j'entre.

– Ferme la porte », répond-elle sans cesser de pianoter sur son clavier. Stuart est assis de l'autre côté du bureau et m'adresse un hochement de tête sec. Je me glisse sur la chaise à côté de lui.

Au bout d'une minute, Priscille pivote sur son fauteuil et nous accorde toute son attention. « Nous avons un problème, Hannah. » Elle jette le *Times-Picayune* sur son bureau. Un article de Brian Moss occupe l'intégralité de la première page. Les gros titres clament : L'HANNAH FARIBOLES SHOW.

Je ferme les yeux. « Oh, mon Dieu. Je suis désolée. Écoutez, je peux expliquer à mes téléspectateurs que…

– Hors de question, me coupe Priscille. On va de l'avant. Pas de justifications, pas d'excuses publiques. D'ici une semaine ou deux, le scandale sera étouffé.

– N'en parle à personne, ajoute Stuart. Ni à la presse, ni même à tes amis. Nous passons en mode réparation des dégâts.

– Compris. »

Mes mains tremblent quand je sors du bureau de Priscille. Je marche tête baissée et je consulte mon téléphone en revenant à ma loge. Deux textos et trois appels manqués. Tous de Michael. *Appelle-moi. Au + vite.*

Merde. Il a lu le journal.

Je ferme la porte de ma loge et compose son numéro, certaine qu'il décrochera cette fois-ci.

J'ai raison.

« Oh, Michael, dis-je d'une voix mal assurée. Tu as sans doute entendu la nouvelle. Mes fans me punissent.

— Qu'est-ce que tu as fait, Hannah ? Tous nos efforts risquent d'être fichus en l'air. »

Je me mords la lèvre. « Bon, ce n'est pas l'apocalypse non plus. Stuart et Priscille me conseillent de faire profil bas un moment. Les choses devraient s'arranger d'ici une semaine ou deux.

— C'est facile à dire pour toi. Et moi, alors ? Je ne peux pas me permettre de faire profil bas. »

Je suis piquée au vif par son intonation brutale, mais je ne pouvais pas m'attendre à autre chose. J'ai toujours su que cette histoire concernait davantage sa réputation que la mienne.

« Je suis désolée, Michael. Je ne voulais pas que…

— Tu étais prévenue, Hannah. Je t'avais dit que ça se passerait ainsi. Tu ne m'as pas écouté. »

Il a raison. Il m'a prévenue. En dépit de la colère de Michael et de celle de mes téléspectateurs, je sais que j'ai pris la bonne décision. Je ne pouvais pas rester là tandis qu'on me glorifiait, qu'on me qualifiait d'enfant généreuse et clémente alors que j'étais à l'origine de tout ce bazar.

« On se voit ce week-end ? »

Il fait une pause, juste une fraction de seconde trop longue, et je sais qu'il envisage les alternatives qui se présentent à lui. «Oui. On se voit demain.

– D'accord.»

Je raccroche et pose lourdement mes coudes sur le bureau. J'ai enfin soulagé ma conscience, après vingt ans. Alors pourquoi est-ce que je me sens si sale?

Aujourd'hui, le public est peu nombreux dans le studio. C'est peut-être le fruit de mon imagination mais les rares personnes présentes sont réservées, limite agressives.

L'invité du jour est un chirurgien esthétique qui se spécialise dans le retrait des tatouages. Il compare l'acte de tatouage à un marquage au fer rouge. L'expression *marquage au fer rouge* me fait penser à Michael. J'ai envie de lui demander comment faire pour me débarrasser de mon nouveau tatouage – celui qui représente une femme à deux visages.

À la fin de l'émission, quand je descends de scène pour l'habituel bavardage avec le public, la plupart des gens se lèvent et sortent du studio sans même me saluer de la main ni lever les pouces dans ma direction.

«Qu'avez-vous pensé du docteur Jones, les amis?» je demande en forçant l'enthousiasme de mon ton.

Dans la rangée du milieu, une femme se tourne vers moi. Elle me rappelle quelqu'un. Oui, je l'ai déjà vue. Mais où?

Elle est presque à la porte de sortie quand elle me crie: «Vous nous avez perdus à jamais, Hannah Farr. Si je suis venue aujourd'hui, c'est uniquement parce que j'avais déjà acheté ma place. Vous êtes sacrément décevante.»

Je porte la main à ma gorge et lutte pour retrouver mon souffle. Je la regarde qui hoche la tête, puis tourne les talons avant de sortir.

Je me souviens d'elle. C'est la femme qui m'avait saisi la main au restaurant Broussard, avec Michael et Abby. «Je suis une grande fan, Hannah, avait-elle déclaré en me serrant le bras. Vous me faites sourire chaque matin.»

J'ai manqué la bonne occasion : j'aurais vraiment dû demander au chirurgien comment me faire effacer ce nouveau tatouage.

32

J'essaie de me convaincre, le restant de la journée, que cette révolte contre Hannah Farr va se tasser. En dépit du bon sens, je suis les conseils de Priscille et de Stuart, je ne réponds à aucun mail ni commentaire méchant. À minuit ce jeudi, j'arrête de suivre Twitter. Les insultes sont insoutenables.

Je me hâte vers ma loge après l'émission morne de vendredi quand mon téléphone tinte. Un texto de Priscille. *Réunion dans la salle de conférences, maintenant.*

Mon cœur se serre. Ça ne sent pas bon.

La pièce terne se réveille quand j'allume le plafonnier. Elle qui pétille habituellement d'énergie et de créativité me paraît sinistre aujourd'hui, comme si je venais d'entrer dans une salle d'interrogatoire et que j'attendais le policier musclé prêt à me piéger. Je m'installe et parcours mon iPhone. J'entends enfin les talons de Priscille cliqueter dans le couloir. Je me redresse. Et le bruit de pas de Stuart ? Il prend toujours part à nos réunions. Une autre vague de terreur déferle en moi.

« Merci d'être venue, Hannah. » Priscille m'adresse un sourire pincé, ferme la porte et s'assied à côté de moi. Elle n'a apporté ni bloc-notes, ni ordinateur – pas même son éternel mug.

Je croise mes mains tremblantes et m'oblige à sourire. « Pas de problème. Comment ça va ? L'émission était géniale ce matin, tu ne trouves p…

– J'ai de mauvaises nouvelles », m'interrompt-elle.

Mon estomac se noue. Ce scandale ne va pas se dissiper de lui-même. Je suis dans le pétrin. Dans un sacré pétrin.

« Je suis désolée, Priscille. Je présenterai mes excuses au public. Je peux expliquer davantage ce qui s'est passé. J'étais jeune à l'époque. S'ils… »

Elle lève la main et ferme les yeux. Je sens le picotement des larmes et je cligne des yeux avec frénésie. « S'il te plaît. S'il te plaît, laisse-moi une chance.

– On a eu une réunion d'urgence avec le comité directeur ce matin à 6 heures. J'ai essayé de plaider ta cause afin qu'on te garde au sein de la chaîne. Mais au final, j'ai dû me ranger à l'avis des autres. Il faut que tu nous quittes. »

Je la dévisage, ma vision se trouble.

« J'ai réussi à les convaincre de te mettre en congé à durée indéterminée. Cela t'aidera à postuler plus facilement pour un nouveau travail. C'est toujours compliqué de justifier un licenciement à un potentiel employeur. »

Elle remue le couteau dans la plaie. « Non. Je t'en prie ! » Je m'accroche à son bras. « Après toutes ces années. Une erreur…

– Ce n'est pas ainsi que nous envisageons la situation. Tu incarnais le visage, la voix des femmes de Louisiane. Tu avais une réputation irréprochable. On admirait tous ton dévouement pour la cause de Vers la lumière. Tu as fait un nombre incalculable d'émissions sur le harcèlement sexuel, la pédophilie, le viol, l'inceste. Mais cette erreur, comme tu dis, tire un trait sur tout ça. Et le pire, c'est que tu t'es mise toi-même dans cette situation, Hannah. Tu as été tellement attentive à souligner ta bonté, à parler de cet homme immonde, de cette mère qui t'a abandonnée. Si tu ne t'étais pas montrée si vertueuse, à parler de ton élégance et de ton courage à pardonner, je suis sûre que tu aurais été plus populaire que jamais, aujourd'hui.

— Non, ça, c'était Claudia. C'est elle qui a déclaré que j'avais été abandonnée. C'est Claudia qui a parlé de cet homme immonde, de mon élégance et de mon courage à pardonner. C'est un coup monté!» Je me lève et montre l'écran de télé. «Va chercher l'enregistrement de l'émission avec Fiona. Tu verras par toi-même!»

Si les yeux pouvaient parler, ceux de Priscille me diraient : *Oh, ma pauvre fille, ton histoire minable pue le désespoir.*

Je m'affale sur la chaise et me cache le visage entre les mains. Claudia a tout organisé. Comment a-t-elle réussi ? Si je ne la haïssais pas autant, je l'admirerais.

«Peu importe, réplique Priscille. Ton retournement pue l'hypocrisie. Et l'hypocrisie, ma chère, c'est une chose que les gens ne pardonnent pas. Claudia a accepté de prendre ta place, le temps qu'on trouve une remplaçante.»

Je respire avec peine. Bien sûr, qu'elle a accepté. Une pensée émerge du profond désespoir qui m'envahit. C'est peut-être ça : je subis l'humiliation et la descente en flammes que je mérite – la juste rétribution.

Priscille parle de compensations financières et d'assurance maladie prolongée, mais je n'enregistre aucune information. Mon esprit fait des sauts périlleux. Je n'ai jamais été renvoyée – pas même de ce boulot d'été au Popeyes Chicken, quand j'avais confondu les sodas sans sucre avec les normaux. Et voilà qu'à trente-quatre ans, je me fais virer, bazarder, foutre à la porte. Je suis passée du statut de célébrité locale à celui de chômeuse déshonorée.

Je me plie en deux sur la chaise et m'empoigne les cheveux. Je sens la main de Priscille sur mon dos. « Tout ira bien », m'assure-t-elle. Et j'entends sa chaise racler le sol tandis qu'elle se lève.

Je prends une petite inspiration brusque. Puis une autre. « Qu-quand aura lieu ma dernière émission ? »

J'entends le grincement de la porte qui s'ouvre.

« C'était aujourd'hui », déclare Priscille avant de refermer la porte derrière elle.

Je claque la porte de ma loge et je me jette sur le canapé. J'ignore les petits coups frappés à ma porte et je ne prends même pas la peine de lever la tête au bruit de pas qui approche.

« Salut, toi », dit Jade. Sa voix douce est comme un baume sur ma brûlure. Elle caresse mon dos en cercles.

Je me redresse enfin. « Je suis en congé. Indéterminé. En gros, je viens de me faire virer.

– Tout ira bien. Tu vas enfin pouvoir passer du temps avec ta maman. Devenir une experte en merlot du Michigan. »

Je n'arrive même pas à sourire. « Qu'est-ce que je vais dire à Michael ?

– Tu vas te faire confiance. » Ses yeux plongent dans les miens. « Pour la première fois de ta vie, tu vas faire ce qui te semble le mieux pour *toi*. Pas ce que ton père aurait voulu. Pas ce qui importe pour la carrière de ton homme. Tu vas faire ce qu'il y a de mieux pour Hannah Farr. »

Je me gratte la joue. «Ouais, parce que, la dernière fois que j'ai fait confiance à mon instinct, ça a donné de super résultats.»

En vingt minutes seulement, j'ai vidé ma loge. Jade m'aide à rassembler les choses qui comptent ; le reste, ils pourront le jeter. Je décroche du mur une demi-douzaine de récompenses. Jade enroule du sopalin autour des photos encadrées de Michael et moi, ainsi qu'un cliché de mon père. Je sors une poignée d'objets de mon tiroir, ainsi que mes dossiers personnels. Jade ferme le carton à l'aide d'un bout de scotch. Mission accomplie. Pas de larmes, pas de souvenirs sentimentaux. Du moins, jusqu'à ce que j'essaie de faire mes adieux à Jade.

Nous nous dévisageons, muettes, puis elle écarte les bras. Je me blottis contre elle et pose la tête sur son épaule.

«Ça va me manquer de ne plus voir ta tronche tous les matins, dit-elle.

– Promets-moi qu'on restera amies.»

Elle me tapote le dos et murmure : «Amies pour l'éternité, et même un jour de plus.

– Je suis foutue. Personne ne voudra plus m'embaucher à la télé.

– Ne sois pas idiote. Tu es Hannah Farr.»

Je fais un pas en arrière et je m'essuie les yeux à la manche de mon chemisier. «L'hypocrite qui a fichu en l'air la vie de sa mère.» J'attrape un mouchoir et le porte à mon nez. «Jade, je pense que je le mérite. Je pense que cette épreuve va m'aider à remettre les compteurs à zéro.

– C'est pour ça que tu as tout avoué, pas vrai ?»

Je me demande si c'est le cas. Comme Dorothy, éprouvais-je le besoin d'une flagellation en public ? Non, je suis trop discrète pour ça. Je sais juste que ce problème était trop important pour que je m'en tire avec une simple Pierre du Pardon.

Je jette un coup d'œil au fauteuil de maquillage. « Ce sera bien plus facile de préparer Claudia avant mon émission... avant son émission.

– Ouaip. Ce sera du gâteau de souligner la beauté de son visage. Mais ça va être la merde pour masquer les points noirs de son cœur. » Elle m'enlace fort et me murmure : « J'ai trouvé un répulsif à guêpes que j'ai hâte de lui faire sentir. » Elle sourit et me tend la boîte en carton. « Je passerai prendre de tes nouvelles, dit-elle en me soufflant un baiser. Surtout, ne sois pas sage ! »

Je longe le couloir jusqu'à l'ascenseur en priant que personne ne me voie. J'enfonce le bouton d'appel, je serre la boîte en équilibre sur ma hanche comme un gamin. *Pitié, je veux juste sortir d'ici.*

Les portes de l'ascenseur s'ouvrent et je sors dans le hall. J'ai presque atteint la double porte vitrée quand je tends l'oreille vers l'un des cinq écrans de télé fixés au mur. Il diffuse les infos de WNO, comme d'habitude. Je passe à proximité. Je m'arrête. Je fais demi-tour.

À l'écran, je regarde Michael monter les marches de la mairie. Il est rentré de Baton Rouge. Il porte le costume gris que je préfère et la cravate bleu clair que je lui ai achetée chez Rubensteins. Carmen Matthews, une journaliste de WNO, braque un micro devant son visage. Sur le front de Michael, je remarque cette ride que je connais si bien et les poils de ma nuque se hérissent.

« Nous sommes bons amis depuis plus d'un an, dit-il. C'est une personne très correcte. »

Mon cœur s'emballe. Il parle de moi ? C'est moi, la *bonne amie*, la *personne correcte* ?

«Donc vous êtes au courant de son passé, du fait qu'elle a accusé à tort un homme de l'avoir violée ?»

Je réprime un cri.

Michael fronce les sourcils. «Je ne crois pas qu'il y ait eu de poursuites judiciaires ni de plainte.

– Mais elle a diffamé un homme. Il a perdu son emploi à cause d'elle. Vous étiez au courant ?»

Je scrute l'écran. *Allez, Michael, dis-lui. Fais un de ces tours de magie dont tu as le secret. Tes paroles pourraient tout changer. Dis-lui – dis à La Nouvelle-Orléans – que j'ai lutté avec ce secret des années durant et que, contre ton conseil, j'ai insisté pour tout avouer – même si je ne suis pas certaine de m'être trompée, au final. Bon sang, dis-leur que je ne suis pas un monstre, que je n'étais qu'une gamine.*

Il regarde la journaliste droit dans les yeux. «Je savais qu'elle s'était disputée avec sa mère. Mais non, j'ignorais qu'elle avait proféré cette fausse accusation.»

Menteur. Foutu menteur. Ce n'était pas une fausse accusation ! C'était MA version de la vérité, et tu sais pertinemment que ça m'a hantée.

«Quel impact cela aura-t-il sur votre relation ?»

Michael paraît confiant, sûr de lui, comme à son habitude. Mais je le connais. Je vois le pincement de ses lèvres, l'inclinaison de sa tête. Il soupèse en hâte mais avec prudence les conséquences éventuelles de sa réponse, avant de choisir ses mots.

«L'honnêteté est une valeur importante à mes yeux. De toute évidence, il y a eu abus de confiance.»

Mon univers est soudain plongé dans le noir.

«Connard. Espèce de connard, de lâche.»

«Hannah Farr est une très bonne amie. Vous nous avez vus ensemble à des soirées caritatives, à des dîners officiels et j'en passe. Mais j'apprends les détails de son passé en même temps que vous tous.» Il lève le doigt et parle avec détermination, articulant chaque mot. «Permettez-moi d'être clair. Ce qu'elle a fait ou n'a pas fait par le passé, c'est à elle seule d'en rendre compte. Elle est la *seule* personne en cause, pas moi.»

La boîte en carton glisse de ma hanche et s'écrase au sol.

33

Je sors du bâtiment d'un pas chancelant, l'intégralité de ma carrière tient dans une boîte en
carton. Les nuages enflent et bouillonnent dans le ciel. Je
tourne à l'angle de St Philip Street et une rafale de vent
me gifle. Mais je ne me détourne pas. Je lui fais face,
je la provoque, j'accueille avec gratitude l'essoufflement
temporaire. Je pense à ceux qui s'infligent des blessures
par désespoir, dans le simple but de se sentir vivants. Pour
la première fois, je les comprends presque. Le vide est
pire que la douleur.

Il est midi. Les employés élégants de La Nouvelle-
Orléans et le lot habituel des touristes se hâtent vers leur
déjeuner sous des parapluies noirs. Ils vont rencontrer des
clients, ils savourent la beauté de la ville – ce que je faisais
moi-même, hier encore.

Le ciel se déchire alors que je prends la direction de
l'est, des gouttes de pluie s'abattent sur ma boîte en carton
déjà lourde. Mais quelle idée ai-je eu de vouloir prendre le
tramway, aujourd'hui ? J'aurais dû me douter que j'allais
être virée. J'aurais dû venir en voiture. Je vois un taxi
foncer vers moi mais je n'ose pas lever le bras, de peur de

faire tomber cette foutue boîte. Le taxi passe en trombe et éclabousse mon manteau beige de boue. «Connard!» Je pense à Michael, le vrai connard dans l'histoire, et j'enrage. Comment a-t-il pu me trahir comme ça? J'ai les bras engourdis. Je calcule en vitesse le restant du trajet à parcourir : encore douze pâtés de maisons avant d'arriver à l'arrêt de tram. Et encore un autre quand je serai descendue – en trimballant cette foutue boîte comme une vagabonde.

De l'autre côté de la rue, dans le parc Louis Armstrong, je repère une poubelle métallique. Sans y réfléchir à deux fois, je descends du trottoir et je m'enfonce jusqu'aux chevilles dans une flaque. La boîte vacille quand une Mercedes tourne au coin de la rue et manque me renverser. «Merde!» Je cale la boîte contre ma hanche et parviens à traverser la rue en trottinant maladroitement.

Le parc est maussade et désert aujourd'hui, à l'image de mon humeur. Fixée à une clôture en bois juste au-dessus de la poubelle, une pancarte m'interdit de jeter des objets personnels. Me faire arrêter par la police, voilà l'apogée idéal de ma journée, non? Je pose la boîte trempée en équilibre sur le rebord de la poubelle et je fouille à l'intérieur. Des gouttes de pluie ruissellent de mes cheveux et de mes cils. Je les écarte d'un coup d'épaule mais de nouvelles gouttes apparaissent aussitôt. Mes doigts se faufilent entre les dossiers, les presse-papiers, les récompenses encadrées et les calendriers de bureau, et frôlent enfin un objet dur et lisse. Oui! Je le sors brusquement de la boîte, je déballe le sopalin. Je ne vois pas grand-chose mais je distingue la photo de Michael et moi voguant sur le lac Pontchartrain, adressant à l'objectif un sourire digne du couple heureux que nous formions. Je jette le cadre dans le réceptacle métallique caverneux et je tire un plaisir immense à entendre le bruit du verre brisé lorsqu'il atterrit au fond.

Je trouve enfin la photo que je cherchais, celle de mon père et moi au Critics' Choice Awards, quelques mois avant sa mort. Il avait pris l'avion depuis Los Angeles pour m'y accompagner. Je scrute la photo, des perles de pluie se forment sur le verre. Oui, il avait le nez rouge et les yeux vitreux. Oui, il avait trop bu et il s'était ridiculisé. Mais c'est mon père. Je l'aime – c'était l'homme le plus fort et le plus brisé que j'aie connu. Et il avait beau être inadapté, il m'aimait. Moi, sa fille égoïstement généreuse.

Mes larmes salées se mêlent à la pluie. Je range la photo dans mon sac et cherche le dernier objet dans la boîte, l'édition limitée du stylo-plume Caran d'Ache, celui que Michael m'a offert quand mon émission a fini deuxième aux Louisiana Broadcast Awards. À l'époque où tout le monde me considérait comme une jeune femme dynamique et prometteuse.

Je glisse le stylo dans ma poche de manteau et balance la boîte et le reste de son contenu dans la poubelle. « Bon débarras. » Le couvercle se referme dans un claquement métallique.

Plus légère, à présent, je continue mon chemin sur Rampart Street. Devant moi, j'aperçois un couple d'ado-lescents. Le garçon brun tient un parapluie noir au-dessus d'eux et son autre main s'enfonce dans la poche arrière du jean moulant de sa copine. Je me demande comment il va faire pour la ressortir. Ce doit être douloureux d'être coincé comme ça dans ce carré minuscule, le tissu doit s'enfoncer dans la chair de ses doigts replets. Ils n'ont pas conscience d'être ridicules, avec sa grosse main agrippant le cul de la fille ? Mais qu'est-ce qu'ils en ont à faire ? Ils sont jeunes, ils se croient amoureux. Elle ne sait pas qu'au bout d'un moment, il finira par la tromper. Elle passera devant un écran de télé et elle l'entendra se disculper devant les caméras, elle sera mise au rebut comme un appareil ménager défectueux.

J'accélère et j'emboîte le pas au couple dans Canal Street. Un sans-abri est assis sur le trottoir mouillé devant une vieille pharmacie Walgreens. Ses jambes sont couvertes d'une bâche en plastique. Il lève les yeux vers le couple devant moi et tend un gobelet en polystyrène sale. « Dieu vous bénisse, dit-il, le bras levé.

– Mais putain ! s'écrie le garçon en passant. Même un chien sait se mettre à l'abri quand il pleut. »

La fille rit et lui frappe le bras. « T'es méchant.

– Dieu vous bénisse », répète l'homme à mon passage, son gobelet sale tendu vers moi.

Je lui adresse un hochement de tête rapide et me tourne vers l'élégant Ritz-Carlton sur le trottoir d'en face. J'arrive presque à l'arrêt de tram quand je m'arrête soudain. Je fais demi-tour et heurte une femme avec des dreadlocks. « Excusez-moi. »

Je me faufile entre les passants, telle une truite remontant le courant. J'avance vite et marche sur la basket d'une femme devant moi qui m'insulte, mais je m'en fous. Il faut que je retrouve cet homme. Je suis à mi-chemin quand nos regards se croisent. Je ralentis.

Il écarquille les yeux quand je m'approche, comme s'il avait peur de moi. Croit-il que je reviens sur mes pas pour l'humilier ? La cruauté est-elle devenue monnaie courante, dans sa vie ?

Je me poste à ses côtés et m'accroupis. Il a les yeux larmoyants et, de près, je vois des miettes dans sa barbe broussailleuse. Je sors le stylo-plume de ma poche et le laisse tomber dans son gobelet. «Apportez-le au mont-de-piété, lui dis-je. C'est de l'or rose, dix-huit carats. N'acceptez pas moins de trois mille dollars.»

Je me relève sans attendre sa réponse et je me glisse dans le flot anonyme des passants.

34

Il est 19 heures passées quand on sonne à ma porte. Je me suis préparée à cet instant tout l'après-midi mais mon cœur cogne à tout rompre. J'appuie sur l'interphone, je laisse entrer Michael en bas. Je l'attends à la porte de l'appartement, mains sur les hanches. Que pourrait-il bien dire pour justifier son comportement ? Rien ! Je refuse de le laisser me manipuler. Je ne lui permettrai pas de se tirer de l'humiliation qu'il m'a infligée en me racontant des conneries.

J'entends le tintement de l'ascenseur et regarde les portes coulisser. Ce n'est pas Michael qui en sort, mais Jade, en pantalon de yoga et sweat à capuche rose.

« Salut ! » Je sens un sourire spontané éclairer mon visage pour la première fois de la journée.

Elle m'enlace. Ses cheveux noirs sont rassemblés en une queue-de-cheval et sa peau couleur caramel n'affiche aucune trace de maquillage. Elle porte un sac de courses de chez Langenstein's. « Marcus est passé à la maison pour regarder un match de baseball avec Devon. Je me suis dit que tu aurais besoin de compagnie. » Elle lève le sac. « Une glace au caramel au beurre salé.

– Je t'adore. » Je l'entraîne dans mon appartement.

Je n'ai même pas le temps de l'informer de mon départ imminent qu'on sonne à nouveau à la porte. «C'est Michael, dis-je avant de lui ouvrir. On est censés dîner ensemble.» Je lui résume l'épisode des infos télévisés.

«Quelle ordure. Je m'en suis rendu compte il y a environ huit mois, quand il a cessé de parler de vous au futur.

– C'est vrai? Pourquoi ne m'as-tu rien dit?

– Une femme doit découvrir ce genre de choses par elle-même. Tout comme je dois prendre ma décision seule au sujet de Marcus.»

J'inspire une bouffée d'air. Elle a raison. Je n'ai pas le droit de lui dicter son comportement, même si je suis remontée à bloc contre son ex-mari. Je peux simplement prier qu'elle prenne la bonne décision pour elle et Devon.

Elle range la glace dans le congélateur. «Je te la laisse.

– Ne t'en va pas. Reste ici pendant que je serai sortie. Crois-moi, ça ne sera pas un dîner très long.

– Tu es sûre que ça ne te dérange pas? J'espérais un peu éviter l'Agent Trouduc, ce soir. Il me met une pression monstre, en ce moment.»

Je souris. «J'insiste, vraiment. Fais comme chez toi. La télécommande est sur la table basse et mon ordinateur est dans la chambre.

– Merci. Je vais me cacher dans la chambre le temps que vous partiez. Bonne chance.»

Elle s'engage dans le couloir et ferme la porte derrière elle. Je me poste à l'entrée dans la même position que tout à l'heure. Cette fois-ci, quand l'ascenseur s'ouvre, Michael en sort, vêtu de son costume gris et de la cravate bleu clair. Eh merde. Comment peut-il avoir l'air toujours impeccable, malgré la tempête qui a fait rage aujourd'hui?

Je porte la main à mes cheveux, consciente que j'ai deux semaines de retard chez le coiffeur pour mes mèches et qu'ils sont ternes et collants, le résultat malheureux d'un mélange de produits capillaires et d'humidité ambiante. Il m'aperçoit et sourit. Je conserve un air glacial. Je m'apprête à tourner les talons quand je repère une autre silhouette qui sort de l'ascenseur. Non mais putain ? Je dévisage Michael, bouche bée – il refuse de croiser mon regard. Ce lâche a amené sa fille de dix-sept ans en guise de bouclier.

« Je me suis dit qu'on pourrait se faire livrer à dîner, dit Michael. Il fait un temps de chien, dehors. »

Je serre les dents et lui jette un regard noir, mais il refuse obstinément de poser les yeux sur moi.

« Je veux aller au restaurant ce soir, dis-je tandis que mon cœur me martèle la poitrine. À moins, bien sûr, que tu ne veuilles pas être vu en ma compagnie. »

Il me décoche un sourire nerveux, puis se tourne vers Abby comme s'il voulait s'assurer que j'avais remarqué sa présence.

Je plisse les yeux et me décale tandis qu'Abby avance d'un pas lent dans mon appartement tout en écrivant son texto. Elle franchit le seuil sans même me dire bonjour.

« Salut, Abby. » Ce que j'ai envie de lui dire, c'est plutôt : *Pose ton foutu téléphone, dis-moi bonjour, et demande à redescendre dans le hall d'entrée pendant deux heures afin que j'aie le loisir d'étriller ton père.*

« Salut », marmonne-t-elle en se dirigeant vers la cuisine. Elle lève enfin les yeux de son téléphone quand elle aperçoit le pain à la pomme que j'ai préparé. Je vois son regard pétiller une demi-seconde avant qu'elle ne se ressaisisse, de peur qu'on la surprenne à admirer un truc que j'ai fabriqué. Elle se replonge dans son texto. « Tu en veux une tranche ? » je lui demande en ignorant délibérément Michael qui examine mes bouteilles de vin en quête d'un rouge, comme s'il s'agissait d'un dîner ordinaire. « Il est encore tiède. » Elle observe le pain, puis hausse les épaules. « Pourquoi pas ? »

Elle le dit avec l'air de me rendre service, et j'hésite à lui répondre : *Tant pis pour toi*, que je me fiche bien qu'elle ait envie de goûter mon pain ou d'accepter mon amitié. Mais c'est faux. Et elle le sait, j'en suis presque certaine.

Je me tourne vers le placard et je cherche une assiette. Derrière moi, j'entends qu'on ouvre un tiroir. Quand j'ai posé le beurre dans l'assiette et que je retourne à l'îlot de cuisine, Abby s'est coupé une tranche à l'aide d'un couteau rond. Merde ! Mon œuvre d'art est à présent déchiquetée. Abby m'observe dans l'attente de ma réaction, c'est évident.

« Un peu de beurre ? » je lui demande avec un enthousiasme feint en lui tendant l'assiette. Elle plonge le couteau en plein milieu de la motte. Elle l'étale sur le pain, mâche et avale sans un merci ni un va te faire foutre.

Je conserve avec peine une respiration posée. *Ce n'est qu'une gamine*, je me répète.

J'ouvre une bouteille d'eau et je la lui tends avec sa paille préférée. Michael débouche un shiraz australien. L'espace d'une demi-seconde, je pense à RJ, à ce que je donnerais pour partager une bouteille de vin en sa compagnie, ce soir. Ou bien serait-il horrifié, lui aussi, par ma confession ?

Nous passons tous les trois au salon. Dehors, une ombre noire bleutée a envahi le ciel, la pluie martèle mes vitres.

Plutôt que de rejoindre Michael sur le canapé, je m'installe dans le fauteuil club et je croise les mains. Abby est assise sur le tapis, adossée à la table basse. Elle se tourne et pose lourdement la bouteille d'eau sur ma table en acajou, ignorant le dessous de verre que j'ai installé en évidence. Après avoir essuyé ses doigts pleins de beurre sur mon tapis, elle attrape la télécommande et zappe, jetant son dévolu sur une émission de télé-réalité où plusieurs mannequins partagent la même maison.

Je scrute l'écran d'un regard absent et ma colère monte de minute en minute. Il faut que je la décharge. Il faut que j'explique à Michael à quel point j'ai été blessée par sa réponse à la journaliste, à quel point je me sens trahie. Soudain, je n'en peux plus. Je pivote sur mon fauteuil pour lui faire face.

« Comment as-tu osé ? » je lui demande, et je prends soin de garder un ton posé et bas.

Il fait un geste du menton en direction d'Abby, cherchant à me rappeler que nous ne sommes pas seuls. Croit-il vraiment que j'aie pu oublier la présence de sa fille ? Mon sang ne fait qu'un tour, je refuse de détourner la conversation.

« Pourquoi ? »

Il hoche la tête et murmure : « J'étais acculé.

– Tu déconnes ? » dis-je à voix haute. Abby se retourne. Je la dévisage jusqu'à ce qu'elle pivote à nouveau vers la télé, trop furieuse pour me préoccuper de savoir si j'agis comme une garce.

Michael se claque la cuisse. « Vous êtes prêtes, les filles, on va dîner ? Je meurs de faim.

— Non », dis-je en même temps qu'Abby répond oui.

Michael m'adresse un regard noir, hésite un instant puis ajoute : « Très bien. Abby, viens, on y va. »

Je les regarde, stupéfaite, se lever et se diriger ensemble vers le hall. Ils s'en vont. Non. Il n'a pas le droit de partir. Il me doit une explication, merde !

« Pourquoi ne m'as-tu pas défendue, Michael ? » je lui demande en lui emboîtant le pas dans la cuisine.

Il atteint l'îlot et fait volte-face. J'aperçois un premier éclair d'hostilité dans ses yeux. « On en parlera plus tard, Hannah. »

Son ton paternaliste me met hors de moi. Derrière son épaule, j'aperçois Abby. Dans son sourire suffisant, je lis un message très clair : *T'as perdu.* Oh, putain, ça non. La bataille ne fait que commencer, ma petite.

« Non, je rétorque à Michael. On va en parler maintenant. Je veux des réponses. Je veux savoir pourquoi tu m'as poignardée dans le dos, pourquoi tu as fait semblant d'ignorer mon passé, pourquoi tu t'es comporté comme si je n'étais qu'une simple amie.

— Euh, peut-être parce que tu n'es rien d'autre », marmonne Abby.

L'adrénaline coule à toute vitesse dans mes veines. Avant que j'aie eu le temps d'ouvrir la bouche, Michael se tourne vers elle. « Ma chérie, descends dans le hall d'entrée, s'il te plaît, tu veux bien ? Je te rejoins dans une minute. »

Une minute ? Il m'accorde soixante secondes de m… pour décharger ma colère ? Qu'il aille se faire foutre.

À l'instant où Abby claque la porte derrière elle, Michael m'attaque de front. « Ne t'adresse plus jamais à moi sur ce ton devant ma fille ! »

Je serre les dents, je rêve d'embrayer sur le sujet de sa connasse de fille, irrespectueuse et mesquine, mais je refuse qu'il détourne la conversation. Je fais mine d'être insensible à son éclat de colère inhabituel.

« Réponds à ma question, Michael. » J'insiste, je m'efforce de garder mon calme malgré mon cœur qui bat la chamade. « Je suis passée devant un écran de télé ce matin et je t'ai entendu déclarer à la ville entière que je ne suis qu'une amie, que c'est moi la responsable. Aucune tentative d'éteindre l'incendie. Non. Pire, tu as soufflé sur les braises ! »

Il se passe une main sur le visage et soupire. « C'est une situation délicate. Si je compte me présenter au Sénat…

– Je l'emmerde, ton Sénat. Je suis ta compagne, bordel. Tu imagines à quel point c'est humiliant de t'entendre me qualifier de *personne correcte* ? De *bonne amie* ? »

Il hausse les épaules. « Ça n'a rien de personnel, chérie.

– Ça devrait l'être ! Tu aurais pu me sauver la mise, Michael. Tu en avais l'occasion et le pouvoir. Pourquoi ne l'as-tu pas fait ? »

Il tripote un bouton de manchette. « La décision ne m'appartenait pas complètement. Bill Patton avait un avis plutôt tranché. »

Je rejette la tête en arrière, comme s'il venait de me gifler. « Quoi ? Tu as demandé conseil à ton directeur de campagne sur l'attitude à adopter ?

– Ma puce », dit-il en tendant la main pour me toucher le bras. Je recule brusquement.

« Dégage ! »

– Écoute-moi, Hannah. Bill m'a appelé une heure après la fin de ton émission. Il savait qu'on devait devancer les réactions du public.» Il m'empoigne par les bras et me dévisage. «Je t'avais prévenue de ne pas exhumer le passé, pas vrai? Je savais que tu en prendrais pour ton grade. Et voilà que tu m'accuses de ne pas t'avoir protégée.» Je détourne le regard. C'est vrai. Il a raison. Il m'a prévenue et je ne l'ai pas écouté. Comme il l'avait annoncé, mes actes ont mis en péril nos deux carrières. Je laisse échapper un soupir et, avec lui, les derniers remparts de ma colère.

«Qu'est-ce que je dois faire, à présent? Je n'ai plus de travail. Toute la ville me déteste.»

Il relâche son étreinte et me caresse les bras. «Mais partout ailleurs dans le pays, tu es une valeur très recherchée. Tu vas être inondée d'offres d'emploi, j'en suis sûr. Fais profil bas. D'ici six mois ou un an, cette ville aura oublié ce fiasco. Et moi aussi.»

Mon cœur se desserre lentement. Il veille sur moi. «Allez, viens là, bébé», murmure-t-il en écartant les bras.

J'attends cinq secondes avant de l'enlacer. Je ne devrais pas céder aussi facilement, je le sais. Mais je veux juste qu'on m'aime. Je pose la tête sur son torse.

«Oh, ma chérie. Tout ira bien.» Il me masse la nuque. «Tout ira mieux que bien. Tu vas retomber sur tes pieds, j'en suis sûr. Et puis, entre nous, tu n'auras plus à supporter Stuart.» Il se penche en arrière et me dévisage, un sourire sexy aux lèvres. «Ni ton ennemie jurée, Claudia Campbell-Poubelle.»

Je réprime un sourire et je recule. Je ne peux pas le laisser me manipuler. «J'ai perdu mon assurance maladie. La mutuelle qu'ils me proposent coûte une fortune.

– C'est temporaire. Mieux vaut ravaler ta fierté et payer ce qu'on te demande.

– Avec quel argent ? Je suis sans emploi. Je n'ai plus de salaire.» Nous savons tous les deux que ce n'est pas tout à fait la vérité. Depuis la mort de mon père, je n'ai pas de problème d'argent. Heureusement, Michael a assez de tact pour ne pas me le faire remarquer.

Il acquiesce, pensif. «Considère que le problème est réglé. Ce n'est pas grand-chose, je sais, mais je paierai ton assurance.» Il me prend le visage entre ses mains et m'embrasse le front. «C'est la seule chose que je puisse faire pour l'instant.»

Mon cœur s'arrête de battre une seconde. Non. Ce n'est pas la seule chose. Il pourrait faire autre chose, encore. Quelque chose de plus grand, de plus important. Une voix dans ma tête me hurle : *Allez! Dis-le-lui maintenant!*

Je fais un pas en arrière et m'oblige à plonger mon regard dans ses yeux bleus. «Tu pourrais m'épouser, Michael. Je pourrais bénéficier de ton assurance maladie.»

Il reste les bras ballants et il lâche un rire nerveux et saccadé. «Eh bien, oui, j'imagine que tu as raison. Et si j'étais du genre à agir de façon impulsive, j'accepterais sans doute ta demande en mariage.» De l'index, il se tapote l'arête du nez. «Heureusement pour toi, je ne prends jamais de décision hâtive.

– Hâtive ? Ça va faire deux ans qu'on est ensemble ! Tu te souviens de l'année dernière, à Santa Barbara ? Tu m'as dit que ce n'était qu'une question de temps. Tu m'as promis qu'un jour je serais ta femme.» Je sens les larmes me monter aux yeux et je les chasse d'un battement de paupières. Je refuse de montrer mes émotions. Je dois foncer, tête baissée, avant de perdre mes moyens.

Je déglutis avec peine. «Quand, Michael? Quand vas-tu tenir cette promesse?»

L'air entre nous deux semble soudain s'épaissir. Il se mordille l'intérieur de la joue et fixe le carrelage. Il prend une profonde inspiration. À l'instant où je le sens sur le point de parler, j'entends la porte d'entrée s'ouvrir.

«Allez, papa. On y va.»

Merde! Abby n'aurait pas pu arriver au pire moment. Le visage de Michael affiche un soulagement soudain. Il adresse un sourire à sa fille qui vient de le sauver, et il lui caresse les cheveux. «Avec plaisir, ma puce.»

Toute son affection disparaît quand il se tourne vers moi. «Je t'appelle plus tard», dit-il en se dirigeant vers la sortie.

Ma vue se brouille. Il me plante là? Je ne suis pas prête d'avoir mes réponses.

«Retourne en bas, Abby», je lui ordonne.

Elle fait volte-face, la tête inclinée. «Pardon?»

Je me place devant Michael et j'ouvre la porte. «Allez. S'il te plaît.» Mon cœur s'emballe. «Ton père et moi devons terminer notre conversation.»

Elle regarde son père en quête d'une réfutation, peut-être même d'une protection. Il marque un temps, puis il pose la main sur l'épaule d'Abby. «Ce n'est pas le moment, me dit-il d'une voix presque inaudible. Je t'ai dit que je t'appellerais plus tard.»

Il fait un signe de la tête à Abby et elle se dirige vers la porte.

«Si, c'est le moment.» Ma voix est puissante et résolue, elle m'est étrangère. Comme si quelqu'un avait pris possession de mon corps. Une personne capable, confiante, déterminée. «Michael, veux-tu m'épouser?»

Abby grogne et marmonne quelque chose à propos du manque de dignité. Michael me dévisage d'un regard noir, son visage reflète un dégoût pur et simple. Il tapote l'épaule d'Abby. « Allez, ma chérie. On y va. »

Ils passent devant moi et franchissent le seuil. Je devrais les laisser partir. J'en ai assez dit. Mais c'est impossible. La flèche a déjà quitté l'arc, elle s'envole. Je leur emboîte le pas, ma voix plus forte et plus haut perchée. « Qu'est-ce qui ne va pas, Michael ? Qu'est-ce qui t'empêche de répondre à ma question ? »

Il ne se retourne pas. Derrière moi, j'entends une porte s'ouvrir. C'est soit Mme Peterson, soit Jade, et j'imagine leurs deux réactions opposées. La vieille Peterson hocherait la tête et me reprocherait cet éclat de voix. Jade, par contre ? Elle m'encouragerait, ferait une petite danse de la joie. Je puise dans son énergie positive et je poursuis Michael jusqu'à l'ascenseur.

« Un simple oui ou non. Dis-moi. »

Abby enfonce le bouton d'appel. « Je connais quelqu'un qui a oublié de prendre ses médocs.

– Tais-toi, Abby. »

Elle cherche son téléphone, sans doute dans le but de raconter la situation à ses amis par texto. En une demi-seconde, je décide de frapper là où ça fait mal.

« Tu veux de la matière à texto, ma chérie ? Je vais t'en donner, moi, de la matière à texto. » J'attrape son père par la manche de son manteau. « Vas-tu m'épouser un jour, Michael ? Ou c'est juste le cul qui te motive ? »

Abby étouffe un cri. Les yeux de Michael, d'un bleu acier et glacial, me déchirent. Les muscles de sa mâchoire tressaillent mais il ne dit pas un mot. C'est inutile. Les portes de l'ascenseur coulissent. Abby et Michael s'y engouffrent.

J'attends devant les portes ouvertes, le souffle court et saccadé. Mais qu'est-ce que j'ai foutu ? Faut-il que je descende avec eux dans l'ascenseur ? Faut-il que je fasse marche arrière ? Que je les supplie de me pardonner ? Que je fasse mine d'avoir plaisanté ?

Michael appuie sur le bouton.

« Alors c'est tout ? Tu t'en vas ? »

Il me transperce du regard, comme si j'étais invisible. Les portes se referment.

« Salut, sale lâche, je m'écrie. Bon débarras. »

Juste avant que les portes ne se rejoignent, j'entrevois le visage d'Abby. Elle affiche un sourire mauvais, comme si elle venait de remporter la partie. Ma colère grandit, elle atteint son paroxysme. Je laisse tout sortir, avec force et inexorabilité – le grand final d'un opéra. « Et ça vaut aussi pour toi, sale petite poufiasse ! »

35

« Très bien, mon cœur, crache le morceau. Je veux des détails. » Jade est assise sur mon îlot de cuisine tandis que je tourne en rond et que je me frappe le front de mes poings.

« Oh, putain ! Oh, merde ! Je n'arrive pas à croire que j'aie pu faire ça. En l'espace de quarante-huit heures, j'ai foutu en l'air deux boulots et un compagnon. Adieu, la jeune femme prometteuse. Bonjour, la looseuse. »

J'attrape la bouteille de vin ouverte et je sors un autre verre du placard.

« C'était comme si... j'étais incontrôlable. Je ne pouvais plus m'arrêter de taper, de frapper.

– Je sais, j'ai tout entendu. Je n'arrivais pas à croire que c'était toi qui parlais, Hannabelle. J'ai été obligée de jeter un coup d'œil, tellement je n'en revenais pas. Tu as été magnifique ! »

Je sens la colère se dissiper, aussitôt remplacée par un sentiment d'humiliation et de haine de soi. Je me prends la tête entre les mains.

« Mais qu'est-ce que j'ai fait, Jade ? J'ai tout foutu en l'air. Michael ne voudra plus jamais me parler. » Je suis prise de panique. J'empoigne mon téléphone et, avec frénésie, je pianote un texto à Michael. Avant que j'aie eu le temps de l'envoyer, Jade m'arrache le portable des mains.

« Arrête ! Ma belle, tu as écouté ton instinct, et ton instinct avait raison. Ça fait des mois que tu es frustrée. Crois-moi, s'il veut de toi, il reviendra. »

Je me lève d'un bond. « Non, j'ai franchi une limite. Il faut que je m'explique avec lui. Je lui dois des excuses. Et à Abby, aussi. Comment ai-je pu dire des horreurs pareilles devant elle ? » Je ferme les yeux et j'attends qu'une vague de nausée passe.

Jade m'attrape par les épaules. « Tu accuses la victime, exactement comme tu me reprochais de le faire. Ressaisis-toi, Hannah. Il était grand temps que vous ayez cet échange. C'était ton droit d'exiger des réponses.

– Mais la façon dont je m'y suis prise. C'était vraiment nul. Tu aurais entendu comment j'ai parlé à Abby.

– Oh, ça, j'ai bien entendu. Cette petite connasse méritait une bonne baffe depuis longtemps, et son papa aussi. Alors arrête de culpabiliser. »

Je tends le bras vers mon téléphone mais elle le laisse tomber dans le col de son sweat. « Je ne te laisserai pas rechuter. Bon, tu n'étais pas la reine de l'éloquence, certes. Je te l'accorde. Mais l'important, c'est que tu aies enfin pu avoir cette conversation en toute franchise. Tu as eu le courage de lui demander ce que tu mourais d'envie de savoir. »

Je m'accoude au plan de travail en granit et je me prends le front entre les mains. « Et j'ai eu la réponse que je craignais tant. »

Elle hoche la tête et murmure : « Tu as fait cramer la maison, ma puce.

– J'ai fait quoi ?

– Tu as fait cramer la maison, répète-t-elle. Tu es allée jusqu'au bout, comme un tueur en série qui fout le feu à la baraque avant de retourner son arme contre lui. Tu as franchi le point de non-retour.

– Super. Donc maintenant, on me compare à un tueur en série.» Je m'appuie au frigo et me frotte le nez. «Au moins, tu as raison sur un point. J'ai retourné mon arme contre moi-même. Ça, c'est clair.»

Elle saute de l'îlot de cuisine et s'approche de moi. Ses pupilles d'un noir bleuté sont rivées sur moi comme un laser. «Quand les gens brûlent la baraque, c'est pour une bonne raison, Hannabelle. C'est une décision calculée. Ils veulent être certains de ne plus jamais pouvoir faire machine arrière.»

Mon dos se raidit. Bien sûr que notre relation était frustrante, mais étais-je vraiment prête à couper les ponts ? «Tu crois que je voulais délibérément foutre mon couple en l'air ?»

Elle sourit. «Depuis ton retour du Michigan, tu as changé.» Elle écarte une mèche de mes cheveux. «Regarde-toi, enfin. On dirait que tu as décidé de quitter Perfectionville.»

Je glisse la mèche derrière mon oreille. «Euh, ce n'est peut-être pas le moment idéal de me faire remarquer que j'ai une sale gueule.

– Mais tout va bien, rétorque-t-elle. Tu as une maman qui t'aime.» Elle m'adresse un sourire. «Et ce vigneron, là, JR… RJ… J'sais plus comment il s'appelle. Quand tu me parles de lui, tes yeux pétillent.»

Je hoche la tête. «C'est une histoire qui ne mènera à rien. C'est un type super, de toute évidence. Mais je le connais à peine. Il me connaît à peine. Il me trouverait aussi repoussante que les autres s'il savait à quel point j'ai pu mentir.

– Tu conjugues le verbe au passé. C'est ce qui compte. Aujourd'hui, tu ne mens plus. Et s'il est aussi correct que tu l'affirmes, il se fichera bien de ce qu'a pu faire Hannah l'adolescente de treize ans.

– C'est inutile d'y penser. Il habite à plus de deux mille cinq cents kilomètres d'ici. »

Elle lève les mains au ciel et regarde autour d'elle. «Deux mille cinq cents kilomètres de quoi?»

36

Il est 3 heures du matin quand je saute du lit. Mon cœur me martèle la poitrine. J'ouvre les portes-fenêtres à la volée et je suis assaillie par une chaleur humide. Je titube sur le balcon, je prends une profonde inspiration mais c'est pire que de respirer du pudding. Ma chemise de nuit colle à ma poitrine, j'empoigne la rambarde du balcon et j'essaie de calmer les battements affolés de mon cœur. Je suis en train de faire une crise cardiaque. Je n'arrive plus à respirer. Mon Dieu, aide-moi.

Ça va passer. Ça finit toujours par passer.

Voilà six jours que mon émission a été diffusée et je n'ai pas fait une seule nuit complète depuis. Fiona et ses foutues pierres ! J'ai retiré mon armure mais, au lieu de l'acceptation qu'elle avait annoncée, j'ai été rejetée. Par Michael. Par mes téléspectateurs. Par mes employeurs.

Je veux retrouver ma vie d'il y a une semaine. Elle n'était pas parfaite, je sais, mais elle était bien plus simple que cette existence de solitude et d'incertitude. Je suis dans le déni total, j'en ai conscience. Dans mes fantasmes, Michael m'appelle – ou, mieux encore, il se présente à ma porte – pour s'excuser. Il me dit qu'il a eu tort, qu'il respecte ma décision d'avoir tout avoué à l'antenne. Ou, dans une version secrète enfermée aux confins de ma conscience, il me déclare avoir envisagé cette possibilité, lui aussi. Il m'aime et il veut que je devienne sa femme. C'est alors que ça me revient : j'ai brûlé la maison. Je pense à Dorothy, au désordre que j'ai créé dans sa vie. Saloperie de pierres du Pardon ! Sans même reconsidérer ma décision un instant, je cours chercher mon téléphone à l'intérieur. Je fouille les tiroirs du bureau en quête de sa carte de visite. Mes mains tremblent quand je compose le numéro. Peu m'importe qu'on soit au beau milieu de la nuit. Elle est en pleine tournée de promotion, à se mettre des millions de dollars en poche. *Vous êtes bien sur le répondeur de Fiona Knowles. Laissez-moi un message.*

Toute ma colère et ma tristesse accumulées me submergent et j'ai l'impression d'être redevenue la jeune fille de Bloomfield Hills Academy. Sauf que cette fois, j'ai trouvé une façon de m'exprimer. Je serre le téléphone si fort que mes ongles s'enfoncent dans la chair de ma paume.

« Ici Hannah Farr. Je me demande, Fiona, si toi-même, tu crois en ces pierres. Parce qu'à mon avis, c'est un sacré ramassis de conneries. J'ai perdu mon boulot, mon copain, mes fans. Ma chère amie a perdu sa copine d'enfance. Et te voilà à promouvoir cette chaîne de pardon comme s'il s'agissait d'une formule magique censée effacer nos péchés et notre tristesse. C'est des conneries. Tu n'as rien compris. Parfois, ça ne suffit pas de dire "Je suis désolée". »
Je serre le téléphone, consciente d'être en train de brûler une nouvelle maison. « Ce que tu m'as infligé au collège ? Eh bien, je n'ai pas été la seule à en souffrir. »

Je ferme les yeux. «Tu as détruit ma famille.»

Elle ne comprendra rien à ce que je raconte, mais c'est la vérité. Fiona Knowles a semé le chaos dans mon univers. Deux fois.

Je suis étendue dans la chaise longue en fer forgé et j'observe les cieux jusqu'à ce que les premières lueurs rosées pointent à l'est. Je prends mon téléphone et j'appelle ma mère.

«Bonjour, ma chérie.»

Ma gorge se serre un instant, comme toujours quand je m'adresse désormais à ma mère. «Salut, maman. Comment ça va?

– Ce rhume dont je te parlais? Bob n'arrive pas à s'en débarrasser. Mais il garde le moral. Il s'est très bien débrouillé à la maison de convalescence, hier. Et le soir, il a mangé un hot dog entier.

– Je suis contente qu'il aille un peu mieux.» Je me houspille intérieurement. Je ne veux pas lui donner de faux espoirs. Il se remettra sans doute de son rhume, mais son état mental ne fera qu'empirer.

«Et toi, ma chérie? La situation s'améliore?»

Je ferme les yeux. «Non. La nuit dernière, j'ai appelé Fiona Knowles et je lui ai laissé un message ridicule sur son répondeur. Je me sens tellement mal, maintenant.

– Tu as beaucoup de tracas. Tu n'es pas toi-même.

– C'est ça le pire, tu sais... Je pense que je suis enfin moi-même. Et j'arrive quand même à décevoir les gens.

– Oh, ma chérie, tu te sentiras mieux quand tu reprendras le travail. Je suis sûre que ce n'est qu'une affaire de temps avant que WNO te rappelle.»

C'est ça. Et Michael va quitter sa carrière politique, il va m'épouser et nous aurons une douzaine d'enfants. Je soupire en me rappelant que c'est sa façon d'être, à toujours essayer d'être positive. « Merci, maman, mais ça ne se passera pas comme ça. Je te l'ai déjà dit, tu te souviens ? Ils appellent ça un congé à durée indéterminée mais, en vérité, j'ai été virée.

— Tu as besoin d'argent avant de retrouver un travail ? Je peux...

— Non. Absolument pas. Merci. » Un nœud de culpabilité me serre la poitrine. Ma mère, qui fait le ménage chez les autres, me propose une aide financière. Elle ignore que je pourrais me passer de travailler pendant une décennie ou plus avant de me trouver sans le sou, grâce à l'héritage de mon père... Et grâce à son arrangement de divorce, des années plus tôt, qui a laissé son ex-femme sur la paille.

« Je veux que tu te souviennes que si les choses ne fonctionnent pas comme tu le veux, tu pourras toujours revenir à la maison », me dit-elle.

À la maison. Sa maison. La proposition m'est faite d'une voix douce, comme si elle demandait à un garçon de sortir avec elle et qu'elle craignait un refus. Je me pince l'arête du nez et j'acquiesce.

« Merci, maman.

— Ça me plairait beaucoup. Mais je sais ce que tu éprouves pour cet endroit. »

Je l'imagine dans sa cuisine immaculée avec ses placards en chêne neufs. Dans la pièce voisine, Bob est assis dans son fauteuil où il travaille à son puzzle. L'endroit dégage un parfum de bois, de cire au citron et de café matinal. Elle regarde sans doute par la fenêtre de la cuisine tandis qu'un couple d'oies vogue sur le lac. Peut-être voit-elle Tracy suspendre des draps sur la corde à linge. Elles se saluent d'un geste de la main, puis Tracy passera avec le bébé pour bavarder.

Je compare mon petit monde dans ce magnifique appartement où je ne trouve pas le sommeil, où l'unique photo de famille est celle de mon père, aujourd'hui disparu.

Comme j'ai été arrogante, de juger son existence.

« J'ai eu tort. Tu as une belle maison, maman, une belle vie.

– Je le crois aussi. Je remercie ma bonne étoile, surtout à présent que je t'ai retrouvée. »

Quelle leçon de vie, cette femme. « Merci. » Je me frotte la gorge. « Je vais te laisser aller au travail. Merci... » Je m'apprête à dire *pour le conseil*, mais, contrairement à mon père, elle ne m'en a offert aucun. « Merci d'être là. Sincèrement.

– Quand tu veux, ma chérie. De jour comme de nuit. »

Je raccroche. Sur mon bureau, je récupère un calendrier. À l'exception d'un rendez-vous chez le dentiste dans trois semaines, il est vide. Jade me l'a déjà fait remarquer hier : qu'est-ce qui me retient ici ?

37

Ce vendredi après-midi, le salon de coiffure Paris Parker est bondé de jolies filles. C'est Le Début des Jeunes Filles de La Nouvelle-Orléans – la sortie en société de soixante-cinq débutantes. Ce soir, elles seront présentées à l'élite de la ville. Des couples se dessineront, qui donneront lieu plus tard à des fiançailles et, encore plus tard, à des mariages sophistiqués. Ça se passe comme ça à La Nouvelle-Orléans : les fortunes historiques épousent les fortunes historiques. Je suis assise dans la salle d'attente et je fais semblant de lire un article de *Cosmopolitan*, VINGT ASTUCES POUR PARAÎTRE DIX ANS DE MOINS. Mais je lève sans cesse les yeux pour guetter l'arrivée de Marilyn.

Comme beaucoup de femmes de sa génération dans le Sud, Marilyn a un rendez-vous hebdomadaire chez le coiffeur pour un shampoing et un brushing. Mais je commence à me demander si elle n'a pas annulé celui d'aujourd'hui.

Je retourne à mon article de magazine. Où en étais-je ? Ah, oui, *Astuce numéro 9. Dissimulez votre double menton à l'aide d'un foulard.*

Je lève les yeux quand j'entends la porte s'ouvrir, mais c'est une autre jeune fille. J'observe le salon. De jeunes beautés pleines d'espoir sourient à leur reflet dans le miroir, nourries de rêves et d'ambitions. Je me sens soudain extrêmement vieille. Ai-je manqué ma chance, ma présentation en société ? Chaque année, un nouveau lot de femmes fraîches entre sur la scène des relations amoureuses, des femmes plus jeunes, plus intéressantes. Comment peut-on rivaliser, à trente ans passés ? Je sursaute quand je repère Abby au milieu de la pièce. Merde ! Elle se tient près d'un fauteuil avec deux autres filles et elle regarde une rousse se faire coiffer. L'amie d'Abby doit faire partie des débutantes. Mon cœur s'emballe. Abby rit à un commentaire de la coiffeuse, puis elle se tourne vers moi, l'air de savoir que je l'observais.

Je grimace, je repense à l'horrible scène que j'ai faite lors de notre séparation avec Michael. Je l'ai traitée de poufiasse ! Mais qu'est-ce qui m'a pris ? Je parviens à la saluer de la main et à sourire avant de me cacher derrière mon magazine. Un instant plus tard, j'entends une voix près de moi.

« Salut, Hannah. »

Un vent de panique souffle en moi. Abby va-t-elle faire tout un cinéma ? M'insulter devant la clientèle ?

Je jette un œil par-dessus le magazine. « Salut, Abby.

– Tu viens te faire couper les cheveux ? »

Pendant la période où j'essayais de l'apprivoiser, jamais elle ne m'a posé de questions personnelles. Que mijote-t-elle ? Je pose le magazine et me lève afin que nous soyons à la même hauteur. Si elle se met à me hurler des injures, au moins je pourrai partir en courant.

« Non. J'attends une amie. » Je fais un geste qui englobe la pièce. « On dirait que vous vous amusez bien.

— Ouais. La saison des débutantes. C'est de la folie. Mais bon, ça me gonfle un peu. »

J'acquiesce et un silence gêné s'installe. « Abby, dis-je en serrant la lanière de mon sac. Je suis vraiment désolée de t'avoir dit ces choses-là, vendredi dernier. J'ai eu tort. Tu as le droit de me détester. »

Elle hausse les épaules. « Franchement ? Pour la première fois, je t'ai appréciée. »

Je la dévisage, stupéfaite, persuadée qu'elle est sarcastique.

« Tu t'es enfin défendue. C'est juste que... je sais que tu es intelligente et tout... mais je n'arrivais pas à comprendre que tu ne piges pas. »

J'attends et je ne *pige* toujours pas.

Elle me regarde droit dans les yeux. « Hannah, mon père ne t'aurait jamais épousée. »

Je recule la tête, piquée par cette vérité.

« C'est vrai. Il se vend mieux en tant que veuf et père célibataire qu'en étant marié. »

Je digère ses propos. Je repense à la manière dont les médias parlent de lui. Le maire Payne, père célibataire. Le maire Michael Payne, veuf. C'est presque devenu un titre honorifique.

« Les électeurs adorent ce genre de conneries, continue Abby. J'ai eu tellement envie de t'étrangler l'autre soir au Broussard, quand tu regardais, les larmes aux yeux, la demande en mariage. Je n'arrivais pas à croire que tu puisses être aussi abrutie. »

Elle ne cherche pas à être méchante. Pour la première fois depuis notre rencontre, elle se comporte comme si elle se préoccupait de moi. Et ses paroles sont sensées. Un père célibataire et dévoué qui a perdu sa femme dans un tragique accident. C'est la marque de fabrique de Michael. J'aurais dû m'en douter. La marque de fabrique, c'est un truc qui veut tout dire, chez lui.

Je me masse le front. «Je me sens tellement idiote, dis-je sans bluffer, sans aucune intention de l'impressionner. Je n'arrive pas à croire que je ne m'en sois jamais rendu compte par moi-même.

— Hé, tu t'es rattrapée la semaine dernière. Tu as été géniale, à coller tous ces pains et ces coups. Bon, mon père était grave furieux mais je me suis dit : *Ouah, elle a du courage finalement, cette nana.*»

Son téléphone sonne et elle y jette un coup d'œil. «Bon. Eh bien, à bientôt.

— À bientôt, Abby. Merci.»

Elle s'éloigne et se retourne soudain vers moi. «Hé, tu sais, le pain que tu fais, surtout celui aux pommes avec les trucs croustillants dessus ? Tu devrais, genre, ouvrir une boulangerie ou un truc comme ça. Sérieux.»

Mon sourire s'efface quand Marilyn entre dans le salon. Elle porte une jupe en lin rose et un chemisier en coton, et elle a posé un chandail jaune clair sur ses épaules. Elle fait une pause à l'accueil et la rousse derrière le comptoir lui adresse un sourire.

«Bonjour, madame Armstrong. Je vais prévenir Kari que vous êtes arrivée. Je peux vous proposer un thé ?

— Merci, Lindsay.» Elle se tourne vers la salle d'attente et se fige en me voyant.

«Hannah», dit-elle d'une voix glaciale.

Je me lève et vais à sa rencontre sans cesser de jouer avec les pierres du Pardon dans ma main. «Bonjour, Marilyn. Je suis venue dans l'espoir de te parler. Ça ne prendra qu'une minute. Tu veux bien t'asseoir, s'il te plaît?»

Elle grogne. «Eh bien, on dirait que je n'ai pas vraiment le choix, si?»

Je la prends par la main et nous nous installons côte à côte. Je lui explique une fois encore à quel point j'ai été idiote de les inviter, elle et Dorothy, dans mon émission. Et je lui tends une Pierre du Pardon. «J'ai été égoïste. J'ai eu tort. On t'a tendu un piège.

– Alors ça, je ne te le fais pas dire. Tu m'as piégée, c'est pour ça que je suis furieuse contre toi.» Elle baisse les yeux vers la pierre dans ma main. «Mais il n'y avait pas d'endroit propice pour que Dorothy me fasse cette confidence. Apprendre la vérité aurait été bouleversant, peu importe l'endroit.

– C'était une très mauvaise décision.

– Oui, tout comme ta propre confession à l'antenne. Je constate que tu as pris une terrible et douloureuse raclée. J'ai été désolée de voir ce qui t'est arrivé, Hannah.»

Comment lui expliquer que c'est la même chose, pour Dorothy et moi? Nous avons eu ce que nous méritions.

«Je vais passer un peu de temps dans le Michigan. C'est pour cette raison que je suis venue te voir. Dorothy aura besoin d'une amie en mon absence.»

Marilyn baisse les yeux vers ses mains. «Comment va-t-elle? murmure-t-elle.

– Elle est triste. Elle est seule. Elle a le cœur brisé. Tu lui manques affreusement.

– Même si j'étais en mesure de lui pardonner, je ne pourrais jamais oublier.

– Le fameux adage qui parle de pardonner et d'oublier, c'est une vraie connerie, si tu veux mon avis. » Je lève la main. « Désolée d'être vulgaire, Marilyn, mais tu n'oublieras jamais la faute de Dorothy. C'est impossible. Et je te promets que Dorothy ne l'oubliera jamais, elle non plus. » Je lui prends la main et la serre, comme si je voulais imprimer le message en elle, physiquement. « Je ne suis pas Fiona Knowles mais je pense que le pardon est plus doux et salvateur quand il est accordé avec un souvenir brûlant en tête. Quand la personne a pleinement conscience de sa douleur mais qu'elle fait le choix de pardonner malgré tout. N'est-ce pas plus généreux que de fermer les yeux et de faire comme si la faute n'avait jamais eu lieu ? »

Une jolie blonde vêtue de noir s'approche. « Madame Armstrong ? Kari vous attend. »

Marilyn me tapote la main. « Je te remercie d'être venue, Hannah. Mais je ne peux rien te promettre. J'ai le cœur brisé, moi aussi. »

Je la regarde partir, triste de constater que deux cœurs brisés continuent de se punir au lieu de s'unir.

38

M ercredi matin, je suis pieds nus et je suis
en train de pétrir ma pâte quand on
sonne à ma porte. Je m'essuie les mains. Qui vient me
rendre visite un matin de semaine ? Je croyais être la seule
personne sans emploi à La Nouvelle-Orléans.
J'appuie sur l'interphone. « Oui ?
– Hannah. C'est Fiona. Je peux monter, s'il te plaît ? »
Je scrute le bouton comme s'il s'agissait d'un canular.
« Fiona Knowles ?
– Tu connais combien de Fiona ? »
Je ne peux m'empêcher de sourire en entendant
sa réponse de petite prétentieuse. Je lui ouvre la porte
d'en bas et jette à la hâte mes cuillères et mes ustensiles
de cuisine dans l'évier. Que fait-elle ici ? Encore une
rencontre en librairie ? Et comment a-t-elle obtenu mon
adresse ?

« Tu n'es pas censée être en tournée ? » je lui demande
lorsqu'elle sort de l'ascenseur. Ma question ressemble
davantage à une accusation. Je me reprends : « Je suis
surprise de te voir, c'est tout.

– Hier soir, j'étais à Nashville. Ce soir, j'étais attendue
dans une librairie de Memphis. J'ai annulé et pris un vol

jusqu'ici.» Elle franchit le seuil de mon appartement. Son regard parcourt l'entrée. Elle est nerveuse, comme moi. «Parce que tu as raison, Hannah. Parfois, on ne peut pas se contenter d'un simple "Je suis désolée."»

Elle est revenue spécialement pour moi? Son éditeur doit prendre en charge ses frais de transport. Je hausse les épaules et l'entraîne dans la cuisine. «Écoute, oublie ça. Quand je t'ai laissé le message hier soir, je n'étais pas dans mon état normal.

– Non, tu avais raison. Je te dois des excuses sincères, en face à face. Et j'ai besoin de savoir ce que j'ai fait, qui a brisé ainsi ta famille.»

Je jette un coup d'œil à ma cafetière à moitié pleine. Je vais le jeter de toute façon, alors après tout.

«Un café?

– Euh, oui, bien sûr. Si ce n'est pas trop compliqué. Et si tu as le temps.

– Du temps, ça, c'est bien un truc dont je déborde en ce moment.» Je sors deux mugs du placard. «Comme je te l'ai dit dans mon message, j'ai perdu mon emploi.»

Je remplis les tasses et nous nous installons dans le salon, chacune à un bout du canapé. Elle n'y va pas par quatre chemins. Elle espère sans doute pouvoir retourner à Memphis à temps pour sa rencontre de ce soir.

«D'abord, je sais que ça ne suffira jamais mais je dois te redire à quel point je suis désolée pour tout ce qui t'est arrivé.»

Je pose la main sur ma tasse fumante. «Peu importe. Ce n'est pas comme si on m'avait posé un flingue sur la tempe. J'ai fait cette confession publique de mon plein gré.

– J'ai trouvé ça courageux.

– Hum, hum ! Toi, et peut-être une ou deux autres personnes. Mais le reste de la ville me prend pour une hypocrite.

– J'aimerais tant pouvoir faire quelque chose. Je me sens si mal.

– Pourquoi me détestais-tu ? » Les mots jaillissent de ma bouche avant que j'aie eu le temps de les retenir. Après toutes ces années, l'adolescente complexée que j'étais exige encore des réponses.

« Je ne te détestais pas, Hannah.

– Tu te moquais de moi tous les jours. De ma façon de parler, de ma façon de m'habiller, de ma famille pauvre. Tous les jours, putain. » Je serre la mâchoire. Elle ne me verra jamais pleurer.

« Jusqu'à ce que, un matin, tu décrètes que ça ne valait plus le coup de perdre ton temps avec moi. À cet instant, je suis devenue invisible. Pas juste à tes yeux, à ceux de toutes tes amies aussi. C'était encore pire. Manger seule, aller en cours seule. Je faisais semblant d'être malade le matin pour ne pas aller à l'école. Je me souviens d'être assise dans le bureau encombré de la conseillère d'orientation à écouter ma mère expliquer à Mme Christian que j'avais mal au ventre tous les matins. Elle ne comprenait pas pourquoi je détestais à ce point l'école. Jamais je n'aurais cafté à ton sujet. Tu m'aurais crucifiée. »

Fiona se cache le visage entre les mains et secoue la tête. « Je suis vraiment désolée. »

Je devrais m'en tenir à ça, mais impossible de m'arrêter.

« Après ce rendez-vous, ma mère et Mme Christian bavardaient et essayaient de se persuader que leur entretien avait été productif. Ma mère lui a dit qu'elle voulait refaire la cuisine. » Je marque une pause et repense à la scène dans le couloir, les deux femmes qui papotaient pendant que je tripotais un cadenas de casier pour en trouver le code, regrettant que ma mère ne se dépêche pas plus.

« Mme Christian lui a recommandé un artisan. Bob Wallace, un professeur de charpenterie à l'école publique. » Fiona rejette la tête en arrière. « Laisse-moi deviner. L'homme qu'elle a épousé ?

– Exactement. Si tu n'avais pas été là, ma mère n'aurait jamais rencontré Bob. »

Alors que je crache ces mots, une image lointaine se dessine dans mon esprit. Celle de ma mère qui sourit à Bob, le regard débordant d'amour tandis qu'elle porte à sa bouche une fourchette de spaghettis. Je chasse ce souvenir. Parce qu'en cet instant j'ai besoin d'éprouver de la colère envers Fiona, pas de la reconnaissance.

« Je pourrais essayer de me justifier, réplique Fiona. Je pourrais même te raconter une jolie histoire d'une fille rongée par l'anxiété, incapable d'être à la hauteur des attentes de sa mère. » Son visage est constellé de taches rougeâtres, je dois prendre sur moi pour ne pas lui caresser le bras, lui dire que tout va bien. « Mais je vais t'épargner ça. En résumé, j'étais en révolte contre le monde entier. J'étais blessée. Et les gens blessés blessent souvent en retour. »

Je peine à déglutir. « Qui aurait pu deviner que tu étais aussi malheureuse que moi ?

– On fait tant de mal quand on essaie de dissimuler sa douleur. D'une manière ou d'une autre, cette douleur finit toujours par s'échapper, peu à peu. »

Je lui adresse un sourire sans enthousiasme. « Chez toi, c'était plutôt un jet de karcher. »

La commissure des lèvres de Fiona s'étire légèrement. « Non. C'était un putain de geyser.

– Exactement. »

Elle lève les mains. « Encore aujourd'hui, alors que j'ai créé cet étrange phénomène de pardon en série, j'ai l'impression d'être une usurpatrice. La plupart du temps, je dis des choses sans trop savoir ce qu'elles signifient. » J'éclate de rire. « Mais bien sûr que si. Tu es le gourou du pardon. Tu as écrit un livre sur le sujet.

– C'est ça, ouais. Je fais tout à l'aveuglette. Pour tout dire, même, je ne suis qu'une nana, face à un public, qui espère être pardonnée. Une personne ordinaire qui veut, comme n'importe qui, être aimée. »

Je sens les larmes me piquer les yeux et je hoche la tête. « Ce n'est pas une réplique de Julia Roberts à Hugh Grant à la fin de *Coup de foudre à Notting Hill* ? »

Elle sourit. « Je viens de te dire que j'étais une usurpatrice. »

Deux jours se sont écoulés depuis le défilé du Memorial Day, de minuscules drapeaux sont encore accrochés le long du trottoir devant le Garden Home. J'entre et, à ma grande surprise, je trouve Dorothy assise à une table de la salle à manger. Le déjeuner ne sera pas servi avant une demi-heure. Quelqu'un lui a accroché un torchon en éponge autour du cou en guise de bavoir. J'ai envie de l'arracher, de rappeler à tous ces gens que cette femme a sa dignité, mais je me rends compte que le bavoir n'a rien de méchant. Les aides-soignantes la protègent des saletés qu'elle risque de faire en mangeant. J'aurais aimé avoir une protection quand j'ai fait mes saletés, moi aussi.

Je sors une miche de pain de mon sac en m'approchant de la table.

« Je sens l'odeur du pain d'Hannah », dit-elle. Sa voix est joyeuse, aujourd'hui. Le temps fait peut-être son œuvre. Ou, mieux encore, elle a peut-être eu des nouvelles de Marilyn.

« Bonjour, Dorothy. » Je me penche pour l'enlacer. Son parfum Chanel, le contact de ses bras maigres autour de mon cou me rendent mélancolique. Ou bien est-ce parce que je dois partir la semaine prochaine ? Quelle que soit la raison, je m'accroche à elle plus fort, ce matin. Elle me tapote le dos comme si elle sentait ma fragilité émotionnelle.

« Tout va bien, Hannah ma chérie. Allons, assieds-toi et raconte-moi tout. »

Je tire une chaise de la table voisine et lui décris la visite de Fiona. « J'étais stupéfaite qu'elle fasse tout ce chemin dans le seul but de me présenter à nouveau ses excuses.

– Merveilleux. Et tu te sens mieux ?

– Oui. Mais je n'ai pas encore décidé si c'est une bonne chose de se débarrasser de sa culpabilité, ou si c'est complètement idiot. Tiens, nous, par exemple. Allons-nous jamais retrouver une existence normale ?

– Ma chérie, tu n'as pas compris ? Nos aveux nous ont libérées. La prochaine fois, il nous faudra juste être plus prudentes en mettant à nu les morceaux fragiles de nos cœurs. La tendresse ne peut être partagée qu'avec ceux qui offrent à ton cœur un atterrissage en douceur. »

Elle a raison. Claudia Campbell n'était pas digne de confiance. Mon esprit s'envole vers Michael. Non, il ne m'a pas accordé un atterrissage en douceur, lui non plus.

«Je suis heureuse de te voir si optimiste.

– Je le suis. Nous avons toutes les cartes en main, à présent.» Elle pose la main sur mon bras. «Nous nous sommes enfin trouvées nous-mêmes.»

Je réfléchis un instant. «Ah ouais? Eh bien, j'espère que ça suffira. Alors, dis-moi, comment va la vie? Comment va Patrick?

– Impeccable.» Elle tire une lettre de sa poche et me la tend.

Je souris. «Il t'a écrit une lettre d'amour?

– Elle ne vient pas de Paddy. C'est une réponse à une de mes bourses de pierres.»

Marilyn lui a pardonné! Fantastique! C'est alors que je vois l'adresse de l'expéditeur.

«Elle vient de New York?

– Vas-y, lis-la. À voix haute, s'il te plaît. J'aimerais l'entendre à nouveau.»

Je déplie le courrier.

Chère madame Rousseau,

J'étais ébahi de recevoir votre courrier d'excuses. Comme vous pouvez le constater, je vous retourne une pierre mais sachez, je vous prie, que vos excuses étaient inutiles. Je regrette sincèrement que vous ayez porté le poids de cette culpabilité d'avoir perdu contact avec moi, après cet épisode en classe.

C'est vrai, je ne suis jamais retourné au lycée Walter Cohen. Et vous avez dû penser, bien évidemment, m'avoir nui. J'aurais aimé que vous sachiez, toutes ces années, que je ne dois mon salut qu'à une seule personne : vous. C'est sans doute un peu cliché mais, en ce jour de juin, j'étais un garçon à problèmes quand je suis entré dans votre classe. J'étais un homme quand j'en suis sorti. Et un homme que j'appréciais, qui plus est.

Je me souviens très clairement de cette matinée. Vous m'avez convoqué à votre bureau pour me montrer votre cahier de notes. Sur ma ligne, rien que des TRAVAUX INCOMPLETS. Je ne vous avais rendu aucun devoir au cours du semestre. Vous étiez désolée, vous m'avez expliqué que vous ne pouviez pas me mettre la moyenne. Je n'obtiendrais pas mon diplôme.

Ce n'était pas franchement une surprise. Vous ne m'avez pas lâché du semestre. Je ne me souviens même plus combien de fois vous m'avez appelé chez moi, et, une fois, vous vous êtes même présentée à ma porte. Vous m'avez supplié de revenir à l'école, vous avez négocié avec ma mère. Il ne me manquait pas grand-chose pour terminer mon année, il fallait juste que j'aie la moyenne dans tous mes cours du semestre. Vous étiez déterminée à m'aider. Et pas seulement pour votre cours de littérature. Vous étiez prête à parler à tous mes professeurs. Mais je ne vous ai pas facilité la tâche. J'avais toujours un million d'excuses et, oui, certaines étaient véridiques. Mais les faits étaient simples, vous ne pouviez pas donner la moyenne à un gamin qui ne se présentait au lycée qu'une fois par semaine, et encore.

Alors oui, nous nous souvenons tous les deux de ce jour-là. Je ne suis pas sûr que vous vous souveniez du reste de votre cours, par contre.

Avant de commencer votre leçon du jour, vous avez demandé à Roger Farris de ranger son walkman. Il a grogné et l'a fourré sous sa table. Au bout d'une demi-heure, Roger a crié que son walkman n'était plus là. Il a fait une crise, il était persuadé qu'on le lui avait volé.

Des élèves se sont mis à lancer des accusations. Il y en a même qui vous ont demandé de fouiller certains d'entre nous. Vous avez refusé catégoriquement.

Très calmement, vous avez dit à la classe que quelqu'un avait fait une erreur. L'un de nous éprouvait des regrets sincères, avez-vous affirmé, et tenait à rattraper ses torts. Vous vous êtes rendue dans le petit cagibi en parpaings attenant à la salle de classe qui vous tenait lieu de bureau privé, vous avez éteint la lumière. Vous avez annoncé que chaque élève y passerait vingt secondes seul, dans l'obscurité. Nous avons dû y apporter nos cartables et nos sacs. La personne en possession du walkman le laisserait dans le cagibi, vous en étiez persuadée.

Nous avons tous gémi et grogné. Quelle absurdité, de nous donner à tous l'impression d'être des voleurs. Tout le monde était persuadé de connaître le coupable, c'était Steven Willis. Le gamin pauvre, celui qui fumait du shit. Ils étaient surpris d'ailleurs qu'il soit présent ce jour-là. La plupart du temps, il séchait les cours.

Alors pourquoi ne pas lui demander en face, fouiller son sac à dos et épargner le reste d'entre nous ? Il n'avait pas l'intention de rendre le walkman de Roger, maintenant qu'il avait mis la main dessus. Nous avons essayé de vous convaincre que les gens ne fonctionnaient pas comme ça, que vous étiez naïve.

Mais vous avez persisté. Vous avez dit que nous étions tous bons, de nature. Que la personne ayant emprunté «par erreur» le walkman devait être peiné, à cet instant, et devait rêver qu'on lui accorde une seconde chance.

À contrecœur, nous vous avons obéi. L'un après l'autre, nous sommes entrés dans l'obscurité de votre minuscule bureau. Gina Bluemlein chronométrait les passages et tapotait à la porte quand notre temps était écoulé. À la fin du cours, nous avions tous passé la période requise dans le cagibi obscur. L'heure de vérité avait sonné. Nous nous sommes massés à la porte quand vous êtes entrée dans le bureau. Nous étions impatients de connaître le résultat de votre expérience. Vous avez allumé la lumière. Il nous a fallu un instant pour le repérer. Il était là, sur le sol à côté de votre meuble à dossiers suspendus. Le walkman de Roger Farris.

La classe était stupéfaite. Nous avons laissé échapper des cris de joie, nous nous sommes topé les mains. Tous les élèves sont sortis, ce jour-là, habités d'une foi nouvelle en la bonté du genre humain.

Quant à moi ? Cet événement à lui seul a donné un cap nouveau à ma vie. Comme tout le monde s'en doutait, c'était bien moi qui avais volé le walkman. Les élèves avaient raison – je n'avais pas l'intention de le rendre. Je rêvais d'en avoir un mais mon père était au chômage. Roger était un sale connard, de toute façon. Alors qu'est-ce que j'en avais à foutre ?

Mais votre croyance profonde en la bonté humaine m'a fait changer d'avis. Quand j'ai déposé le walkman à côté du meuble et que je suis ressorti du cagibi, c'était comme si j'avais abandonné derrière moi celui que j'étais. Cette enveloppe rugueuse qui m'entourait, l'impression d'avoir été accusé toute ma vie, que le monde me devait des comptes, tout ça s'est détaché de moi comme une peau qui pèle. Pour la première fois depuis toujours, j'ai eu le sentiment de valoir quelque chose.

Alors vous voyez, madame Rousseau, vos excuses sont inutiles. Je suis sorti de votre salle de classe et je me suis rendu directement au bureau des étudiants externes. Six semaines plus tard, j'avais obtenu mon diplôme en candidat libre. L'idée que je puisse être foncièrement bon, que vous puissiez croire en moi, a changé ma vision des choses. Le gamin battu par ses parents, qui accusait le monde entier de son destin merdique, a commencé à prendre sa vie en main. Je voulais vous prouver que vous aviez raison. Cette leçon en ce dernier jour d'école a été la catalyse de tout ce que j'ai entrepris ensuite. Sachez que je vous serai éternellement reconnaissant d'avoir su voir la bonté qui sommeillait en moi, et de m'avoir permis d'agir en conséquence.

Cordialement,
Steven Willis, avocat
Cabinet d'avocats Willis et Bailey
149 Lombardy Avenue
New York, NY

Je m'essuie les yeux à la manche de mon chemisier et je me tourne vers Dorothy. « Tu dois être si fière.

– Une autre bougie s'allume, dit-elle en s'essuyant les yeux à l'aide de sa serviette en éponge. « Mes bougies créent une lumière plus forte. »

Pour chaque bougie qu'on souffle, une autre s'allume. Cette expérience humaine que nous vivons toutes les deux est un parcours semé d'obstacles et d'erreurs. La honte et la culpabilité que nous portons sont tempérées par des instants de grâce et d'humilité. Au final, nous espérons seulement que la lumière que nous diffusons supplante l'obscurité que nous créons.

Je serre la main de Dorothy. « Tu es une femme incroyable.

– Oui, je suis d'accord. »

Je fais volte-face et je trouve Marilyn derrière moi. Depuis combien de temps est-elle là ? Je l'ignore.

Dorothy écarquille les yeux. « C'est toi, Mari ? »

Elle acquiesce. «C'est moi.» Elle se penche pour embrasser son amie sur le front. «Et pour info, Dottie, tes bougies n'éclairent pas plus fort. Tu as toujours dégagé une lumière éclatante.»

Il est 13 heures quand je rentre, j'ai le cœur plus léger d'avoir assisté à la réconciliation de mes deux amies – et d'avoir trouvé une lettre de RJ dans ma boîte. J'ai les mains qui tremblent quand je décachète l'enveloppe.

Chère Hannah,

Merci pour ta lettre. Je n'étais pas certain d'avoir de tes nouvelles un jour. Inutile de t'excuser. C'est logique qu'une femme aussi étonnante que toi soit déjà dans une relation durable. Je respecte ton honnêteté et ton intégrité.

Je fais les cent pas dans la cuisine et je scrute les mots *relation durable.* Je ne suis plus dans une relation durable. RJ, je peux désormais te voir sans aucun sentiment de culpabilité!

Passe me voir quand tu retourneras dans le Michigan, avec ou sans ta mère – ou ton compagnon. Je promets de me comporter en gentleman, cette fois. Et comme je te l'ai déjà dit, si tu te lasses de ta situation actuelle, je souhaite être en haut de la liste dans ton carnet de bal.

Bien à toi,

RJ

Je m'appuie contre le frigo et relis la lettre. RJ s'est visiblement entiché de la femme qu'il me croit être. Je ne lui ai jamais révélé la vérité sur mon passé et, après mon terrible fiasco ici, pourquoi le ferais-je ? Comme n'importe qui, il serait horrifié de découvrir celle que j'ai été autrefois.

J'adorerais le revoir, mais puis-je recommencer à faire semblant ? Puis-je entamer à nouveau une relation superficielle comme celle que j'entretenais avec Michael ou Jack ? Puis-je une fois encore essayer de cacher mes vieux démons derrière la trappe de mon âme ? Je me souviens de la dernière réplique de Jack : « Pas étonnant que tu arrives si facilement à me laisser sortir de ta vie, Hannah. D'ailleurs, tu ne m'as jamais vraiment laissé y entrer. »

Non. Impossible.

Je pique presque un sprint jusqu'à mon bureau. Je prends un stylo et une feuille de papier à lettre.

Cher RJ,
Mon carnet de bal est vide.
Tendrement,
Hannah.

39

J'ai fait le plein d'essence, j'ai fait changer les filtres à huile la semaine dernière en emmenant Marilyn et Dorothy déjeuner au restaurant. Deux valises sont posées à côté de ma porte d'entrée, ainsi qu'un sac en toile plein de barres énergétiques, de noix, d'eau et de fruits. Je suis fin prête pour partir dans le Michigan à la première heure demain matin. Je dors à poings fermés quand je reçois un appel à 2 heures.

« Il est parti, Hannah ! »

Bon sang, Bob est mort. Je fais pivoter mes jambes au pied du lit. « Je suis désolée, maman. Qu'est-ce qui s'est passé ?

— Je me suis levée pour aller aux toilettes. Il n'était pas dans le lit. Il n'est pas dans la maison. Il est parti, Hannah. Je suis sortie le chercher mais il est introuvable ! »

Je pousse un soupir. Il n'est pas mort. Tant mieux, me dis-je. Mais, au fond de moi, je ne peux m'empêcher de penser que sa mort offrirait une vie nouvelle à ma mère, même si je sais bien qu'elle ne verrait pas les choses de cette façon.

Elle parle si vite que je peine à la comprendre. « Je ne le retrouve plus. J'ai cherché partout.

– Calme-toi, maman. Il va bien.» Mais je n'y crois pas. Bob n'a aucune connaissance pratique en matière de survie. Avec la forêt juste derrière la maison, avec le lac, avec les températures nocturnes glaciales...

«J'arrive. Appelle la police. On va le retrouver, je te le promets.»

Elle laisse échapper un soupir. «Dieu merci, tu vas venir.»

Enfin, sa fille est à ses côtés quand elle en a besoin. Et ce dont elle a besoin, c'est de retrouver son mari.

J'appelle chez elle toutes les demi-heures et je tombe invariablement sur le répondeur. Je suis à une vingtaine de kilomètres de Memphis quand elle décroche enfin.

«La police l'a retrouvé, recroquevillé au fond de son bateau.»

Le bateau. Le vieux bateau de pêche dont je lui ai rappelé l'existence le mois dernier. J'ai dû faire ressurgir un souvenir le jour où je l'ai emmené faire un tour sur le lac. Mon Dieu, même mes bonnes intentions sont néfastes.

«Oh, maman, je suis désolée. Comment va-t-il?

– Il est en hypothermie. Il est resté étendu dans huit centimètres d'eau froide. Les urgences sont arrivées. Ils voulaient l'emmener à Munson pour faire un check-up complet. Mais il en a eu assez. J'ai réussi à lui faire manger un peu de céréales et je l'ai couché.

– Je pense arriver vers 19 heures ce soir.

– Je t'aurai préparé à dîner.

– Non, ce n'est pas la peine. Je grignoterai un truc en chemin.

– J'insiste. Hannah?

– Oui?

– Merci. Tu n'imagines pas à quel point ta présence m'est d'un grand réconfort. »

Ça me trotte dans la tête tout au long de la route. Je suis peut-être folle de ne pas avoir retenu la leçon, après tout ce que j'ai perdu. Cette idée me terrifie mais je dois le faire. C'est non négociable. Je dois présenter mes excuses à deux autres personnes, au fils et à la fille de Bob, avant qu'il ne soit trop tard.

Je n'ai jamais rencontré Anne ni Robert Junior. Ils étaient adultes quand leur père s'est mis en couple avec ma mère. J'ignore comment ils ont été mis au courant de mon accusation. Mais ils savent. Ma mère m'a dit que Bob et elle ont très peu de contact avec Anne et Junior. Je me doute bien que je suis responsable de cet éloignement. Notre ancienne voisine, Mme Jacobs, avait tout raconté au personnel enseignant, et les rumeurs ont dû se répandre. L'ex-femme de Bob a dû avoir vent de l'affaire. Mais aurait-elle été cruelle au point de la révéler à ses enfants ? Apparemment, oui.

Je scrute la file interminable des voitures devant moi, sur l'autoroute I-57. Anne, l'aînée des deux, doit approcher de la cinquantaine, à peine plus jeune que ma mère. Elle était déjà mariée et vivait dans le Wisconsin à l'été 1993. Junior était à la fac, je crois.

Viendront-ils seuls ou accompagnés de leurs familles ? Je ne sais pas ce qui serait pire, affronter leur colère face à un groupe restreint ou élargi.

Mon estomac se noue. Je monte le volume de mon iPod. Lifehouse chante *« I'm halfway gone and I'm on my way… »* Les paroles semblent refléter mon propre voyage : je suis à mi-chemin de ma destination. Encore quelques excuses à présenter. J'ai déjà parcouru une longue route mais ça ne suffit pas. J'ai retiré la capuche de mon manteau d'obscurité mais le col m'étrangle encore. Je me repose contre l'appuie-tête. Comment vais-je réussir à leur faire face ? Si une femme me disait avoir accusé à tort mon père de harcèlement sexuel, je la détesterais sans doute encore plus farouchement que mon père la haïrait. Aucune excuse, aussi sincère soit-elle, ne pourrait rattraper le temps perdu.

Je peux atténuer les accusations, je peux leur demander pardon, essayer d'expliquer que j'étais jeune, que je m'accrochais au désir fou de voir mes parents réunis. Je pourrais même leur avouer la vérité : qu'à ce jour je ne suis pas encore certaine que le geste ait été accidentel. Mais cela semble hypocrite, comme si j'essayais de couvrir mes arrières. Non, si je dois le faire, autant endosser la culpabilité à 100 %, et non à 50 % ni même à 99 %. Je suis plongée dans cette affaire tout entière.

Le soleil a disparu derrière le lac quand je m'engage dans l'allée. Je coupe le moteur et j'observe ma mère sur le porche, elle a l'air de m'avoir attendue là toute la journée. Si je n'étais pas au courant, je pourrais croire que c'est elle qui souffre d'Alzheimer. Ses cheveux sont rassemblés en une queue-de-cheval maladroite, elle porte des lunettes d'un autre âge et bien trop grandes pour son visage mince. Son manteau est déboutonné et laisse entrevoir un pantalon de jogging et un T-shirt. De loin, on dirait une gamine de douze ans.

Ils me reviennent soudain tous en mémoire, ces commentaires qu'on nous lançait en nous prenant pour deux sœurs, ma mère et moi. Une pensée me frappe avant que j'aie eu le temps de parer le coup. Est-ce donc ça que Bob trouvait attirant chez elle, qu'elle ait des airs enfantins ?

Je cours vers elle. « Maman ! »

Elle lève les yeux et semble comme étonnée de me voir. « Hannah. » Elle vient à ma rencontre dans l'herbe humide et m'attire contre elle, une étreinte plus serrée aujourd'hui, presque désespérée.

« Comment va-t-il ? je lui demande.

– Il a dormi de façon épisodique toute la journée. » Elle porte une main à sa bouche. « J'ai été si imprudente. Ça fait un moment que je comptais installer une clochette à la porte de notre chambre. Tu l'aurais vu, Hannah. Il était trempé jusqu'aux os, il tremblait comme un chiot mouillé. »

Je prends son visage entre mes mains, j'ai l'impression d'être la mère, et elle, l'enfant. « Il va bien, maintenant. Et ce n'est pas de ta faute, maman. Tu l'as retrouvé. Il est à nouveau avec toi. »

Je considère un instant cette métaphore de la vie de ma mère. Perdre ceux qu'elle aime, les voir s'éloigner hors de portée, rester sans nouvelles, à se demander où ils sont, et s'ils survivront.

Je n'ai pas passé la nuit dans ce chalet depuis vingt-deux ans. Je me demande si je m'y sentirai chez moi un jour. Je me trouve sur le seuil de leur minuscule chambre, j'écoute ma mère chanter à Bob la même mélodie qu'elle me chantait.

« *Like a bridge over troubled water. I will lay me down.* »
Sa voix est rauque et un peu fausse. J'ai une boule dans la gorge.

Elle lisse les cheveux de Bob et lui dépose un baiser sur la joue. Juste avant qu'elle n'éteigne la lumière, je remarque une photo sur le chevet de Bob.

«C'est quoi? je demande en m'approchant.

– Sa photo préférée.»

Je soulève le cadre en bois et me vois, adolescente, au bout du ponton avec Tracy. On regarde par-dessus notre épaule en direction de l'objectif, comme si Bob venait de crier: «Qu'est-ce que vous mijotez, les garçons?» Et il aurait pris la photo à l'instant où on tournait la tête. Je plisse les yeux. Le côté gauche de mon maillot de bain s'est un peu délogé et laisse entrevoir la chair blanche de ma fesse qui contraste avec le bronzage de ma cuisse.

Je repose le cadre. Une gêne m'envahit. De toutes les photos disponibles, pourquoi a-t-il choisi celle-ci en particulier sur sa table de nuit?

J'étouffe mes soupçons aussi vite qu'ils sont apparus. J'étais en maillot de bain presque tous les jours, cet été-là. Alors forcément, c'est ce que je porte sur les photos.

J'éteins la lampe en me remémorant la conversation avec Marilyn. Pardonner n'implique pas toujours d'oublier. Sauf que, dans mon cas, je pense que c'est indissociable. Je ne pourrai jamais rendre net le cliché flou de ma vérité. Si je dois pardonner, alors je dois oublier.

Ma mère et moi sommes assises sur le porche à l'arrière de la maison et nous sirotons une citronnade. L'air nocturne est frais, le soir est ponctué du crissement des criquets, du coassement des grenouilles. Elle allume une bougie à la citronnelle pour éloigner les moustiques et elle me parle des belles demeures dans lesquelles elle fait le ménage.

Elle s'absente un moment pour aller voir Bob. À son retour sur le fauteuil à bascule, elle m'adresse un sourire. « Où en étions-nous ? »

Où en étions-nous ? Comme si elle venait d'oublier ces années noires, les années où je l'ai blessée, où j'ai refusé de la voir. Son amour semble plus solide que jamais, comme si elle m'avait totalement pardonné ma cruauté. La voilà donc, la douceur du pardon qu'évoque Fiona.

« Je tiens à demander pardon.

– Oh, ma chérie, arrête. Ça fait des années qu'on t'a pardonné.

– Non. Quand j'ai présenté mes excuses à Bob, il était déjà trop tard. » Je prends une profonde inspiration. « Je veux me faire pardonner auprès de ses enfants. »

Elle me dévisage pendant plusieurs secondes. « Hannah, non.

– Je t'en prie, maman. J'y pense depuis un moment, à la façon dont ils ont été éloignés de leur père. Par ma faute.

– Tu n'en sais rien, ma puce.

– Tu peux organiser une rencontre avec Anne et Junior ? S'il te plaît ? »

La flamme de la bougie illumine les rides de son visage. « Ça fait des années qu'on n'a pas vu les enfants. On risque d'ouvrir une boîte de Pandore. Tu es certaine que tu veux faire ça ? »

Non, je n'en suis pas sûre du tout. Honnêtement, je préférerais éviter de croiser les enfants de Bob pour le restant de mes jours. Mais c'est impossible. Je leur dois ça, à eux et à l'homme dont j'ai détruit la réputation.

« Oui. S'il te plaît. Il faut que je le fasse, maman. »

Elle tourne le visage vers l'obscurité. «Et s'ils refusent de venir?

– Dis-leur que c'est urgent. Dis-leur ce qu'il faudra. Il faut qu'ils entendent mes excuses de vive voix. Si je ne le fais pas, ce serait lâche.

– Quand?

– On peut faire ça samedi? S'il te plaît?»

Elle acquiesce, elle doit penser que j'espère ainsi être acquittée. Mais c'est faux. J'espère que c'est à Bob qu'ils pardonneront.

40

Je m'installe sur un tabouret et m'oblige à avaler un sandwich au thon tandis que ma mère rince des cerises pour sa tarte. Je consulte ma montre une énième fois. Ils arrivent dans trois heures. Mon estomac se serre, je repose mon sandwich dans l'assiette.

Ma mère est de profil, elle fait couler de l'eau dans la passoire métallique. Elle porte un pantalon en toile blanc et un chemisier sans manches.

«Tu es jolie, maman.»

Elle pivote et me sourit. «Je pensais que ça te plairait.

– Ça me plaît.» Je remarque la pâte parfaite étalée sur le plan de travail. «Tu as toujours aimé la pâtisserie, pas vrai?»

Elle regarde son ouvrage. «Rien de très recherché, comparé à ce que tu dois manger à La Nouvelle-Orléans. Des tartes aux fruits classiques, des biscuits et des gâteaux. Ce que ma maman préparait.»

D'un coup d'épaule, elle écarte une mèche de cheveux rebelle.

«J'espère qu'ils aiment la tarte aux cerises. Un jour, il y a des années, ils sont venus à Noël. Staci – la femme de Junior – en a mangé deux parts.» Elle jette un coup d'œil à la pendule au-dessus du four. «Anne comptait quitter le Wisconsin à 8 heures, autrement dit elle devrait être ici vers 15 heures. Junior a promis d'arriver à peu près à la même heure. J'ai prévu un gratin de spaghettis pour le dîner. Et une salade, bien sûr.» Elle parle vite, sans laisser place au dialogue. Je remarque que ses mains tremblent.

«Maman, ça va?»

Elle lève les yeux. «Franchement? Je suis liquéfiée.» Elle verse les cerises dans un bol et jette l'écumoire dans l'évier. Le claquement du métal me fait sursauter.

Je me lève et m'approche d'elle, puis je l'enlace. «Qu'est-ce qu'il y a?»

Elle hoche la tête. «Ça fait longtemps qu'ils n'ont pas vu Bob. Ils ne savent pas ce qui les attend. Et Anne? Elle traverse un nouveau divorce difficile. Elle m'a aboyé dessus quand je l'ai appelée, elle m'a fait comprendre que ça la dérangeait de venir.»

Je ferme les yeux. «Je suis désolée, maman. C'est de ma faute.»

Elle jette un regard vers la chambre où Bob fait la sieste et elle baisse la voix, comme s'il risquait d'entendre et de comprendre notre conversation. «Je lui ai dit que c'était peut-être la dernière fois qu'elle le verrait.»

J'inspire brutalement. Elle a peut-être raison. Bob n'a pas prononcé le moindre mot depuis qu'ils l'ont tiré de son bateau, mercredi. Sa toux empire plus qu'elle ne guérit. Je me sens coupable, une fois encore. Se serait-il aventuré jusqu'au bateau si je n'avais pas demandé avec insistance qu'il vienne en balade avec moi, le mois dernier?

«Je suis désolée, maman. Tu as beaucoup de soucis en ce moment et je t'en impose d'autres.»

Elle déglutit avec peine et lève la main, me signifiant qu'elle ne peut pas en parler tout de suite. «Et Junior, il est toujours poli, mais j'ai bien senti qu'il n'était pas ravi.

– J'ai fait tant de dégâts.»

Pour la première fois, la carapace de ma mère se fissure. «Oui. Oui, c'est vrai. Je te l'accorde. J'espère juste qu'il n'est pas trop tard. J'espère que Bob les reconnaîtra.»

Un nuage passe au-dessus de moi. C'est une terrible erreur. Ma mère et moi avons des attentes totalement irréalistes.

Elle verse du sucre sur les cerises. «Peut-être, oui, peut-être que Bob comprendra qu'il est pardonné.»

Pardonné? Les poils de ma nuque se hérissent. C'est si étrange que ma mère emploie ce terme *pardonné*. Comment peut-il être pardonné s'il n'a rien fait de mal?

Elle est postée à la fenêtre et consulte sa montre toutes les deux minutes. À 14 h 40, un Monospace s'engage dans l'allée.

«Voilà Anne, dit ma mère en sortant son tube de rouge à lèvres qu'elle applique aussitôt. On va l'accueillir?»

Mon cœur bat la chamade. De la fenêtre, je regarde une femme entre deux âges descendre du Monospace. Elle est grande, ses cheveux grisonnants lui tombent sur les épaules. Du siège passager, une fillette d'environ neuf ans émerge à son tour.

«Elle a amené Lydia», remarque ma mère.

Je suis noyée d'émotions, je tangue entre tristesse, terreur et soulagement. Cette femme va me crucifier sur place. Et je le mérite.

Dans le sillage du Monospace, un autre véhicule apparaît, un pick-up blanc. Il me rappelle celui de RJ. Cette idée me réconforte : quelle que soit l'issue de cette journée, je verrai RJ lundi prochain. Je lui raconterai mon passé dans son intégralité, je lui présenterai une ardoise propre et vierge. J'ai l'intime conviction qu'il comprendra.

Le pick-up ralentit et s'arrête derrière le Monospace. Anne et Lydia attendent. Leur arrivée synchrone est clairement planifiée.

Mon cœur s'emballe. J'ai besoin d'air. Je me détourne et m'approche de Bob, installé dans son fauteuil en velours. Ma mère et moi avons réussi à le faire sortir du lit ce matin. Je l'ai coiffé, ma mère l'a rasé. Il est réveillé mais le journal qu'elle a placé sur ses genoux est de travers, et il est bien plus intéressé par ses lunettes. Il les fait tourner dans ses mains, il tripote une des petites plaquettes en plastique.

Je retire le journal et lisse ses mèches de cheveux gris. Il tousse, je vais lui chercher un mouchoir.

J'entends ma mère parler à la porte d'entrée : « C'est si gentil à vous d'être venus. »

Les voilà qui franchissent le seuil. Le salon minuscule se resserre autour de moi. J'ai envie de m'enfuir.

« Merci, Suzanne », répond une voix d'homme.

Je fais volte-face. Et c'est alors que je l'aperçois. RJ.

41

L'espace d'un instant, je ne fais pas le rapprochement. Pourquoi RJ est-il venu ? Comment a-t-il fait pour me retrouver ? Je souris et fais un pas dans sa direction, mais je me fige en voyant l'expression de son visage. Il a déjà rassemblé les pièces du puzzle. Et à présent, moi aussi.

Oh, mon Dieu. Les initiales RJ sont pour Robert Junior, le fils de Bob.

« C'est toi, Hannah », dit-il. Ce n'est pas une question. Davantage une supplique. Son regard est lourd, il baisse les yeux. « Bon sang. Je suis désolé.

– RJ... » Mais je suis à court de mots. Il voit en moi la fille molestée par son père. Dans un instant, il va apprendre la vérité. Sauf que je suis incapable de parler.

Il croise les bras, porte la main à sa bouche. Il me dévisage et hoche la tête. « Pas toi. » Le chagrin de son regard me déchire le cœur.

« Tu connais Junior ? » demande ma mère.

J'ai la gorge tellement serrée que je peux à peine respirer. J'acquiesce sans doute car elle ne réitère pas la question. Le temps est suspendu. Bien sûr. Pourquoi ne l'ai-je pas compris tout de suite ? C'est si logique, à présent. Il a grandi près de Detroit. Ses parents ont divorcé quand il était à la fac. Il n'a jamais pu pardonner à son père – quelle faute, il ne me l'a jamais précisé. Le sujet paraissait trop intime et je n'avais pas osé poser de question. Maintenant, j'ai ma réponse. Pendant toutes ces années, RJ était persuadé que son père était un monstre.

Ma mère me présente Anne tandis que RJ passe derrière moi et se dirige vers le fauteuil où son père est assis. Je cherche un soupçon de chaleur dans les yeux bleu-gris de la fille de Bob, je n'y trouve que de la glace. Ma main tremble quand je la lui tends. Anne la serre sans conviction. Elle ne prend même pas la peine de me présenter à sa fille, aussi je m'en charge seule.

«Moi, c'est Hannah», dis-je à la fillette mince vêtue d'un short en jean et d'un débardeur.

Elle tousse, cette même toux que j'entends chez Bob. «Moi, c'est Lydia», répond-elle d'une voix cassée. Elle me dévisage. S'il est vrai que les enfants perçoivent les gens tels qu'ils sont vraiment, je pense que Lydia doit être l'exception qui confirme la règle. Elle me regarde comme une célébrité alors que je suis le missile égaré, le dommage collatéral qui a décimé sa famille.

Anne jette un coup d'œil à son père dans le fauteuil mais ne fait pas mine d'aller vers lui. Je m'oblige à lui toucher le bras. Je parle fort afin que RJ entende aussi.

«J'ai demandé à ma mère de vous inviter ici.» Je m'interromps, je prends une profonde inspiration, je serre et desserre les poings. *Je peux y arriver. Je dois y arriver.* «Il faut que je vous dise quelque chose.

– Je peux vous proposer à boire ?» demande ma mère. Elle sourit, l'air d'organiser une fête de famille, mais je perçois le tremblement de sa voix. Elle est terrifiée. «J'ai du thé, de la citronnade. Ou, Lydia, tu veux peut-être un Coca ? »

La fillette s'apprête à répondre quand Anne la coupe. « Venons-en au fait. » Elle semble connaître la raison de sa venue, ce que je vais leur avouer. « Il faut qu'on rentre pas trop tard. » Elle pose une main sur l'épaule de sa fille. « Va dehors. »

Elles rentrent ce soir ? Il y a sept heures de route jusqu'à Madison. Non. Elles ont dû prendre une chambre d'hôtel en ville, ou elles dorment chez RJ. Ma mère a préparé à dîner, elle m'a gentiment demandé de dormir sur le canapé afin qu'Anne s'installe dans la minuscule chambre d'amis. Je l'ai aidée à changer les draps, je l'ai regardée couper des pivoines du jardin qu'elle a posées sur la commode. Encore une déception pour cette femme qui voudrait tant être acceptée. Mon père avait peut-être raison quand il affirmait que la clé du bonheur était d'avoir des attentes raisonnables.

Anne s'assied à un bout du canapé, ma mère se poste sur l'accoudoir du fauteuil de Bob. RJ opte pour la chaise en bois que ma mère a apportée de la cuisine un peu plus tôt.

Je soulève deux bourses de pierres que j'avais placées sur la table basse.

« Je dois vous présenter mes excuses, dis-je, debout devant eux. Je suis venue ici il y a un mois, dans l'espoir de faire la paix avec votre père. Quand j'avais treize ans, à peine plus que Lydia, j'ai décrété qu'un contact physique accidentel était délibéré. C'était un mensonge. »

C'est la première fois que j'emploie le terme *mensonge*. Est-ce ma langue qui a fourché, ou suis-je enfin prête à l'admettre ? J'ai beau essayer, je n'en sais rien. Aujourd'hui, il s'agit d'un mensonge. Sans preuve pour étayer mon accusation, je ne peux pas utiliser d'autre mot.

« Vous avez peut-être entendu parler des pierres du Pardon. J'en ai donné à ma mère et à votre père. À présent, je veux en offrir une à chacun de vous. »

RJ pose ses coudes sur ses genoux, le menton sur ses mains croisées. Son regard est rivé au sol. Anne ne dit rien. Je jette un coup d'œil à Bob. Il dort, la tête penchée en arrière contre le coussin, ses lunettes de guingois. Ma poitrine se serre.

« J'ai cru qu'en donnant une pierre à votre père ma honte en serait soulagée, du moins partiellement. Mais je n'ai pas réussi à faire la paix. Parce que je dois encore vous présenter mes excuses, à tous les deux. »

Je sors une pierre de chaque bourse. « Anne. » J'avance vers elle. « Pardonne-moi pour ce que j'ai fait à ton père et à ta famille. Je sais qu'il est impossible de te rendre le temps perdu. Je suis sincèrement désolée. »

Elle scrute la pierre dans ma main tendue et j'attends, je m'efforce de ne pas trembler. Elle ne va pas l'accepter. Et je ne lui en veux pas. Je suis sur le point de replier le bras quand elle tend le sien. L'espace d'une seconde, ses yeux croisent les miens. Elle saisit la pierre dans ma paume et la fourre dans sa poche.

« Merci », dis-je, et je respire enfin. Mais je sais que ce n'est qu'un petit pas. Si elle a accepté la pierre, ça ne signifie pas qu'elle me la renverra avec un joli nœud et une lettre m'offrant son pardon. C'est un début, néanmoins, et c'est le mieux que je puisse espérer aujourd'hui.

En voilà une de faite, plus qu'une à donner. Je m'approche de RJ.

Il garde les yeux rivés au sol. Je baisse le regard vers lui, j'aimerais toucher ses mèches brunes ébouriffées. Ses mains sont jointes comme en prière. Il semble soudain si pur. RJ est l'homme parfait, et moi, je suis la pécheresse. Comment un couple aussi déséquilibré pourrait-il un jour s'épanouir ?

Je t'en prie, Dieu, aide-moi. Aide-moi à l'atteindre. Mon intention était de toucher leur cœur aujourd'hui, de préparer le terrain pour qu'ils pardonnent un jour à Bob. Mais tout a changé. J'aime cet homme. J'ai besoin de son pardon.

« RJ. » Ma voix tremble. « Je suis tellement, tellement désolée. Que tu trouves dans ton cœur la force de me pardonner ou non, j'espère qu'il n'est pas trop tard pour que tes sentiments envers ton père changent. » Je lui tends la pierre au milieu de ma paume. « S'il te plaît, accepte-la en signe de mon remords. Si je pouvais revenir… »

Il lève la tête et me regarde. Ses yeux sont injectés de sang. Sa main s'approche de la mienne, comme au ralenti. Une vague de soulagement déferle en moi.

J'entends le bruit mat avant de sentir le coup. La pierre s'envole à travers la pièce et heurte la baie vitrée.

Les larmes me montent aux yeux. Je serre ma main douloureuse et je regarde RJ se lever de sa chaise avant de se diriger vers la porte.

« Junior », lance ma mère qui bondit sur ses pieds.

La moustiquaire claque derrière lui. De la fenêtre, je le vois avancer à grandes enjambées jusqu'à son pick-up. Je ne peux pas le laisser partir ainsi. Il faut que je lui donne les éléments pour qu'il comprenne.

« RJ ! » je crie. Je sors en courant et je dévale les marches du porche. « Attends ! »

Il ouvre sa portière à la volée. Avant que j'aie eu le temps d'atteindre l'allée, sa voiture s'éloigne. J'observe l'énorme nuage de poussière jusqu'à ce qu'il retombe sur le chemin en terre, une scène qui m'évoque le jour où ma mère est restée au bout de cette même allée et que les graviers jaillissaient sous les pneus de mon père.

Il n'est que 17 heures mais nous nous installons à quatre autour du dîner. Bob était encore à la sieste dans sa chambre quand nous avons sorti le gratin de spaghettis du four, et Anne a demandé avec insistance que nous ne le réveillions pas. J'ai lu le soulagement sur le visage de ma mère. L'après-midi semble peser sur chacun de nous, même sur Bob. Le repas n'aurait pas été facile aujourd'hui, avec tant d'inconnus autour de la table. Elle voulait sans doute sauver la dignité de Bob.

À table, nous terminons la tarte aux cerises. Je feins de manger mais je ne fais que déplacer les fruits dans mon assiette. Je ne peux rien avaler. Ma gorge est douloureuse dès que je pense à RJ et à la déception dans son regard.

Anne est aussi silencieuse que moi. Ma mère essaie de compenser en faisant passer le pot de crème glacée, en offrant une autre part de tarte.

Est-ce qu'on s'attendait vraiment à dîner tous les six, à ouvrir une bouteille de vin, à rire, à bavarder ? Cela semble impossible, avec le recul. Comme j'ai été idiote. Je ne suis pas la sœur de RJ ni d'Anne. Ils n'ont aucune raison de me pardonner. Le fait qu'Anne soit encore là au dîner tient du miracle. Une part d'elle-même éprouve peut-être un peu de culpabilité face à la réaction de son frère. Ou peut-être a-t-elle eu pitié de ma mère en apprenant qu'elle avait préparé à dîner.

Heureusement, Lydia brise le silence gênant. Elle papote, elle parle de son épisode de bronchite, d'un cheval qui s'appelle Sammy, de sa meilleure amie, Sara. «Sara sait faire des flips. Elle a pris des cours de gym. Moi, je sais faire que les sauts de mains. Je te montrerai si tu veux, Hannah.»

Je souris, reconnaissante de cette innocence enfantine. Si seulement elle savait la peine et la douleur que j'ai infligées à sa mère. Je recule ma chaise et jette ma serviette sur la table. «Avec plaisir. Voyons ce que tu sais faire.

– Cinq minutes, lui dit Anne. Il faut qu'on y aille.

– Mais je veux dire au revoir à papy.

– Fais vite.»

J'emboîte le pas de Lydia qui sort de la cuisine. Derrière moi, j'entends la voix de ma mère. «Encore un peu de tarte, Anne? Un café?

– Tu es gentille avec ton papy, dis-je à Lydia lorsque nous arrivons dans le jardin.

– Ouais. Je l'ai vu qu'une fois ou deux.» D'un mouvement de pied, Lydia retire ses tongs jaunes. «J'ai toujours rêvé d'en avoir un – un papy, je veux dire.»

Je l'ai privée de Bob, elle aussi. Et pauvre Bob, qui n'a jamais connu ses petits-enfants. Lydia court dans le jardin et réalise son acrobatie avec une réception parfaite. J'applaudis et crie, mais mon cœur n'y est pas. Je pense uniquement au désordre que j'ai créé dans ces existences.

«Bravo! Moi je dis, objectif: les JO de 2020.»

Elle tousse et glisse ses pieds dans les tongs. «Merci. En fait, je veux juste intégrer le cours de danse. Dans deux ans, j'entre au collège. Ma mère veut que je fasse du foot mais je suis nulle.»

Je regarde cette créature insouciante, avec ses longues jambes et une poitrine naissante. Une beauté franche et sans fard. À partir de quel moment commence-t-on à dissimuler notre splendeur naturelle ? « Sois toujours toi-même, lui dis-je. Et tu ne te tromperas pas. » Je la prends par la main. « Allez, viens dire au revoir à ton papy. »

Bob est étendu sur le lit, sous une couverture tricotée orange et jaune. Sa peau rose brillante et ses mèches de cheveux hirsutes lui donnent l'air d'un petit garçon. Mon cœur gonfle. Il bat des paupières et ouvre les yeux quand il entend la toux sonore de Lydia.

« Pardon, papy. » Elle se hisse sur le lit, rejette la couverture et se blottit contre lui.

D'un geste instinctif, il lève le bras et l'enlace. Elle colle son petit corps contre le sien.

Je donne à Lydia le puzzle en bois préféré de son grand-père et je dépose une bise sur la joue piquante de Bob. Il pose les yeux sur moi et, l'espace d'une seconde, je jurerais qu'il me reconnaît. Mais ses yeux redeviennent vitreux et il scrute d'un regard vide les pièces devant lui.

« Regarde bien, lui dit Lydia en montrant un avion en bois. Tu vois que cette pièce a un angle ? »

Je m'apprête à les laisser quand Anne apparaît soudain au seuil de la porte. Elle jette un coup d'œil dans la chambre. Je vois son regard se poser sur le lit, où sa fille et son père sont allongés l'un contre l'autre.

Son visage s'obscurcit. En deux enjambées, elle traverse la pièce. « Écarte-toi de lui ! » Elle empoigne Lydia par le bras et la tire. « Combien de fois je vais devoir te dire de...

— Anne, je l'interromps en faisant un pas. Tout va bien. Je t'ai dit que...»

Je m'arrête à la vue de son expression, blessée et peinée. Elle se tourne vers moi et nos regards se croisent. *Est-ce qu'il t'a fait du mal ? A-t-il abusé de toi ?* Je ne formule pas mes questions à voix haute. C'est inutile. Elle les lit sur mon visage.

À l'autre bout de la pièce, elle acquiesce presque imperceptiblement.

42

J e suis allongée sur le lit de la chambre d'amis et je scrute le plafond. Tout s'explique. Les difficultés que rencontre Anne dans ses relations avec les hommes, la distance qu'elle a instaurée entre elle et son père, même avant que je ne débarque. Elle a tu cette histoire toute sa vie alors que moi, je l'ai mise en lumière. Elle ne voulait pas qu'on apprenne son secret. Les excuses que je lui ai offertes ? Elle a vu clair dans mon jeu.

Je sens mon pouls s'emballer. Un mélange bizarre de dégoût et de besoin de justification m'envahit. J'avais raison, cet été-là. Mon accusation n'était pas mensongère. J'ai été acquittée. Je peux rentrer à La Nouvelle-Orléans et retrouver ma réputation d'avant ! Je peux affirmer à ma mère que, après les épreuves que nous avons traversées, j'avais raison ! J'enverrai une lettre à RJ – non, je me présenterai en personne à son domaine. À la première heure, demain ! Je lui dirai que j'avais raison, que je n'étais pas une enfant terrible déterminée à foutre en l'air la vie de son père.

Sauf qu'Anne est déjà partie. Et si personne ne me croit ? Je n'ai aucune preuve. Et si j'avais confondu un hochement de tête innocent avec une confirmation d'un acte immonde ?

Mais cette expression sur son visage, l'horreur, la douleur. J'ai compris ce qu'elle cherchait à me dire avec un simple acquiescement.

Je glisse un bras sous mon oreiller. Je ne peux passer le restant de mes jours à douter de moi. Si seulement j'avais un minuscule élément pour prouver à RJ – et à moi-même – que j'avais raison.

Je me redresse brusquement. Mais je l'ai, cette preuve. Et je sais très bien où la trouver.

Le croissant de lune peint des lignes argentées à la surface du lac. Je cours vers l'eau, mes pieds nus glissent dans l'herbe mouillée, le faisceau de la lampe torche bondit comme un lièvre. Mon corps tremble quand j'atteins le bateau. Je bloque la torche contre un gilet de sauvetage et j'attrape la boîte de pêche.

Je peine à insérer la minuscule clé dans le cadenas. La serrure est rouillée et bloque la clé. J'essaie encore, je fais tourner et pivoter le vieux cadenas.

« Putain ! » je siffle entre mes dents. Je tire à m'en faire mal aux mains. Peine perdue.

J'écarte une mèche de mon front et baisse la tête. Là, au fond de la cale, j'aperçois un tournevis antique. Je pose un genou sur la boîte de pêche et je glisse l'outil sous le fermoir métallique. Je tire de toutes mes forces.

« Ouvre-toi, bordel. » Je me démène pour briser le fermoir. En vain. Le cadenas refuse de céder.

Je scrute la boîte comme s'il s'agissait d'un être humain. « Qu'est-ce que tu me caches, hein ? » Je lui assène un coup de pied. « Des magazines de fesses ? De la pédopornographie ? » Je grimace à son attention et j'essaie encore une fois. Ce coup-ci, la clé entre dans la serrure comme si elle était flambant neuve. Une odeur de moisi et de tabac m'assaille quand je soulève le couvercle métallique. Je lève la torche, gagnée par la peur et l'impatience à l'idée d'en voir le contenu. Mais les casiers sont vides. Pas d'appât, pas de leurres. Rien qu'un jeu de cartes et un paquet à moitié vide de Marlboro rouges. Je saisis le paquet humide. Et là, au fond de la boîte, je vois un sachet plastique de congélation plein à craquer. J'y dirige le faisceau de la lampe, mon cœur me martèle la poitrine. La fermeture hermétique est scellée et il semble regorger de photos... des photos de magazine en papier glacé. Mon estomac fait un bond et je crois bien que je vais vomir. Des images porno, j'en suis certaine. Peut-être même une confession écrite. Je me jette dessus comme si mon salut se trouvait à portée de main.

À l'instant où mes doigts effleurent le sachet, je m'immobilise. J'entends les paroles de Dorothy, aussi claires que si elle me les criait depuis la poupe. *Apprends à vivre avec le doute. La certitude est le réconfort des idiots.*

Je lève la tête vers le ciel. «Non! J'en ai tellement assez de douter.»

Je contemple la surface grise et lisse du lac, je pense à RJ. Ce sachet pourrait laver ma réputation. RJ apprendrait la vérité une bonne fois pour toutes. Il pourrait me pardonner, c'est certain.

Mais il ne pardonnerait jamais à son père. Cette blessure ne cicatriserait jamais.

Je me prends la tête entre les mains. Fiona a raison. Nous mentons et dissimulons nos mensonges pour deux raisons : pour nous protéger ou protéger les autres.

Alzheimer a rendu Bob inoffensif. Je n'ai plus besoin de me protéger de lui. Mais ceux qui l'aimaient ont besoin de protection, eux. Il faut que je protège *leur vérité*. Je referme le couvercle d'un coup sec. Personne n'est obligé de connaître la vérité. Ni RJ, ni ma mère. Ni mes anciens fans, ni mes anciens employeurs. Ni même moi. Je vais apprendre à vivre avec le doute. Mes mains tremblent quand je replace le cadenas et que je le referme à jamais. Avant même d'avoir eu le temps de changer d'avis, je retire la clé minuscule de la serrure. De toutes mes forces, je la jette dans le lac. Elle flotte un instant sur le reflet de la lune dans l'eau, puis elle coule.

43

Au fil des quatre jours suivants, je suis en deuil. Je pleure la perte de RJ et de son amitié, de toutes les possibilités que j'avais envisagées. Je pleure la vie flétrie de l'homme dans la pièce voisine, dont la moindre respiration est une lutte permanente tandis que son épouse, assise à ses côtés, chante dans l'espoir de le réconforter. Je pleure l'absence de ces deux décennies avec ma mère, et le super héros que je croyais être mon père.

En temps voulu, je finirai par accepter que nous ne sommes pas si différents. Chacun de nous est un être humain avec ses défauts, ses peurs, son besoin désespéré d'amour. Des gens déraisonnables qui préfèrent le confort des certitudes. Mais pour l'heure, je pleure.

Ma mère me réveille à 4 h 30. « Il est parti. »

Cette fois-ci, son message est sans ambiguïté. Bob est mort.

Surprenant, tout ce qu'on apprend d'une personne à ses funérailles, et combien de questions restées sans réponses seront enterrées avec elle. À la cérémonie de mon père, deux ans plus tôt, j'ai appris qu'il rêvait de devenir pilote, un rêve qu'il n'avait jamais réalisé, bien que je ne sache pas exactement pourquoi. Aujourd'hui, alors que je me tiens devant la tombe de Bob et que j'écoute ses compagnons des Alcooliques Anonymes évoquer la lutte de Bob, je découvre qu'il était un enfant de l'assistance, qu'il a vécu dans une famille d'accueil. J'apprends qu'il s'en est enfui à quinze ans, qu'il est resté sans abri pendant un an avant qu'un restaurateur le prenne sous son aile, lui propose un emploi en cuisine et une chambre à l'étage. Il lui a fallu six ans, mais il a réussi à se payer des études universitaires.

Que s'est-il passé dans cette famille d'accueil, qui l'a poussé à la rue ? Contre quel démon se battait-il, lors de ce programme en douze étapes des AA ? Contre l'alcoolisme, comme il l'affirmait, ou contre quelque chose de bien plus destructeur ?

Je tiens la main de ma mère et baisse la tête lorsque le prêtre prononce une ultime prière et demande le pardon de Dieu. Du coin de l'œil, j'aperçois le profil stoïque de RJ, posté de l'autre côté de ma mère. Accorde ton pardon à Bob, je t'en prie, et pardonne-moi. Et s'il te plaît, s'il te plaît, adoucis le cœur de RJ.

Le prêtre se signe et on abaisse le cercueil en terre. Peu à peu, la foule se disperse. Un homme s'approche de ma mère. « Votre mari était un homme bien.

– Le meilleur, dit-elle. Et il sera récompensé. » Si Dorothy était là, elle serait ravie. L'espoir, c'est souhaiter qu'il soit pardonné. La foi, c'est avoir la certitude qu'il le sera.

Je lui serre le bras et me tourne vers la voiture, lui accordant quelques minutes pour faire ses derniers adieux à l'amour de sa vie. C'est alors que je me retrouve face à face avec RJ.

Il porte un costume sombre et une chemise blanche. Nos yeux se croisent un court instant. Je ne suis pas certaine de ce que j'y lis. Ce n'est plus le dédain d'il y a une semaine. C'est plutôt de la déception, ou un désir triste. J'imagine qu'il pleure, lui aussi, la perte de ce qui aurait pu naître entre nous.

Je sursaute en sentant des bras m'entourer la taille. Je baisse les yeux et je vois Lydia. Elle se cache le visage dans ma robe, ses épaules sont secouées de sanglots.

« Hé, ma chérie, dis-je avant de lui embrasser le sommet du crâne. Ça va ? »

Elle m'étreint plus fort. « Je l'ai tué. »

Je m'écarte. « Mais qu'est-ce que tu racontes ?

– C'est moi qui lui ai donné ma bronchite. Je me suis trop approchée de lui. »

Lentement, les paroles de sa mère me reviennent en mémoire. « Écarte-toi de lui ! »

Je la prends par les bras. « Oh non, ma puce, tu n'as pas fait de mal à ton papy. »

Elle renifle. « Comment tu le sais ? »

Je déglutis avec peine. « Parce que c'est de ma faute, à moi. Ton papy est retourné en douce dans son bateau, parce que je l'avais emmené en balade sur le lac. Ils l'ont retrouvé là-bas, trempé et frigorifié, le lendemain matin. C'est comme ça qu'il est tombé malade. Il ne s'en est jamais remis. »

Je creuse la terre du bout de ma chaussure jusqu'à trouver deux pierres. Je lui en tends une et je garde l'autre dans ma paume. Ensemble, nous marchons vers sa tombe.

« Mais si tu penses avoir fait quelque chose de mal, raconte-le doucement à la Pierre du Pardon, comme ça. »

Je porte la pierre près de mes lèvres et je murmure : « Je suis désolée, Bob. »

Elle prend un air sceptique en regardant la pierre dans sa main, mais elle l'approche néanmoins de sa bouche. « Je suis désolée de t'avoir transmis ma bronchite, papy. Mais c'était peut-être vraiment de la faute d'Hannah, si c'est elle qui t'a emmené faire un tour en bateau. »

Je souris. « Très bien. Je compte jusqu'à trois, et on jette nos pierres dans la fosse. Ton papy saura qu'on est désolées. Un. Deux. Trois. »

Sa pierre atterrit sur le cercueil. La mienne, juste à côté.

« J'espère que ça va marcher, dit-elle.

– L'espoir, c'est pour les femmelettes, je rétorque en la prenant par la main. Il faut avoir la foi. »

Deux voitures sont encore garées dans l'allée étroite du cimetière, la Chevrolet de ma mère et le pick-up de RJ. Elles sont postées à une trentaine de mètres l'une de l'autre. Une légère bruine tombe. Sous un parapluie à motifs écossais, je marche au bras de ma mère. À notre droite, Lydia tournoie, les bras écartés, et ne semble pas se préoccuper des gouttes, peut-être même les savoure-t-elle. Je jette un regard derrière moi. RJ marche avec Anne. Leurs têtes sont proches, comme s'ils étaient en pleine conversation. Il faut que je lui parle. C'est peut-être la dernière fois que je le vois.

Nous sommes presque arrivées à la voiture de ma mère quand elle s'arrête soudain.

« Monte, ma chérie. C'est ouvert. Il faut que j'invite les enfants à la maison. »

Je lui tends le parapluie et la regarde avancer vers son beau-fils et sa belle-fille, deux adultes qu'elle n'a jamais vraiment connus. Ils ne viendront pas chez elle, j'en suis certaine. Et pas à cause d'elle, mais à cause de moi.

Un instant plus tard, elle se tourne vers moi et son visage assombri me confirme que j'avais raison.

Je reste sous la pluie à regarder RJ s'éloigner de moi, toujours plus loin. Mon cœur se fendille. C'est ma dernière chance. Il faut que je lui parle. Mais que dire ? *Je suis désolée ? Je ne sais toujours pas ce qui s'est passé ce soir-là ? Je vais apprendre à vivre avec mes doutes, et toi, en es-tu capable ?*

Ils sont arrivés au pick-up. Lydia court vers eux et saute sur la banquette arrière. Anne grimpe sur le siège passager. RJ pose la main sur la poignée. Il n'ouvre pas la portière, il tourne les talons. À travers l'air humide, ses yeux trouvent les miens, comme s'il sentait que je l'observais.

Mon cœur trébuche. Il lève la tête, un geste simple et neutre qui marque sa reconnaissance. Mais ce n'est pas un geste si anodin. Il déclenche une minuscule étincelle d'optimisme. Je lâche le bras de ma mère et lève la main.

Lentement, j'avance vers lui, terrifiée qu'il détale si je bouge trop vite. Mon talon reste coincé dans une motte de terre et je manque tomber. Adieu, derniers vestiges de ma dignité. Je retrouve mon équilibre et trotte à présent, désespérée d'arriver jusqu'à lui.

Je me tiens face à lui, des gouttes de pluie tombent sur mes cheveux et mes cils.

« Je suis désolée, dis-je, le souffle court. Crois-moi, je t'en prie. »

Il lève la main et me touche le bras. « Je te crois. » Il se tourne vers le pick-up. « Prends soin de toi. »

Une fois encore, je regarde RJ monter dans sa voiture et s'éloigner.

Ma mère et moi passons les dix jours suivants à vider les placards et les tiroirs de Bob. Elle garde sa robe de chambre, une chemise en flanelle et trois pulls. Elle refuse de se séparer de son rasoir et de sa brosse à cheveux. « Mon mari est décédé il y a deux semaines, me dit-elle en scotchant les rabats d'un carton. Mais Bob avait disparu depuis déjà cinq ans. »

Elle met de côté deux piles de souvenirs pour Anne et RJ. « Je vais envoyer ceux d'Anne. Mais je me disais que Junior voudrait peut-être passer pour…

– Non, maman. Il ne viendra pas chez toi avant mon départ.

– Alors allons les lui porter toutes les deux au domaine. Je n'y suis jamais allée. Bob était déjà trop malade quand Junior est revenu dans la région.

– Il refusera de me voir. » Une idée me heurte soudain de plein fouet : l'homme qui refuse aujourd'hui de me voir est sans doute le seul à m'avoir vraiment vue. Il a vu mon visage sans maquillage, il a vu la fille maladroite aux cheveux plats et à la robe déchirée. Il connaît l'ado maussade qui croyait tout savoir. RJ connaît chaque recoin ignoble de mon être, que j'ai tant essayé de dissimuler au monde. Mais contrairement au pardon de Fiona version conte de fées, RJ est incapable d'aimer la laideur.

À la fin de la troisième semaine, ma mère est assez solide pour rester à nouveau seule. Il est clair aussi que RJ ne me donnera pas de nouvelles. J'explique à ma mère mon projet avant d'avoir l'occasion de changer d'avis.

Le premier lundi de juillet, je range ma valise dans mon coffre, frappée à nouveau par l'absence presque totale d'empreintes que je laisse dans la vie, ces derniers temps. Je parle encore chaque jour avec Dorothy et Jade, mais je n'ai pas de boulot, pas de copain, pas de mari, pas d'enfant à embrasser ni pour lequel m'inquiéter. C'est à la fois libérateur et terrifiant, de savoir que je peux disparaître si facilement. Je mets la clé dans le contact, j'attache ma ceinture et j'espère soulager la douleur de mon cœur.

«Sois prudente, me dit ma mère qui se penche pour m'embrasser encore une fois. Appelle-moi quand tu seras arrivée.

– Tu es sûre de ne pas vouloir m'accompagner?»

Elle acquiesce. «Je me plais ici. Tu le sais.»

Je sors de mon sac le pendentif en diamant et saphir, et je le lui tends. «Ça t'appartient», dis-je avant de déposer la chaîne en platine dans sa paume.

Elle contemple les pierres scintillantes et, à son regard, je vois qu'elle a compris. «Je... je ne peux pas accepter.

– Bien sûr que si. J'ai fait estimer sa valeur. Ce n'est qu'une fraction de ce qui te revient de droit.»

Je m'éloigne et je l'imagine rentrer dans sa maison vide, le cœur lourd. Elle va penser que j'ai oublié quelque chose quand elle découvrira les papiers sur l'îlot de cuisine. Je l'imagine scruter l'estimation officielle de son dû, portant la main à sa bouche en voyant le montant total. Elle décachètera ma lettre et prendra connaissance de l'argent que j'ai transféré sur son compte. Enfin, elle pourra profiter des avantages de ce partage que mon père aurait dû faire deux décennies plus tôt.

Je m'engage sur l'autoroute I-94 et j'allume la radio. La voix de John Legend s'échappe des enceintes et beugle une ballade amère qui contraste totalement avec cette journée splendide de juillet. J'entrouvre la vitre et j'essaie de me concentrer sur le ciel bleu sans nuage, plutôt que sur cette chanson déchirante qui me rappelle RJ. Pensais-je vraiment qu'il allait m'appeler, après tout ce que j'ai infligé à sa famille ? Je retiens mes larmes et je change de station. Terry Gross interviewe un jeune romancier. J'enclenche le régulateur de vitesse et je me glisse dans la circulation au son de la voix douce de Terry, je sens le murmure monotone de l'asphalte sous mes pneus. Depuis combien de temps n'ai-je pas fait un voyage comme ça ?

Je souris au souvenir d'un trajet avec Julia entre Los Angeles et La Nouvelle-Orléans à bord de ma vieille Honda, un voyage de trois jours et trois mille kilomètres. Je grimace et je tente de me rappeler pourquoi mon père n'avait pas pu se joindre à nous. «Julia t'accompagnera, avait-il dit. Elle n'a rien de mieux à faire.» Était-ce la vérité ? Aujourd'hui, cela me paraît tellement irrespectueux.

Je revois Julia chanter en chœur avec Bon Jovi, sa queue-de-cheval blonde se balançant en rythme. Mon père lui était-il reconnaissant ? Avait-il idée à quel point elle lui était fidèle, à quel point elle lui serait fidèle même après son décès ?

Je prends note de lui envoyer des pierres du Pardon. Je connais Julia, ces lettres cachées doivent peser lourdement sur sa conscience. Elle a besoin de savoir que je n'étais pas différente d'elle, que j'étais prête moi aussi à défendre mon père à tout prix, au risque d'y perdre mon intégrité.

Les rues de Chicago débordent d'énergie et bouillonnent dans la chaleur estivale. Il est 16 heures quand je trouve enfin le vieux bâtiment en briques dans Madison Street. Je prends l'ascenseur jusqu'au quatrième étage et je parcours le couloir étroit en quête de la suite 319. Le panneau rédigé à la main sur la porte m'indique que je suis arrivée à bon port.

RÉUNION DES PIERRES DU PARDON

Par la porte vitrée, je jette un coup d'œil à la salle immense qui, telle une ruche, bourdonne d'activité. Et la voilà, la reine des abeilles, perchée derrière un pupitre, le nez plongé sur son écran d'ordinateur, un téléphone scotché à l'oreille. J'ouvre la porte.

Elle ne me voit pas avant que je sois directement face à elle. Lorsqu'elle lève les yeux, un éclair de peur brille soudain, et je sais qu'il l'habite encore, ce fardeau dont je dois l'aider à se libérer.

Je dépose une pierre sur son pupitre.

«C'est pour toi.»

Fiona se redresse et contourne le bureau jusqu'à moi. Nous nous tenons face à face comme deux adolescentes maladroites. «Tu es complètement, totalement pardonnée. Et cette fois-ci, je le pense vraiment.

– Mais j'ai gâché ta vie.» Sa réponse est à mi-chemin entre l'affirmation et la question.

«C'était ma vie d'avant. Et c'est peut-être une bonne chose, d'ailleurs.» Je fais un pas en arrière et je contemple la salle. «Tu as besoin d'un coup de main?»

44

J e paie une fortune pour un mois de loyer dans cet appartement de Streeterville, bien que j'y sois rarement. Au cours des quatre semaines suivantes, je passe presque l'intégralité de mes heures éveillées à la salle de réunion avec Fiona et une trentaine de bénévoles, ou à la mairie de Chicago, à récupérer des autorisations diverses, à rencontrer des vendeurs ambulants ou des représentants du Millenium Park. Le soir, nous nous retrouvons chez Fiona pour manger des pizzas et boire des bières, ou au Purple Pig pendant l'happy hour.

Nous sommes à la Sweetwater Tavern quand Fiona me commande sa nouvelle boisson préférée, un Grant Park Fizz.

« C'est un délicieux mélange de gin, de sirop de gingembre, de citron vert, de limonade et de concombre. Je te mets au défi de le boire lentement.

– Oh, mon Dieu, dis-je entre deux gorgées. C'est la meilleure chose que mes lèvres aient touchée depuis des mois. »

Elle sourit et passe un bras autour de mes épaules. « Tu t'en rends compte, pas vrai ? Qu'on est en train de devenir amies ?

– Ouais, ben ne t'avise pas de tout foutre en l'air, cette fois. »

Je trinque avec elle.

« Des nouvelles ? » me demande-t-elle. Elle parle de RJ et des deux dernières pierres que j'espère encore recevoir.

« Rien, non. Mais j'ai reçu une pierre en retour de sa sœur, Anne.

– Celle qui aurait été…

– Hum, hum. Sa lettre était courte et mystérieuse. Un truc du genre : *Tu trouveras ta pierre dans ce courrier. Tes excuses sont acceptées. C'est arrivé une seule fois, il y a longtemps. J'espère qu'on peut tourner la page, à présent.*

– Donc il a bien abusé d'elle ! Rien qu'une fois, mais tout de même.

– Peut-être. Ou alors elle parle de la fois où ça m'est arrivé, à moi. »

Fiona soupire. « Oh, bon sang ! Elle ne t'a rien avoué, en fait. Il faut que tu lui demandes clairement… »

Je lève la main. « Elle m'en a dit assez. Elle me pardonne. Et elle a raison. Cette fois-ci, on tourne la page. »

Pluie à 7 heures, soleil à 11 heures. On compte tous sur cet adage local, aujourd'hui. Il est 6 heures du matin et nous sommes rassemblés dans la salle de réunion, où nous chargeons des cartons de T-shirts et de souvenirs sous une averse battante.

« Passe-moi ce carton, dit ma mère à Brandon, un bénévole adorable d'une vingtaine d'années. J'ai encore de la place dans ma voiture.

– Avec plaisir, Maman. »

Depuis son arrivée jeudi, Fiona et l'équipe de bénévoles surnomment ma mère «Maman». Elle sourit à chaque fois. J'imagine que ce simple mot résonne comme une symphonie à ses oreilles, après des années de surdité. Les nuages se dissipent juste après 9 heures, une heure avant le début de l'événement. Des gens circulent dans les parages, arborant des T-shirts où l'on peut lire des messages comme : JETTE-MOI LA PIERRE, OBSESSION DE LA CONFESSION ou encore UNE PIERRE, UN PARDON. Le mien annonce : JE N'AI PAS UN CŒUR DE PIERRE. Je ne peux pas officiellement dire que j'ai été pardonnée, ni même que je me sois correctement excusée. Je ne suis même pas sûre que ce soit possible. Pour citer Fiona, le pardon, comme la vie et l'amour, n'est pas simple.

Je me concentre sur le jour à venir, la fête que j'attends avec impatience depuis des semaines. Dans un recoin sombre de mon âme, je rêve que RJ se manifeste aujourd'hui. Mais je relègue cette pensée aux confins de mon esprit. Il y a longtemps, mon père m'a appris à ne pas avoir d'attentes dans la vie.

Fiona et moi nous hâtons d'une table à l'autre, d'un vendeur à l'autre, nous nous assurons que tout soit en ordre. C'est une énergie générée par le stress. Nous sommes désormais en pilote automatique. Ma mère s'affaire à inspecter les pâtisseries vendues sur les stands de nourriture.

«Une part de tarte à six dollars, commente-t-elle. Tu imagines? J'ai choisi la mauvaise profession.»

Il est 11 heures quand je repère Dorothy et ses amis. Elle est entourée de Marilyn et de Patrick, qu'elle tient chacun par un bras. Je prends ma mère par la main et nous courons vers eux.

« Salut à vous ! Je voudrais vous présenter ma mère. Maman, voici mes très bons amis, Dorothy, Marilyn et M. Sullivan.

– Paddy », me corrige-t-il.

Dorothy tend la main. « Vous avez une fille épatante.

– C'est vrai, hein ? répond ma mère. Si vous voulez bien m'excuser, je dois aller vendre des T-shirts. »

Nous la saluons d'un geste de la main, puis Marilyn se tourne vers moi. « Oh, Hannah, merci d'avoir rendu tout ceci possible.

– Non. Remercie Dorothy. Je comptais prendre un raccourci malheureux avec mes pierres, mais elle m'en a empêché. »

Derrière eux, j'aperçois Jackson qui avance, le bras autour d'une jolie brune enceinte jusqu'au cou. « Hannah, je te présente ma femme, Holly. »

J'éprouve un bref éclair de jalousie. Qu'est-ce que je ne donnerais pas pour être mariée et enceinte, moi aussi. Serai-je un jour en mesure de pardonner totalement à Jack ? J'aime à croire que je suis plus tendre, aujourd'hui ; la femme que je suis devenue pourrait se remettre d'une telle trahison. Mais je pense que Jack avait raison. Il n'était pas l'homme de ma vie.

Je serre la main d'Holly. « Ravie de faire ta connaissance, Holly. Félicitations pour votre mariage, et pour le bébé. »

Elle contemple son époux d'un air d'adoration pure. « J'ai beaucoup de chance. » Elle se tourne vers moi. « Hé, il paraît que tu es responsable d'une vague d'excuses et de pardons, dans la famille Rousseau. »

Je souris et je pense à la chaîne de pardon qui a circulé entre moi, Dorothy, Marilyn et Jackson. « Eh bien, en fait, c'est Dorothy – ta belle-mère – qui en est responsable. »

Jackson hoche la tête. «Ce n'est pas ce qu'elle affirme.» Il pose la main sur l'épaule d'un petit homme aux cheveux argentés. «Dis, tu te souviens de mon père, Stephen Rousseau?

– Bien sûr.» Je serre la main de l'ex-mari de Dorothy, celui qui l'a abandonnée après sa mastectomie. Je me demande ce que Dorothy pense de sa présence aujourd'hui.

«Je suis heureux de vous apprendre que mon père m'a renvoyé une pierre, annonce Jack. J'ai été un gamin égoïste qui estimait son bonheur plus important que celui de son père. Difficile à croire, je sais.» Il affiche ce sourire joyeux et un peu tordu que je pensais lui avoir volé à jamais.

«Et j'ai envoyé une pierre à Dorothy, explique M. Rousseau en jetant un coup d'œil à son ex-femme. Je n'ai pas été un mari très délicat.»

Je dévisage Dorothy. Elle garde la tête haute, elle n'esquisse pas le moindre sourire. Mais son visage est désormais empreint d'une paix qui lui faisait défaut jusqu'à présent.

«Sottises, rétorque-t-elle avant de se tourner vers moi. Nous allons rencontrer Steven Willis, aujourd'hui. Mon ancien élève qui vit à New York. Tu t'en souviens, Hannah?

– Oui. Comment pourrais-je oublier ta tactique incroyable pour récupérer le walkman volé?» Je lui tapote la main. «Amusez-vous bien. On se revoit plus tard. Je dois aller retrouver Jade à Crown Fountain.»

Je longe l'allée en ciment. J'ai à peine parcouru dix mètres que quelqu'un crie mon nom. «Hannah!»

Je fais volte-face et je vois Jack trotter vers moi.

«Hé, ma mère m'a raconté ce qui s'est passé dans le Michigan, que le vigneron ne t'a pas pardonné. Elle dit que tu l'aimes vraiment, ce type.»

Mon cœur se brise, j'ai envie de disparaître. Je lève les yeux au ciel, me sentant rougir. «L'aimer? Allons donc. Je le connais à peine.»

Il affiche une expression tendre. «C'est bon, Hannah. Tu as le droit d'être vulnérable.»

Les larmes me montent aux yeux et je les contiens d'un battement de cils. «C'est ridicule.» Mon rire sonne faux et je me cache le visage entre les mains. «Je suis désolée.

– Ça ne me regarde pas, dit-il. Mais ne fais pas foirer cette histoire, Hannah. Si tu l'aimes vraiment, bats-toi pour lui.»

Il me serre le bras et tourne les talons.

Des images de RJ envahissent mon esprit, comme si le gardien que j'avais engagé afin de les maintenir à distance venait de démissionner sans un mot. Comment va-t-il? Pense-t-il à moi de temps en temps? *On n'abandonne jamais ceux qu'on aime.* Ai-je abandonné RJ? Non. J'ai fait ce que j'ai pu. C'est lui qui m'a abandonnée.

Jade se tient près du fauteuil roulant de son père, ils observent la fontaine d'un air joyeux. Elle montre du doigt le visage d'un adolescent projeté sur un écran d'eau géant. Une cascade jaillit de sa bouche. Le père de Jade éclate de rire.

«Hannabelle!» s'écrie-t-elle à ma vue. Je me jette à son cou, puis je me penche pour enlacer son père.

«Comment ça va, Pop?»

Il est émacié, des cernes noirs ourlent ses yeux. Mais il sourit et son étreinte est puissante.

«Ça faisait des mois que je ne m'étais pas senti aussi bien.

– Mon père et ses frères ont fait la fête tout le week-end, pas vrai, papa?»

Pendant que M. Giddens admire la fontaine, j'attire Jade à l'écart. «Comment va-t-il? Et toi, comment ça va?» Elle sourit mais son regard est triste. «Il est exténué mais heureux. On parle en termes de semaines, même plus de mois. Je ne veux pas qu'il parte, mais s'il doit partir, au moins je sais qu'il est fier de moi.

– Et de toutes tes bêtises honnêtes.» Je lui serre le bras. «Comment ça va chez toi?

– Marcus m'a offert des roses la semaine dernière. Il m'a présenté ses excuses pour la énième fois. Il a juré qu'il serait un mari modèle si je lui accordais une autre chance.»

Mes sonnettes d'alarme se remettent à hurler. Je prends une profonde inspiration et me rappelle qu'il ne faut pas juger. «D'accord. C'est mignon. Qu'est-ce que tu lui as répondu?»

Elle me tape le bras d'un revers de main. «Fais pas la chiffe molle avec moi, Hannabelle. Qu'est-ce que je lui ai répondu, à ton avis? Je lui ai dit d'aller se faire voir. Hors de question qu'il revienne. On n'a droit qu'à un seul coup avant de dégager, c'est ma règle.»

Je ris aux éclats et je la fais tournoyer. «Bien réagi! Parfois, on ne peut pas se contenter d'un simple "Je suis désolé."»

Je consulte ma montre. Il est presque midi. Dans la direction du Pritzker Pavilion, j'entends un groupe de musique jouer une reprise d'*Happy*, de Pharrell Williams.

«Il est là?» demande Jade.

Elle parle de RJ. Peut-être, se disait-elle comme moi, peut-être qu'il viendrait.

«Non. Il ne viendra pas.» Et à cet instant, j'en suis persuadée. Ce vieux manteau d'obscurité menace de m'engloutir. En une seconde, ma décision est prise.

«Il ne viendra pas… c'est pour ça que je vais aller le voir dans le Michigan, à son domaine.»

Jade pousse un cri perçant. «Allez! Vas-y, fonce!»

Tandis que je m'éloigne en trombe, je l'entends crier dans mon dos: «Et ne sois pas sage!»

Ma mère porte la main à sa bouche quand je lui annonce mon départ imminent.

«Oh, ma chérie, tu es sûre que c'est une bonne idée? Il sait que tu es ici. Je lui ai parlé de cette réunion quand je lui ai apporté les affaires de Bob, la semaine dernière.»

Mon enthousiasme s'envole. Ma mère a peur que je sois humiliée, une fois encore. Elle sait que RJ ne me pardonnera jamais. Je rive mon regard dans le sien, je vois une femme à qui l'on a toujours dicté sa conduite, qui n'a jamais pu mener sa propre vie. Elle n'a agi qu'une seule fois selon ses propres convictions: quand elle a refusé de quitter le Michigan, de quitter Bob. Était-ce une bonne ou une mauvaise décision? Je l'ignore.

«Tu veux m'accompagner?»

Elle regarde la foule autour d'elle, j'arrive presque à lire dans ses pensées. Cela fait des années qu'elle est restée cloîtrée à Harbour Cove, et la voilà à présent libre de voyager, d'explorer, de n'être responsable que de sa propre personne. «Si tu veux.

– Ou bien tu peux dormir à l'appartement et rentrer en train mercredi, comme prévu.»

Son visage rayonne. «Ça ne t'embête pas ?
– Pas du tout. Je t'appelle ce soir. Si ça se passe mal,
je rentre demain.»
Elle m'enlace avant mon départ. «Bonne chance, ma
chérie, dit-elle en lissant mes cheveux. Je suis toujours là
pour toi. Tu le sais, pas vrai ?»
J'acquiesce. Nous avons fait un sacré bout de chemin,
depuis le couple mère-fille mal assorti que nous formions
à Chicago, des années plus tôt. Disparus, la colère et les
critiques, ce besoin de certitude. Notre relation n'en est
pas parfaite pour autant. Le lien fusionnel mère-fille de
mes rêves n'est que ça, justement : un rêve. Nous n'aurons
jamais de longs débats politiques, philosophiques, litté-
raires ou philanthropiques. Ma mère n'est pas une femme
instruite et savante qui me dispensera des conseils boule-
versants, ni des perles de sagesse.
Au lieu de cela, elle m'apporte autre chose. Elle offre
à mon cœur et à ses fragiles éclats un lieu moelleux et sûr
où atterrir.

45

À l'exception du chant lointain des moineaux dans le verger, le silence règne quand j'arrive au domaine viticole, juste après 16 heures. Je cherche des yeux le pick-up de RJ, mais aucun signe de lui. Je traverse le parking à la hâte et grogne en voyant le panneau sur la porte. Fermé.

Merde ! Je frappe tout de même et je jette un coup d'œil à la fenêtre de son logement à l'étage. Les rideaux sont tirés. L'endroit est désert.

Je m'effondre sur un banc de la terrasse. C'est trop tard. Je n'aurais pas dû venir. La voix du doute murmure en moi que je ne vaux rien, que je suis folle de croire qu'un homme comme RJ puisse m'aimer. *Pars. Va-t'en maintenant, avant de te ridiculiser à nouveau.*

Non. Cette fois, je ne baisserai pas les bras. Je vais me battre pour RJ. Je perdrai peut-être mais, au final, je saurai que je n'ai rien laissé au hasard.

Pour tuer le temps, je m'aventure derrière le bâtiment et je consulte ma montre toutes les cinq minutes. *Allez, RJ ! Il faut que je te voie.*

Je dépasse un tracteur garé sur la colline devant un hangar en bois. Sous la corniche, je passe la main sur un établi où sont rangés des outils. Je soulève un marteau, une paire de pinces, un tournevis. Chacun porte les initiales RW gravées sur le manche. Robert Wallace. Les outils de Bob. Le cadeau que ma mère a fait à RJ.

Mon pied heurte un objet dur. Je recule et plisse les yeux. Une boîte est coincée sous l'établi. J'ai soudain la chair de poule. Non. Impossible.

Lentement, je m'accroupis et je regarde sous l'établi. Je réfrène un cri et porte la main à ma gorge. La boîte de pêche en métal rouge de Bob.

Je regarde autour de moi. Personne dans les parages. J'agis avec prudence, comme si j'avançais dans des eaux dangereuses qui risqueraient de m'engloutir une fois encore dans ma quête de certitude.

Mon cœur bat la chamade. La réapparition de cette boîte est-elle un signe ? Suis-je censée en voir le contenu ?

À deux mains, je sors la vieille boîte rouillée de sa cachette. Elle est légère. En une seconde, ma décision est prise. Je vais la mettre dans mon coffre. Plus tard, je la jetterai dans une poubelle afin d'éviter que RJ n'y découvre le sachet en plastique de photos.

Dès que la boîte apparaît à la lumière du jour, je comprends. J'en ai le souffle coupé. Le couvercle est ouvert, comme la gueule béante d'un crocodile. Je scrute ses entrailles.

Il n'y a qu'un vieux cadenas rouillé sectionné à l'aide d'une scie à métaux. Quelqu'un – RJ, sans doute – a finalement résolu le mystère.

Le verger disparaît dans l'obscurité nocturne qui emporte avec elle la chaleur du jour. Je trouve un pull dans ma voiture et m'y blottis, puis je m'installe à la table de pique-nique. Je joins les bras et pose la tête sur la table. Je contemple la forêt de cerisiers à peine visibles dans le crépuscule, je me concentre sur les lumières qui scintillent au loin dans le domaine, jusqu'à ce que mes paupières se fassent lourdes.

Je sursaute quand on me tapote l'épaule. L'obscurité est complète. Je bats des paupières et mes yeux s'accoutument enfin à la pénombre. Je distingue son visage.

«RJ.»

Je me redresse, soudain gênée. Il doit me prendre pour une tarée, à dormir comme ça devant chez lui. Ou, pire, pour une détraquée obsessionnelle.

Chaque fibre de mon être me hurle de fuir. Cet homme n'a plus envie de me voir. Il ne me pardonnera jamais. Qu'avais-je en tête ? Sauf que c'est impossible. Je refuse. La route a été trop longue, j'ai trop perdu.

Il prend place à mes côtés, son genou tourné dans la direction opposée au mien, si bien que nous sommes épaule contre épaule, nos visages à quelques centimètres.

Je porte la main à ma poitrine, j'essaie d'apaiser mon cœur affolé, je m'oblige à regarder RJ dans les yeux. «S'il te plaît, dis-je. Sens.» Ma main tremble quand je saisis la sienne et la pose sur mon cœur. «Voilà, c'est moi. Terrifiée, face à toi.» Il essaie de retirer sa main mais je la maintiens en place. «Je te demande, je te supplie, RJ, de me pardonner.» Je ferme les yeux. «Et je suis morte de peur car tu as la possibilité de briser ce cœur déjà amoché, ou de m'aider à le cicatriser.»

Je lâche sa main qui retombe à son flanc. Il me dévisage, les muscles de sa mâchoire serrés. Je me détourne, j'aimerais tant disparaître. Voilà. C'est terminé. J'ai mis mon cœur à nu et RJ garde le silence, obstinément. Les larmes me montent aux yeux, je me lève. Il faut que je parte avant qu'il me voie pleurer.

J'ai le souffle coupé lorsque je sens sa main saisir mon poignet. Il me tire et m'oblige à me rasseoir. Je me tourne vers lui. Son regard s'est radouci. Il sourit et lève la main, ses doigts effleurent ma joue. «J'ai fait tout le trajet jusqu'à Chicago, aller-retour, et tu n'as rien de mieux à me dire?»

Je porte la main à ma bouche. «Tu es allé à Chicago? Aujourd'hui? Pour m'y retrouver?»

Il acquiesce. «Une copine m'a dit un jour qu'il ne fallait jamais abandonner ceux qu'on aime.

– C'est pour ça que je suis venue jusqu'ici», je rétorque.

Il prend mon visage entre ses mains et s'approche. Ses lèvres sont douces contre les miennes, je ferme les yeux. Cet instant se passe exactement comme je l'espérais. Non, comme je *pensais* qu'il se passerait.

Je sors une pierre de ma poche. Elle est lisse et, après tous ces mois, je prends presque cette douceur pour réconfort. Mais il n'en est rien. C'est un fardeau.

«J'ai essayé de te la donner, chez ma mère. Je te le demande encore une fois, RJ. Tu veux bien me pardonner?»

Il prend la pierre de ma main. «Oui, je te pardonne.» Il plonge son regard dans le mien et me caresse les cheveux. «Tu es une femme bien, Hannah. Une femme vraiment bien.»

J'ai attendu toute ma vie d'entendre cette simple affirmation – celle que n'importe qui rêve d'entendre. Ma gorge se serre, je ferme les yeux. «Merci.

– Je suis désolé qu'il m'ait fallu si longtemps.» Il fait tourner la pierre dans sa paume. «Quand on est incapable de se pardonner à soi-même, c'est difficile de pardonner à quelqu'un d'autre. Alors je te présente mes excuses, à mon tour.»

Je retiens mon souffle. J'attends qu'il me révèle ce qu'il a découvert dans la boîte de pêche.

«Je ne t'ai jamais expliqué pourquoi j'ai pris Zach et Izzy sous mon aile.»

Je cille. «Parce que ce sont tes enfants, dis-je sans jugement.

– Non.» Il se mord la lèvre inférieure. «Leur père travaillait pour moi. Après qu'il se soit présenté ivre une fois de trop, malgré ma douzaine d'avertissements, je l'ai viré. Il m'a supplié de lui accorder une chance. J'ai refusé de l'écouter.

– Tu as agi au mieux.»

Il fait rouler la pierre dans sa main. «Ouais, enfin, je n'y étais pas obligé non plus. Russ a acheté une bouteille de Jack Daniel's sur le chemin du retour. Il s'est endormi sur le sol de la cuisine et ne s'est jamais réveillé.»

Je ferme les yeux. «Oh, RJ.

– Il avait besoin d'aide et je lui ai tourné le dos.»

Je lui prends la main et je la serre. «Tourne la page. Pardonne-toi. On n'a pas d'autre choix, c'est comme ça que je vois les choses.»

Nous restons silencieux une minute, mains jointes, puis il se lève. «Viens, dit-il en m'aidant à me redresser. Il faut que je te montre un truc.»

Il attrape une lampe torche et m'entraîne dans le parking, puis sur un sentier gravillonné. Je suis soulagée quand nous passons devant le hangar et qu'il ne fait aucune allusion à la boîte de pêche.

Il me tient la main, nous traversons le verger sombre, et il me raconte comment il a croisé ma mère à la réunion de Chicago. «Je n'arrivais pas à y croire quand elle m'a expliqué que tu étais partie. Je lui ai annoncé que je rentrais ici, je lui ai fait promettre de ne pas t'appeler. Je voulais te faire la surprise. J'ai roulé à cent cinquante kilomètres-heure sur tout le trajet. J'avais tellement peur que tu sois déjà repartie à mon arrivée.

— Je ne serais jamais partie. J'aurais attendu ici jusqu'à la fin des temps.»

Il lève ma main à ses lèvres et l'embrasse.

«Je n'arrive pas à croire que tu aies fermé la boutique un samedi. Je sais à quel point les week-ends d'été sont précieux, ici.

— Crois-le ou non, on est en bonne voie de faire notre meilleure année, même si je n'ai pas encore beaucoup de points de comparaison.» Il m'adresse un sourire. «Mais si j'arrivais à trouver un bon cuistot, ce serait une mine d'or. Tu ne connaîtrais pas quelqu'un?

— Il se trouve que si, je connais quelqu'un. Mais elle ne vient pas seule – c'est un partenariat mère-fille.

— Ah bon?» Il me serre la main. «Marché conclu. Vous êtes embauchées toutes les deux.»

Nous parcourons encore deux cents mètres puis il s'arrête au pied d'un gigantesque érable.

«C'est pour toi, m'annonce-t-il en tapotant le tronc, les yeux levés vers la ramure. Elle et moi, on t'attendait.»

La cabane en bois est installée à quatre mètres au-dessus de nous, dissimulée entre les branches et le feuillage scintillant. Je dévisage RJ à travers mes larmes. «Tu… c'est pour moi?»

Il acquiesce.

Je me jette à son cou et l'embrasse sur les lèvres, les joues, le front. Il rit et me fait tourner dans ses bras. Quand il me repose à terre, j'empoigne l'échelle.

«Oh, pas question! déclare-t-il en me bloquant le passage. Tu ne peux pas entrer sans le mot de passe secret.»

J'incline la tête. «D'accord. Et c'est quoi, le mot de passe secret?

– Tu le connais. C'est toi qui me l'as révélé. Réfléchis.»

Je souris et je repense à notre dîner, le soir où j'ai partagé avec lui mon rêve d'avoir une cabane dans les arbres. Quand il m'a demandé le mot de passe secret, j'ai lâché : «J'ai un petit ami, RJ.»

«Allez, insiste-t-il, le regard amusé. Tu t'en souviens.»

J'hésite un instant. «J'ai... un... petit ami?»

Il sourit. «Oui, c'est ça. Et la suite?»

Il me faut une seconde pour comprendre. «RJ?»

Il acquiesce. «C'est deux phrases. Avec un point au milieu.»

Ma voix se brise quand je répète le mot de passe. «J'ai un petit ami. RJ.

– Alors, qu'est-ce que tu en penses? murmure-t-il.

– C'est parfait.»

Le lendemain matin, le brouillard s'est installé alors que nous longeons la baie. Mes cheveux sont tirés en queue-de-cheval et j'ai le visage rosi par le savon naturel de RJ. Je porte un de ses vieux T-shirts et le même legging qu'hier. Il passe un bras autour de mes épaules et nous marchons dans un silence satisfait.

Je ne lui ai pas parlé de la boîte de pêche, hier. Je ne l'évoquerai jamais. Il a dû se passer quelque chose depuis ma confession dans le salon de ma mère, il y a neuf semaines. Soit RJ a découvert que mon accusation était véridique et justifiée, soit il a appris à me pardonner. Peu m'importe l'un ou l'autre. Nous nous arrêtons sur la rive, il sort les pierres de sa poche. Il en garde une dans la main gauche et dépose l'autre dans ma paume, celle qui me transmet son pardon. Il me regarde et, ensemble, nous lançons notre pierre – et, avec elle, le poids du fardeau qu'elle symbolise – dans l'eau du lac. Main dans la main, nous regardons les vaguelettes se multiplier et s'étendre. Lentement, elles se mêlent aux autres pour disparaître enfin. Personne, à l'exception de nous deux, ne pourrait se douter que les pierres – et les remous créés dans leur sillage – aient jamais existé.

Remerciements

Thomas Goodwin l'a dit mieux que quiconque : « Les bénédictions les plus douces sont celles obtenues par la prière et portées avec gratitude. » Chaque jour qui passe, je suis reconnaissante, mais ce sentiment simple semble terriblement insuffisant. Publier un premier roman était un rêve ; en publier un second est purement surréaliste. Et sans l'enthousiasme, la détermination et la motivation ferme mais discrète de mon agente fabuleuse, Jenny Bent, je serais encore en train d'en pianoter les premières pages à l'instant où j'écris ces mots.

Je suis ravie de collaborer avec une équipe éditoriale de choc menée par Clare Ferraro, et qui inclut mon éditrice extraordinaire, Denise Roy, ainsi que Rachel Bressler, Courtney Nobile, John Fagan, Ashley McClay, Matthew Daddona et toute l'équipe commerciale de Penguin/ Plume. Sans oublier la femme astucieuse qui œuvre dans les coulisses, Victoria Lowes. Chacune de tes casquettes te va à ravir.

Tout mon amour et ma profonde gratitude à mon incroyable mari, Bill. Une auteure plus douée trouverait les mots adéquats pour exprimer ce que tu représentes à mes yeux. Merci à mes parents aimants, mes meilleurs supporters, à mes tantes, mes cousins, mes beaux-fils, mes belles-filles, à mes frères et sœurs, surtout Natalie Kiefer, qui continue à rameuter ses amis à chaque rencontre littéraire.

Un remerciement particulier à David Spielman, mon beau-frère talentueux, spécialiste des organes de presse à La Nouvelle-Orléans. Ses coups de fil, ses mails et ses diagrammes personnalisés m'ont été précieux. Merci aux adorables journalistes télé qui m'ont généreusement apporté leur expertise : Sheri Jones, Rebecca Regnier et Kelsey Kiefer. Je remercie ma chère amie et collègue professeure, Gina Bluemlein, d'avoir partagé avec moi son plan incroyable pour récupérer le walkman volé (un téléphone portable, en réalité), et de m'avoir autorisée à mettre en scène l'anecdote dans mon roman. Mes remerciements à Sarah Williams Crowell, qui m'a invitée à ma première lecture publique, et qui m'a raconté l'histoire de la moquette blanche. J'ai aussitôt su que je voulais l'inclure dans cette histoire, en hommage à ton bel esprit, ainsi qu'à celui de ton père, Don Williams.

Mon amour et ma gratitude vont également à mes amis merveilleux, pour chacune de vos paroles d'encouragement. Immenses et profonds remerciements à ma généreuse assistante autoproclamée, Judy Graves. Chaque écrivain devrait avoir la chance de compter une amie comme toi.

À mes premières lectrices, Amy Bailey Olle et Staci Carl : vos remarques et vos propositions ont été précieuses. Et Amy, une nana ne pourrait pas rêver d'une meilleure partenaire d'écriture que toi.

À tous les libraires, les bloggeurs, les clubs de lecture qui m'ont généreusement accueillie ou qui ont fait la promotion de mon livre. C'était incroyable, un véritable honneur. Mes remerciements tout particuliers à Kathy

O'Neil du R Club, et à la Fairview Adult Foster Care Home – surtout à Marilyn Turner, adorable et courageuse. À mon amie chérie, Dorothy Silk, ton âme brille encore parmi nous.

Le plus grand plaisir que m'a procuré l'écriture, c'est l'amitié que j'ai tissée avec de nouveaux lecteurs et de nouveaux auteurs, notamment Julie Lawson Timmer et Amy Sue Nathan. Pouvoir partager mes inquiétudes, faire la fête avec vous, ainsi qu'avec Kelly O'Connor McNees et Amy Olle, m'a épargné des heures de psychothérapie.

Et à vous, mes chers lecteurs, qui m'avez accordé votre temps précieux, qui m'avez fait confiance pour vous conter une histoire. Je suis émue et honorée, je vous remercie du fond du cœur.

Pour finir, moi qui viens d'écrire un ouvrage sur le pardon, je serais bien négligente si je ne faisais pas ici amende honorable. Car je suis désolée. Vraiment.

FSC

MIXTE
Papier issu de
sources responsables
FSC® C003309

www.fsc.org

Les papiers utilisés dans cet ouvrage
sont issus de forêts responsablement gérées.

Mis en pages par Soft Office – Eybens (38)
Imprimé en France par Normandie Roto Impression s.a.s.
Dépôt légal : avril 2015
N° d'édition : 4335 – N° d'impression : 1501532
ISBN 978-2-7491-4335-4